D1726936

Jörg Potthaus, geboren 1954 in Kettwig, wo er heute noch lebt, arbeitete nach einem Germanistik- und Geschichtsstudium 40 Jahre lang als Gymnasiallehrer in Oberhausen und Heiligenhaus.

Seit den 80er Jahren führten ihn, ausgelöst durch die Begeisterung für den großen griechischen Komponisten und Freiheitskämpfer Mikis Theodorakis, seine Reisen besonders häufig zu dessen Herkunftsort, der Insel Kreta. Die zahlreichen Aufenthalte und Begegnungen ließen ihn Land und Leute kennen und lieben lernen. Und obwohl die Auswirkungen der seit einigen Jahren in Griechenland herrschenden ökonomischen und sozialen Krise ihn mancher, vielleicht etwas verklärenden Sichtweise beraubt und auch das Eine oder andere kritischer hat sehen lassen, bleibt er den dort lebenden Menschen und ihren Eigenheiten weiterhin herzlich verbunden. Was liegt näher, als dass der Autor seinen Roman auf Kreta spielen lässt?

Kurz vor seinem Eintritt in den Ruhestand lernte Potthaus den bekannten Schriftsteller Bodo Kirchhoff und dessen Ehefrau Ulrike kennen und besuchte mehrfach deren Schreibseminare in Torri del Benaco am Gardasee. Der vorliegende Roman nahm in dieser Zeit Gestalt an und wurde vom Ehepaar Kirchhoff freundschaftlich und mit Rat und Tat begleitet.

© 2018 Hummelshain Verlag, Essen

ISBN: 978-3-943322-09-5

Umschlagfoto: Strand von Elafonissi (shutterstock.de)

Jörg Potthaus

DIONYSOS - BAR

Roman

Für Bodo und Ulrike Kirchhoff

In memoriam Walter Lassally (1926 – 2017)

und „Zoran" (1956 – 2016)

Hummelshain Verlag

„Das Glück enthält ein Moment von Wahrheit. Es entfaltet sich am aufgehobenen Leid."

(Max Horkheimer / Theodor W. Adorno)

„Alles hat man herausgefunden, nur nicht, wie man lebt."

(Jean-Paul Sartre)

„Through the night my heart was achin´, just before the dawn was breakin´…"

(The Cats)

1

1. November 2016

Ivanka hatte ihren Koffer am Check-in–Schalter abgegeben. Ihr
Flug nach Sofia würde in einer Stunde gehen, für irgendwelche
Verzögerungen gab es jetzt, so spät im Jahr, keinen Anlass mehr.
Georg blieb noch für diesen einen Tag, auf dem Rückweg vom
Flughafen zum Hotel würde er kurz zum Hafen von Iraklion
hinunterfahren. Der Container mit seinen Büchern, CDs und den
wenigen Möbeln war erst vor zwei Tagen von einem
altersschwachen Kran auf einen der Kais nahe der venezianischen
Festung gehievt worden, aber per Telefon hatte Georg gestern
noch einmal nachgehört, ob auch wirklich alles getan worden sei,
ihn umgehend auf das nächste Schiff zurück nach Piräus zu
verladen. Er hatte gemerkt, dass der Mann von der ANEK-Linie
glaubte, dass Georg nicht alle Tassen im Schrank habe, ihm aber
trotzdem versichert, dass die neuen Frachtpapiere ausgestellt
würden. Aber es war wohl besser, noch einmal selbst nach dem
Rechten zu sehen, im Griechenland dieser Tage war nur noch auf
wenig Verlass. Dabei war ihm in diesem Moment, als Ivanka vom
Schalter zurückkam und er sich vorstellte, dass er sie nur noch
kurze Zeit, vielleicht eine Stunde, sehen könnte und dann nie
mehr, völlig gleich, was mit dem Rest seiner Sachen, die eigentlich
total nutzlos geworden waren, geschehen würde. Sollten sie doch
auf dem falschen Dampfer landen, irgendwo, in irgendeinem
Mittelmeerhafen ankommen, dort eine Weile herumstehen,
niemand würde sich die Mühe machen, den Besitzer ausfindig zu
machen und nach einer gewissen Frist würden die Stahltüren

geöffnet und ein paar windige Typen sich unter dem Deckmantel einer offiziellen Versteigerung um die Stones- und Dylan-CDs und die auf Maß geschnittenen Regale streiten, die Bücher würden sie nicht interessieren. Aber natürlich fahre ich trotzdem gleich runter, dachte er, sehe nach, ob die Sachen den richtigen Weg nehmen, selbst die Abschiede müssen geordnet ablaufen, vielleicht, dass sie dann weniger schmerzen. Aber das glaubte er selbst nicht, schon jetzt, als Ivanka noch wenige Meter entfernt war, das Boarding-Ticket in der Hand schwenkend.

Es blieb ihnen also gerade noch eine Stunde, in der Abflughalle des Katzantzakis-Airports müssten sie Abschied nehmen. Ivanka hatte sich gefreut, dass der Flughafen nach dem Schriftsteller benannt worden war, an dessen Grab sie drei Tage zuvor noch gestanden hatten, in der Ukraine war es bei den einschlägigen Namen von Politikern aus der Sowjetzeit geblieben, selbst der Versuch einer Initiative ehemaliger Maidan-Aktivisten, am Kiewer Flughafen wenigstens eine Erinnerungstafel mit den Namen der Toten der Orangenen Revolution und einigen pathetischen Gedichtzeilen von Jewtuschenko aufzustellen, war kläglich gescheitert.

Sie saßen nebeneinander auf einer der metallenen Bänke, deren Reihen den größten Teil der Halle ausfüllten, die meisten leer, abgesehen von ein paar letzten Touristen, dazu Griechen, die ihre Familien besucht hatten und nun zurück nach Deutschland flogen. Über dem Ganzen lag eine unwirkliche Stille, unterbrochen nur durch Gesprächsfetzen, ab und zu einer Durchsage, blechern und verzerrt, aber auch die leiser als sonst. Die jetzt beginnenden Monate bis zum Frühjahr würden hier einfach nicht stattfinden, und auf dem Rest der Insel eigentlich auch nicht.

Georg hatte Ivankas Hand ergriffen. Sie ließ es geschehen, sah zu ihm herüber, aber irgendwie abwesend, so, als sei das, was in den letzten fünf Tagen zwischen ihnen gewesen war, Geschichte für sie. Vielleicht war sie mit ihren Gedanken schon auf dem Weg nach Sofia, überlegte, wie das Praktikum wohl abliefe, und vielleicht warteten in der Redaktion dort ein Jan aus München oder ein Todor aus Varna auf sie.

Sie sprachen wenig in dieser Stunde. Zu sagen blieb ohnehin nicht mehr viel. Georg hatte schon während der Fahrt von Chania zum Flughafen dem Drang widerstanden, sie zu bitten, nicht zu fliegen, einfach dazubleiben. Dass es vorbei war, war spätestens seit dem gestrigen Tag klar gewesen, einem Tag, der so ungewöhnlich mild war, dass sie bis zum frühen Abend die Jacken auslassen konnten und den Wind vom Meer über ihre nackten Arme streichen ließen. Er zeigte ihr, nachdem sie ein paar Souvenirs für ihre Eltern und Freunde besorgt hatte, den alten Hafen von Chania und lud sie hinterher in eine Taverne ein, noch einmal ein Glas Wein für jeden, in alten deutschen Volksliedern hieß es, dass man den Scheidebecher miteinander teile. Sie tranken langsam, fast andächtig, sprachen kaum, berührten sich nicht, sahen sich nicht an, nur ab und zu kreuzte sich ihr Blick, wenn sie den Menschen nachschauten, die das Hafenviertel in verschiedene Richtungen verließen. Georg versuchte die Stille zu überbrücken, die von Minute zu Minute mehr zwischen ihnen aufkam, aber es war keine lastende Stille, eher eine ganz leichte, die von Abgefundensein zeugte, Ergebenheit. Er gab ihr, jeweils mit dem Finger abwechselnd auf die Arsenale, die Hafenmole, das Minarett zeigend, historische Erläuterungen und ertappte sich dabei, in den alten Lehrerton zu verfallen: nach der venezianischen Periode folgte die lange Besatzung durch die Türken, dann der Befreiungskampf, der Verrat der europäischen Großmächte, dann doch die

7

Unabhängigkeit, zuletzt die kleinasiatische Katastrophe unter Federführung des Ministerpräsidenten Venizelos, der über der Stadt, da oben, Ivanka, wo auch die Frau des Kameramanns liegt, begraben ist. Sie nickte ab und zu, aber ob sie ihm überhaupt zuhörte, blieb unklar. Sie sah, während er sprach, meist geradeaus, Hm, sagte sie manchmal, oder Ach, wirklich, aber einmal, als er von dem Todesmut der Pallikari, der jungen kretischen Partisanen in ihrem Kampf gegen die Türken, berichtete, heutigen Selbstmordattentätern gleich, wollte sie mehr wissen, drängte Georg, weiter zu erzählen und sah ihn dabei auch wieder an, aber er wusste nicht, warum gerade dieses Thema sie so faszinierte. Und einmal hatte sie auch ihre Hand um seinen Unterarm gelegt, und da war es ihm so vorgekommen, als säßen sie noch in der Dionysos-Bar, das war gerade ein paar Tage her und da hatte sie ihn auch so angefasst.

Die Zeit während des Essens, später auf der Terrasse des Hotels, hätten sie nutzen können, noch einmal über sich zu sprechen, ihr Zusammensein in den vergangenen Tagen, die Georg so unwirklich vorgekommen waren, unwirklich vor so viel Glück. Sie hätten sie nutzen können, noch einmal die Sätze zu wiederholen, die sie sich in den Augenblicken des Begehrens gesagt hatten, oder vielleicht Pläne machen, wider alle Vernunft, ein Wiedersehen herbeireden, sich schon einmal Ort und Zeit ausmalen, aber es blieb bei wenigen Worten, Erinnerungen an die gemeinsamen Insel-Tage, touristische Anekdoten, nichts von den Nächten, ihrem Beieinanderliegen, nichts von der Lust, der Aufhebung von Zeit. Stattdessen sprachen sie über das Abendessen bei Kostas und Maria in Pagalahori, die wütenden Tiraden des Gastgebers gegen die homophoben Ausfälle des Kandidaten mit der blonden Betonfrisur im US-Wahlkampf, sein ironischer Vorschlag, Ivanka müsse angesichts dieser Barbie-Puppe, deren Vater in den Umfragen der letzten Tage bedrohlich in die Nähe der demokratischen Präsidentschafts-Kandidatin rückte, unbedingt ihren Vornamen ändern, das ließ die beiden noch einmal lachen. Dann erinnerte Ivanka an die Begegnung mit dem greisen Sorbas-Kameramann Walter Lassally, der immer noch um den im Feuer geschmolzenen Oscar trauerte, obwohl er das abstritt, und ihnen erzählte, wie widerwillig Anthony Quinn sich bei der Tanzszene angestellt hatte. Ihre Fahrt bis an den westlichen Rand der Insel, und wie smaragdgrün das Wasser gewesen war bei ihrem späten Bad in der Bucht vor Elafonissi, von etwas anderem redeten sie nicht während dieses letzten Essens. Hinterher hatten sie im Hotelbett gelegen, ihre letzte Nacht, aber Ivanka hatte den Schlafanzug mit den blau-gelben Streifen angehabt und seinen Arm weggeschoben.

Sie bediente jetzt ihr Smartphone mit der einen Hand, während die andere immer noch in der Georgs lag, und er sah ihr von der Seite dabei zu, wie sie geschickt mit einem Finger eine Mail schrieb, vielleicht an eine Freundin in Kiew oder an die Redaktion in Sofia, das Gesicht ernst und konzentriert über dem Display, die Haare jetzt wieder ungezähmt über ihre Wange fallend bis hinunter zu ihrem Oberschenkel. Er spürte den aufsteigenden Schmerz, eine halbe Stunde war bereits vergangen.

Innerhalb von nur einer Woche hatten sich alle Erwartungen, mit denen er hierhergekommen war, in Luft aufgelöst. Der frisch pensionierte Oberstudienrat, der allen Mut, der noch in ihm war, zusammen genommen hatte, die Wohnung verkauft, alle Brücken abgebrochen, um die verbleibende Zeit auf der Insel, seiner Insel zu verbringen, noch einmal etwas zu leben, was ihm der Beruf, der Alltag, alle Zwänge seiner bisherigen Existenz verwehrt hatten, einen Traum, ja, einen Lebens-Traum und plötzlich auch einen Liebes-Traum, für fünf Tage, immerhin.

Das war jetzt alles vorbei. Die Intrige von Panos und Michalis, die undurchschaubare Christina, die dubiose Rolle von Lefteris bei dem Ganzen, und nun ging auch Ivanka.

Was würde ihm bleiben? Für die Zeit, bis der Container wieder in Deutschland und eine neue Wohnung gefunden war, hatten ihm Willi und dessen Frau ihr Gästezimmer angeboten, ein kurzes Telefonat gestern hatte gereicht, du bist immer willkommen, das weißt du. Danach blieben der Tennisclub, die gelegentlichen Pensionärsversammlungen des Gottfried-Herder-Gymnasiums, bei denen er nicht erscheinen würde, die Bundesliga, die schon rituelle und stets enttäuschte Hoffnung auf eine Meisterschaft von Schalke 04, die Stones-Platten, die Fotoalben, die Erinnerungen. Mehr würde nicht sein. Ganz zum Schluss müsste er auch von sich Abschied nehmen.

Als hätte Ivanka seine Gedanken erraten, löste sie sich aus seinem Griff. Sie zeigte entschuldigend auf das Schild mit dem Toiletten-Symbol und stand auf. Georg schaute ihr hinterher, das T-Shirt mit der ukrainischen Ex-Ministerpräsidentin weit über die Taille gezogen, bekam ihr Gang durch die Stiefeletten mit den hohen Absätzen erneut etwas Wiegendes, fast Tänzerisches.

Als sie zurückkam, sah er, dass sie geweint hatte, merkte aber sofort, dass sie weder einen Kommentar dazu hören wollte, noch, dass er ihr die Tränen aus den Wangen streichen sollte. Selbst die Packung Papiertaschentücher, die er ihr hinhielt, lehnte sie ab. Alles gut, deutete sie etwas hilflos mit einem steil aufgereckten Daumen an, der sah so aus wie eines ihrer Smartphone-Emotis. Hat sich was verändert, fragte sie, schaute dann aber schon selbst auf den über ihnen hängenden Monitor. Nichts, sagte Georg, pünktlicher Abflug, dabei hatte sich buchstäblich alles verändert. Es dauerte jetzt nicht mehr lange.

Er fragte sich, wann er zum letzten Mal solch ein Weinen gesehen hatte. Vielleicht hatte sie ja auf der Toilette geschluchzt, ihr Körper etwas gebebt, aber Georg glaubte, es war von Anfang ein tonloses Weinen gewesen, eines, bei dem die Tränen sich über Minuten ankündigen und man nur noch einen Ort, eine Gelegenheit sucht, ihnen Lauf zu lassen, kein eruptives, anklagendes Weinen (wen sollte man auch anklagen, die Welt, das Schicksal, Gott? – es gab schlicht niemanden, außer vielleicht das Leben und seine Vergänglichkeit), ein stilles, unschuldiges Weinen, das einfach sein muss und für das keine Rechenschaftspflicht besteht. So hatte Ivanka geweint und Georg musste an die Tränen seiner Mutter denken, die hatte auch so geweint, als er sie zum letzten Mal im Krankenhaus besucht hatte. Am nächsten Tag wollte er wiederkommen, ein Schriftstück mitbringen, das sie unterzeichnen musste, um einen Platz im Pflegeheim zu bekommen und als er ging, hatte er sich über ihr Bett gebeugt und sie, die ganz zerbrechlich geworden war, vorsichtig in den Arm genommen, und seine Mutter hatte geweint, ganz still in sich hinein, und Georg hatte es beim Verlassen des Zimmers das Herz zusammengekrampft, und als nachts das Telefon geläutet hatte und im Display die Nummer des Krankenhauses erschien, war ihm klar geworden, dass die Tränen seiner Mutter, so wie die von Ivanka jetzt, ihm gesagt hatten, dass man Abschied nehme, für immer. Und doch kam es ihm vor, dass er mit dieser Analogie die Tränen seiner Mutter zu klein, zu unbedeutend gemacht hatte. Seine Mutter war in der Nacht gestorben, aber Ivanka flog in ein neues Leben, gleich, in wenigen Minuten, und er würde zurückbleiben, und er war es, der eigentlich weinen müsste, weil in ihm etwas starb, unwiderruflich.

Eine schrille Frauenstimme aus den maroden Lautsprechern der Abflughalle verkündete das definitive Ende. Last Call. Last Call Ivanka. Sie stand auf, schulterte ihren Rucksack und sie sagten sich noch einmal ihre Namen, Georg (nein, sie sagte „Jorgos", so, wie ihn seine griechischen Freunde, auch die, die ihn verraten hatten, immer nannten, und er sagte „Ivana", ließ das Verkleinerungs-K weg und meinte die große, die erwachsene Frau, die er geliebt hatte für diese eine Woche und lieben würde für den Rest seiner Zeit und die ihn nun verließ).

Jetzt stand sie schon im Security-Bereich, ein Polizist wies wortlos auf das Band für die Gepäckstücke. „Mach´s gut", hatte sie noch gesagt, und er antwortete mit einem unbeholfenen „Auf Wiedersehen", dabei wussten sie beide, dass sie sich nicht wiedersehen würden und versuchten auch keinen Kuss mehr. Die Küsse waren alle gegeben.

Ihr Rucksack passierte das Röntgengerät, offenbar unbeanstandet, der Polizist winkte sie zu sich und fuhr mit dem Scanner an ihrem Körper entlang, irgendwie oberflächlich, desinteressiert und müde, so müde, wie es das ganze Land war, und mit einer Handbewegung, die Georg an den Schutzmann aus Kafkas Parabel, die er noch zum Schluss, in seinem letzten Deutsch-Leistungskurs, mit den Schülern gelesen und zu der er ihnen eine tieftraurige Interpretation der menschlichen Existenz nahegelegt hatte, erinnerte, winkte er Ivanka durch, „next one", schaute dabei aber auf den Eingangsbereich, so, als meinte er ihn persönlich, und es sah wirklich so aus, als formte sein Mund die Worte jenes übermächtigen Prager Polizeibeamten , der dem nach dem Weg fragenden Ich-Erzähler bescheidet : „Gib´s auf, gib´s auf."

In den Büchern heißt es, dass derjenige, der einen anderen verlässt, womöglich für immer, sich nicht mehr umdreht, das schien ein ehernes Gesetz. Ivanka aber kümmerte das nicht, sie wandte sich, nachdem sie ihren Gürtel vom Band genommen und wieder durch die Schlaufen der Jeans gezogen hatte, noch einmal um, und als sie glaubte, Georg entdeckt zu haben, winkte sie, und Georg winkte zurück, eine leichte Handbewegung, ein zaghaftes Wischen. Danach sah er nur noch ihren Rücken, ihren leicht wiegenden Gang, als sie sich Richtung Abfluggate bewegte, und das Blond ihrer Haare, das aus der Menschengruppe herausstach.

2

24. Oktober 2016

Georg hatte die Frühmaschine von Düsseldorf nach Iraklion genommen, wie so oft in den über dreißig Jahren zuvor. Es war spät im Oktober und noch dunkel, als das Taxi in die Sackgasse vor dem Haus, in dem er wohnte, einfuhr. Er hatte noch schnell einen Umschlag mit seinem Wohnungsschlüssel in den Briefkasten des Hausverwalters geworfen, der würde ihn dem neuen Besitzer aushändigen. Die Wohnung hatte er bis auf die Küche leergeräumt und die letzte Nacht auf einer alten Matratze verbracht, neben sich den gepackten Koffer. Georg bestieg das Taxi, grüßte den Fahrer, der Bescheid wusste. Bis zum Flughafen war es vom Vorort im Essener Süden nicht weit, eine Viertelstunde vielleicht. Der Wagen setzte sich in Bewegung Richtung Autobahn. In den letzten Tagen hatte er sich von allen Freunden verabschiedet, zum Schluss noch lange vor dem Grab seiner Eltern gestanden, für dessen Pflege gesorgt war. Jetzt schaute Georg sich nicht mehr um.

Beim Einchecken war ihm ein Platz am Gang zugewiesen worden. Ein junges Pärchen, offenbar Urlauber, die ihren ersten Kreta-Flug anzutreten schienen, hatte die anderen beiden Plätze eingenommen. Trotz ihres aufgeregten Geplappers, es ging um das gebuchte Hotel, mögliche Unternehmungen, die Stärke des Sonnenschutzmittels und weitere touristisch bedeutsame Probleme, war Georg schnell in eine Art Dämmerzustand gefallen. Die Nacht war kurz gewesen, die übliche Nervosität, die er vor Reisen immer spürte, hatte jeden Schlaf verhindert. Die

Flugbegleiterin, die ein karges Frühstück servierte, nahm er schon nicht mehr wahr.

Sein Entschluss, Deutschland zu verlassen, alle Brücken abzubrechen, wie man so sagt, war seit Beginn seines letzten Jahres als Lehrer gereift. Er unterrichtete an einem Provinzgymnasium, nur ein paar Kilometer von seinem Wohnort entfernt, Deutsch, Geschichte und evangelische Religion. Jetzt, mit fast 63 und nach 40 Jahren in diesem Beruf (er hatte sehr früh angefangen) schien es ihm an der Zeit, die Segel zu streichen, obwohl er von Schülern, Kollegen, sogar von Eltern eindringlich gebeten wurde, doch noch zu bleiben, und als das nichts mehr half, hatten sie ihn mit Briefen, Geschenken, Überraschungen, Sympathiebekundungen jedweder Art so überhäuft, dass er in seiner Rührung sogar einen Moment geschwankt und überlegt hatte, die Behörde doch um zwei Jahre Verlängerung zu bitten. Aber da hatte die Schulleiterin schon seine Entlassungsurkunde zugeschickt bekommen, die Bürokratie, einmal in Gang, ließ keine Spontaneität mehr zu.

Es kam der Abschiedsabend, sein alter Mentor hielt die erste Rede, fast achtzigjährig jetzt. Damals, vor 40 Jahren, hatte der – einst ein hochgewachsener, blonder Womanizer, der stolz auf seine nordfriesische Herkunft war, sich selbstironisch als „Angehöriger einer ethnisch verfolgten Minderheit" bezeichnete und trotzdem den dänischen Vornamen Mogens trug - Georg sofort ins kalte Wasser geworfen. Kühl fragte er ihn auf dem Weg zur Klasse und vor seiner allerersten Unterrichtsstunde, ob er sich in „Marxismus" auskenne, und, als Georg bejahte, neben ihm, die Klassentür schon im Auge, stehenblieb und grinste. „Dann ist ja soweit alles klar. Wenn Sie ein Problem haben, ich bin gegenüber in der `Wolfsquelle´, die haben übrigens ein gutes König-Pils, da können wir morgen Ihre Stunde besprechen."

Damit öffnete Mogens die Klassentür, machte eine einladende Handbewegung und brach auf zu seinem sehr frühen Schoppen.

Irgendwie war alles gut gegangen. Die Klasse – eine ausschließlich männliche Abiturientia, die meisten nur wenige Jahre jünger als Georg – hatte ihn akzeptiert, nachdem er ein paar einleitende Sätze zur Fußball-Bundesliga und zur aktuellen Hitparade gesagt und grinsend den Wunsch geäußert hatte, zusammen mit den Jungs dem gegenüberliegenden Mädchen-Gymnasium doch mal einen Besuch abzustatten, da war das Eis endgültig gebrochen. Nach dem Klingeln, als Mogens mit einer kleinen Fahne von seinem Gastronomie-Besuch zurückkam und kurz nach Georg schaute, standen sogar die einschlägigen marxistischen Vokabeln an der Tafel: Mehrwert, Bourgeoisie, Proletariat, „Arbeiter aller Länder vereinigt euch!" Sein künftiger Ausbildungslehrer hatte ihm auf die Schulter geklopft: „Geht doch!"

Und nun stand er also da, in der Mensa des Gottfried-Herder-Gymnasiums, immer noch hoch gewachsen, topfit, Kapitän einer Golfmannschaft, nur die einst vollen blonden Haare ersetzt durch einen dünnen grauen Rest, und hielt eine Rede über, für Georg, zwei, drei unterstützende Karteikarten in der Hand, ansonsten sprach Mogens frei und schaute ihn die ganze Zeit an. Einen „für Schulverhältnisse äußerst seltenen Intellektuellen" nannte er ihn, einen Menschenfreund und Vertrauten der Schüler und immer dann Rebellierenden, wenn seinem Gerechtigkeitssinn etwas entgegenstünde, aber auch scherzhaft einen Wertkonservativen, weil er seit 50 Jahren die gleiche Frisur trage und ebenso lange dem FC Schalke 04 die Treue gehalten habe. Aber das war erst der Anfang. Es folgten weitere Reden von Kollegen, Freunden, Schülern, keine einzige davon floskelhaft, alle voller Wärme, Zuneigung und Wertschätzung, und selbst die Schulleiterin, die beiden hatten es nicht immer leicht miteinander gehabt, fand leise, sehr persönliche Worte. Zum Abschluss hatte die Lehrerband Neil Youngs „Heart of Gold" etwas holprig umgetextet in „Du hast ein Herz aus Gold", und das war dann doch ein bisschen zu viel für ihn. Georg bekam feuchte Augen, das erklärte er seinen Tischnachbarn mit einem aufkommenden Zug zwischen zwei geöffneten Außentüren, was die wiederum mit mildem Spott hinnahmen, und er hätte nicht sagen können, ob er vor Glück oder vor Traurigkeit weinte, oder weil er einfach nur wusste, dass irgendwann, wenn die Nacht endete und irgendein netter Kollege, der nicht trank und ihn nach Hause gebracht hätte, niemand da sein würde, niemand, der das Glück oder die Traurigkeit mit ihm teilte, vielleicht sogar schweigend, niemand, der seinen Arm um ihn legte, niemand, der ihm sagte, dass er sich auf den neuen gemeinsamen Lebensabschnitt freue. Und dann am nächsten Morgen, nach unruhigem Schlaf voller quälender Traumfetzen, würde er allein aufwachen. Dass Marion zum letzten Mal in diesem Bett gelegen hatte, war zwei Jahre her.

Die Vorstellung, ganz nach Kreta zu ziehen, war zunächst dem Trotz entsprungen, den wohlmeinenden Vorschlägen seiner Freunde für die Zeit nach der Schule etwas wahrhaft Ungewöhnliches entgegenzusetzen – ausgerechnet er, dessen Leben, zumindest äußerlich, immer in wohlgeordneten Bahnen verlaufen war. Und so hielten alle, die ihm wahlweise eine Lehrtätigkeit an der Volkshochschule, einen Koch- oder Sprachenkurs oder die intensive Verbesserung seines Tennisspiels ans Herz gelegt hatten, um, wie sie sagten, dem zu erwartenden „tiefen Loch", in das er unvermeidlich fallen würde, zu entgehen, seine Ankündigungen für ziemlich leeres Gerede. Sie waren sich sicher, dass er seinen gewohnten Lebenskreis nicht aufgeben würde, vor allem nicht, seit Marion ihn verlassen hatte und er auf sein dichtes Netzwerk von Freunden erst recht angewiesen war. Insgeheim gab Georg ihnen recht, denn je näher der Zeitpunkt seiner Pensionierung rückte, umso mehr nahmen seine Ängste vor einer solch großen Veränderung zu, und er sah sich schon selber vor einer Gruppe 70jähriger, vorgeblich literaturinteressierter Frauen in einem VHS-Seminarraum sitzen und über sogenannte relevante Autoren der Gegenwart dozieren. Und auch die Besuche im Tennisklub würden sich häufen, die in der Stammkneipe ohnehin. Langsames Verdämmern, dachte er manchmal, und dass er sich dem überlassen müsse, jetzt, da er allein war, ohnehin.

Dann aber ging alles ganz schnell, und Georg hätte hinterher nicht sagen können, was es war, das seine Zweifel, Bedenken und ständigen Hin-und-Her-Überlegungen in einer solchen Rasanz beiseite fegen konnte. Sein Nachbar Jens hatte ihn im Frühjahr besucht, man schaute gemeinsam ein Fußballspiel, Schalke 04 gegen Bayern München, und obwohl beide wussten, dass es, wie so oft, gegen die „Lederhosen" schiefgehen würde, hatte Jens seinen Fan-Schal umgelegt und Georg sein blau-weißes Trikot übergestreift (etwas, worüber Marion immer den Kopf geschüttelt und das Wohnzimmer fluchtartig verlassen hatte, „kindisch", sagte sie beim Hinausgehen und „ein fast 60jähriger Mann, lächerlich" und auch Georgs Erklärung, das Ganze habe etwas von Selbstironie und er betreibe noch während der Fernsehübertragungen eine durchaus kritische Supervision und schwebe sozusagen über der Fernsehcouch und lache über sich selber, hatte sie nur mit einer abfälligen Geste kommentiert. Trotzdem briet sie Georg und seinen Freunden zu jedem Schalke-Spiel eine Pfanne Frikadellen, an kalten Wintersamstagen konnte es auch mal ein Topf Erbsensuppe sein).

Das Spiel ging wieder einmal verloren, die „Lederhosen" hatten wenig Mühe gehabt, zweimal Müller, einmal Robben. Nachdem die beiden bei einem weiteren Bier die Lage analysiert hatten – „nächste Woche gegen Frankfurt drei Punkte, sonst wird die Saison genauso Scheiße wie die letzte" – kam Jens überraschend schnell zur Sache. Er bot Georg an, dessen Wohnung für seinen Sohn zu kaufen und nannte einen anständigen Preis. Eine Woche später schlossen sie den Vertrag. Georg hatte ein paar Tage Zeit gehabt, seine Entscheidung rückgängig zu machen (aber bewusst fragte er niemanden um Rat, um nicht in seinen Zweifeln bestärkt zu werden), und nach der geleisteten Unterschrift war sowieso alles klar. Er rief seinen kretischen Freund Michalis an und fragte nach einem Appartement, das zum Verkauf stand. Im Oktober würde er umziehen.

Das hatten sie ihm dann doch nicht zugetraut, alle die Kumpels, Bekannten, Freunde, mit denen er sechs Jahrzehnte (bis auf die kurze Zeit, die er bei Marion in der Nachbarstadt wohnte) sein Kleinstadt-Leben geteilt hatte – Tennis, Fußball, Stammtisch, Rock-Konzerte, die von einem zum anderen wandernden jungen Mädchen, die dann irgendwann Ehefrauen wurden, nur er war letztlich übriggeblieben – und so zogen sie noch einmal alle Register und gaben sich dabei keine Mühe, Hochdeutsch zu sprechen, warum auch mitten im Ruhrpott, Hey, Alter, kannze nich machen, nächstes Jahr werden wer Meister, da musse dabei sein, drei runde Geburtstage stehen an, wat glaubz du, wat da die Post abgeht, wo solln wer denn unser Bierken trinken und Musick hören, wenn uns zu Hause die Bude auffen Kopp fällt, Mensch, gerade jetzt, wo de endlich ma inne Meden-Mannschaft paar Plätze auffe Rangliste klettern kannz, und waren dann völlig konsterniert, als Georg nur lächelte und jeden von ihnen noch einmal ganz fest in den Arm nahm und über ihre kaum noch behaarten, meist kahlen Köpfe strich, Mensch, Jungs, wir sind doch nich ausse Welt, wir telefonieren, mailen, appen, und ich komm auch mal auf Heimaturlaub und ihr könnt mich doch auffe Insel auch besuchen, aber sie wussten, und Georg auch, dass dies allenfalls in den Anfangswochen und –monaten vielleicht geschehen, aber dann aufhören, im Sande verlaufen würde. Aber das sprach keiner von ihnen aus, wenn Georg im Türrahmen stand oder auf dem Treppenabsatz und noch einmal Tschüss rief und dann ging.

Eine plötzliche Turbulenz und die mühsam unterdrückte Schreckensbekundung seiner Nachbarin – sie hatte sich in den Arm ihres Begleiters verkrallt, löste den Griff aber, als die Entwarnung aus dem Cockpit kam - holten Georg aus seinem Halbschlaf. Er schaute auf den vor den Sitzreihen angebrachten Monitor und bemerkte überrascht, dass sie Athen schon überflogen hatten und Kurs auf die Ägäische See nahmen. Er massierte seinen steifen Nacken und reckte sich, so gut es seine beengte Sitzposition erlaubte. Die Stewardess, die man ja nun politisch korrekt „Flugbegleiterin" nennen musste, verteilte die letzten Getränke. Für einen Augenblick meinte er, Marion vor sich zu haben, in Uniform zwar, geschminkt, und doch von einer frappierenden Ähnlichkeit, vor allem war da der gleiche unbeteiligte Blick, den er so gut kannte, mit dem sie den Passagieren die Pappbecher reichte und gleichzeitig durch sie hindurchsah. Es war dieser Blick gewesen, zugleich Ausdruck ihrer kühlen, stets beherrschten, manchmal fast unerträglichen Freundlichkeit, der Georg in den letzten Monaten seines Zusammenseins mit Marion daran gehindert hatte, sie zu fragen, ob sie ihn noch liebe. Eigentlich hatte er, abseits des Alltäglichen, überhaupt nichts mehr gefragt.

„Und für Sie?" Georg sah hoch. Eine helle, ein wenig ins Schrille kippende Stimme, nicht zu vergleichen mit der ruhigen, oft sonoren von Marion. Georg widerstand dem Wunsch, etwas Alkoholisches zu bestellen, winkte freundlich ab, Danke, nichts, mein Gott, erst 10 Uhr morgens, oder eigentlich schon elf, immerhin, aber immer noch zu früh für einen Drink. Er stellte seine Armbanduhr eine Stunde vor und erntete einen erstaunten Blick der jungen Frau neben ihm. „Hier gehen die Uhren anders", erklärte er ihr und bemerkte, dass sie den Doppelsinn nicht verstanden hatte. „Osteuropäische Zeit", schob er deshalb nach. Sie teilte die Neuigkeit ihrem Freund oder Ehemann mit und beide folgten seinem Beispiel.

Über die zwei hinweg konnte Georg das tiefblaue Meer sehen. Nachdem er den Großteil des Fluges verschlafen hatte, spürte er jetzt wieder, mit jedem Kilometer, die die Maschine dem Flughafen von Iraklion näher kam, jene Unruhe, die ihn schon während der ganzen Nacht befallen hatte und nun in die alte, wohlbekannte Angst überging, von der er meinte, sie mit seinem Weggang aus Deutschland ein für alle Mal hinter sich gelassen zu haben. Er spürte seinen Herzschlag schneller werden, verbunden mit einem leichten Zittern und bedauerte, doch keinen Whisky bestellt zu haben, meist hatte der geholfen, zumindest für kurze Zeit.

War es die Ungewissheit über seine Zukunft, die Möglichkeit, ans Ende gekommen zu sein, zumindest in eine Lage zu geraten, aus der es kein Zurück mehr gab, die ihn in diesen letzten Minuten vor der Landung ergriffen? Er dachte an die Euphorie, die seine letzten Wochen in der Schule begleitet und die die Wehmut und die Sorgen vor einer ungewissen Zukunft zunehmend zurück gedrängt hatte und die täglich durch immer neue Belege, dass er eben doch ein guter (ein Schüler schrieb „charismatischer") Lehrer gewesen sei, bestätigt wurde. So genoss er letztlich seine „Abschiedstournee", wie er sie im Lehrerzimmer immer nannte und wenn jemand eine Analogie zu Rockstars, die in Rente gingen, zog, war ihm das ganz recht. Ein bisschen Hybris und Selbstüberschätzung, zumindest nach außen, waren ihm immer eigen gewesen, nur die ganz wenigen, die ihn sehr genau kannten, wussten von seinen tiefen Selbstzweifeln, von seiner Mutlosigkeit, seinen Veränderungsängsten. Umso mehr waren sie überrascht, als Georg ihnen seinen Entschluss mitteilte und sehr bald auch konkrete Termine für seinen Umzug nach Griechenland nannte.

So sehr ihm der Abschied als Lehrer auch schwerfiel, es überwog doch ein Gefühl, das ihn an seine Jugend erinnerte (etwa an die Zeit, als er sein Elternhaus verließ, in einer anderen Stadt, wenn auch nicht genügend entfernt von zuhause, zu studieren begann). Georg wusste andererseits sehr gut, wie nahe das Ganze am verlogenen Klischee von Freiheit und Neubeginn war, vor allem jetzt, wo vielleicht nicht mehr viel Zeit bliebe (und er war zusammengezuckt, als ein Kollege auf seiner Abschiedsfeier Hesse zitiert hatte, von wegen dem Zauber, der allem Neuen angeblich innewohne) , aber indem er nun wirklich alle Zelte in Deutschland abbrach, in dem kleinen Ort an der Ruhr, in dem er so lange gelebt hatte, war sein Entschluss doch von einer Radikalität, die er sich nie zugetraut hätte und vor der er jetzt, kurz, bevor die Maschine aufsetzte, zurückscheute.

Das Flugzeug hatte die Parkposition erreicht. Das junge Paar bedeutete Georg, dass es an sein Handgepäck wolle. Er erhob sich, öffnete die Klappe und holte seinen Rucksack heraus. Dann reihte er sich in die Schlange ein, die sich dem Ausgang zuschob. Die Flugbegleiterinnen, (außerdem war noch ein deutlich schwuler Schönling unter ihnen), hatten sich zum Abschied aufgereiht und gaben jedem Passagier den Wunsch für einen schönen Urlaub mit auf den Weg. Etwas zu lang blieb er vor der

Frau stehen, in der er eben für einen Augenblick Marion erkannt hatte. Sie zog fragend die Augenbrauen hoch, gab es vielleicht noch etwas anzumerken oder irgendeine Auskunft zu erbitten? Georg blieb immer noch stehen, wollte noch einmal diese helle, fast schrille Stimme hören, nur, um sich zu vergewissern, dass es nicht die von Marion war.

Die Ungeduld der hinter ihm drängelnden Passagiere zwang ihn weiterzugehen. Er murmelte eine Entschuldigung, schob sich an der Stewardess (er nannte sie für sich einfach weiter so) vorbei, ohne sie zu berühren und ging weiter, verließ das Flugzeug und wurde von den Mitreisenden auf grobe Weise die Gangway herunter- und dann in den bereit stehenden Shuttle-Bus bugsiert. Während der wenigen Meter vom Bus zu den Bändern der Kofferausgabe bemühte er sich, wieder normal zu atmen, versuchte, sich nicht auf die arrhythmischen Schläge seines Herzens, das die Begegnung mit der jungen Frau in Air-Berlin-Uniform vollends aus dem Takt gebracht hatte, zu konzentrieren. Georg roch die kerosingetränkte Luft, sah den flimmernden Asphalt und jenseits des Flughafens die Sonne, wie sie die „Ziegeninsel" Dia , etwa dort, wo Ikarus der Sage nach seinen tödlichen Flug gestartet hatte, in jenes unwirkliche Licht tauchte, das es nur hier gab und für das die Sprache keine Attribute kannte.

Am Band dauerte es eine Stunde, bis der Koffer kam. Georg genoss die griechischen Sprachfetzen, die von allen Seiten zu ihm drangen und die in Deutsch vorgetragenen Unmutsäußerungen der Passagiere über den Verbleib des Gepäcks mühelos übertönten. Er freute sich auf das erste „Mythos"-Bier, den ersten Zug aus der „Karelia". Noch einmal sah er die Stewardess, diese Bezeichnung gefiel ihm wirklich deutlich besser, mit ihrem Sondergepäck vorbeieilen und wieder war er sich sicher, Marion zu sehen, eine Fata Morgana, die jetzt schon außer Sichtweite war, ihn aber erneut in einen Strudel von Traurigkeit gestürzt hatte.

Er nahm den Koffer und verließ das Flughafengebäude. Draußen kam ihm ein Schwall Hitze entgegen. Sofort floss der Schweiß unter seiner zu warmen Kleidung. Er zog die Leinenjacke aus, legte sie über die Schulter. Dabei fiel das Flugticket aus der Seitentasche. Georg wollte sich bücken, es aufheben, sah dann aber die fettgedruckte Aufschrift: One way. Er ließ das wertlos gewordene Stück Papier liegen. Alles, was noch blieb, war hier zu Ende zu bringen.

Georg ging los.

3

„Welcome, Sir, the island is waiting for you!" Übertrieben freundlich und in der Hoffnung, vielleicht eine etwas längere Fahrt zu ergattern, hielt der Taxifahrer ihm die Wagentür auf. Angesichts der Krise, in der sich das Land seit Jahren befand und die gerade den kleinen Leuten zu schaffen machte, war das nicht verwunderlich. Der junge Mann, vielleicht ein Student, der die massiv angehobenen Uni-Gebühren nicht mehr aufbringen konnte, vielleicht ein Familienvater mit einem Zweit-, gar Drittjob (für viele war das Überleben im Griechenland jener Jahre anders nicht mehr möglich) schien sich wirklich über seinen deutschen Fahrgast zu freuen, besonders, als dieser ihm das Ziel mitteilte: „Hersonissos, Hotel Creta Maris", das waren, wenn er die direkte Strecke nahm, immerhin 25 Kilometer, nicht so schlecht, und was den „direkten" Weg betraf, das konnte man vielleicht ja noch etwas uminterpretieren.

Der Fahrer begann wild drauflos zu plaudern, kaum, dass sie das Flughafengelände verlassen und die Auffahrt zur Autobahn Richtung Osten genommen hatten. Ein Wortschwall über das Wetter der letzten Wochen, die natürlich verdammenswerte Links-Rechts-Regierung mit ihren erneut nicht eingelösten Versprechungen bei gleichzeitiger Unterwerfung unter das Troika-Diktat, die desaströse Verfassung des griechischen Fußballs, „selbst OFI Kreta ist dieses Jahr abgestiegen, Sir", die Aussichten für die kommende Olivenernte auf dem familieneigenen Hof, den zu erwartenden Alkoholgehalt des selbstgebrannten Rakis… Georg ließ ihn einfach weiterplappern, die für den Süden typische Tonlage, immer leicht aufgeregt, zusammen mit der teils abenteuerlichen Mischung aus englischen und griechischen Versatzstücken, beruhigte ihn sogar. Das war der Sound, den er liebte. Eigentlich hielt der junge Mann einen Monolog, allenfalls unterbrochen durch eine kurze Bemerkung von Georg, die er dankbar aufgriff, um ihn, den scheinbar Fremden (Georg ließ ihn in diesem Glauben) mit dem Zustand seiner Heimat und der Verderbtheit der Politiker („all fuckin´corrupt") vertraut zu machen. Das alles hatte er so oder anders schon in den Jahrzehnten zuvor gehört, aber da hatte es mehr etwas Rituelles, das doch augenzwinkernd die Tricks und Intrigen der Politik absegnete, schließlich machten sie alle doch mit ihren originellen Steuerbetrügereien im Kleinen nichts anderes, aber jetzt, seit der Staatsbankrott Jahr für Jahr nur mit riesigen Krediten von Europäischer Zentralbank, Internationalem Währungsfonds und Europäischer Kommission, der sogenannten Troika, bei entsprechenden fiskalischen Maßregelungen durch die drei, aufgehalten wurde, hatte auch die Suada des jungen Mannes etwas Verzweifeltes, seine Wut blieb letztlich ungerichtet, ziellos. „Die „Troika ist letztens umbenannt worden in ´Institutionen`, welch großer Sieg für Tsipras", lachte er hämisch und wollte Georg erklären, wer dieser Tsipras sei, aber der winkte ab. „I know." Damit wurde es plötzlich ruhig im Wagen, der junge Mann fuhr weiter. Wahrscheinlich wollte er mich noch über die Perfidie des deutschen Finanzministers, der offensichtlich die Fäden bei dem Ganzen zog, aufklären, dachte Georg, aber schließlich soll ich ja noch einen anständigen Preis bezahlen für den Umweg, den er gleich nimmt, und ganz sicher, dass ich seiner Einschätzung so devot und reflexartig zustimme wie so manche andere deutsche Touristen, z.B. grauhaarige Oberstudienrats-Kollegen, die die Scham über die deutsche Besetzung Kretas vor über 70 Jahren immer noch für ihre völlig unkritische Haltung gegenüber der Gegenwart instrumentalisierten und die Insel und ihre Bewohner zu Prototypen aufrechter, jeder neuen Knechtschaft, auch der des deutschen Finanzimperialismus trotzender Freiheitskämpfer stilisierten, kann er sich auch nicht sein. Ja, wenn das alles so einfach wäre. Georg war ganz froh, dass der Fahrer nichts mehr sagte.

Nachdem sie die beiden, von der US-Air- Force in den Jahren des Kalten Krieges als Horchposten genutzten, jetzt stillgelegten Satelliten gegenüber der Ortschaft Gouves passiert hatten (der karge Felsen, auf dem die monströse Anlage thronte, wurde von den Einheimischen „Micky-Mouse-Mountain" genannt, weil die Dinger wie zwei große Ohren aussahen), glitt Georg, unterstützt durch das gleichmäßige Schnurren des Mercedes auf der New Road und das anhaltende Schweigen des Fahrers, der sich offenbar eine längere Auszeit nahm, erneut in eine Art Halbschlaf. Seine Augen fielen zu, hinter den geschlossenen Lidern tauchten Bilder auf, ein fremder Flughafen im Abendlicht, ein verrostetes Schild über der Ankunftshalle, Burgas, Bulgarien, so was von am Arsch der Welt, wie waren sie nur dahingekommen damals, vor neun Jahren, irgendwie hatte er noch Flugtickets ergattert, nachdem es im Sommer nicht geklappt und eine Thrombose ihn lahmgelegt hatte, obwohl Herbstferien und alles überbucht, wollte er Marion unbedingt „seine" Insel zeigen, und Marion schien, in einer ihrer seltenen Gefühlsaufwallungen, nahezu begeistert. Nadja, ihre Tochter, die damals acht war, wurde erst gar nicht gefragt, aber ihr genügte das Versprechen, dass es auf Kreta von Katzen, die von ihren Besitzern verstoßen waren, nur so wimmelte. Mit Mühe konnte Marion verhindern, dass sie ihren kleinen Kinderkoffer voll mit Whiskas-Dosen packte.

Nadja war offenbar einem One-Night-Stand, jedenfalls hatte Georg das aus Marions kryptischen Andeutungen herausgehört, mit ihrem ehemaligen Kommilitonen Omar entsprungen. Sie hatte dann kurz vor der Geburt Omar, der aus Marokko stammte, geheiratet. Ihre Eltern fürchteten den Verlust der mühsam aufrecht erhaltenen Kleinstadt-Fassade (beide ehemalige Schulleiter, die die damals üppigen Möglichkeiten einer sehr frühen Pensionierung genutzt hatten) und drängten auf eine schnelle Hochzeit. Zu aller Überraschung hatte sich Omar sogar einem protestantischen Ritual in der Dorfkirche unterworfen und die wütenden Reaktionen seiner muslimischen Familie ignoriert. Marion, die auch als längst erwachsene Frau der elterlichen Umklammerung, besonders der ihres Vaters, nicht zu entkommen schien, fügte sich so von Anfang an in eine Ehe, an deren Erfolg sie selbst nicht glaubte und die dann auch, zur Erleichterung ihres Vaters, der mit Verweis auf seine akademische Bildung immer den liberalen Mann von Welt mimte, in Wirklichkeit aber über sein Kleinbürgertum nicht hinauskam, nur zwei Jahre hielt. Zu diesem Zeitpunkt kannte Georg nur ihre Eltern, gemeinsam saß man abends am Stammtisch in Joe´s Kneipe, besprach die großen und die kleinen Dinge des Tages, von Marion hatten sie nie erzählt, mehr, als dass die beiden eine Tochter hatten, die mit ihrer Enkelin in der nahe gelegenen Ruhrgebietsstadt wohnte, wusste Georg damals nicht.

Nadja hatte nach der schon bald erfolgten Scheidung ihren Vater nur noch verschwommen in Erinnerung. Es war zu einigen, von ihm gerichtlich erzwungenen Besuchsterminen gekommen, danach hatte Marion den besseren Anwalt gewählt, und es fanden keine weiteren Begegnungen zwischen Vater und Tochter statt.

Und jetzt hatte also die Maschine plötzlich den direkten Kurs nach Iraklion geändert, die Kabinendurchsage lieferte die fadenscheinige Erklärung, dass noch bulgarische Fluggäste abzuholen seien, ziemlich mysteriös das Ganze, aber, wie Georg später erfuhr, für osteuropäische Linien nichts Ungewöhnliches, ja, und dann saßen sie eben in dieser heruntergekommenen Halle und wurden mit der Aussicht auf einen baldigen Anschlussflug getröstet.

Der Wagen hüpfte über eine Bodenwelle, Georg wurde aus seinem Halbdämmer gerissen, aber die Bilder wichen auch bei geöffneten Augen nicht, dieser bulgarische Flughafen, eine unvorhergesehene Zwischenlandung, sie mussten die Maschine verlassen und auf Ersatz warten, Nadja quengelte und ließ sich nur vorübergehend durch ein Eis besänftigen, aber Marion lächelte immer noch zufrieden, trotz dieses langen Aufenthalts, sie nahm Georgs Hand, zog sie auf ihre übergeschlagenen Knie, wo Georg den Druck auf ihre Schenkel unter dem engen Jeansstoff erhöhte, Nadja gab Ruhe und Georg fühlte zum ersten Mal seit Jahren eine Art Annäherung an das Glück, hier würden sie sitzenbleiben, allem zum Trotz, Tage, Jahre, hier auf diesen elenden Schalensitzen in einem lächerlichen bulgarischen Flughafen, sie würden sich anschauen, nicht reden, Georg würde ihre Schenkel streicheln und Marion ihn anlächeln und das Kind würde in einen Dornröschenschlaf fallen.

„It´s okay, if we take the way through the mountains"? Der Taxifahrer schaute Georg erwartungsvoll an. Der Umweg würde ihm 10 Euro mehr bringen. Georg hatte richtig vermutet und bemerkte, dass der Mann ohnehin schon zu weit gefahren war, um die Abkürzung zu nehmen und winkte müde ab. „Endaxi – schon gut." Er lehnte sich zurück, sah kurz auf das Meer, das weit unter ihnen lag und unerreichbar schien, dabei war es nur ein paar Kilometer entfernt.

Irgendwann war die Ersatzmaschine gekommen, schon tief in der Nacht, Marion hatte sich von seinem Griff gelöst, ihr Kind an die

Hand genommen und das neue Flugzeug bestiegen, Georg hinterher, immer noch träumend, wie sie da gesessen hatten, Statuen gleich, versteinertes Glück, keine Ahnung davon, was in den folgenden Jahren noch alles kommen würde, die meist schweigend ausgetragenen Kämpfe, die in stete Niederlagen Georgs mündeten, das Gefühl, dass es wieder nicht gereicht hat, der Rausch, der Mal für Mal schneller verflog, das täglich zunehmende Gewebe aus Taktik und Strategie, die Schmerzen, alles Erlittene, vielleicht der Preis dafür, dass es diesen Moment eben gegeben hat und dann noch ein paar danach, das alles konnte er damals nicht ahnen, wollte es auch nicht, stattdessen diese stehen gebliebene Zeit in der schäbigen bulgarischen Wartehalle, Augenblicke, die ihm jetzt schon zu entgleiten schienen, als er sich zu den beiden in die Sitzreihe drückte, sah, wie sich Nadja den Bauch hielt, kurz vor dem Erbrechen, obwohl die alte Mühle der „Bulgarian Airways" noch gar nicht in der Luft war. Marion drängte sich an ihm vorbei, öffnete die Gepäckklappe, fingerte eine Tablette heraus, platzierte sie geschickt in Nadjas Mund, ohne dass diese zum Würgen kam, und Georg betrachtete die beiden mit dem Stolz eines späten Vaters, die junge Frau und das dunkelhäutige Kind, das zu weinen begann, und Georg wollte es streicheln, es besänftigen, ihm zeigen, dass es nun ihn gab und nicht mehr den „Araber", wie er ihn immer grob und vielleicht mit einem Anflug abendländischer Arroganz nannte, aber Marion hatte schon alles im Griff, bedeutete ihm, sich zu setzen. Sie schnallten sich an und der bulgarische Schrotthaufen hob tatsächlich ab.

Georg wollte diesen inneren Film noch zu Ende schauen, als schon der Fahrer die Autobahn verlassen hatte und das Ortschild „Hersonissos" auftauchte, touristengerecht von Kugeln durchsiebt, die die sorgsam aufrecht erhaltene Legende dokumentieren sollten, dass es auf der Insel noch ständige

Vendettas gebe, dabei hatten sich sicher nur ein paar betrunkene Schafhirten einen Scherz erlaubt.

Wie sehr er sich damals gefreut hatte, als sie endlich angekommen waren: ihre Landung in Iraklion weit nach Mitternacht, die geschlossene Mietwagen-Station, aber dann konnte Georg seine logistischen Qualitäten beweisen, die Führung übernehmen in diesem so alten, irgendwie lächerlichen Rollenspiel zwischen den Geschlechtern: Taxi zum Hotel, herzliche Aufnahme trotz der Uhrzeit, Eleni, die Rezeptionistin, die Georg mit einem Kuss empfangen hatte, machte noch Drinks und einen Snack möglich, dann die Zimmerübergabe, zwei große Räume, die mit einer Tür verbunden waren, und als es schon fünf in der Früh war und Nadja eingeschlafen, war Marion herübergekommen und hatte sich zu ihm gelegt.

Aber jetzt bremste der Fahrer an der Ausfahrt von der Main Road zum Hotel, fuhr noch ein paar Hundert Meter und hielt vor dem Eingang des „Creta Maris". „Hope, you have a nice stay", sagte er, nachdem er Georgs Koffer aus dem Auto gehievt und auch noch ein üppiges Trinkgeld kassiert hatte. „And thank you, I felt, you knew the right way".

Da es noch ungefähr eine Woche dauern würde, bis er seine neue Wohnung beziehen konnte, hatte Georg sich noch einmal in dem Riesenhotel, einer Art gediegener und trotz allem den Anschein von Individualität suggerierender Massenherberge eingemietet. Besitzer und Management waren irgendwann seiner Legende aufgesessen, er sei mindestens schon 25mal dagewesen (in Wirklichkeit wenig mehr als die Hälfte) und so trug man ihn bei jedem seiner Besuche sozusagen auf Händen, was er sich nicht ungern gefallen ließ.

Nikos, der Chef der Gepäckträger, eilte herbei. Wie stets trug er Uniform (weißes Hemd, rote Schärpe, olivfarbene Breeches, schwarze Reiterstiefel, ein netzartiges Etwas als Kopfbedeckung, allerdings ohne Dolch und Pistole, das wäre für einen Kofferboy doch zu hinderlich), die Uniform der Pallikaren, jener blutrünstigen und todesmutigen Guerillakämpfer, die in den 20er Jahren des 19. Jahrhunderts den Befreiungskampf der Festlandsgriechen gegen die vielhundertjährige Besatzung durch die Türken auf eine besonders grausame Weise unterstützt hatten. Der Hotelbesitzer, Erbe einer Brandy-Dynastie, Spitzenmarke ein Cognac, der nach Veilchenpastillen schmeckte und wahlweise in der-3, 5-, oder 7-Sterne-Ausführung zu haben war, hatte diesen Firlefanz angeordnet.

„Jasou, Jorgo", Nikos nahm ihn verbotener Weise in den Arm, Fraternisierung mit den Gästen war eigentlich bei der Kofferbrigade nicht gern gesehen, aber gewisse Regeln galten in seinem Fall eben nicht. „Ti kanis? – Wie geht´s Dir?", fragte er, während er sich Georgs Koffer griff und, ohne eine Antwort abzuwarten, durch das Eingangsportal des Hotels voranging. Es wäre sowieso nur eine akzeptiert worden: „Kala – gut", noch auf dem Totenbett war es heiligste Pflicht eines jeden Kreters, dem Fragenden mitzuteilen, dass alles in bester Ordnung sei.

Nach dem Einchecken ging Georg sofort ans Meer. Er musste nur die gepflegte Gartenanlage des Hotels, das einen eigenen Strand besaß, durchqueren. „Jasou, Jorgo", kam es jetzt auch von der Strandbar. Er winkte Aris, dem Barkeeper, zurück, der, enttäuscht, dass er nicht näherkam, zwei Bierkrüge schwenkte. Später, dachte Georg, jetzt bin ich erstmal hier, an diesem Meer, der kretischen See, mit diesem Blau, das von Jahr zu Jahr tiefer scheint, ein Blau, das dir den Atem nimmt, mittendrin schroffe Felsbrocken, die in Ufernähe aus dem Wasser ragen, und immer wieder alles in dieses Licht tauchte, ein warmes, aber unbarmherzig in jeden Winkel scheinendes Licht, ein Licht, vor dem es kein Entrinnen gibt, und ich mittendrin, dieses Licht weiß schon jetzt alles von mir, ach, wusste es immer schon, es brannte auf mich herunter und die Frau, die ich liebte, damals vor neun Jahren und natürlich hatte es auch die Stellen im Wasser ausgeleuchtet, an denen wir gestanden hatten, soeben noch Boden unter den Füßen, Bikini- und Badehose heruntergestreift , die Geschlechter aneinandergedrückt, oberhalb der Wasserfläche ein Paar, das sich nur ein bisschen küsst und herumalbert, das Kind stellte den streunenden Katzen nach und versorgte sie mit Futter aus dem Supermarkt, griechisches Licht, dir konnten wir nicht entkommen und deinem Bruder, dem fetten, gelben Mond, auf dessen Oberfläche man die Gebirgszüge zählen konnte, auch nicht, in den Nächten, wenn wir, müde vom Tag und mit brennender Haut beieinander lagen, aus dem Garten Stimmengewirr, Gelächter und die Musik von Theodorakis, damals trank Marion noch Wein mit mir, vorher, während wir die wenigen Kleidungsstücke von unseren Körpern streiften, gegenseitig und ganz leise, damit Nadja nicht wach wurde, aber nachher auch, wenn wir auf dem Balkon standen, rauchten und in die Nacht schauten.

Georg verließ den Strand und machte Aris die Aufwartung. „Welcome back, my friend." Und: „Ti Kanis?". Und Georg natürlich: "Ola kala – alles gut."

4

Georg ließ sich treiben, obwohl er im Grunde wusste, wohin es ihn am Ende dieses ersten Tages ziehen würde. Er hatte im „Creta Maris" zu Abend gegessen, in der „Selected Area", einem durch vergoldete, mit schweren roten Kordeln verbundene Pfosten abgetrennten Bereich des Speisesaals, reserviert für angeblich besonders wichtige Gäste. Offenbar gehörte er, wahrscheinlich aufgrund der von ihm gegenüber dem Management überhöht angegebenen Anzahl seiner Aufenthalte in diesem Hotel, zu jenen Auserwählten, aber außer ihm hatten nur zwei dicke Russinnen am Nebentisch gesessen, die ihn, während sie ihre überladenen Teller leerräumten, mitleidig beäugten, wie er es bei einem Salat und ein paar Vorspeisen beließ. Beim Verlassen des Saals hatte er höflich genickt, aber die Köpfe der XXL-Babuschkas lagen nur knapp über dem Tellerrand und waren zu beschäftigt, um zurück zu grüßen. An der Tür musste er noch einen schnellen Raki mit dem Chef de Rang trinken.

Georg nahm den Hotelausgang an der Meerseite und schlenderte zum Hafen. Alle paar Meter musste er an den Kamakis vorbei, den Schleppern vor den Lokalen, deren einzige Aufgabe es war, vorbeilaufende Touristen anzulocken. Allabendlich spulten sie ihr Repertoire herunter, das aus drei, vier Standartfloskeln über „the best restaurant on the whole island" bestand, kumpelhaft, wenn eine Gruppe junger Männer aus Holland oder England vorbeikam und kurz vor der weit auf der Straße stehenden Tafel mit großen, bunten Fotos von Gyros- oder Souvlaki- Tellern stehenblieb, handelte es sich hingegen um junge Familien, die offensichtlich frisch angekommen waren und ihre erste Runde durch das Städtchen drehten, wurde der Ton lauter, manchmal sogar aggressiv, wenn es, in der Hoffnung, Stammgäste für die nächsten zwei Wochen zu ergattern, galt, den Konkurrenten vor der Nachbartaverne auszustechen. Immer dann, wenn junge Mädchen oder Frauen über die Hafenpromenade schlenderten, noch am Abend so gekleidet, als wollten sie zum Strand, knappe Shorts, Tops und Flip-Flops, änderte sich der Ton der Kamakis zu einem Säuseln, sie tänzelten vor den jungen Frauen herum, plusterten sich auf, überhäuften sie mit Komplimenten, versuchten ihre Hände und Arme zu ergreifen und sie in den Eingang der jeweiligen Cocktail-Bar oder Diskothek zu lotsen, und wenn dies nicht gelang und die Frauen sich aus diesen Berührungsversuchen herauswanden und lachend und mit einem Winken weiterzogen, pfiffen die Schlepper hinter ihnen her, manche wütend, andere enttäuscht, aber dann tauchte schon die nächste Touristengruppe auf und das Spiel ging von vorne los.

Ein elendes Spiel, dachte Georg, als er an den Tavernen vorbeiging. Von Mai bis jetzt, Ende Oktober, Abend für Abend und gebetsmühlenhaft „the best restaurant", „come in, you beautiful girls" und „tonight´s happy hour, three drinks for two", aber bis auf ein paar Läden, die aus irgendeinem Grund alles richtig machten, blieben die meisten Kneipen leer, auch in der Hauptsaison, denn längst hatten die großen Hotelketten auf „All-in" umgestellt, was dazu führte, dass die meisten Reisenden 14 Tage die Hotelanlage nicht verließen, allenfalls für einen Pflichttermin wie die Besichtigung des Palastes von Knossos.

Die Kamakis sprachen Georg nicht an. Müde standen sie auf der Straße herum, hinter ihnen überwiegend leere Tische und der Koch, über der Essensausgabe lehnend, den Grill abgestellt und die Zutaten wieder eingeräumt. Einige spielten mit ihren Kombolois, den Gebetsketten, Überbleibseln aus muslimischer

Zeit, die jetzt nur noch dazu dienten, irgendetwas in der Hand kreisen zu lassen, wenn die Langeweile und Leere zu groß wurden. Ende der Saison, und die Männer wussten, wie sehr die Ergebnisse ihrer Bemühungen wieder hinter den Erwartungen zurückgeblieben waren, mit den paar Euros, die sie verdient hatten, ließ sich der Tank ihrer zerbeulten japanischen Kleinwagen oder ihrer Motorroller ein paarmal füllen, mehr nicht. Die Wintermonate würden hart werden, gerade peitschte die Regierung neue Sozialkürzungen durchs Parlament, nachdem die Weltbankchefin und die Brüsseler Vertreter wieder einmal darauf gedrungen hatten. Georg grüßte im Vorbeigehen, aber die Kamakis waren müde, abgrundtief müde.

Aus einem der fast auf der Wasseroberfläche liegenden, von Pontons getragenen Restaurants winkte jemand herauf. Georg erkannte Manolis, immer noch der „Schwarze" genannt, obwohl sein pechschwarzes Haar lange schon ergraut war, Manolis, der früher die Touristinnen, bevorzugt solche aus Schweden und Holland, reihenweise flachgelegt hatte. Einer flüchtigen Bekannten von Georg, Carola, die entgegen Manos Beuteschema aus Salzburg kam, hatte er sogar einen Tripper angehängt und sich nicht weiter darum gekümmert. Georg organisierte einen Arztbesuch nebst Injektionen gegen reichlich Schwarzgeld und besorgte der ständig heulenden Carola ein Rückflugticket nach Österreich. Aus Dankbarkeit lud sie ihn ein paar Wochen später nach Salzburg ein, erwies sich als kundige Stadtführerin und zeigte ihm Mozarts Geburtshaus und das riesige Schloss. Nachts lagen sie in ihrer kleinen Studentenbude nebeneinander und hatten bis zum frühen Morgen gequatscht, mehr war nicht passiert. Als Georg, der zunächst ziemlich sauer auf den „Schwarzen" gewesen war, ihm später, nach ihrer Versöhnung, davon erzählte, schüttelte der nur ungläubig den Kopf.

„Jasou, Jorgo!" Manos war die schwankende Treppe vom schwimmenden Restaurant bis zur Hafenpromenade hochgelaufen und umfasste Georg mit seinen Riesenpranken. Gleichzeitig drückte er ihm links und rechts einen Kuss auf die Wangen. Georg stellte die übliche Frage nach dem Saisonverlauf. Obwohl Manos Lokal durchaus als Attraktion galt – welches Restaurant in Hersonnissos lag schon so knapp über der Wasseroberfläche, dass man, an den äußeren Tischen sitzend, die Fingerspitzen ins Meer tauchen konnte? - klagte auch er über ausbleibende Gäste und machte in einem Atemzug die „Verbrecherbande aus New York, Brüssel und – Signomi, Entschuldigung, Jorgo – Berlin" für die Misere verantwortlich. Er überlege jetzt, an einen der wenigen Reichen in der Hafengegend, einen zwielichtigen Pelzhändler aus Saloniki, zu verkaufen und wieder als Kellner oben im Dorf, in Koutouloufari , zu arbeiten, wo es zwar nicht besser liefe, er aber wenigstens die laufenden Kosten los wäre.

Dann erkundigte sich der kretische Riese nach den Gründen Georgs, in diesem Jahr erst so spät auf die Insel zu kommen. Georg antwortete zögerlich, murmelte irgendetwas von einem Urlaub außerhalb der Reihe, womit sich Manos fürs erste zufriedengab. Im gleichen Atemzug unterrichtete er ihn über den neuesten Tratsch hier unten am Hafen, aber auch oben im Dorf. Und erst, als Georg einen doppelten Raki akzeptiert hatte, ließ Manos ihn aus seinen Fängen, nicht ohne ihm für den folgenden Abend eine Vollversammlung mit „allen Jungs" angedroht zu haben. Das fing ja gut an.

Georg spürte den Alkohol, als er weiterschlenderte. Vor dem Juweliergeschäft „Aspasia", da, wo die Straße einen Schlenker vom Hafen wegmachte und in Richtung Main-Road führte, blieb er stehen. Für einen Moment wünschte er sich, Anna käme heraus, die blonden Haare wie immer zu einer Hochfrisur gesteckt, die wie betoniert wirkte, elegant wie eh und je, dezent, aber aufwändig geschminkt, eine Lady, die statt an diesen Ort viel besser auf die Maximilianstraße in München gepasst hätte, in jenem türkisfarbenen Kleid, das er ihr einmal, vor vielen Jahren, in ihrem kleinen Appartement, das auf halber Höhe zwischen Hafen und Dorf lag, über den Kopf gezogen hatte, so hastig, dass ihre Frisur Schaden nahm, aber bevor sie protestieren konnte, hatte er ihr schon den Rest abgestreift, damals, in jener Nacht der tropischen Temperaturen und der Schreie der Zikaden, denen die Hitze offenbar auch den Schlaf raubte und ein Verstummen unmöglich machte. Anna hatte sich noch ein wenig gewehrt, aber ihm dann mit ihrem schwer verständlichen Münchner Akzent ins Ohr geflüstert, dass er zu ihr kommen solle, oder in sie, (dieser unvergessene Akzent, „Giesing", hatte sie ihm erklärt, „da wo der Beckenbauer herkommt", aber im Gegensatz zu diesem sei sie ihr Leben lang immer „Sechzgerin" geblieben, nur seit man sich die Arena mit den „Lederhosen" habe teilen müssen, nicht mehr ins Stadion gegangen — „Also eine echte Löwin", hatte Georg ergänzt, und wie eine Löwin kam sie ihm damals auch vor, als sie ihre langen, in stundenlanger Feinarbeit bearbeiteten Fingernägel in sein Fleisch trieb, schweißüberströmt beide, die Münchnerin und der Mann aus dem Ruhrgebiet, beide noch in ihren guten Jahren und gegen die vergehende Zeit ankämpfend …).

Als er aufwachte, stand Anna vor dem Spiegel des winzigen Badezimmers, in einem Kleid, deren Farbe nur Nuancen von dem des Vorabends abwich, die Haare bereits wieder millimetergenau in Form. Sie sah zum Bett hinüber, lächelte, als sie Georg nackt und erneut mit dem Anflug einer Erektion auf dem Rücken liegen sah, bedeutete ihm aber mit einem Ausdruck des Bedauerns, dass nun der Dienst im „Aspasia" beginnen würde: „Gemma." Und Georg war aufgestanden, hatte sich am

Greek Coffee, den sie ihm hinhielt, die Lippen verbrannt, macht nichts, dachte er, die hatte sie ihm ohnehin wundgeküsst in der Nacht, und dann gingen sie den Berg hinunter, und ein paar hundert Meter, bevor sie Annas Arbeitsplatz erreichten, hatte sie ihm noch einen schnellen Wangenkuss gegeben und ihn mitten auf der Straße stehen lassen, „Besser fürs Geschäft" hörte er sie sagen, als sie sich noch einmal umdrehte und ihm mit jener Geste zuwinkte, die offenließ, ob es noch eine weitere Nacht geben würde.

Georg warf einen raschen Blick durch die geöffnete Tür des Schmuckgeschäftes, aber da stand nur eine ihm unbekannte Schwarzhaarige, die seinen Blick geschäftsmäßig erwiderte und sich daran machte herauszukommen, vielleicht, dass sie in Georg einen der letzten potenziellen Kunden vermutete, Uhren, Armbänder und Ringe waren wie Blei in den samtausgeschlagenen Schmuckkästen liegengeblieben, selbst die Russen waren nicht mehr gekommen, der aufgrund der Sanktionen beleidigte Zar im Kreml hatte seine Landsleute angewiesen, lieber in der Türkei Urlaub zu machen. Die Schwarzhaarige zeigte einladend auf die Auslage in den beiden Schaufenstern links und rechts der Eingangstreppe, aber Georg, der den Impuls unterdrückte, die Frau nach dem Verbleib von Anna zu fragen, murmelte ein „Ochi, efcharisto, nein, danke" und bog rechts ab, weg vom Hafen, vorbei an den letzten Touristengeschäften und erreichte die Main Road.

Trotz der späten Jahreszeit war die Straße, die den neuen Teil von Hersonissos vom Bergdorf gleichen Namens und dessen Nachbardörfern trennte, noch stark befahren. Er zögerte einen Moment, ließ den wild hupenden Strom an Autos, Bussen, Taxen, vor allem Bikes an sich vorüberziehen und schaute versonnen auf den ziemlich heruntergekommenen Supermarkt, der sich seitlich von ihm befand. Kaltes Neonlicht, die Lampen hingen an bloßen Drähten und schienen jeden Augenblick auf einen der wenigen Kunden hinabzufallen, die ziellos an den halbleeren Regalen entlangschlichen und, ohne recht hinzuschauen, große Wasserflaschen, halbtrockene Weißbrote, weich gewordene Tomaten und einen Kanister Olivenöl in ihren Einkaufswagen verstauten. Der weiße Fliesenboden wies zwischen Obst- und Gemüseresten schmutzige Schlieren auf, Fliegen kreisten überall dort, wo ihnen die Lebensmittel unbedeckt ausgesetzt waren. Georgs Blick fiel auf die Fleischtheke. Ein kräftiger Mann in einem einstmals weißen Arbeitsanzug, eine blutverschmierte Gummischürze umgebunden, auf dem Kopf ein Käppi, das an einen Matrosen erinnerte und das von einem dichten Bart umrahmte Gesicht halb verdeckte, schlug mit einem furchterregenden Beil auf den Torso eines Schweins oder Hammels ein und trennte die Rippen voneinander. Georg grinste, betrat den Laden und näherte sich der Theke. „Zoran!" Der Mann hielt mitten im Schlag inne, sah Georg und ließ das Beil fallen. Schnell streifte er die Schürze ab und kam um den gläsernen Tresen gelaufen. „Jorgo!" Die beiden Männer umarmten sich und klopften sich gegenseitig auf den Rücken. Zoran war Kroate und hatte sich während des Jugoslawien-Kriegs dem Wehrdienst entzogen. Der Zufall hatte ihn nach Kreta getrieben, seit über 20 Jahren verdingte er sich nun als Metzger, zu Beginn jeder Saison musste er sich einen Supermarkt, eine Schlachterei oder eine Hotelküche suchen, die ihn für ein paar Monate und zu einem Hungerlohn einstellten.

Georg hatte Zoran vor ein paar Jahren kennen gelernt, als er während einer Nacht in der Dionysos-Bar dessen griechischer Freundin ziemlich nahegerückt war und nur Lefteris durch sein schnelles Eingreifen verhindert hatte, dass der später hinzugekommene Kroate handgreiflich wurde. Am frühen

Morgen, nach etlichen Runden, die Georg spendiert hatte, schwor man sich ewige Freundschaft.

Zorans Vater, so hatte er ihm erzählt, war 1964 als Komparse eingesetzt, als der Film „Old Shatterhand" an den Plitvitser Seen gedreht wurde. Der Produzent der erfolgreichen „Winnetou"-Filme, Atze Brauner, hatte schnell gemerkt, dass das Kino-Publikum nicht bereit war, den Tod Winnetous am Ende des dritten Teils zu akzeptieren und schnell für dessen wundersame Wiederauferstehung in eben jenem neuen Film gesorgt. Das Film-Team klapperte wie üblich die umliegenden Dörfer ab und stellte aus kräftigen, gutaussehenden jungen Männern mit möglichst bronzefarbener Haut die benötigten Indianerstämme zusammen, wobei die Apatschen stets die „Guten" waren. Zorans Vater allerdings wurde den feindlichen Komantschen zugewiesen. Das war ihm herzlich egal, gab es doch eine gute Gage für ein paar Reit- und Kampfszenen, außerdem war man in den Pausen den Stars wie Lex Barker oder dem offensichtlich unsterblichen Pierre Brice sehr nahe. Auch auf die schöne Daliah Lavi, hatte Zoran augenzwinkernd erzählt, sei der Alte scharf gewesen, wenn auch ohne Erfolg.

Es war 1964 gewesen, Georg war zehn, als er mit seinen Freunden am Sonntagnachmittag geduldig vor den Kettwiger „Hexenberg-Lichtspielen" angestanden und gewartet hatte, bis sie es endlich an den Schalter des Kassenhäuschens geschafft hatten. Sie reichten gerade bis an das Fensterchen heran, durch das ihnen Josef Deppe, genannt Juppi, ein kleiner, stiller Mann, der nie sein Pepita-Hütchen ablegte und nach der Vorstellung allein im Kinosaal auf einem verstimmten Klavier Mendelssohn spielte, die ermäßigten Karten für die Jugendvorstellung reichte. Dazu gab es, die Omas der Jungs waren spendabel gewesen, eine Rolle Schokoladen- Toffees, Georg meinte, sie hätten Choco-

Rola geheißen, jedenfalls ganz üble Plombenzieher, aber mit dem herrlichen Geschmack nach Karamell, und den verhassten und angstbefrachteten Besuch bei Zahnarzt Böhm musste man für diesen Genuss wohl oder übel in Kauf nehmen.

Voller Aufregung hatte man auf die erste Begegnung der beiden Helden gewartet, meist kam Lex Barker von rechts und Pierre Brice von links angeritten, auf einem karg bewachsenen Plateau hoch über einem der Seen mit ihrem smaragdgrünen Wasser, sie trafen sich dann in der Mitte der Leinwand und tauschten den Brudergruß aus, der unerschrockene Weiße und der edle Indianer – und Georg hatte schon damals weinen müssen, unbestimmte Jungentränen, über die er sich selber wunderte, aber diese Tränen bei immer der gleichen Szene hatten bis ins Erwachsenenalter angehalten, eigentlich bis heute. Marion hatte ihn immer ungläubig angeschaut, wenn sie am ersten Weihnachtstag, dem klassischen Termin für Karl-May-Filme , vor dem Fernseher gesessen hatten, Nadja, das Kind, ungehalten, weil auf einem anderen Kanal „Harry Potter" lief – und er verlässlich bei eben jener Begrüßungsszene feuchte Augen bekommen hatte. Wahrscheinlich hatte sie gedacht, eines seiner blöden Rituale, mit denen er seine verlorene Kindheit herbeizwingen wollte, aber zunehmend war sie überzeugt, dass es ihn wirklich überkam und hatte ihm, ohne das Ganze zu kommentieren, sie kommentierte ja nie, zum nächsten Weihnachtsfest eine DVD-Gesamtausgabe geschenkt, selbst die im Orient und Südamerika spielenden Filme waren enthalten – ein Signal für ihn, sich die Box zu schnappen und in seine eigene Wohnung zu fahren. Komischerweise ließ, seitdem er wieder allein war, seine Sentimentalität nach und inzwischen verstaubte die Box im Regal.

Zoran hatte Georg einer weiteren Illusion beraubt. In Wirklichkeit war er ja nicht nur wegen der Eingangsszene in den

Film gegangen, sondern er wollte mit eigenen Augen sehen, was die Jungen aus der Klasse über ihm, der Quarta, auf dem Schulhof, in Grüppchen zusammenstehend, erst gemunkelt und dann lauthals den jüngeren Schülern verkündet hatten: in der Mitte des Films gäbe es doch tatsächlich ein nacktes Weib zu bestaunen, zwar nur kurz, aber doch lang genug, um die „Titten" zu sehen und den „Arsch" und zwischen den Beinen – die Zeitangaben schwankten zwischen einer hundertstel und tausendstel Sekunde – ein pechschwarzes Dreieck. Letzteres hatten sie dann auch auf dem Schulklo verewigt, direkt über der Pinkelrinne, und Georg hatte staunend davorgestanden, auch, als er seine Blase schon geleert und das kleine, noch völlig ahnungslose Ding zurück in die kurze Lederhose mit dem Edelweiß aus Bakelit auf dem Geschirr gestopft hatte. Irgendetwas Geheimnisvolles wartete auf ihn, geheimnisvoller als alle Listen Winnetous und alle Strategien Old Shatterhands bei der Bekämpfung der Bösen, etwas, das in ihm rumorte, ohne dass er genau wusste, an welcher Stelle, ob im Herzen oder in der Brust oder im Kopf, aber manchmal, wenn sie gemeinsam mit den Mädchen beim Sportfest waren oder er einen Blick auf das Titelbild der „Bunten", die seine Mutter auf dem Tisch hatte liegen lassen, warf, war es ihm, als regte sich etwas in dem unscheinbaren Organ zwischen seinen Beinen, das bisher nur dem einen Zweck gedient hatte.

Atemlos warteten Georg und seine Freunde auf den besagten Moment. Das ganze „Hexenberg"-Kino war plötzlich totenstill. Möglicherweise hatte sich auch Juppi Deppe aus seinem Kabuff in den Saal geschlichen (damals konnte er sich noch einen Filmvorführer leisten), das wollte auch er nicht verpassen, obwohl er die Szene sicher schon ein Dutzend Mal gesehen hatte. Und tatsächlich, plötzlich war Daliah Lavi, die im Film Paloma Nakama hieß, zu sehen, splitternackt, und bevor die Jungen auch nur ein Detail festhalten konnten - warum stoppte der verdammte Film nicht einfach? – war es auch schon vorbei. Paloma war in einen Wasserfall gesprungen, kerzengerade wie eine Olympionike, tauchte unter, tauchte kurz wieder auf, dann kamen schon die bösen Komantschen und die mit ihnen verbündeten weißen Gangster, und sie musste sich bedecken, eine anschließende Vergewaltigung durch diese Schurken war zwar in den Köpfen mancher Zuschauer nicht ausgeschlossen, aber doch im Grunde – man befand sich immer noch im prüderen Teil der 60er Jahre - undenkbar. Noch lange danach konnte sich Georg eigentlich nur an Palomas lange schwarze Haare erinnern und, ja gut, ihren Hintern, der in der Erinnerung immer idealer wurde, zu einem feststehenden, unverrückbaren Bild, und so war Daliah Lavi für ihn zu einem Inbegriff der weiblichen Schönheit geworden.

Aber auch diesen Zahn musste Zoran ihm ziehen. Sein Vater hatte ihm schon sehr früh, lange, bevor sie es selbst offiziell machte, erzählt, dass sich die Lavi in dieser Nacktszene hatte doubeln lassen. Ein 16jähriges Mädchen aus dem Dorf, Gordana Ceko, die sich nach der späteren Heirat mit einem Deutschen dann Zeitz-Ceko nannte, war für die israelische Schauspielern eingesprungen und hatte den Jungen in den „Hexenberg"- Lichtspielen ihren kroatischen Hintern präsentiert, zu einer Zeit, als es das Wort „Fake" noch gar nicht gab. Nachdem Georg davon erfahren hatte, verschenkte er die CD „Das Beste von Daliah Lavi", obwohl diese doch das von ihm so geschätzte Lied „Oh wann kommst Du" enthielt. Manchmal musste man eben konsequent sein. Aber alles schon so lange vorbei, das „Hexenberg"- Kino jetzt ein heruntergekommener „Netto"- Laden, Dosenbier-Nachschubzentrale für Hartz-Vier- Empfänger, und der kleine Kinobesitzer mit dem Pepita- Hütchen und dem traurigen Blick spielte keine Etüden mehr auf dem verstimmten Klavier, sein Grab auf dem Brederbach-Friedhof längst eingeebnet.

Jetzt holte Zoran zwei Plastikstühle hinter einem Vorhang hervor und machte eine einladende Handbewegung. Die beiden Männer setzten sich. Georg fiel auf, dass die letzten Kunden das Geschäft verlassen hatten und auch das kleine Mädchen an der Kasse, wohl die Tochter des Pächters, verschwunden war. Zoran holte ein Päckchen Assos aus seiner Hosentasche, entzündete zwei Zigaretten in seinem Mund und reichte Georg eine davon. Sie sprachen kaum etwas. Zoran hatte zwar leidlich Griechisch gelernt, beherrschte aber nur ein paar Brocken Englisch, bei Georg war es umgekehrt. Aber sie verstanden sich auch so. Von draußen hörte man den Straßenlärm, im Geschäft nur das Brummen der Klimaanlage, irgendwo spielte ein Radio. „What about life?" fragte Zoran, ohne recht eine Antwort zu erwarten und griff in die andere Hosentasche. Georg wusste, was kam. Der Kroate zog eine Viertelliter-Glasflasche ohne Aufschrift heraus, der Selbstgebrannte, den ihm die alten Eltern regelmäßig aus Zagreb schickten, wohin sie gezogen waren, als 1992 der Krieg ausbrach. Nun kamen keine Filmteams mehr ins Dorf, sondern Soldaten, die die alten Schauplätze, die gesamte Umgebung der smaragdgrünen Seen, auf denen die Indianer-Kanus gefahren waren, großflächig verminten. Die liebevoll erhaltenen Holzbaracken, in denen die Schauspieler sich umgezogen hatten, wurden niedergebrannt. Für lange Zeit sollte niemand mehr auf Winnetous Spuren wandeln.

Georg fürchtete, schon betrunken im Dorf anzukommen, denn das war, seit er das „Creta Maris" verlassen hatte, sein eigentliches Ziel gewesen, ohne dass er sich groß Rechenschaft darüber abgelegt hatte, aber einen Schnaps von Zoran auszuschlagen, war natürlich unmöglich. Als er den ersten Schluck aus der Flasche nahm, war er sicher, dass sich seine Speiseröhre für immer verabschieden würde. „A dragon, who spits fire", lachte Zoran heiser, als er Georgs verzerrtes Gesicht sah. „Remember ...the wedding of Nikos", fügte er hinzu und schlug Georg erneut ins Kreuz. Ja, Georg erinnerte sich. Nikos war der Sohn von Panajotis, dem einflussreichsten und, wie man raunte, wohlhabendsten Mann im Dorf, ein intelligenter, erfolgreicher Bauunternehmer mit undurchsichtigen Verbindungen in Politik und Bürokratie, das gehörte hier dazu. Wenn man wollte, konnte man ihn als eine Miniaturausgabe von Marlon Brando sehen, eine Art Dorf-Pate, dessen Stimme allerdings im Gegensatz zu der von Don Corleone fest und wohlklingend war. Dabei war Panos, wie ihn seine Freunde nennen durften, alles andere als ein typischer Vertreter jener gesellschaftlichen Schicht, die Griechenland nach dem Ende der Diktatur in den Ruin getrieben hatte. Er wirkte eher still, das Schrille und Laute der griechischen Upper-Class war ihm fremd. Zudem war er ungewöhnlich belesen, ein Anhänger klassischer Musik, sprach fließend Deutsch und war Georg mit den Jahren ein verlässlicher Freund geworden. Als sein Sohn Nikos, ein schon in jungen Jahren Aufsehen erregender Komponist sogenannter „Neuer Musik", der in München lebte und vom deutschen Feuilleton gehätschelt wurde, heiratete, ließ es Panos sich nicht nehmen, eine Feier zu organisieren, die die Insel noch nie gesehen hatte. Das Ganze fand im „Terra Maris" statt, das Georgs momentaner Bleibe gegenüberlag. Selbst der orthodoxe Gottesdienst wurde auf dem Hotel-Gelände in einer eigens dafür errichteten Kapelle abgehalten. „Unglaublich," hatte Georg damals gedacht, als eine nicht enden wollende Menschenschlange an dem Brautpaar vorbeidefilierte, es herzte und küsste, aber anders als bei der (offiziell verhassten) türkischen Gepflogenheit, wo man der Braut die zugedachten Geldscheine ans Kleid heftete, stand neben beiden eine riesige Geldkassette parat, die sich rasant füllte. Zoran, der Hochzeitsgast sein durfte, weil seine Freundin in einer der Boutiquen von Panos arbeitete, hatte sich, nachdem das Buffet eröffnet war und die Band im riesigen Innenhof des Hotels zu spielen begonnen hatte, mit an den großen runden Tisch gesetzt, an dem die ganze „Dorf-Bande" Platz genommen hatte: Lefteris, Michalis, Alekos, Manolis…und eben auch Georg. Und neben ihm: Marion, da waren sie schon zum dritten oder vierten Mal gemeinsam auf der Insel, während Nadja in die Pubertät gekommen war und alles schrecklich fand und an diesem Abend, nachdem sie sich bewusst geweigert hatte, sich mit den anderen Kindern der Hochzeitsgäste ans nahe Meer zu verdrücken, schon auf ihr Zimmer gegangen war, wutschnaubend und ihre Mutter und ihn keines Blickes würdigend und die ewigen Kopfhörer auf den Ohren ……Zoran hatte dann irgendwann, als der Nachschub vom Buffet erlahmte und auch der Getränkestrom langsam versiegte, seinen Zaubertrank hervorgeholt und die Flasche kreisen lassen. Später war er auf den Tisch geklettert und hatte getanzt, mit dem Ergebnis, dass er das Gleichgewicht verlor und auf die Tischplatte knallte, Teller und Gläser zerbrachen, die Frauen kreischten und fluchten über die Flecken auf ihren hellen Kleidern, aber Zoran hatte sich schon wieder aufgerappelt und aus seinem uralten Pick-Up Nachschub besorgt. Irgendwann musste Marion Georg um die Hüfte fassen und ihn sanft über die Straße zum „Maris" bugsieren und dann mit Hilfe von Antonis, dem Nachtportier, auch in ihr gemeinsames Zimmer…

Zimmer 432, dachte Georg jetzt, als er Zorans Versuch einer zweiten Schnapsrunde abwehrte, Zimmer 432, das hatten sie immer gehabt, und wieder spürte er, wie die Trauer zurückkam und wie froh er war, das man ihn diesmal in einem ganz anderen Flügel des Hotels untergebracht hatte.

Die Eingangstür des Geschäfts öffnete sich mit einem unangenehmen Geräusch und unterbrach Georgs Erinnerungen. Der Pächter des Supermarkts erschien, ein fetter Mann unbestimmten Alters, seinem Namensschild auf dem fleckigen Kittel nach ein Festlandsgrieche, warf einen kritischen Blick auf die beiden Freunde, rümpfte übertrieben die Nase, weil der Geruch der Assos noch in der Luft lag und bedeutete ihnen, dass er schließen wolle. „See you soon", sagte Georg, froh, gehen zu können und gab Zoran die Hand, bevor er einen günstigen Moment nutzte, um die Main-Road zu überqueren.

5

Die Schnäpse machten ihm doch zu schaffen, er schenkte sich den etwas mühevollen Anstieg hinauf ins Dorf und nahm stattdessen ein Taxi. Der Fahrer wählte wie sein Kollege am Morgen ebenfalls nicht den direkten Weg. Georg ließ auch ihn gewähren.

Der Wagen hielt direkt vor der Dionysos-Bar. Während der Fahrer das Wechselgeld hervorkramte, schaute Georg auf die zur Straße offene Terrasse der Bar. Ein paar Tische waren besetzt, Engländer, wusste er sofort: Muskel-Shirts, Tattoos, Glatzen, die Frauen übergewichtig, Dauerwelle der 50er Jahre. Das Publikum hatte sich in den letzten Jahren sehr verändert. Als Georg zum ersten Mal im Dorf war und per Zufall das Dionysos gefunden hatte, das war über 30 Jahre her, verkehrten hier nur Einheimische und nahmen ihren abendlichen Elliniko oder Frappé. Dann, als die Touristen kamen und die Dörfler sich im Bau von Supermärkten, Restaurants und Tavernen gegenseitig übertrumpften, völlig sinnlos und am eigentlichen Bedarf weit vorbei, die gnadenlose Konkurrenz zu persönlichen Feindschaften und Rissen bis tief in die Familien hinein geführt hatte, schien sich auch das Dionysos den neuen Zeiten anpassen zu müssen. Der Billig-Tourismus, es kamen überwiegend saufende Engländer, Iren und Holländer, aber auch Familien, die den Poolbereich der Appartement-Anlagen kaum einmal in zwei Wochen verließen, zwang viele der Ladeninhaber und Vermieter zu einer demütigenden Unterwerfung unter die Marktgesetze: wer hatte das billigste Bier, die größten und gleichzeitig preiswertesten Gyros-Teller, wo gab es gar eine sogenannte „Happy-Hour", freies Koma-Saufen für 60 Minuten.

Lefteris, der jetzt heraustrat und Georg in den Arm nahm, hatte immer eine Art Schlingerkurs versucht. So war zwar auch er auf die prollig gekleideten Menschen mit dem unverständlichen Slang aus Liverpool oder Manchester angewiesen, versuchte aber gleichzeitig, zum Beispiel durch ungewöhnliche Öffnungszeiten, auch den alten Freunden aus dem Dorf gerecht zu werden. So hatte es sich im Laufe der Zeit ergeben, dass man sich allabendlich, spät, fast schon gegen Mitternacht und wenn die Touristen entweder in ihren Betten lagen oder sich an die laute, mit Diskos und Irish Pubs lockende Hafenpromenade hatten fahren lassen, bei Lefteris traf und bis in den frühen Morgen zusammenhockte.

Der Wirt der Dionysos-Bar unterschied sich deutlich von seinen grobschlächtigen, ständig fluchenden Kollegen aus dem „Artemis", dem „Alexandros Megalos" oder dem „Jokasti": eher klein, zartgliedrig, lebhaft zwar, aber nie laut, dazu gebildet, politisch interessiert, sogar über griechische Literatur, Philosophie und Geschichte konnte man mit ihm diskutieren. Sein kurzes schwarzes Haar war gewellt, inzwischen, er war ungefähr 50, also mehr als zehn Jahre jünger als Georg, aber auch schon mit grauen Fäden durchzogen. Nur seine Ansichten zu Frauen und wozu man diese am besten brauchen könne, zeigten ihn dann doch als einer Generation von Männern zugehörig, die im strengen Patriarchat der Insel aufgewachsen waren und mit den Veränderungen im Verhältnis der Geschlechter, die auch hier bei den Jüngeren deutlich zu spüren waren, ihre Probleme hatten. Aber das unterschied ihn ja nur bedingt von den Männern seines Alters in anderen europäischen Ländern, nur dass auf Kreta jahrhundertelang eine ganz besondere Form des südlichen Machismo geherrscht hatte.

Lefteris versorgte noch schnell zwei englische Tische mit einem halben Dutzend Flaschen „Newcastle Brown", dann setzte er sich zu Georg. Schnell hatte man sich – auch Lefteris sprach angesichts seiner Zielgruppe ein überdurchschnittlich gutes Englisch – gegenseitig die Neuigkeiten berichtet. Georgs Erzählung von seinen letzten Berufswochen und die von ihm erwähnte Vorfreude auf sein neues Zuhause ließ der Dionysos-Wirt merkwürdig unkommentiert. Stattdessen zählte er die Geburten, Hochzeiten, Todesfälle im Dorf auf, die steten Wechsel bei den Ladeninhabern, dazu berichtete er von den vielen Diebstählen der letzten Zeit, die den Flüchtlingen aus Nordafrika zugeschrieben wurden. Die Bauern setzten sie illegal bei der Olivenernte ein, arme Schweine mit Hungerlöhnen, denen man eigentlich nicht verübeln könne, ab und zu in die Häuser dieser „Blutsauger" einzusteigen, wie Lefteris verständnisvoll ergänzte. Dann war seine Scheidung von der Tschechin Martina dran, davon wusste Georg schon, und die Geschichte von einer neuen Freundin aus Irland, die den Sommer über im Dorf arbeitete und dann nach Dublin zurückflog.

„Good for fuckin'", Lefteris machte eine entsprechende Handbewegung, aber aus seinem Mund hörte sich diese Obszönität so an, als habe ein seriöser Nachrichtensprecher sie verlesen. Zum Schluss berichtete er noch von seiner neuen Kellnerin, einer Polin oder Ukrainerin, Ivanka, Lefteris war sich nicht ganz sicher, er musste sich nochmal ihren Pass zeigen lassen, jedenfalls eine absolute „Granate", die ein paar zusätzliche Gäste anlocken würde, außerdem fleißig sei, sich zu ihrem leidlichen Englisch schon ein paar Brocken Griechisch angeeignet habe und ansonsten nicht viel rede.

„More Beer" kam es von den Nebentischen und Lefteris entschuldigte sich kurz. Georg war nicht unglücklich, dass das

Gespräch an dieser Stelle unterbrochen wurde. Außer Michalis, dem Geschäftsführer der „Stella-Appartments" in der Seferis-Straße, und Panos wusste noch niemand etwas von seinen Plänen, das glaubte er jedenfalls.

Georg schaute sich um. Wenig hatte sich in all den Jahren verändert. Irgendwann hatte Lefteris die Pergola erneuert, Decken und Wände gestrichen und dafür gesorgt, dass die Ranken des Weinlaubs bis fast auf die Tische herunterfielen. Die Flaschenbatterie auf den Regalen hinter der Theke schien erneut angewachsen. Er hatte diese kleine Bar immer geliebt.

Hier hatten sie so oft gesessen, seit damals, Mitte der 80er Jahre. Georg wählte, nachdem er sein spätes Abendessen in einem der wenigen, kleinen Restaurants, meist im „Galini", beendet hatte, seine abendliche Runde durchs Dorf immer so, dass er unweigerlich im Dionysos landete.

Das Griechenland der Demokratie, zehn Jahre nach der Vertreibung des Obristen-Regimes, war „sein" Griechenland geworden und er entschied sich, unter Ausblendung aller vielleicht schon damals möglicher kritischer Anmerkungen, es in jeder Hinsicht zu bewundern, zu idealisieren. Er war eine Art verspäteter Philhellene, der sich wie ein Zeitgenosse Lord Byrons fühlte oder Wilhelm Müllers, des „Griechen-Müllers", dessen Texte alle Welt nur als Grundlage der Schubert´schen Winterreise kannte, dabei hatte er sich doch in den 20er Jahren des 19. Jahrhunderts ebenso für den griechischen Befreiungskampf gegen die Osmanen begeistert wie der englische Dichterfürst. Byron beteiligte sich sogar aktiv und war als Befehlshaber der „Freien griechischen Streitkräfte" 1823 auf dem Festland, in Messolongi, gestorben. Alles war gut für Georg, wenn er hier war: die Gedichte von Elytis und Ritsos, die Musik von Theodorakis, das hohe Pathos von Freundschaft und Freiheit, die ständige Verklärung des Todes, und sei es eines völlig banalen auf dem Motorrad in der zu scharfen Kurve am Ortsausgang. Jedes Glas eines noch so ordinären Weins, eines nachlässig gebrannten Rakis, jeder Vorspeisenteller, der schnell und gedankenlos serviert wurde und auf dem sich obskure Speisen befanden, die er zuhause niemals angerührt hätte, Innereien, irgendein schleimiges Zeug – Georg liebte das alles oder gab vor, es zu lieben, um das Bild, das er von sich selbst geschaffen hatte, das des unbedingten und durch nichts zu erschütternden Freundes dieses so leidenschaftlichen und leidensbereiten Volkes, nicht zu beschädigen. Und auch, als ihm von Jahr zu Jahr deutlicher wurde, dass die damals schon schleichende Krise des Staates nicht nur ein Produkt der herrschenden Politiker war, sondern durchaus auch gefördert wurde durch die täglichen kleinkriminellen Aktivitäten seiner Freunde, vor allem im Bereich der Steuerhinterziehung, blieben die Zweifel aus. Im Gegenteil, manchmal beneidete er sie, trotz seiner Sympathie für sozialistische Ideen zuhause doch letztlich ein loyaler Beamter, der schon Bedenken hatte, einen Reiseführer von der Steuer abzusetzen, um ihren Trickreichtum, ihre Kreativität, den Staat möglichst aus ihrem Leben herauszuhalten. Eines ihrer Vorbilder war ausgerechnet der greise Ministerpräsident von der Sozialistischen Partei, einer der, wie sich später herausstellte, größten Nutznießer von Korruption und hemmungslosem Egoismus, der, statt der Allgemeinheit zu dienen, das Volk prächtig mit seiner Affäre mit einer offenherzigen jungen Stewardess unterhielt, die ihre halbnackten Brüste in jede Kamera hielt.

Georg, der sich kokett als „halber Preuße" und als „halber Südländer" bezeichnete, genoss es jedenfalls, in den zwei, drei Wochen, die er auf der Insel verbrachte, den „Preußen" soweit zu verdrängen, dass dieser erst beim Landeanflug in Düsseldorf seine ihm zustehende Hälfte von Georgs Innenleben wieder einnehmen konnte.

Vorher aber, wenn er spät abends um die Ecke der Minoti-Gasse bog und das Dionysos ansteuerte, wo schon alle auf ihn warteten, war er ganz Grieche, ganz Kreter und einer der Ihren und fühlte so etwas wie Heimat, ein Begriff, der ihm in der Schule, besonders im Geschichtsunterricht, nur schwer über die Lippen kam in jenen Jahren.

Hier hatten sie also gesessen, dachte Georg, während Lefteris noch mit dem Getränkenachschub beschäftigt war, und immer, wenn jemand zu der nächtlichen Runde stieß, der lange auf dem Festland, in Athen oder Saloniki gewesen oder in Übersee studiert hatte, und nun auf Heimatbesuch war, die alten Kumpel wiedertraf und sich über deren Zuwachs aus Deutschland wunderte, musste Georg die Geschichte erzählen, in der seine Liebe für das Land und für die Insel so lange schon wurzelte. Das war ihm oft ein bisschen peinlich, weil er die anderen, die die Story in- und auswendig kannten, nicht langweilen wollte, aber die klopften ihm dann aufmunternd auf die Schultern, und, zugegeben, er war jedes Mal aufs Neue auch stolz, für die nächsten Minuten im Mittelpunkt zu stehen. Die Nacht hatte sich da längst auf das Dorf gesenkt – und die kretischen Nächte sind, wenn nicht gerade ein unglaublicher Sternenhimmel zu besichtigen ist, von einer tiefen, zugleich aber zarten Schwärze, Seidennächte. Lefteris hatte dann Windlichter auf die Tische gestellt, die Leuchtgirlande über der Terrasse ausgemacht, das ging zu dieser Zeit noch, der Zeit, bevor das Dorf sich den Touristen in den Rachen warf.

„1974 ‚“ so begann Georg immer seine Erzählung und fixierte dabei den jeweils neuhinzugekommenen Heimaturlauber, während die anderen wussten, was kommen würde, aber auch zum achten, neunten Mal so taten, als würden sie auf eine unerwartete Wendung warten, wobei Georg ihnen manchmal den Gefallen tat, seine Schilderung auszuschmücken oder zu variieren und mit jedem Jahr mehr zeitlichen Abstands wahrscheinlich auch gar nicht mehr wusste, wie alles tatsächlich abgelaufen war, aber letztlich machte das ja den Reiz einer jeden erzählten Geschichte aus.

„1974 also war ich mit zwei Freunden unterwegs nach Griechenland. Ich hatte im Jahr zuvor in den Semesterferien eine Annonce gelesen, in der ohne nähere Angaben nach kräftigen Hilfsarbeitern gesucht wurde. Na, mit der Kraft war es bei mir nicht so weit her, aber man konnte es ja mal versuchen. Komischerweise wurde ich sofort genommen. Ich sollte als sogenannter Roadie, also als besserer Kabel-, Boxen-und Mikroschlepper im Tross eines Musikers ein paar Tourneestationen in Mitteleuropa begleiten. Von dem Musiker hatte ich mal ab und zu in den Nachrichten gehört, seine Lieder waren mir unbekannt.“

„Mikis Theodorakis“. Das war Lefteris´ Part, und jedes Mal gelang es ihm, dem Neuankömmling einen Ausdruck des Erstaunens zu entlocken.

„Theodorakis, ja, der große Theodorakis, damals durch eine internationale Protestaktion aus den Gefängnissen der Junta befreit, bereiste er unermüdlich die Welt, um auf das Schicksal Griechenlands aufmerksam zu machen.“

„Und natürlich waren Maria Farantouri und Petros Pandis dabei.“ Jetzt war Michalis der Stichwortgeber.

„Exakt. Wir spielten in Brügge, dann in Amsterdam, später noch in Wien und München. Was soll ich euch sagen? Schon nach dem ersten Auftritt war ich hin und weg. Es gab ein paar freundliche Kollegen, die schnell meine dünnen Oberarme unter dem T-Shirt bemerkt hatten und dafür sorgten, dass ich nur leichte Teile zu tragen bekam und auch nur die einfachsten Steckverbindungen zwischen Mischpult und Boxen herstellen musste. Dafür wurde ich ausgiebig beim Vernichten der Biervorräte beteiligt. An diesem ersten Abend, wie gesagt, in Brügge, habe ich vor Anspannung während des gesamten Konzerts gezittert, schon ab dem Zeitpunkt, als Mikis, damals noch fast zwei Meter groß und kaum gebeugt, im schwarzen Leinendrillich, die lockige Mähne wild schüttelnd und die Band mit windmühlenartigen Armbewegungen dirigierend, beim ersten Stück allein mit den Musikern auf der Bühne stand und „Quartier der Engel" spielte. Später kamen Pandis und die Farantouri dazu. Aber den ganzen Abend schaute ich nur auf ihn, und irgendwann entlud sich die Anspannung in einem emotionalen Ausbruch, wie ich ihn, meine bis dahin spärlichen Sex-Erfahrungen eingeschlossen, nicht erlebt hatte. Ab da hatte mich Mikis schon in seinem Bann. Bis heute, und für immer, das weiß ich. Er kam dann nachher in unser Zelt, bedankte sich, gab eine Runde aus. Gesprochen habe ich aber nie mit ihm. Das musste auch nicht sein."

„Und dann ging es also nach Griechenland." Das sagte einer aus der Runde, dem es doch jetzt etwas schneller gehen musste.

„Ja, das Land, aus dem solch ein Mann kam, musste ich sehen. Wir fuhren mit einem alten Käfer, was sonst, das Zelt auf dem Dach, und nahmen die Todesroute, den Autoput durch Jugoslawien, die Straße mit den vielen Kreuzen links und rechts. Aber wir kamen unfallfrei durch. Als wir in der Nähe der griechischen Grenze waren, stürzte die Junta in Athen.

Zypernkrise, türkische Invasion, ihr erinnert euch. Es sah nach einem Krieg zwischen zwei Nato-Partnern aus, die Grenze blieb dicht. Enttäuscht zelteten wir auf der jugoslawischen Seite. Dann ging alles ganz schnell. Die Amis intervenierten, ließen die Junta fallen, hielten die Griechen und Türken mühsam davon ab, sich zu massakrieren, Zypern wurde geteilt. Basta. Das kannte man ja schon."

Kopfnicken, Handbewegungen: weiter.

Georg bemerkte die Unruhe, offenbar war die Geduld der Zuhörer nicht immer unendlich.

„Also gut, ich kürze ab. Die Grenze war wieder auf, wir fuhren bis Athen. Die Stadt befand sich in einem Rausch. Überall rote Nelken in Panzerrohren und in den Gewehrläufen der Soldaten, wie kurz zuvor in Portugal, singende, tanzende Menschen, Siegeszeichen und geballte Fäuste, wildfremde Menschen umarmten sich. Und wir mitten drin. Einer von uns konnte Griechisch und wies uns auf die hunderte von hastig gedruckten Flugblättern hin, die an jeder Mauer, jedem Zaun, jeder Litfaßsäule klebten. Mikis kommt heute aus dem Exil zurück und spielt im Karaiskakis-Stadion in Piräus, übersetzte der Freund trocken. Das, sagte ich, ist unmöglich. Logistisch schon und was weiß ich, aus welchen Gründen noch, einfach unmöglich."

Georg legte an dieser Stelle gerne eine taktische Pause ein. Jetzt hingen wieder alle an seinen Lippen. Was jetzt kam, verdammt, das wollten sie auch zum achten, neunten Mal wieder hören. Und der Neue in der Runde sowieso. Georg unterstrich den bedeutenden Moment, an den die Geschichte jetzt kommen würde, mit dem überlangen, rituellen Anzünden einer Zigarette. Tiefe Inhalation, langsames Ausstoßen des Rauches, dann ging es weiter.

„Es stimmte trotzdem. Ab dem Nachmittag sahen wir, dass sich Tausende Menschen in Richtung Piräus in Bewegung setzten, kein Zweifel mehr möglich, seitdem auch die Radiosender ununterbrochen meldeten, dass Theodorakis, aus Paris kommend, gelandet sei und die technischen Vorbereitungen fast abgeschlossen seien. So was schafft ihr eigentlich sonst nicht so schnell…"

Hey, hey, kam es vom Tisch, pass auf, was du sagst, Germanos, Deutscher, aber natürlich lachten sie gemeinsam.

„Irgendwie bekamen wir noch Plätze auf der Gegentribüne. Alles ziemlich spartanisch, das funzelige Fluchtlicht, es war inzwischen später Abend, wenig Vertrauen erweckende Boxentürme, offenbar äußerst fragile zusätzliche Lichtmasten, eine wild zusammengezimmerte Holzbühne mitten im Anstoßkreis des Fußballfeldes. Dann plötzlich richteten sich die Scheinwerfer auf den Kabinenausgang, aus dem gewöhnlich die Spieler von Olympiakos kommen."

„Scheiß Olympiakos", das konnte nur Lefteris sein, der begeisterte Anhänger des Athener Konkurrenzvereins Panathinaikos.

„Aber die kamen ja nicht, Lefteris. Mikis kam aus diesen Katakomben heraus, die Band im Schlepptau, aber natürlich auch Maria und Petros und Kaloyannis und Xylouris aus Kreta."

„Und?" Lefteris wollte den Höhepunkt hören, den liebte er.

„Dieser Schrei, als sie herauskamen. 60.000 schrien, als fiele eine tausendjährige Sklaverei von ihnen ab, dabei waren es nur sieben Jahre gewesen, aber sieben schlimme Jahre, und von denen befreiten sie sich mit diesem langgezogenen Laut, ein Laut, wie ich ihn weder vom Fußball, noch von Rockkonzerten kannte, ein alles überlagernder Aufschrei voller sich entladender Wut, aber auch einer unglaublichen Bereitschaft für Neues, noch nie Dagewesenes, vielleicht der Augenblick, in dem die Utopie wahr wurde, hier in diesem Schrei, und in diesem Augenblick der absoluten Freiheit. Wenn meine Schüler mich später im Deutsch-Unterricht fragten, während der Besprechung des Faust-Dramas – das hast du doch auch auf dem Gymnasium durchgenommen, Lefteris? - ob ich persönlich schon einmal solch einen Moment erlebt habe, in der die Zeit und ihr Vergehen völlig aufgehoben ist – habe ich geantwortet: Zwei. Einer geht euch einen Scheiß an…". „Sex!" brüllte meist Michalis dazwischen, „…Klar! der zweite fand statt an jenem Abend im Stadion von Piräus. Der Augenblick der Freiheit, und er wird mir bleiben, auch, wenn heute schon wieder alles eingehüllt ist in uneingelöste Versprechen, Intrige, Verrat. Aber es hat ihn gegeben, diesen Schrei, diesen Augenblick. Darum bin ich bei euch, Jungs."

Das saß. Er musste dann eigentlich nicht mehr weitererzählen, davon, als Mikis die ersten Verse sang: „Was du einmal gewesen bist, wirst du wieder sein", vom kollektiven Taumel der 60.000, von der ununterbrochen gebrüllten Forderung „Übergebt die Junta dem Volk" , vom Finale „Weine nicht um das Griechentum"…Aber da hatten Georg und seine Freunde sich längst, nachdem eine gewaltige Zuschauerwelle von hinten sie getrennt hatte, aus den Augen verloren und trafen sich erst per Zufall am nächsten Morgen am Hafen von Piräus. Der Käfer blieb verschwunden. Volkseigentum.

Und wie oft hatten sie diese Nächte hier wiederholt, noch bis tief in die 90er hinein, als seine Freunde politisch schon völlig ernüchtert waren und ausgerechnet Georg unverdrossen die Fahne schon nicht mehr existierender Ideale hochhielt. Davon ließen sie sich doch mitunter – obwohl schon längst mit realen Alltagssorgen belastet – mitreißen, und dann ging einer nach Hause, holte die Bouzouki oder eine Gitarre, und dann gab es im Dionysos doch die eine oder andere Nacht, die seinem Namensgeber, dem Gott des Rausches, alle Ehre machte, wenngleich nun unter den spöttischen, teils mitleidigen Blicken der Touristen, aber das war ihnen egal.

Dann kam die Jahrtausendwende, die gemeinsamen Treffen wurden immer seltener, fielen oft ganz aus. Seine Freunde waren mit dem Hausbau beschäftigt, dabei immer noch jede illegale Möglichkeit ausschöpfend, von Georg nun nicht mehr so beneidet wie früher, sie hatten, im Gegensatz zu ihm, Familien gegründet, hofften auf den Wechsel von der Drachme zum Euro. Wenn man sich doch mal traf, standen solche Themen im Vordergrund. Nichts mehr von den alten Umbruchszeiten, keine wütenden oder beifälligen Reaktionen, wenn wieder mal der Tod eines ehemaligen Junta-Mitglieds gemeldet wurde. Allenfalls Achselzucken. Noch vor ein paar Tagen hatte Georg gelesen, dass einer von ihnen, der kleingeistige, gleichwohl blutrünstige General Pattakos gestorben war, 103jährig, unglaublich, und natürlich längst aus der Haft entlassen und im Kreise der Familie sanft entschlafen. Es gab wohl keinen Griechen, der die berühmten Sätze von Melina Mercouri nicht kannte: „Ich bin als Griechin geboren, und werde als Griechin sterben. Pattakos ist als Faschist geboren und wird als Faschist sterben." War das so? Für einen Augenblick stellte sich Georg den über Hundertjährigen vor, wie er abgemagert, vielleicht an Schläuchen und eingewindelt, seine letzten Züge tat. Als Faschist?

Die alten Dionysos-Nächte, vorbei. Mit den grauen, ausfallenden Haaren und der schlaff werdenden Bauchmuskulatur war Ernüchterung eingekehrt, auch grenzenloses Misstrauen gegenüber einer Politik, die Visionen ausdrückte, wie sie damals, nach dem Ende der Diktatur, aufgekommen waren, aber solche Visionen hatten selbst die Kommunisten nicht mehr. Als dann 2008 die Finanzkrise kam, begegneten ihm die alten Dionysos-Gefährten zwar weiterhin freundlich, manche auch freundschaftlich, aber es gab immer auch den unausgesprochenen Vorwurf, jemand, der aus einem solch wohlhabenden Land kam, zugleich mit einem mitleidlosen, unerbittlichen Finanzminister, „der im Rollstuhl", sagten sie immer, möge sich doch bitte nicht mehr zu innergriechischen Angelegenheiten äußern. Er war trotzdem immer zurückgekommen, und jetzt wollte er sogar ganz bleiben.

Georg saß und wartete auf Lefteris, dachte noch einmal an die Dionysos-Nächte zurück, die Lieder, die Trunkenheit, die lauten Aufbrüche in der Morgendämmerung, die immer etwas von In-Eins-Sein mit dem Leben hatten, ein Gefühl, das ihm in Deutschland fehlte.

Und mit wie vielen Frauen, Touristinnen meist, manchmal aber auch einheimischen, war Georg abgezogen von hier, für ein paar kurze Stunden in ein kleines Zimmer, dass ihm der Freund im Dorf, bei dem er gerade übernachtete, zugewiesen hatte, später dann in Hotelbetten, er erinnerte sich an Namen, Haarfarben, Körper und wie peinlich es ihm während der Besuche mit Marion war, wenn ihnen die eine oder andere auf der Dorfstraße begegnet war oder am Strand und herübergelächelt hatte. Marion hatte nie etwas gesagt, aber diese Begegnungen auch nicht vergessen.

Der Wirt kehrte, nachdem er die allmählich lauter werdenden Trinker mit Nachschub versorgt und für Georg und sich einen Raki eingeschüttet hatte, an den Tisch zurück. Offenbar wollte er auch jetzt nicht über den bevorstehenden Beginn von Georgs neuem Leben auf der Insel sprechen, fiel stattdessen wieder in einen Plauderton, während er den Trester aus einer kleinen Karaffe nachschenkte und seinen Freund aufforderte, sich von dem Teller mit Mezes, die er von irgendwo hergezaubert hatte, zu bedienen. Beide Männer nahmen einen Zahnstocher und pickten nach Oliven, Gurkenstücken, eingelegten Tintenfischringen. Die Unruhe, die Georg im Flugzeug befallen und die sich während des Tages mehrmals zurückgemeldet hatte, immer dann, wenn ihn irgendein Detail, eine auch noch so banale Assoziation an Marion erinnerte, war jetzt gewichen. Selbst der unbequeme Stuhl machte ihm nichts mehr aus. Lefteris hatte immer behauptet, dass seine Stühle, mit ihren durchhängenden Stofflappen als Sitzfläche solchen von Regisseuren ähnlich, ergonomische Wunderwerke seien, dabei hatte er sie nur günstig beim Ramschverkauf erstanden. Und tatsächlich, Georg fühlte sich völlig entspannt, schob den Stuhl ein wenig von der Tischkante zurück und streckte alle viere von sich, die typische Sitzposition des griechischen Mannes. Diesem Klischee zu entsprechen, holte er jetzt auch noch seine Komboloi aus der Hosentasche, die nach dem Sieg über die Türken ihrer sakralen Funktion längst entledigt war und den Männern nur noch als Spielzeug diente. Georg ließ sie um Zeige- und Mittelfinger kreisen, schaffte es aber wie immer nicht, sie korrekt in der Mittelhand aufzufangen. Er musste über sich selbst lachen und ließ die Kette wieder verschwinden.

Lefteris hatte sich erneut mit einem Ausdruck des Bedauerns hinter die Theke zurückgezogen. Plötzlich war ein ganzer Schwung Gäste angekommen. Jetzt hätte er seine neue Kraft aus Polen oder der Ukraine gut gebrauchen können, aber die hatte heute frei und auch mit dem Handy war sie offenbar nicht zu erreichen. „Malaka", der Barbesitzer ließ angesichts einer leichten

Überforderung einen deftigen Fluch los. Georg machte ihm ein Zeichen, dass er ihm helfen wolle, aber das widersprach deutlich den ehernen Regeln kretischer Gastfreundschaft und Lefteris winkte dankend ab.

6

Georg schaute sich die hinzugekommenen Gäste an, während sein Freund gleichzeitig die Kaffeemaschine und den Zapfhahn zu bedienen suchte. Im Grunde handelte es sich um die gleiche Klientel wie die weiter vor sich hin trinkenden Engländer, drei Pärchen, die zwei der Tische auf der Terrasse zusammenschoben, die Männer trugen orangefarbene Fußballtrikots , also Holländer, und er sah auch schon, wie Lefteris die Bierkrüge unter den „Heineken"-Zapfhahn schob.

Georg drehte seinen Stuhl in Richtung des Ladens von Kostas, der gegenüber der Bar lag und „Natural Cretan Food" anbot. Von ihm unbemerkt, war nun auch der letzte Tisch, der schon fast auf der Straße stand und deshalb von den Touristen gemieden wurde, nicht mehr frei. Eine Frau, offenbar ohne Begleitung, hatte sich gesetzt. Obwohl es an diesem Oktoberabend noch sehr warm war – Georg selbst hatte sich für Shorts, T-Shirt und offene Sandalen entschieden – trug sie ein zwar leichtes, aber hochgeschlossenes schwarzes Kleid, das bis zu den Knien reichte. Sie hatte dunkle, halblange Haare, an den Ohren hingen schwere, goldene Clips. Ihre nackten Füße steckten ihn schmalen, hochhackigen Schuhen, die Georg ziemlich edel vorkamen. Er schätzte sie auf Mitte, Ende 40, konnte sich aber täuschen, ihr Gesicht und der Halsansatz zeigten einige Falten. Lefteris stellte ihr, ohne dass sie etwas gesagt hätte, einen Longdrink unbestimmter Zusammensetzung hin. „A german woman", raunte er ihm zu, als er von ihrem Tisch zurückkam. „She´s alone, so try…", setzte er noch hinzu und widmete sich dann den Holländern.

Georg schaute immer noch zu der Frau hinüber, die aber keine Notiz von seinem etwas aufdringlichen Blick nahm. Sie nahm den

Strohhalm aus dem Glas und trank. Donnerwetter, mit dem ersten Schluck hatte sie es zur Hälfte geleert. Dann fingerte sie eine Zigarette aus einem goldenen Etui, steckte sie an und nahm einen so tiefen Zug, dass Georg befürchtete, der Rauch würde für immer in ihrem Inneren verschwinden.

„Sie können sich gerne zu mir setzen, dann brauchen Sie Ihren Hals nicht so zu verrenken." Plötzlich hatte sie ihm geradeaus ins Gesicht geschaut. Sie sprach Deutsch, ohne erkennbaren Dialekt. Er fühlte sich ertappt, überlegte, ob er sich entschuldigen und sich einfach wieder in die andere Richtung drehen sollte. Seine Neugier siegte. Er stand auf und ging zu ihrem Tisch. „Georg", stellte er sich knapp vor und reichte ihr die Hand. Während sie sie ergriff, vielleicht einen Moment zu lang, lachte sie, bleckte regelrecht ihr makellos weißes Gebiss. „Christina. Sie verzeihen, dass ich die Initiative ergriffen habe, Georg. Aber so ging es schneller. Nehmen Sie Platz."

Georg setzte sich. Er konnte sich nicht erinnern, dass eine Frau jemals so direkt Kontakt mit ihm aufgenommen hatte, fast war er ein bisschen beleidigt. Vielleicht ist das so, wenn man alt wird, gelten auch die alten Regeln nicht mehr.

Die Frau drückte ihre Menthol-Zigarette aus. Georg sah, dass der weiße Filter von ihrem roten Lippenstift verschmiert war. Sie nahm sofort die nächste aus dem Etui. Georg gab ihr Feuer und steckte sich ebenfalls eine Karelia an.

„Glauben Sie an Zufälle, Georg?" Christina inhalierte genauso tief wie kurz zuvor und stieß den Rauch zeitlupenhaft in seine Richtung aus. Er musste hüsteln, zögerte mit der Antwort. Diese Frau hatte hinter aller Kühle und Beherrschtheit, die von ihr ausging, etwas Geheimnisvolles, etwas, das er unbedingt ergründen wollte, obwohl seit ihrer Begegnung keine fünf

Minuten vergangen waren. Dann sah er ihr ins Gesicht, aber sie hob nur die Augenbrauen leicht an, der Rest blieb starr, maskenhaft. A strange kind of woman, der alte Purple-Song fiel ihm ein.

„In gewisser Weise, ja", sagte er dann. „Ich bin heute mit der einzigen Absicht in die Bar gekommen, Lefteris wiederzusehen und mit ihm ein paar Raki zu kippen. Und nun sitze ich an Ihrem Tisch."

Christina machte eine einladende Handbewegung, aber auch die fiel irgendwie mechanisch, eingeübt aus. „Sitzen Sie nicht nur, trinken Sie auch etwas mit mir! Wie heißt Ihr Freund hinter der Theke nochmal? Ich hätte gern noch einen Gin Tonic. Und Sie?"

Georg orderte, für sich ein „Mythos", mit dem Schnaps sollte er für heute aufhören, obwohl er schon jene Abenteuerlust und Risikobereitschaft spürte, die nur der griechische Trester, ein Alleskönner unter den Spirituosen, verleihen konnte.

„Ich muss Sie enttäuschen, was den Zufall betrifft", nahm Christina den Faden wieder auf, während sie Georg zuprostete, „meine Vermieterin hat mir heute Nachmittag erzählt, dass ein langjähriger deutscher Freund angekommen sei und mit Sicherheit im Dionysos auftauchen würde. Tut mir leid, ich war einfach neugierig und wollte Sie kennenlernen, ganz ohne schicksalhafte Fügung."

Warum will sie mich kennenlernen? Georg überlegte. Eine Ausgehungerte, die „es" dringend brauchte und sich mit dem Urlaubsziel vertan hatte, schließlich gab es hier oben weder die Möglichkeit, erotische Kontakte zu knüpfen, jedenfalls jetzt nicht mehr, noch gab es andere Gründe, als Frau allein – wenn sie wirklich allein war – nach Koutouloufari zu reisen. Warum dann, und in solcher Aufmachung? Er schaute sie sich noch einmal aus der Nähe an. Das elegante Kleid gab nicht viel Aufschluss über ihren Körper, außer dass sie schlank sein musste, groß gewachsen, immer noch leidlich durchtrainiert. Er versuchte, ohne dass sie etwas merkte, auf ihren Busen zu schauen. Normal, dachte er, aber was ist schon ein normaler Busen? Er sah, dass sie neben den schweren Clips auch eine goldene Uhr und ein passendes Armband trug. Während sie rauchte, fielen ihm ihre schmalen Finger auf, deren Nägel im gleichen Rot wie ihr Lippenstift lackiert waren. Wollte sie wirklich mit ihm schlafen?

Georg stellte sich vor, wie das sein würde. Das „Maris" war tabu, da konnte er keine Frau reinschmuggeln. Und wo wohnte sie, sie hatte ja nur eine „Vermieterin" erwähnt? Und, wenn es dann tatsächlich, egal wie und wo, zu Sex käme? Georg fühlte, ohne dass es irgendeinen Anhaltspunkt dazu gegeben hätte, schon jetzt eine diffuse Versagensangst. Über zwei Jahre war es her, dass er zum letzten Mal mit einer Frau geschlafen hatte. Damals hatte sich Marion massiv ins Zeug gelegt, war ausnahmsweise in seine Wohnung gekommen, hatte Nadja irgendwas von einem Arztbesuch erzählt und dass sie nicht lange ausbliebe.

Und nun hatte er irgendwie Angst vor dieser Frau, Christina, die ihm, die Beine übereinandergeschlagen, mit einer Reyno zwischen den vollen, roten Lippen und einem schon wieder halbleeren Gin-Tonic vor sich, in der Dionysos-Bar gegenübersaß und von der er nicht wusste, ob sie es tatsächlich auf ihn abgesehen hatte.

„Ich wollte sehen," kam sie seinen Spekulationen zuvor, „was das für ein Mann ist, Deutscher zumal, dem in diesem Dorf so viel Respekt und Zuneigung entgegengebracht wird, jedenfalls war in den Tagen, die ich hier bin, sehr viel von Ihnen und Ihrer erwarteten Ankunft die Rede. Maria, meine Vermieterin im Ippocambo, hat mir erzählt, wie lange Sie schon herkommen und dass man Sie hier als einen der Ihren betrachte, der inzwischen mehr über Kreta wisse als sie selber. Allerdings wundert Maria sich darüber, dass Sie offenbar in letzter Zeit lieber unten im Hotel wohnen. Na ja, hat sie dann gesagt, wenn er im Dorf übernachtet hat, dann sowieso immer in der Nachbaranlage. Wahrscheinlich war ihm das Ippocambo nicht gut genug."

Georg wurde hellhörig. Das „Seepferdchen" lag direkt neben dem „Stella". Hatte Michalis bei einem abendlichen Schwätzchen mit Maria etwa irgendwas verraten und die tratschsüchtige Inhaberin das auch noch an ihren deutschen Gast weitergegeben? Ausgeschlossen, Georg verwarf diesen Gedanken sofort wieder.

„Und nun", sagte er, „enttäuscht?"

„Ganz und gar nicht". Christina warf ihre Haare in den Nacken, dabei wölbte ihre Brust kurz das Kleid. Sie musste Georgs Blick wahrgenommen haben, reagierte aber nicht.

„Vielleicht können Sie mir ja etwas erzählen. Aber vorher sollten Sie uns noch einen Drink bestellen."

Lefteris war schneller. Deutsch verstand er ganz gut, aber immer nur so viel, wie er für nötig hielt. Der Gin und ein frisches Bier standen schon auf dem Tisch, ein Schälchen Pistazien folgte. Hinter Christinas Rücken versuchte er eine verschwörerische Geste, die Georg ignorierte.

„Erzählen?" fragte er und war wieder erstaunt, wie schnell die Frau den Pegelstand in ihrem Glas senken konnte. „Was?"

„Was Sie mögen. Wie Sie hierhin gekommen sind, was Sie hier hält, was mit Ihrem Leben los ist, Ihrer Liebe…Sie können auch einfach frei nach Max Frisch eine Geschichte erzählen, die Sie für Ihr Leben halten. Ich liebe solche Geschichten, Georg."

Also auch noch literarisch bewandert. Was war los mit dieser Frau, die so mir nichts, dir nichts hier auftauchte, in diesem Outfit, und ihn einfach ansprach in seiner Stammkneipe und offenbar interessante Gespräche führte mit der Nachbarin vom „Stella"? Was wollte sie? Ihn einfach nur zu einer Nacht überreden, Georg als Ferienflirt einer frustrierten Mittvierzigerin, die ein Zitat von Max Frisch kannte? Ihn aushorchen? Aber warum und wozu?

Georg würde es herausfinden.

„Two more, Lefteris", sagte er und dann begann er.

7

25. Oktober 2016

Innerhalb weniger Minuten war es vollständig dunkel geworden, obwohl es erst kurz nach acht war. Immer wieder in all den Jahren hatte Georg dieser abrupte Wechsel des Lichts überrascht. Der Tag ging, unter Auslassung der Abenddämmerung, so schnell in die Nacht über, dass sich das Zeitgefühl verlor. Die Armbanduhr hatte er ohnehin sofort nach seiner Ankunft in der Nachttischschublade verstaut, ein liebgewordenes Ritual. Die Uhren, stellte er sich vor, gingen hier nicht nur anders, sondern gar nicht.

Georg war vom Hotel gekommen und hatte den Umweg über den Vergnügungspark mit seinem Bungee-Kran, von dem sich allabendlich betrunkene Engländer oder Iren in die Tiefe fallen ließen, genommen, um nicht wieder, wie am Vorabend, in die Fänge von Zoran und Manolis zu geraten. Letzterer hatte zum Glück eine der letzten Reisegruppen zu verkostigen, so musste das geplante Treffen mit allen Freunden verschoben werden. Gut so, nach der gestrigen Nacht im Dionysos wäre es ohnehin ratsam gewesen, ganz im Hotel zu bleiben. Trotzdem hatte er seit den Mittagsstunden, als er vollständig angezogen auf dem Hotelbett aufwachte und dann völlig verkatert auf der VIP-Terrasse aufgetaucht war und Eleni erweicht hatte, ihm noch ein Frühstück zu servieren, an Christina gedacht und dass er sie am Abend unbedingt wiedertreffen müsse.

Jetzt hatte er schon die Hälfte des Anstiegs von Hersonissos ins Dorf hinauf hinter sich, als er plötzlich stehen bleiben musste. Obwohl es bereits deutlich abkühlte, brach Georg der Schweiß aus und er fühlte sein Herz schlagen, wild und arrhythmisch. Eine unbestimmte Angst stieg in ihm auf. Ein Infarkt mit 62 auf Kreta, reichlich banal! Dabei war ihm klar, dass dieses Hämmern und Pochen in seinen Herzkammern den hastig und unkontrolliert hinuntergestürzten Drinks geschuldet waren, die er in der gestrigen Nacht mit jener so merkwürdigen Frau in der Dionysos-Bar gehabt hatte und die der eigentliche Grund war, warum er sich heute Abend wieder den Berg hinauf quälte. Man hatte sich erst am frühen Morgen getrennt, als Lefteris händeringend um ein paar Stunden Schlaf bettelte und die beiden mit einem letzten Whisky zum Gehen überredete.

Georg stand immer noch am Straßenrand und rang nach Luft. Über 40 Jahre hatte er ein nicht sonderlich gesundes Leben geführt, war unachtsam mit sich und seinem Körper umgegangen, würde man heute sagen. Achtsamkeit, Nachhaltigkeit - die neuen Parolen der Immerguten. Seine Eltern und die seiner Freunde hatten in den Wirtschaftswunderjahren versucht, all das nachzuholen, was ihnen die Kriegszeit vorenthalten hatte, man aß, trank und rauchte zu jeder Gelegenheit, und selbst im Fernsehen, beim sonntäglichen „Internationalen Frühschoppen" mit Werner Höfer, sah man die „Sechs Journalisten aus fünf Ländern" nur durch eine, von Zigaretten, Zigarren und Pfeifen verursachte dichte Nebelwand, und den über Kuba-Krise und Mauerbau Diskutierenden wurde von netten jungen Damen alle paar Minuten Rheinwein nachgeschenkt, undenkbar für die heutigen inflationären, dafür völlig aseptischen Talkshows mit den immer gleiche Phrasen dreschenden Politikerköpfen. Dass Georgs Generation also mit Alkohol und Nikotin sozialisiert wurde, übrigens auch die jungen

Frauen, mochte eine Erklärung für den eigenen Abusus sein, zugleich aber auch eine willkommene, wohlfeile Ausrede. Später, während der Studentenzeit, war noch die eine oder andere Substanz hinzugekommen, aber mit dem Beginn des Berufslebens zog er sich wieder auf die gewohnten Suchtmittel zurück. Vielleicht hatte nur jemand gefehlt, der, während einer seiner Freunde nach dem anderen eine Familie gründete und notgedrungen in allem „ruhiger" wurde, ein bisschen auf ihn aufgepasst hätte, aber immer, wenn eine seiner Freundinnen vorsichtig und besorgt seine auch während der Zeit als Lehrer immer noch recht strapaziöse Lebensweise angesprochen hatte, bildete sich bei Georg ein kindlicher Trotz heraus, da passe er schon selbst auf, das kriege er schon hin. Das Ganze hatte etwas Selbstzerstörerisches und stand doch im merkwürdigen Kontrast zu der Ängstlichkeit, mit der Georg jede unnatürliche Regung seines Körpers registrierte und analysierte, ein Hypochonder, wie er im Buche steht, sich aber dennoch jedem vernünftigen Umgang mit seiner Physis entzog.

Aber Selbstvorwürfe nutzten jetzt auch nichts. Er setzte sich einfach hin, mitten auf diese holprige, nur provisorisch asphaltierte Straße. Dabei bemerkte er, dass er weit und breit der einzige Mensch war. Also auch noch alleine verrecken! Über ihm wölbte sich eine alte Straßenleuchte, die unregelmäßig flackerte und ihr fahles Licht auf das vom Sommer verbrannte Gras links und rechts der Straße warf. Wie lächerlich, ausgerechnet hier umzufallen!

Georg versuchte ruhiger zu atmen und stand auf. Er beschloss weiterzugehen, langsam, Schritt für Schritt und mit gelegentlichen Pausen zwischendurch. Nachdem er die Anhöhe erreicht und den alten, vertrockneten Brunnen passiert hatte, fühlte er sich besser.

Er grüßte Jannis, den Chef der „Fabrica"-Bar, der ihm auf seiner Vespa entgegenkam und winkte kurz ins „Galini" hinein, das die letzten Urlauber abfütterte. Den Raki, den Kostas ihm durch das Fenster seines kleinen Andenkenladens anbot, lehnte er freundlich ab. Danach galt es noch, die alte Despina, die in der schwarzen Tracht der Witwen vor ihrem Haus saß, zu begrüßen und nach dem Befinden der Kinder zu fragen. Etwas erfüllte ihn mit Stolz, vielleicht das Gefühl, zu diesem Dorf zu gehören – er sprach auch immer von „seinem" Dorf, wenn er den Freunden in dem kleinen Essener Vorort nach seiner jeweiligen Rückkehr von der Insel berichtete, ja, selbst dem dortigen Käseblatt, dem „Kurier", war es immer eine Rubrik wert: „Neues aus Koutouloufari". Und während ihm der Ort, in dem er immerhin, rechnet man die Zeit ab, die er bei Marion in der Nachbarstadt wohnte, sein ganzes Leben verbracht hatte, immer fremder wurde, fühlte er sich in diesem Bergdorf und bei seinen Menschen aufgehoben und angenommen. Eigentlich ein guter Ort zu sterben, wenngleich nicht unbedingt auf dieser verdammten Straße, die er gerade mühsam überwunden hatte….

Georg erreichte die Odos Agios Vassilis, an deren Ecke das Dionysos lag. Die Bar war leer. Zeitlupenhaft sortierte eine junge Frau die Gläser von der linken auf die rechte Seite im Regal über dem Tresen. Das musste Ivanka sein, die polnische oder ukrainische Kellnerin. Lefteris hatte ihn heute Morgen im Hotel angerufen und sich ironisch nach seinem Befinden erkundigt. Dabei hatte er erzählt, dass er Ivanka noch spät in der Nacht erreicht und sie ins Dionysos beordert hatte, weil die Bar auch so spät noch aus allen Nähten brach. Georg antwortete, dass er davon absolut nichts mehr mitbekommen hätte. Kein Wunder, hatte Lefteris gelacht und aufgelegt.

Bei Georgs letztem Besuch im Vorjahr bediente noch Jessica, die schwedische Studentin, die ihn an Agnetha von ABBA erinnert hatte. Jetzt also Ivanka. Von Lefteris gestrigem Bericht wusste er noch, dass sie, bei aller positiven Einschätzung, in ihrem Auftreten in der Bar zu scheu sei und ihr Kontakt zu den Gäste noch besser werden müsse, der Markt für Arbeitskräfte in der Gastronomie sei aber trotz der Krise wie leergefegt, man müsse nehmen, was komme, aber Lefteris meinte, sie sei lernfähig und außerdem sehr hübsch, eine „Granate", hatte er gesagt, daran konnte er sich erinnern, das ohnehin Wichtigste, um die letzten Herbst-Touristen hereinzulocken, alles in allem, so der Barbesitzer, habe er einen „guten Fang" gemacht.

Die Frau wandte sich von den Gläsern ab und begrüßte ihn in einem holprigen Englisch mit hartem slawischen Akzent. „Hi, I´m Ivanka", stellte sie sich vor. Sie wusste wohl, dass er sie gestern nicht mehr hatte wahrnehmen können. Trotzdem machte ihn das Ganze verlegen, zumal es ja durchaus noch Erinnerungsfetzen gab, zum Beispiel, was die Stunden mit Christina betraf. Aber Ivanka? Nein, es war so, als träfe er sie zum ersten Mal. Die junge Frau spielte mit und ersparte ihm jede Peinlichkeit.

„Jorgos, or George, if you like", sagte Georg knapp und bestellte. „Ein Bier, bitte." „Sie sind der deutsche Freund vom Boss, nicht wahr?" Das kam schüchtern und fast ein wenig ehrfürchtig. Georg genoss seine Rolle, Ivanka war offenbar von Lefteris schon eingewiesen worden.

„Ein sehr guter Freund", das zu sagen, schien Georg wichtig. Er blieb an der Theke stehen und sah zu, wie sie ein Glas aus dem Regal nahm und es unter den Zapfhahn mit dem „Mythos"-Logo stellte. Auch seine bevorzugte Biersorte kannte sie also schon. Er beobachte sie, während sie sein Glas füllte, zunächst etwas ungelenk, aber ihm gefielen ihre schmalen, gepflegten Hände, die eine schien das Glas zu streicheln, brachte es dann in die richtige schräge Position, während die andere den Zapfhahn fast unmerklich öffnete und wieder schloss, bis das Bier die richtige Optik hatte: ein kleines Gebirge aus Schaum obenauf, ein prächtiger „Feldwebel", wie man im Ruhrgebiet sagte, für griechische Verhältnisse völlig ungewöhnlich und stolz stellte Ivanka das Glas vor ihm ab.

„Danke, ein kleines Kunstwerk, fast zu schön, um es zu zerstören", lobte Georg, war sich aber nicht sicher, ob sie alles verstanden hatte, „work of art" zum Beispiel oder „to destroy". Jedenfalls sah es so aus, als machte sie eine angedeutete Verbeugung. Georg nahm einen ersten tiefen Zug. Er spürte, dass sein Herz wieder ruhig schlug, der Schwindel war verschwunden.

Ivanka mochte Ende Zwanzig sein, vielleicht auch etwas jünger, die osteuropäischen Frauen waren schwer einzuschätzen, die Geschichten in ihren Gesichtern kaum zu enträtseln. Auf welchen Routen waren sie gekommen, von ihren Familien geschickt, um monatlich ein paar Euro nach Hause zu überweisen? Was alles war ihnen auf ihrer Odyssee zugestoßen, Georg hatte davon nur in der Zeitung gelesen, viele Klischees, viele mediale Bilder hatten sich da verdichtet, Zwangs-Prostitution, Vergewaltigung gar, aber vielleicht warteten zuhause in Polen oder in der Ukraine einfach nur ein Kind ohne Aussicht auf ein würdiges Leben, ein arbeitsloser Mann oder ein vorbestrafter Freund auf sie, alte, verhärmte Eltern, und vielleicht waren sie nur einer vagen Hoffnung gefolgt, die sich verlässlich nie erfüllte. Das Paradies war immer gerade anderswo. An das vielleicht Nächstliegende, dass eine Studentin ihren

Urlaub mit ein bisschen Geldverdienen verband, dachte Georg nicht.

Er trank erneut und zündete sich die erste Zigarette des Tages an. Beim Inhalieren musste er husten wie ein Anfänger. Über Ivankas Gesicht huschte ein Grinsen, aber kein spöttisches, eher eines, dass so etwas wie Einverständnis signalisierte, Einverständnis mit diesem Gast, der ein guter Freund ihres Chefs und pfleglich zu behandeln war, ein bisschen alt schon, aber nicht ganz unattraktiv. Sie nahm Georgs leeres Glas, tauschte es gegen ein sauberes aus und zapfte nach, ohne dass Georg um ein weiteres Bier gebeten hätte. Das gefiel ihm.

Sein Blick blieb, nachdem er ihre langen, unwirklich blonden Haare, so satt erschien ihm ihre Farbe, irgendwas zwischen goldgelb und Platin, und ihr Gesicht, das ihn wieder an eine Pop-Sängerin erinnerte, gestreift hatte, an ihrem knallgelben Top hängen, aus dem – ihm fehlte das rechte Attribut: üppige? volle? - Brüste herausdrängten. Als sie sich bückte, um den heruntergefallenen Bierfilz aufzuheben, schien es ihm, als wolle ihr Hintern die weiße Jeans sprengen. Georg spürte, wie das Blut, mit dem sein Herz eben noch das Hirn sehr unregelmäßig versorgt hatte, schlagartig die Richtung änderte und nun mit Macht in seine Leisten schoss.

Ivanka schaute ihn ernst an, als sie seine ziemlich eindeutigen Blicke bemerkte. Mein Gott, sie musste zwar, auch wenn ihr Alter unbestimmbar schien, eigentlich noch recht jung sein, Lefteris hatte bei seinen Kellnerinnen immer eine Art Alters-Obergrenze, aber dieser Ernst war der einer Frau, die schon alles wusste, alles, was sein konnte zwischen Mann und Frau, die den Schmerz des Verlassenwerdens so gut kannte wie das Glück des gelingenden Augenblicks.

„Geht es gut, George?" fragte sie, wieder in diesem harten, stakkatohaften Englisch und schien über irgendetwas in seinem Verhalten, seinem Gesichtsausdruck besorgt. Hatte sie mitbekommen, dass Georg gestern Nacht begonnen hatte, dieser fremden Frau, die hier erstmals aufgetaucht war, in einem Kleid, als käme sie geradewegs von einer Neureichen-Party, von Marion zu erzählen, warum auch immer, vielleicht nur, weil er diese Geschichte unbedingt erzählen musste und diese Frau bereit schien, ihm zuzuhören? Und hatte sie bemerkt, wie traurig Georg geworden war, mit jedem weiteren Satz, jeder Einzelheit, die er seiner Erinnerung abtrotzte? Und dass er am Ende fast geweint hatte, betrunken von Bier und den Tonics, die er im Doppelpack bei dem zwischen der Erwartung einer exorbitanten Zeche und Sorge um den Freund hin- und hergerissenen Lefteris und vielleicht irgendwann auch bei Ivanka bestellt hatte? Und ob sie sich erinnerte, wie stoisch Christina diesem zunehmend sentimental werdenden Mann zugehört hatte, selbst ohne sichtbare Zeichen von Trunkenheit, entspannt in ihrem Regiestuhl, die Beine übereinandergeschlagen, unaufhörlich rauchend und nur ab und zu ihrem Gegenüber die Hand auf den Unterarm legend?

Georg gelang es nicht, Ivankas Blick zu deuten. Er neigte ohnehin dazu, Gesten, leichte mimische Veränderungen bei seinem jeweiligen Gesprächspartner überzuinterpretieren. Vielleicht spielte sie nur ein wenig mit ihm und kokettierte mit ihrer Jugend, der die Schönheit noch selbstverständlich war und deren Wirkung auf Männer in Georgs Alter sie ohnehin zur Genüge kannte.

Georg war verwirrt, antwortete ihr unsinnigerweise mit jener griechischen Floskel, die er in den letzten beiden Tagen schon so oft heruntergebetet hatte, „Ola kala, alles gut, ja" und setzte sich an den der Straße am nächsten gelegenen Tisch, während Ivanka das frischgezapfte Getränk und eine Schale Nüsse vor ihm abstellte. Und wieder konnte er seinen Blick nicht von ihren Brüsten lassen, die für einen Augenblick sehr nah vor ihm schaukelten. Wie sehr hatte er sich in den letzten beiden Jahren danach gesehnt, noch einmal solche Brüste berühren zu dürfen, Brüste überhaupt, den Körper einer Frau, alle Erhebungen zu ertasten, alle Täler und dann in jene geheimnisvolle Tiefe eintauchen zu können? Und welche Angst hatte er gleichzeitig davor gehabt, wenn es tatsächlich noch einmal dazu käme, nicht mehr genügen zu können, schlicht und einfach zu versagen, ein Widerspruch, der ihm von Tag zu Tag mehr zu schaffen machte, so dass er manchmal so weit war, sich einzureden, dass es ohnehin nur noch so etwas wie ein imaginäres Kino für ihn geben würde, ein Kino, das in seinem Kopf angesiedelt war und in dem zwischen Zuschauer und Leinwand eine unüberwindbare Grenze verlaufen würde. Trotzdem hatte er schon gestern, nachdem seine vagen Ängste mit jedem weiteren Glas zurückgedrängt waren, auch beim Anblick von Christina geglaubt, es käme etwas, das er für sein Leben als erledigt betrachtet, ad acta gelegt hatte, mit Macht zurück und würde wieder von ihm Besitz ergreifen.

Ivankas Brüste hatten sein Sichtfeld verlassen, sie hatte sich hinter die Theke zurückgezogen und sich wieder dem Sortieren der Gläser gewidmet. Georg wandte sich ab, reiner Selbstschutz und weil er merkte, wie sehr die polnische oder ukrainische Barfrau dieses tief Verborgene in ihm aufspürte. Fast hätte er vergessen, warum er heute Abend heraufgekommen war. Es war wegen Christina und weil er bei ihr anscheinend alles, was ihn quälte, loswerden konnte, das war ihm irgendwann im Verlaufe des Abends wichtiger geworden als das Geheimnis ihres Hierseins zu lüften. Aber obwohl er von seinem Standort aus beide Dorfstraßen, die Agios Vassilios bis zur „Alchemist"-Bar, wie auch ein Stück von der Alexi Minoti im Auge hatte, konnte er keine Spur von ihr entdecken.

Georg überlegte, warum sie ihm gestern so geduldig, völlig ungerührt zugehört hatte, nur ganz selten eine Zwischenfrage stellte oder um die Erläuterung von Einzelheiten bat, die sie offenbar nicht verstanden hatte. Fast beiläufig hatte sie dabei getrunken und geraucht, ein- zweimal die Toilette aufgesucht und dabei jeweils Michalis, der spät in der Bar auftauchte, kurz zugenickt, aber das schien nicht bedeutsam. Was bezweckte sie mit dieser Bereitschaft, Georgs Geschichte anzuhören?

Seinen ersten Gedanken, gestern Abend beim Kennenlernen, dass sie eine Affäre suchte, hatte er inzwischen verworfen. Dazu hatte sie, sah man von den wenigen, eher zufälligen Berührungen seiner Hände und Unterarme ab, keine Anstalten gemacht. Diese Berührungen erschienen ihm eher wie Bestätigungen dessen, was er ihr erzählt hatte. War sie also eine Männerversteherin, die zu gegebener Zeit ihren Kommentar, garniert mit küchenpsychologischen Erklärungsversuchen für Georgs erotisches Scheitern, abgeben würde? Oder eine Zugereiste, die die zweihundertste Boutique unten in Hersonissos eröffnet und gemerkt hatte, dass die örtlichen Strippenzieher hier oben im Dorf wohnten und Georg sie alle seit vielen Jahren so gut kannte, dass er ihr vielleicht die eine oder andere Tür öffnen könnte? Oder war dieses stundenlange Zuhören der von ihr selbst gewählte Umweg, um am Ende doch mit Georg zu schlafen?

Georg hatte jedenfalls begonnen, ihr die Geschichte zu erzählen, wie er Marion kennengelernt hatte, 2007, das Joan-Baez-Konzert auf einer Freiluftbühne in Wattenscheid, die Woodstock-Ikone ausgerechnet in jenem gesichtslosen Stadtteil von Bochum vor ein paar hundert, vielleicht tausend Leuten, unter ihnen, er eingeschlossen, schon wieder viel zu viele angegraute Oberstudienräte mit ihren grün bewegten Ehefrauen, die Sängerin, die 1969 vor einer halben Million Hippies „Joe Hill" gesungen hatte, nun einem nostalgiebesoffenen Publikum gegenüber, das nur für diesen Abend seine Reihenhäuser verlassen hatte, eigentlich schon wieder eine Geschichte für sich…

8

Georgs Blick inspizierte abwechselnd beide Straßen. Nichts regte sich, nur aus den wenigen Tavernen, die noch geöffnet hatten, hörte man Wortfetzen und das Klappern von Geschirr. Er spürte, wie die Anspannung in ihm wuchs, und ihm fiel die Szene aus „12 Uhr mittags" ein, in der der Marshall das finale Shoot-Out erwartet. Den hatten ja bekanntlich alle verlassen, bis auf die eine, Grace Kelly, aber auch die hatte Georg nicht an seiner Seite. Für einen Moment gefiel er sich in der Rolle des einsamen Helden, er, der Gary Cooper von Koutouloufari. Würde Christina kommen und ihm vor seinem eigenen Show-down Beistand leisten?

Gerade, als er sich wieder Ivanka zuwenden wollte, hatte er eine Hand auf der Schulter. Sie musste durch den Seiteneingang gekommen sein. Ohne seine Einladung abzuwarten, setzte sie sich an seinen Tisch und machte Ivanka ein Handzeichen, wieder mit dieser Spur von Arroganz, die Georg schon gestern Nacht aufgefallen war. In Ivankas Gesicht sah er einen Anflug von Unwilligkeit, sie zu bedienen, solche Gesten schien sie nicht zu mögen. Georg fand das sehr sympathisch, aber er wusste auch, mit welcher Strenge Lefteris sie dazu anhielt, jeden Gast gleich freundlich zu behandeln, oder manchmal ein bisschen freundlicher, so wie ihn. Mit einem leisen Stöhnen, das nur Georg hörte, mixte sie der Fremden einen Gin-Tonic.

Währenddessen sah Georg Christina an. Er fand, dass sie mit ihrer erneut für das Ambiente des Dionysos völlig unpassenden Erscheinung, dem heute in Blautönen gehaltenen Designer-Kleid, dem schweren Goldschmuck und der Cartier am Handgelenk tatsächlich eher auf eine der Partys im Elounda Mare (dem „Russenhotel", wie Lefteris immer sagte) passte, als in diese kretische Eckkneipe. Und möglicherweise reichte die pure Vermutung, Christina habe irgendetwas mit Russen zu tun, dass diese Frau bei Ivanka, egal nun, ob Polin oder Ukrainerin, Ablehnung auslöste.

Georg ertappte sich dabei, Christinas Figur mit der von Ivanka zu vergleichen. Ganz anders als diese trug sie das Kleid auch heute wieder hochgeschlossen, der Umfang ihrer Brüste ließ sich erneut nur schwer abschätzen. Als sie ein Bein über das andere schlug und der Saum ihres Kleides bis zu den Oberschenkeln hochrutschte, waren Ansätze von Zellulitis erkennbar, die hatte Georg gestern nicht bemerkt. Dagegen stellte er sich die Ebenmäßigkeit der Beine von Ivanka unter der weißen Jeans vor, die auch, anders als Christina, auf jegliches Make-Up verzichtete. Georg merkte, wie viel lieber er jetzt an der Theke gestanden und der Barfrau dabei zugesehen hätte, wie sie mit dem Einräumen der Gläser fortfuhr. Ivanka schien seinen Wunsch zu spüren und schickte ein polnisches oder ukrainisches Lächeln herüber.

Christina hatte bisher geschwiegen und sich stattdessen einen zweiten Drink bestellt. Georg sah, wie Ivankas Nasenflügel leicht zitterten, als sie das Glas eine Spur zu hart vor Christina hinstellte. Die bedankte sich immerhin und die Kellnerin rang sich ein geschäftsmäßiges „You´re welcome" ab. Georg überlegte, wie er das Gespräch, das ja eigentlich die Fortsetzung seines gestrigen Monologs werden sollte, in Gang bringen könnte. Ihm fiel nichts Intelligenteres ein, als sie nach dem Verlauf ihres Tages zu fragen.

Sie machte eine abwehrende Handbewegung, als gelte es, etwas zu verbergen, etwas, das Georg nichts anging. „Ein bisschen was Geschäftliches, nicht der Rede wert…". Also ging es doch um die Eröffnung eines Ladens, einer Boutique, in der sie solche

Klamotten, wie sie sie selbst trug, verkaufen wollte? Aber das hätte sie ihm doch erzählen können und ein Gespräch mit Panos zustande zu bringen, wäre für ihn nun wirklich kein Problem gewesen. Also doch etwas Anderes. Georg wollte sich nicht mit ihrer floskelhaften Antwort zufriedengeben, überlegte, wie er es anders angehen könnte, war sogar bereit, auf den zweiten Teil seiner Geschichte zu verzichten.

Christina schien zu ahnen, was er vorhatte.

„Erzählen Sie einfach weiter", sagte sie, während sie sich eine Reyno ansteckte. Was mochte sie dazu bewegen, ihm lieber eine weitere Nacht zuzuhören als den Grund für ihr Hiersein preiszugeben? Auch ihr Gesichtsausdruck ließ keine Schlüsse darauf zu, im besten Falle war ein distanziertes Interesse herauszulesen. Georg gab nach, morgen würde er mit Panos und Michalis reden, denen blieb ohnehin nichts verborgen. Schnell versuchte er sich zu erinnern, bis zu welchem Punkt er gestern gekommen war mit der Schilderung jenes Konzerts, das eine solche Wende für seine nächsten Lebensjahre bringen würde.

Christina bemerkte, dass es Georg schwerfiel, sich die Stelle in seiner Erzählung ins Gedächtnis zurückzurufen und dass es ihm peinlich wäre, sie danach zu fragen, was er bereits erzählt habe. Also half sie ihm, indem sie sich für ihn erinnerte, wie sein Freund Karl, genannt Charly, damals zwei Karten für das Joan-Baez-Konzert gekauft hatte, dann aber selbst nicht erschien und stattdessen eine junge Frau auf Charlys Platz saß.

Für einen Moment war Georg versucht, das Ganze doch einfach mit einem Small-Talk zu beenden, obwohl er sah, wie Ivanka, die mit ihrer Aufräumaktion in den Regalen fertig war, das Top über ihren Brüsten straff zog und sich, wie zufällig, mit dem Rücken vor die Theke gestellt hatte. Es schien so, als wenn auch sie, die doch nur Polnisch oder Ukrainisch und ein bisschen Englisch sprach, am Fortgang der Geschichte interessiert war.

Er gab sich einen Ruck. „Diese junge Frau hatte mich", nahm er den Faden wieder auf, „freundlich angeschaut und gesagt, dass sie Marion heiße und die Tochter von Charly sei, der plötzlich erkrankt war und die Karte nicht verfallen lassen wollte."

Georg sah, dass Ivanka einen halben Schritt nähergekommen war. Fast hätte ihn das gelbe Top und das, was es weiterhin nur sehr unvollkommen verbarg, daran gehindert fortzufahren.

„Er war damals wirklich krank – und hat in den Folgejahren nichts bitterer bereut, als Marion die Karte überlassen zu haben. Übrigens hat er bis zu seinem Tod kein Wort mehr mit mir geredet. Aber das konnte damals, als die Band von Joan Baez ihren Soundcheck beendet hatte und alles auf den Auftritt der Sängerin wartete, noch keiner von uns ahnen.

Jedenfalls hatte diese junge Frau neben mir auf Charlys Platz ausführlich berichtet, dass ihr Vater morgens mit einem dicken Kopf aufgewacht sei, nein, diesmal nicht auf Grund des gestrigen Stammtischbesuchs, sich elend gefühlt und sogar hohes Fieber gehabt hätte. Typische Sommergrippe, sagte sie ziemlich fröhlich und schien überhaupt kein Mitleid zu haben. Und auf meine Frage, ob sie denn Joan Baez überhaupt kenne, ich machte ihr natürlich gleichzeitig ein Kompliment über ihr jugendliches Aussehen, antwortete sie, sie sei zwar immerhin schon Anfang 30, aber die Sängerin kenne sie tatsächlich nicht. Aber Charly habe ihr, wenn er schon nicht könne, das Konzert ans Herz gelegt und darüber hinaus sei sein Stammtischfreund dann nicht so alleine. Und außerdem, sagte sie, werden Sie mir doch – oder wollen wir uns duzen? – wirst du mir doch sicher alles Nötige erzählen. Papa hat gesagt, du wärest ohnehin ein Erzähler vor dem Herrn."

„Tolles Kompliment", warf Christina ein und Georg war sich sicher, dass sie es ironisch meinte. „Und dann waren Sie so geschmeichelt, dass Sie sich stante pede verliebt haben, oder?"

Stante pede – Georg war erneut über ihre Wortwahl erstaunt, aber er wusste ja überhaupt nichts von ihr. Vielleicht war sie weniger oberflächlich, als sie tat.

„Nicht sofort. Ich war nur erstaunt, mit wie viel Unbefangenheit Marion mir begegnete, immerhin einem Fremden, über den sie höchstens ab und an ein paar Bruchstücke gehört hatte, wenn Charly und seine Frau Luise mich erwähnten."

„Was konnte sie denn von Ihnen wissen?"

„Sie hat es mir hinterher erzählt. Ihre Eltern hatten ein ganz positives Bild von mir gezeichnet. Beide ehemalige Schulleiter, frühpensioniert in einer Zeit, als sich der Staat noch sehr spendabel zeigte und der berufliche Ausstieg sehr einfach war, freuten sie sich, einen Kollegen als abendlichen Ansprechpartner am Stammtisch zu haben. Als Gymnasiallehrer für Deutsch, Geschichte und Religion….", Christinas Hände deuteten einen Applaus an , „… war ich besonders für Charly der bevorzugte Gesprächspartner, hatte er doch in mir einen, der die, von ihm wie unter Druck den ganzen Abend losgelassenen Salven aus literarischen, politischen und philosophischen Anspielungen entsprechend verstehen und in gleicher Münze zurückgeben konnte. Dass ich so etwas wie ein ewiger Junggeselle sei, hatte er seiner Tochter eher en passant berichtet. Später, das war, als ich ihm, wie er immer sagte, seine Tochter ´geraubt` hatte, betonte er ihr gegenüber nur noch meine Charakterschwächen."

„Haben Sie denn welche?" Ohne Ironie ging es bei Christina offenbar nicht. Georg ignorierte das.

„Charly besaß eine krankhafte Vaterliebe, die ihn dann alles vergessen ließ, was einmal unsere Freundschaft ausgemacht hatte. Als er merkte, dass ihm die Felle wegschwammen und Marion sich für mich entschied, bombardierte er sie mit haarsträubenden Geschichten über meine angebliche Promiskuität. Ständig sei ich in der Vergangenheit mit wechselnden Freundinnen aufgetreten, oft zwei- oder dreigleisig gefahren. Vor so einem könne er seine Tochter nur warnen, der würde sie, wenn er seine vordergründige Befriedigung gefunden habe, fallen lassen wie eine heiße Kartoffel."

„So sind sie, die Väter, wenn sich jemand an ihrer Tochter vergreift. Meiner war ähnlich. Hat ihm aber nichts genutzt." Christina trank ihr Glas aus und winkte Ivanka. „Und Marion? Hat sie die Geschichte vom treuen Freund, der sich zum verantwortungslosen Wüstling wandelt, denn geglaubt?"

„Zunächst scheinbar nicht, mehr noch, sie brachte die Variante ins Spiel, dass er mich, angesichts des öden Zustands seiner Ehe, insgeheim beneidete. Sie brach für ein paar Jahre jegliche Beziehung zu ihren Eltern ab, aber zum Schluss hatte man hinter meinem Rücken wieder heimlich Kontakt und Charlys und besonders Luises Saat, die mir gegenüber noch unnachgiebiger war als ihr Mann, ging allmählich auf. Allerdings ein Pyrrhus-Sieg, kurz darauf starben beide. Aber ich greife vor."

„Ich mag gebrochene Erzählungen." Wieder wunderte ihn Christinas Wortwahl.

„Trotzdem. Marion war an diesem Abend in Wattenscheid, kurz bevor die Baez die Bühne des kleinen Amphitheaters betrat, sehr locker, gesprächig, zutraulich fast - so, wie ich sie später kaum noch erlebt habe. Vor Konzertbeginn hatte sie mir schnell noch erzählt, dass sie nur ein paar Kilometer entfernt am Stadtrand, nicht weit vom See wohne und bei einer großen Versicherung bereits eine Abteilung leite. Das Haus, sein Elternhaus, habe ihr Charly geschenkt, sozusagen als Belohnung."

„Wofür? Da muss es ja vorher reichlich Wohlverhalten von Marions Seite gegeben haben?"

„Bedingt. Erstmal hatte sie sich nach dem Abitur aus der Enge des Elternhauses ein wenig befreien können und war in die Nachbarstadt gezogen. Allerdings zog Charly auch dort die Strippen, bestimmte, dass sie vor dem Studium erst eine Banklehre zu absolvieren hatte und suchte ihr nach dem Studium auch den Job bei der Versicherung aus. Offenbar aus Trotz gegen die väterliche Bevormundung, so ganz genau hat sie mir das nie erzählt, begann sie eine Beziehung mit einem Araber, aus der sofort ein Kind entsprang, Nadja, die war damals sieben, als wir uns kennenlernten."

Georg bemerkte, dass es etwas verwirrend, vielleicht auch langatmig wurde. Er fasste den Rest der Vorgeschichte zusammen: dass Charly und Luise eine ordentliche Heirat verlangten, der Araber überraschend sich sogar mit einer christlichen Zeremonie (in den Augen seiner muslimischen Familie eine Todsünde) einverstanden erklärt hatte, sich dann aber als „familienuntauglich", so hatte Charly das genannt, erwies. Eine schnelle Scheidung folgte.

„Charly überließ ihr sein Elternhaus als Belohnung, dass Marion den Fehltritt erkannt und behoben hatte. Sie hatte die Schenkung trotz des schalen Beigeschmacks und der Tatsache, dass sie sich damit wieder in die Hände ihrer Eltern begab, angenommen, was hätte ich machen sollen, sagte sie später, allein mit dem Kind, übrigens ein schönes Haus, fast verwunschen, am Waldrand, großer Garten mit Kaninchenstall, Nadjas Schule, mein Büro, ein paar kleine Geschäfte in der Nähe, zum See sind es nur ein paar Minuten, also was brauche ich mehr?"

„Vielleicht einen neuen Vater für das Kind." Christina hustete. „Sorry, ich rauche zu viel…"

„Daran dachte ich in diesem Moment nicht. Immerhin wurde mir jetzt auch klar, warum Charly die handwerklich begabten Mitglieder des Stammtischs wochenlang engagiert hatte, um dieses Haus zu renovieren…"

„Typische Besitz- und Machtspielchen von Eltern", Christina schien Bescheid zu wissen. Georg irritierte, dass sie in den letzten Minuten mehrfach auf die Uhr geschaut habe.

„Langweile ich Sie?"

„Nein, nein…ich erwarte nur einen Anruf, nicht wichtig…". Was eigentlich war wichtig für sie?

Ivanka hatte ihr einen Drink gebracht, war aber kaum in Richtung Theke zurückgegangen, sondern nahe am Tisch stehen geblieben. Sie kann nichts verstehen, sagte sich Georg, warum stand sie da?

„Nach dieser Einleitung haben Sie sich also endlich verliebt, Georg, oder kam jetzt erst noch der große Woodstock-Vortrag?"

„Es blieb keine Zeit. Auf mein Nachfragen, ob sie wirklich noch nie etwas von der großen Baez gehört oder gelesen hatte, ich nannte schnell ein paar Songtitel, blieb es bei einem Kopfschütteln.

Ich war irritiert, dann dachte ich, wie konnte sie auch Joan Baez kennen, hatte sie doch ihr ganzes junges Leben lang schon auf diese grässlichen Technobeats getanzt. Später, als ich zum ersten Mal in ihrem Haus war und die auf dem Boden verstreute CD-Sammlung sah, wurde mir klar, dass sie praktisch nur Klaviermusik hörte, überwiegend Chopin , sogar die Klavier-Meisterklasse an der Essener Folkwang-Schule besucht hatte. Charly hatte sie von früh auf in Richtung einer musikalischen Karriere gedrängt, etwas, was ihm selbst, er spielte Violine, von seinem Vater versagt worden war."

„Ebenfalls ein Klassiker. Die nicht erfüllten Wünsche der Eltern werden in die Kinder projiziert. Kenn ich alles…" Fast schien es wirklich, als beginne Christina sich langsam zu langweilen.

„Mag sein. Ich könnte Ihnen von mir ähnliches erzählen. Aber zurück zu Marion. Warum Charly sein Lieblingsprojekt plötzlich abblies und sie in eine Banklehre schickte, ist mir nie richtig klargeworden. Ab und zu, wenn wir in unserer Stammkneipe saßen, bezeichnete er seine Tochter, die ich ja damals nur aus seinen fragmentarischen Andeutungen kannte, kryptisch als ´unbotmäßig`. Er liebte solche Wendungen und zog damit vor allem diejenigen Stammtischbrüder auf, die keine Akademiker waren. Komischerweise ließen sie ihn mit einer Art Belustigung gewähren, wenn er wieder einmal beim Bier lange Vorträge hielt, die mit Fremdworten oder eben solchen altertümlichen Formulierungen gespickt waren. Unbotmäßig – solch ein Wort verstand wohl nur ich. Und ich war es auch, der dafür zuständig war, seine bildungsbürgerlichen Anfälle einzudämmen und überzuleiten auf die gängigen Themen: Wetter, Fußball, die unfähigen Politiker. Die anderen, der Wirt, ein Elektriker, ein Schlosser, ein Parfümverkäufer, die ganze Palette, aber neben mir noch ein weiterer Lehrer, dann der Besitzer einer kleinen

Edelstahl-Firma, dazu ein Doktor der Chemie, irgendwie mochten wir alle Charly. Spätestens, wenn er sich von Joe, dem Wirt, der eigentlich Jochen hieß, seine hinter der Theke deponierte Violine auf einem Silbertablett servieren ließ, tatsächlich handelte es sich um ein großes, silbernes Tablett, und Joe beendete die Zeremonie immer mit einer tiefen, fast höfischen Verbeugung, wussten wir, dass der Höhepunkt des allabendlichen Treffs bevorstand."

„Da bin ich aber gespannt." Diesmal schien Christina das völlig unironisch zu sagen, aber Georg wollte ihren Gesichtsausdruck nicht deuten. Er bemerkte, dass er, je mehr er von Charly erzählte, seinem Freund, der ihn zum Schluss so gehasst hatte und dessen Asche jetzt in einer kleinen Urne auf dem Kettwiger Friedhof in der Erde lag, neben der von Luise, die Georg vielleicht noch mehr abgelehnt hatte als ihr Mann , von einer fast zärtlichen Melancholie erfasst wurde.

Er stockte, es entstand eine kleine Pause. Georg bemerkte, wie lange er schon geredet hatte, zu lange. Oder war doch nur eine kurze Zeit vergangen, denn im Dionysos war nach wie vor kein neuer Gast und Ivanka lehnte immer noch so an der Theke, als nähme sie jedes von Georgs Worten tief in sich auf, aber das konnte ja nicht sein. Sie machte eine fragende Bewegung in Richtung der fast leeren Gläser an ihrem Tisch. Wie auf ein Wort tranken Georg und Christina fast gleichzeitig aus. Ivanka ging um den Tresen und sorgte für Nachschub.

„Was so Weltbewegendes geschah zum Ende dieser Abende? Gab Charly ein Solokonzert?" Christina schaute wieder kurz auf die Uhr, dann, als Georg nicht sofort weiteredete, auf die Straße hinaus, fast so, wie Georg es zuvor getan hatte, als er auf sie wartete.

Ivanka brachte die Drinks und zog sich dann auf die gleiche Position zurück, scheinbar völlig unbeteiligt, während sie beiläufig ein paar Krümel von der Theke schnippte, aber als Georg getrunken und sich die nächste Karelia angesteckt hatte, beugte sie den Oberkörper leicht vor.

„Charly begann tatsächlich zu spielen, nachdem er die Geige gestimmt hatte. Was aber so ungewöhnlich war: er spielte sie hinter seinem Rücken! Stellen Sie sich vor, Christina, ich weiß nicht, ob Sie jemals Hendrix in Monterey gesehen haben, der machte auch die unglaublichsten Verrenkungen mit seiner Stratocaster, aber er war da noch blutjung, und Charly, mein Gott, der war nahe an hundert Kilo dran, unbeholfen, früh gealtert, so gut wie keine Bewegung, der nahm für ein paar Meter das Auto, aber, wenn Joe ihm das Instrument gebracht hatte, stand er, ebenfalls mit einer tiefen Verbeugung, auf, hielt eine kurze Rede, dass nun eine Weltsensation folge, so laut, dass das ganze Lokal mithörte und die Gäste, die sein Spektakel noch nie mitbekommen hatten, das waren übrigens die wenigsten, ließen Messer und Gabel fallen und reckten die Hälse. Jetzt spielt er wieder die Arschgeige, hatte ihnen Joe noch zugeraunt. Mit einer Gelenkigkeit, für die ich bis heute keine Erklärung habe, brachte Charly die Geige nach hinten, seine dicken, zum Teil schon gichtigen Hände bogen sich auf bizarre Weise hinter seinen Rücken, in der einen den sehr kurzen Bogen, ohne den das Ganze nicht möglich gewesen wäre, und dann wartete er auf Zurufe, sogenannte Hörerwünsche, wie er immer sagte, und dann kam es von den Nebentischen, manchmal auch von uns, so schnell, dass er kaum nachkam, das Schalker Vereinslied, die Marseillaise, Es steht ein Soldat am Wolgastrand. Und, so wahr ich hier sitze, Charly spielte sie alle, hinter seinem Rücken die Geige, und dabei ächzte und stöhnte er und Schweißbäche rannen sein Gesicht herunter, den ganzen dicken Kopf entlang, bis in den

Hemdkragen hinein. Sie müssen bedenken, zu dem Zeitpunkt hatte er meist um die 15 Pils intus, und jedes Mal hatte ich Angst, er würde einen Infarkt oder Schlag bekommen, so sehr schwollen die Stirnadern an, sein ganzes Gesicht knallrot, aber immer, wenn ich dachte, jetzt passiert es und instinktiv in der Hosentasche nach meinem Handy tastete, um möglichst schnell den Notruf wählen zu können, brach er mitten in einem Lied, einer Strophe, einem Refrain ab, mit einem fast quietschenden, jaulenden letzten Bogenstrich, sortierte Arme und Hände wieder vor den Körper, nachdem ihn Joe vorher von dem Instrument befreit hatte, verbeugte sich nach allen Seiten, genoss den donnernden Applaus der meist schon angetrunkenen Gäste, unseren sowieso, wischte sich mit einem riesigen Taschentuch den Schweiß ab und setzte sich. Dann bestellte er eine letzte Runde, aber ich, der ihn besser kannte als die anderen, sah, dass er jedes Mal in sich zusammensackte, den Lärm um sich herum nicht mehr wahrnahm und nur noch das Nötigste sagte. Er hatte ihnen wieder den Clown gemacht, und das wusste er."

Christina hatte kurz aufgelacht, zu skurril erschien ihr das Ganze, aber am Schluss von Georgs Geschichte entspannten sich ihre Züge, zum ersten Mal schienen sie ihm weich.

„Also eigentlich eine traurige Figur", sagte sie.

Georg nickte. „Ja, ich konnte ihm lange nicht böse sein, dass er mir seine Freundschaft entzog, nachdem ich seine Tochter auf eine Weise, die er unwissentlich selbst initiiert hatte, kennenlernte – eine Begegnung mit Folgen, wie Sie wissen. Trotzdem: Wenn mir damals, in diesem kläglichen Amphitheater-Imitat, umgeben von tausend frustrierten, ihre verlorenen Ideale beklagenden Mitt-Fünfziger und –Sechziger jemand gesagt hätte, dass ich diese

Frau für die nächsten acht Jahre mehr als alles lieben würde, hätte ich ihn für verrückt erklärt.

„Naja", warf Christina lakonisch ein, „irgendwas an Ihnen muss ja überzeugend gewirkt haben, was auch immer." Sie zündete sich eine neue Zigarette an und bedeutete Georg fortzufahren.

Sie hatte ja recht. Er überlegte, was Marion dazu gebracht hatte, nicht nur das Konzert bis zur letzten Zugabe durchzuhalten, sondern auch wenige Tage darauf mit ihm zu schlafen. Was sollte er Christina antworten? Die wurde zunehmend ungeduldig. Weil er nicht weitererzählte? Oder einfach nur, um die Geschichte möglichst schnell hinter sich zu bringen und ihn dann im Gegenzug um ein paar Gefälligkeiten anzuhalten, zum Beispiel Panos zu bitten, ihrer vermuteten geschäftlichen Neueröffnung seinen Segen zu geben. Aber auch das war ja reine Spekulation. Er wusste buchstäblich nichts von ihr.

Christina hielt Ivanka wortlos ihr leeres Glas hin.

„Wenn Sie keine Lust mehr haben, wir können auch übers Wetter reden. Oder nur trinken. Hat Sie meine Bemerkung so aus dem Konzept gebracht?" –

„Herrgott, ja, irgendwas wird sie sicherlich an mir gefunden haben, sie hätte ja auch gehen können."

„Ist sie aber nicht." Christina nahm den nächsten Drink entgegen. Zum zweiten Mal hatte sie der Barfrau gedankt, ihr sogar zugenickt. Ivanka selbst schien überrascht. Sie zog sich auf ihren Posten an der Theke zurück. Wieder war es Georg, als warte sie nicht nur höflich auf neue Bestellungen, sondern hörte ihm zu, obwohl sie kein Deutsch sprach. Gibt es so etwas wie eine Melodie der Sprache, für die es keinen Übersetzer braucht?

Georg beschloss seinerseits, die Sache zu Ende zu bringen.

„Also, Marion blieb, obwohl ihr alles fremd war, die Sängerin und ihre Weltverbesserungslieder, das Publikum, dass sich nach den Zeiten seiner vorgeblich glanzvollen, vom Freiheitskampf beseelten Jugend zurücksehnte, um die täglichen Niederlagen besser ertragen zu können, der Freund ihres Vaters, fast im gleichen Alter wie dieser, jedenfalls über zwanzig Jahre älter als sie und mit einer in ihren Augen unmöglichen Langhaar-Frisur, stellen Sie sich vor, Christina, noch länger als jetzt und wohl auch ein bisschen ungepflegter, kindische Trotzhaltung gegen das Altwerden, das plötzliche Mitsingen und Mitklatschen der Zuschauer, wenn ihnen eine Textzeile bekannt vorkam, das hatte sie vielleicht einmal bei Volksmusiksendungen gesehen, Florian Silbereisen für Altlinke , ja, das alles war ihr fremd, aber sie blieb."

Christina schüttelte den Kopf. Sie wechselte die Sitzposition, streckte die Beine in Richtung Georg, und zog, als sie seinen Blick bemerkte, den hochgerutschten Saum ihres Kleides schnell wieder über die Knie.

„Wahrscheinlich hatte sie eine Vorliebe für Auslaufmodelle. Verstehen kann ich Marion trotzdem nicht." Das Mitgefühl, das sie eben noch für Charly gezeigt hatte, wandelte sich wieder in beißende Ironie.

Georg antwortete nicht. Sein Bier kam, was ihm völlig gleichgültig war, eigentlich hatte er schon wieder genug, aber Ivanka brachte es und sie stellte es besonders langsam vor ihn hin und beugte sich, unter dem Vorwand, Zigarettenasche vom Tisch zu wischen, so tief herunter, dass er in das Tal zwischen ihren Brüsten schauen konnte. Sie gewährte ihm diesen Einblick für eine kleine Ewigkeit, bevor sie zurückging, aber wieder blieb sie in unmittelbarer Nähe des Tisches und verschränkte die Arme unter diesem Busen, dessen Hälfte Georg gerade hatte anschauen dürfen.

„Hören Sie einfach zu. Joan Baez begann das Konzert, eigentlich gegen alle Regeln der Dramaturgie, die verlangten, zunächst das jeweils neue Album vorzustellen, mit einem ihrer größten Hits, dem Titelsong aus `Sacco und Vanzetti`. Ich schaute zu Marion herüber. Irgendwie wurde sie sehr ernst, konzentrierte sich auf das, was die Baez, vielleicht mit ihren damals bereits 70 Jahren stimmlich schon eingeschränkt, sang, aber die tausend Zuschauer waren sofort dabei und ich sah, dass Marion ihre Lippen bewegte und fühlte, dass sie ein wenig näher zu mir gerückt war. Naja, wir saßen im Rund und auf Steinstufen, eine Arena di Verona im Miniatur-Format, und da merkt man schon solch einen Körperkontakt, ich hielt das Ganze erst für einen Zufall, weil ihr Nachbar sie wahrscheinlich im Eifer des Mitsingens und – klatschens in meine Richtung geschoben hatte, aber dann wurde mir, während die Baez die letzte Strophe sang, klar, dass Marion mich bewusst berührte."

„Moment mal" unterbrach Christina, „bevor Sie weitererzählen, wie geht der Song nochmal, alles so verdammt lange her. Könnten Sie ihn vorsingen?"

Auch das noch. Georg konnte und wollte nicht singen, außerdem war ihm das Ganze vor Ivanka peinlich, die jetzt, als hätte sie die Frage der fremden Frau verstanden, noch näher herangetreten war und Georg jederzeit hätte berühren können.

Christina machte eine ungeduldige Handbewegung. Was soll´s, Georg begann die ersten Takte zu brummen, falsch und schief, „Here´s to you, Nicola and Bart", und sie lachte auf einmal so laut auf, dass er am liebsten sofort aufgehört hätte, egal ob es ein wissendes oder verächtliches Lachen war – aber plötzlich, erst ganz zart und leise, dann, mutig geworden, ein bisschen kräftiger, fiel eine helle Stimme ein, und Georg und Christina drehten sich gleichzeitig um und sahen, ganz dicht hinter ihren Stühlen, Ivanka stehen, in ihrem gelben Top und der weißen Jeans, und beim Singen zeigte sie wieder dieses polnische oder ukrainische Lächeln, das schon alles wusste, und jetzt konnte auch Georg plötzlich den Ton halten und dann sangen die beiden gemeinsam weiter: „Rest forever deep in our hearts" und Georg war klar, dass die Geschichte, die er Christina erzählen wollte, noch ehe er sie recht begonnen hatte, an ihr Ende gelangt war. Ivanka würde eine andere zu hören bekommen.

9

Zunächst war es ganz still. Ivanka hatte sich, als sei sie selbst erschrocken über ihren gemeinsamen Gesang mit Georg, wieder hinter den Tresen zurückgezogen. Christina, die doch offenbar nichts überraschen konnte, schaute ihr hinterher, vergaß sogar ihre angerauchte Zigarette im Aschenbecher, auch rührte sie ihr noch halbvolles Glas nicht an.

Irgendwie war die Luft raus. Dabei war es Georg noch vor Minuten so wichtig gewesen war, weiterzuerzählen von diesem Konzertabend und wie Marion noch näher zu ihm gerückt war und ganz am Ende – über diesen eigentlich völlig unromantischen Ort in Wattenscheid hatte sich eine milde Sommernacht, Vollmond inklusive, gebreitet, und die Baez war zu den Zugaben gelangt – ihren Kopf an seine Schulter gelehnt hatte, so dass er gar nicht anders konnte, als seinen Arm um sie zu legen, und wie sie dann nach dem letzten Song, „Gracias a la vida", eng umschlungen zu ihrem Auto geschlendert waren und er sie an sich gezogen hatte, wie selbstverständlich und ohne, dass es einer vorbereitenden Geste oder eines Wortes bedurfte. Und wie er sie, nachdem er für einen Moment den Widerstand ihrer noch geschlossenen Lippen überwinden musste (eine Art Pflichtübung, die sie sich auferlegte), sehr lange geküsst hatte, dabei innerlich jubilierend, „Gracias a la Vida", ja, Dank an das Leben, und Marion den Mund ganz weit öffnete und seine drängende Zunge hineinließ, mitten auf der Straße, im Strom der aus dem Konzert herausdrängenden Menschen. Und dann wollte Georg noch erzählen, wie sie sich für den nächsten Abend verabredeten und er ihr noch lange nachgesehen hatte, auch, als der kleine Opel längst Richtung Autobahn verschwunden war.

Jetzt aber schien ihm die ganze Situation im Dionysos zu unwirklich. Welchen Sinn sollte es machen, Christina, die immer noch wie angewurzelt in ihrem Regiestuhl saß, weiter von seiner Liebe zu Marion und deren Scheitern zu berichten?

Ivankas Gesang klang in Georg nach. Er sah ihr, ohne sich um seine immer noch schweigende Tischnachbarin zu kümmern, zu, wie sie, als sei nichts geschehen, zwei hinzugekommene Gäste begrüßte, ihnen Getränke bereitete und dabei in den unvermeidlichen Kneipen-Small-Talk verfiel, das anhaltende Sommerwetter mitten im Herbst, ein schwerer Badeunfall unten am Strand, alles in jenem harten, gebrochenen Englisch, und Georg wünschte sich, sie möge noch einmal an den Tisch kommen und eine weitere Strophe mit ihm singen, vielleicht sogar, dass sie dann ganz nah hinter ihm stünde und ihm beim Singen eine Hand auf die Schulter legte, ein merkwürdiges Duo, der grauhaarige Altrocker und die schöne Polin oder Ukrainerin, sicher nicht hitparadentauglich, aber für einen Moment statuenhaft verschmolzen, dort, in der Dionysos-Bar, am äußersten Tisch, an einem milden Herbstabend in Koutouloufari, in seinem Dorf.

„Kali spera." Christina war aus ihrer Starre erwacht und hatte Panos begrüßt, der, ohne dass Georg, während er ganz auf Ivanka konzentriert war, es bemerkt hatte, seine alte Vespa an die Mauer des gegenüberliegenden Hauses gelehnt hatte und hereingekommen war.

Der Dorfpate war wie immer wie aus dem Ei gepellt: die kurz geschnittenen, von grauen Fäden durchzogenen schwarzen Haare zu einem exakt gezogenen Scheitel gekämmt, den Bart auf wenige Millimeter gestutzt, dazu ein dunkelblaues Lacoste-Hemd, eine helle Hose mit scharfen Bügelfalten, braune Slipper.

Die beiden schienen sich tatsächlich zu kennen. Panos ergriff Christinas Rechte und deutete einen Handkuss an. Georg grinste in sich hinein. Der alte Charmeur, der die 70 schon lange überschritten hatte, aber wesentlich jünger aussah, hatte lange in München und in Rom gelebt und versucht, ein wenig vom Flair dieser Städte in sein Heimatdorf zu tragen, zugegeben mit wenig Erfolg, aber man achtete ihn sehr. Georg hatte schon nach wenigen Besuchen bemerkt, dass Panos für die Dorfbewohner eine Art Bürgermeister ohne Mandat war, man wandte sich immer dann an ihn, wenn es um finanzielle Probleme, Ärger mit den Behörden, Baugenehmigungen, Arzttermine, familiäre Streitigkeiten ging. Der mit allen Wassern gewaschene Panos wusste in der Regel eine Lösung und konnte sich im Gegenzug auf die Dankbarkeit der Menschen verlassen. Nicht wenig hatte dieses hochkomplizierte Netzwerk auch zu seinem eigenen Wohlstand beigetragen. Er besaß mehrere Häuser im Dorf, natürlich schwarz errichtet, zwei, drei, Autos, einige Boutiquen und kungelte seit langem mit dem Besitzer vom „Creta Maris“, jenem Branntweinproduzenten, wahlweise mit 5 oder 7 Sternen. Dass nebenbei das gesamte Land gerade dabei war, an diesem Patronats-und Klüngelsystem zugrunde zu gehen, kümmerte weder Panos, noch die, die von diesem System nicht schlecht profitierten. Selbst im Dionysos hatte er seine Finger, das wusste Georg von Lefteris, der es ihm während einer der letzten Raki-Sessionen verraten hatte.

„Herzlich willkommen“, hatte Panos noch in seinem fast fließenden Deutsch zu Christina gesagt, bevor er Georg begrüßt und sich unaufgefordert an ihren Tisch gesetzt hatte. Ivanka brachte, ohne dass der Patron etwas gesagt hätte, einen Elliniko metrio und ein Glas Leitungswasser. Georg zwang sich, ihr weder ins Gesicht, noch auf den Körper zu schauen. Ihm war aber, als hörte er ein leises Summen aus ihrem Mund.

Panos nippte am Kaffee, holte umständlich seine Komboloi aus der Hosentasche und demonstrierte mit einigen schnellen Schwüngen um seine Finger herum, wie diese richtig zu handhaben war. Georg wusste, dass er das nie lernen würde, war aber gespannt, was sein Freund nach diesem Vorspiel Christina zu sagen hatte. Ihr Körper hatte wieder Spannung aufgenommen, sie war ein paar Zentimeter an Panos herangerückt und schaute ihn ebenfalls erwartungsvoll an.

Dieser genoss seine offensichtliche Bedeutung, auch schien ihm die Nähe der attraktiven Frau recht angenehm. Wie alt mochte sie sein, fragte Georg sich noch einmal, Mitte vierzig? Jedenfalls unbedingt die Kragenweite des Herrn Papadakis, das wusste er. Der jedenfalls ließ sich mit seiner offenbar besonders von Christina erwarteten Stellungnahme noch ein bisschen Zeit, nahm einen Schluck Wasser und verstaute die Komboloi wieder.

„Ich bin in Ihrer Angelegenheit tätig gewesen", sagte er in einem merkwürdig gestelzten Deutsch (solche Formulierungen musste er noch von der bayrischen Bürokratie kennen, als er in Schwabing ein Lokal eröffnen wollte).

„Und?" Christina schien sichtlich nervös.

„Es bedarf, sagen wir, noch einiger Überredungskunst, um das Gewünschte zu erhalten. Sie hören morgen von mir."

Christina nickte ergeben und dankte. Es schien, als ginge es um die Erhöhung einer Geldsumme. Aber was führten die beiden im Schilde? Georg schien es zu plump und außerdem zu peinlich, wenn er sie direkt danach gefragt hätte.

Panos hatte sich bereits wieder auf seinen Motorroller geschwungen und war weitergefahren, meist klapperte er abends alle einschlägigen Bars und Hotels ab um Neuigkeiten zu erfahren, aber auch Geschäfte abzuwickeln.

„Ein interessanter Mann, nicht wahr?" Christina hatte ihre alte Pose wieder eingenommen, die Beine übereinandergeschlagen und eine neue Reyno entzündet.

Georg kam nicht dazu zu antworten. Die gesamte Dorf-Clique hatte das Dionysos betreten.

Natürlich war es früher Morgen geworden. Lefteris, der gegen Mitternacht die Stella-Bar, sein zweites Standbein, geschlossen hatte und herübergekommen war, hatte mal wieder resigniert und geduldig abgewartet, bis alle die Bar verlassen hatten. Selbst Christina, um die sich, auch das für Georg wieder rätselhaft, Michalis sehr intensiv gekümmert hatte, war es irgendwann zu viel, und sie ließ sich von dem großen, schwerblütigen Kreter nach Hause bringen. Georg glaubte nicht, dass Michalis mit ihr schlafen wollte, denn der war eigentlich glücklich verheiratet, aber man wusste ja nie. Jedenfalls schien auch er, wie Panos, eine besondere Beziehung mit der Deutschen zu haben. Georg wollte das endgültig am nächsten Tag klären, da hatte er mit Michalis ohnehin ein entscheidendes Gespräch.

Aber das hatte wirklich Zeit bis morgen, auch wenn, genau genommen, der neue Tag ja schon ein paar Stunden alt war. Egal, Georg, der als letzter die Stellung gehalten hatte, kramte ein paar Geldscheine aus der Tasche und wartete auf die Rechnung, während Ivanka die letzten Gläser spülte. Nachdem er stundenlang mit den Jungs aus dem Dorf palavert und getrunken, dabei Ivanka sozusagen aus den Augen verloren hatte, schaute er sie jetzt wieder an, ohne dass sie seinen Blick bemerkte.

Er fühlte sich weniger betrunken, als er eigentlich sein musste, möglicherweise hatte sein Körper inzwischen einen bedenklich hohen Grad an alkoholischer Gewöhnung erreicht. Und dass ihm Lefteris mal wieder viel zu wenig abnahm, konnte er mit einem schnellen Blick auf die Kassenbons, die sich unter seinem Glas gestapelt hatten, auch noch mühelos erkennen.

„Let´s go", sagte der Wirt und begann mit einer Stange nach den Ösen der Rollladen zu fischen, um die offene Terrasse dichtzumachen. Ivanka wusch sich noch zum Abschluss die Hände und nahm die Schürze, die sie sich irgendwann umgelegt haben musste, ab.

Dann standen die drei vor der Bar. Lefteris bot Georg einen bequemen Lift auf seinem Roller hinunter zum Creta Maris an, aber aus irgendeinem Grund, den er sich später auch nicht erklären konnte, lehnte er ab und sagte, dass ein wenig Frischluft sicher guttun würde. Lefteris zuckte die Achseln, hob die Hand und knatterte davon.

Unentschlossen stand Georg neben der Polin oder Ukrainerin mit dem gelben Top und der weißen Jeans und einem jetzt ganz müden Gesicht. Er wollte sich von ihr verabschieden, Bis morgen sagen und vielleicht sogar zwei Wangenküsse riskieren.

„Wir haben erstmal den gleichen Weg. Ich wohne in Piskopiano, du kannst mich begleiten, wenn du willst."

Das war Ivanka, und sie hatte die Sätze in einem klaren, verständlichen Deutsch gesprochen, das nur noch wenig von dem harten Ton hatte, der zuvor ihre wenigen englisch-griechischen Wort-Fragmente begleitete. Ja, sogar das einzige deutsche Wort, das Georg von ihr gehört hatte, das „Bitteschön", mit dem sie Christina, sichtlich unwirsch, ein Glas auf den Tisch knallte, hatte seltsam metallisch geklungen.

„Du sprichst Deutsch?" Er bemerkte, wie Ivanka zusammenzuckte, die Lippen erst öffnete und dann ganz schnell aufeinanderpresste, als wolle sie die Sätze, die ihr unbedacht entglitten waren, wieder einfangen und für immer in ihrem Mund verschließen.

Die Frage war ihr sichtlich unangenehm, und während sie sich energisch Richtung Dorfausgang in Bewegung setzte und Georg sich bemühte, mit ihr Schritt zu halten, schwieg sie immer noch. Es begann zu dämmern. Die Luft hatte sich während der Nacht kaum abgekühlt, es würde erneut ein warmer, vielleicht heißer Tag werden, ungewöhnlich für Ende Oktober. Das Dorf schlief noch. Die beiden passierten das „Galini", dann die holländische Bäckerei, den albernen kleinen Minigolfplatz, dann führte die Straße nach Piskopiano, der nächsten am Berg gelegenen Ortschaft.

Ivanka blieb plötzlich stehen. Von der Seite und im aufziehenden Morgenlicht sah Georg, wie sie die langen, blonden Haare aus der Stirn strich und ihn anschaute, ernst und mit einem Blick aus ihren müden Augen, der alles bedeuten konnte, so schien es ihm jedenfalls, Traurigkeit vielleicht oder auch so etwas wie Mitleid für ihn, der da zwei Nächte fast weinerlich bei dieser kalten, fremden Frau seine Marion-Geschichte loszuwerden versucht hatte.

„Ich lebe seit ein paar Jahren in Deutschland, habe in Frankfurt studiert, dann ein paar Praktika, das Übliche. Hier verdiene ich mir ein paar Euro dazu. Lefteris bezahlt ganz gut dafür, dass ihr mir, auch du, Georg, oder Jorgos, wie du dich hier ja nennen lässt, auf den Hintern starrt. Und, bevor du fragst, ich bin 31 und komme aus einer Stadt in der Nähe von Kiew. Gehen wir weiter?"

Ohne seine Antwort abzuwarten, wandte sie sich wieder der Straße zu. Georg folgte, blieb einige Schritte hinter ihr, überrascht über dieses plötzliche Bekenntnis, verwirrt, auf einmal sehr nüchtern, die recht starke Brise, die vom Meer herauf kam, hatte die vom Alkohol stammende Dumpfheit in ihm förmlich weggeblasen, aber auch jetzt konnte er nicht anders, als ihr auf den Hintern zu schauen und er schämte sich nicht dafür.

Auf Höhe des Friedhofs hatte er sie wieder erreicht. Er wünschte sich, dass sie stehen bliebe und er sie an der Schulter fassen könnte , sie in seine Richtung drehen, sie berühren, sie küssen, Marion war plötzlich so weit weg wie noch nie in den ganzen letzten Jahren, Christina sowieso, jetzt gab es auf einmal nur Ivanka, hier auf der Straße zwischen Koutouloufari und Piskopiano, am frühen Morgen, hoch über dem Meer, über dem der Himmel jetzt rötlich wurde, die Sonne würde bald erscheinen, es konnte keinen besseren Ort geben, hier und jetzt musste er sie küssen, vielleicht angelehnt an die Friedhofsmauer, hinter der die marmornen, überirdischen Gräber derer waren, die noch vor einem Monat, vielleicht einem Jahr, vor ihren Häusern gesessen hatten, die Enkel auf dem Schoß. Aber auch die Jungen lagen hier, die mit ihren Bikes in der immer gleichen Kurve zu Tode kamen, der langgezogenen am Ortausgang von Hersonissos, jetzt stand alles, was für die Fahrt über den Styx nötig war, in den gläsernen Vitrinen am Kopfende der Grabhäuser, ein Spielzeugmodell ihrer Yamahas und Moto Guccis, ein Fläschchen Olivenöl, ein Viertel Raki, Tempotücher und Toilettenpapier, Kombolois und Tauffotos. Auch Stelios lag da hinten in seinem Häuschen aus weißen Marmorplatten, sein Freund aus der Autovermietung, den er immer, wenn er die Insel verließ, gebeten hatte, doch um Gottes Willen vorsichtig zu sein mit seinem neuen, knallroten Höllending, auf dem er jedes Mal fast waagerecht in die Todeskurve am Ortsausgang ging, aber der hatte immer nur gelacht, der Tod ist ein Kreter, Jorgos, aber verdammt, du bist jetzt Vater von zwei kleinen Jungs, Stelios, du hast, ihm fiel nichts Besseres ein, Malaka, Scheiße, jetzt eine große Verantwortung, aber der Hüne, fast zwei Meter lang, hatte auch da nur die Achseln gezuckt und mit dem silbernen Kreuz gespielt, das um seinen Hals hing, und dann hatten sie sich umarmt und Georg war zum Flughafen gefahren. Nach einer Woche hatte ihm Stella eine Mail geschrieben, einen Satz nur, my husband is dead, und er hatte in der Schule angerufen, dass er krank sei (eine Grippe mitten im Sommer), und war wieder hinüber geflogen und vom Flughafen aus zum Friedhof gefahren, und dort lag Stelios in der kleinen Kapelle, der Sarg noch offen, und Georg hatte sich über ihn gebeugt und eine der bleich geschminkten Wangen geküsst, der Freund schon weit weg irgendwo in diesem Licht, das es nur hier gab, und als sie den Deckel über ihn schoben und der kleine Zug sich in Bewegung setzte, hatte Georg zu weinen begonnen, lautlos, nur durch das leichte Beben seiner Schultern zu erkennen und die herunterlaufenden Tränen….. hier, nur hier konnte er Ivanka küssen und dem Tod eine lange Nase machen, er würde noch nicht sterben müssen mit dieser Frau aus einer ukrainischen Kleinstadt in den Armen, an einem kretischen Morgen.

Aber Georg fehlte aller Mut. Zwar fragte er sich, warum sie ihn eingeladen hatte, sie zu begleiten, denn nun war es kein gemeinsamer Heimweg mehr, längst hätte er abbiegen, den Berg Richtung Meer hinuntergehen müssen, aber wahrscheinlich hatte sie nur Angst vor den Albanern oder den Flüchtlingen aus Afrika gehabt, die von den einheimischen Olivenbauern wie Sklaven gehalten wurden und die Nächte in den stinkenden Ställen der

Ziegen verbrachten, die um diese Jahreszeit noch in den Bergen waren. Die armen Kerle rächten sich, wie ihm Lefteris nicht ohne ein gewisses Verständnis erzählt hatte, ab und zu an ihren Ausbeutern und klauten denen alles, was nicht niet- und nagelfest war. Aber vor kurzem waren sie ganz in der Nähe über ein Mädchen hergefallen, die Polizei war der Sache nur halbherzig nachgegangen und Georg war also wahrscheinlich nicht mehr als ein frühmorgendlicher Bodyguard.

Statt sie zu küssen, versuchte er, Schritt mit ihr zu halten. „Und warum tust du so, als ob du kein Deutsch könntest? Es gibt doch eigentlich nur mich, mit dem du sprechen müsstest?"

„Und im Sommer jede Menge aufdringlicher Touristen. Besser so. Und übrigens jetzt ja auch noch diese Christina."

Georg wurde hellhörig, wollte sie nach ihrer Meinung über Christina fragen und was da liefe zwischen ihr und Panos und Michalis. Aber da hatten sie schon das kleine Haus erreicht, in dem Ivanka wohnte. Im Erdgeschoss befand sich eine Dutzend-Taverne, in deren Eingang man in fehlerhaftem Deutsch, Englisch und Holländisch lesen konnte, dass man hier selbstverständlich alle Fußballspiele aus den entsprechenden Ligen schauen könne und ebenso selbstverständlich gäbe es die passenden Getränke im Sonderangebot dazu.

„Hier wohne ich. Nicht schön, oft laut, aber preiswert. Ist ja auch nur noch für zwei Wochen bis zum Saisonende." Ivanka gähnte und streckte ihren Oberkörper. Zum letzten Mal für heute (heute ist gut, dachte Georg) sah er, wie ihre Brüste gegen den gelben Stoff drängten. „Zeit fürs Bett. Bitte erzähl´ niemandem von meinem" – sie lächelte – „Doppelleben."

„Versprochen."

„Danke." Ganz plötzlich hatte sie ihm zwei Wangenküsse gegeben, war auf den Eingang zugelaufen und steckte den Schlüssel in die Haustür. Georg , von den Küssen überrascht, machte einen Schritt auf das Haus, auf sie zu, aber Ivanka winkte ab, doch Georg schien es, als sei es kein Abwinken für immer, nur für heute, für diesen Morgen nach einer langen Nacht, wo es nur noch Schlaf geben konnte, für sie über dieser schäbigen Taverne, und für ihn im Luxushotel am Meer, wo ihm gleich schon die ersten Frühstücksgäste entgegenkommen würden.

Als Georg zurückgewinkt und sich schon abgewandt hatte, hörte er sie noch rufen, ganz leise, um den Tavernenwirt nicht zu wecken, sehen wir uns heute noch, und er drehte sich noch einmal um, sah sie in der Tür stehen, die blonden Haare von der Morgenbrise leicht bewegt, im gelben Top und der weißen Jeans, die Ukrainerin mit dem Lächeln, das schon alles wusste, halb so alt wie er, und er formte die Hände zu einem Trichter und rief genauso leise zurück, dass er am Abend in die Bar komme.

Dann hatte sie die Tür geschlossen. Georg ging zurück bis zur Kreuzung, dann den Hang hinunter, leichten Schritts.

10

26. Oktober 2016 – 27. Oktober 2016 / 1

„Kali mera". Maria, die für die dritte Etage zuständig war, schloss gerade sein Zimmer wieder zu, offensichtlich erstaunt, ein ungenutztes Bett vorgefunden zu haben. Sie breitete die Hände aus und zuckte die Achseln, als sie ihn sah. „Agapi? Love?". Georg grinste: „Maybe", sagte er, als er die Zimmerfrau in die Arme nahm und ihr einen Kuss auf die Stirne drückte, „maybe."

Er zog sich aus, stellte sich nackt auf den Balkon und schaute auf den Strand, der sich langsam zu füllen begann, rauchte eine Karelia, inhalierte tief. Er war froh, dass er nicht versucht hatte, Ivanka an der Friedhofsmauer zu küssen. Irgendetwas wäre zerbrochen, etwas, von dem er gar nicht wusste, ob es überhaupt existierte.

Georg schloss die Schiebetür. Die Geräusche der gegen den Strand rollenden Wellen und des Windes, der sie antrieb, verstummten ebenso wie das muntere Geschrei der Badenden und des laut seine frischen Donuts anpreisenden Verkäufers, der sein Tablett durch die eng beieinander stehenden Liegen bugsierte.

Er legte sich auf das breite Doppelbett, sah an sich herunter. Die Bräune auf seiner Haut stammte noch vom Sommer und machte ihn, trotz des langen, fast weißen Haupthaars ein wenig jugendlich, wie er fand. Missbilligung bei der Betrachtung seines recht stattlichen Bierbauchs, unter dem sein Geschlecht hervorschaute, unberührt seit über zwei Jahren, unberührt und unnütz. Marion hatte damals noch einmal mit ihm geschlafen. Dass es das letzte Mal war, hatte er erst nach Wochen gewusst. Eine perfekte Abschiedsnummer, er musste das so zynisch ausdrücken, sie hatte alles gegeben, zumindest glaubte er das, als er auf ihr lag und sie sich, kieksende Laute ausstoßend, unter ihm gewunden hatte, die Augen weit aufgerissen, er meinte sogar ein Lachen zwischen ihren verzerrten Zügen erkannt zu haben, eine Verirrung, sie redete sich ein, ihm das alles noch einmal bieten zu müssen, ein sauberer Abschluss, ein ausgeglichenes Konto, das keine Forderungen mehr zuließ, und bevor er kam, hatte sie ihn noch einmal zurückgedrängt, ihren Kopf zwischen seine Beine gezwängt und ihn in den Mund genommen und gesaugt, routiniert oder leidenschaftlich, das konnte er nicht mehr auseinanderhalten, und auch nicht, wo seine Eruption letztlich gelandet war, vielleicht sogar in ihrem Mund, weil sie ganz schnell ins Bad lief und den Wasserhahn aufdrehte, und Georg erinnerte sich, dass sie nur ein einziges Mal, in einer Silvesternacht, während draußen noch die letzten Raketen gezündet wurden, so unbedacht gewesen war, aber jetzt überließ er sich ganz dem Strömen dieses Sekundenglücks und glaubte, dass es noch ganz viele dieser Sekunden geben würde.

„Ich liebe dich," hatte er hinterher zu ihr gesagt, als sie zurück ins Bett gekommen war und sie beieinander lagen, die Körper mit einer leichten Schweißspur überzogen, obwohl es doch mitten im Februar war und sein Schlafzimmerfenster einen Spalt offen stand, „ich liebe dich," ganz leicht war ihm das über die Lippen gekommen, ohne jene Peinlichkeit, die er sonst bei diesem Satz empfunden hatte, im Gegenteil, es machte ihn stolz, die drei Worte der Frau hinüberzuflüstern, die neben ihm lag, scheinbar entspannt und tief durchatmend, aber wenn er genau hingeschaut und noch einmal über ihr Gesicht, ihre Arme und Beine, die

Brüste und das noch leicht geöffnete Geschlecht gestrichen hätte, wäre ihm aufgefallen, das sich alle diese Stellen, die er in den Jahren wieder und wieder berührt hatte, nach Abschied anfühlten, jetzt schon, wenige Minuten später, verhärtet, wie ausgekühlt waren, und sich nie mehr für ihn erwärmen würden.

„Ich dich auch", hatte Marion trotzdem gesagt, und als sie sich anzogen, war Georg überzeugt von ihrer Erwiderung, erleichtert gar und von einer lange nicht gefühlten Freude, dass das Schweigen der letzten Wochen, ihre taktischen Rückzüge und ständigen Ausreden, die er für eine depressive Phase gehalten hatte, wie weggeblasen waren. Und auch, dass sie, als sie ging, die Tür lauter ins Schloss fallen ließ, als sie es gewöhnlich tat, deutete er als Bekräftigung dessen, was eben zwischen ihnen gewesen war, und nicht als die Ankündigung eines Abschiedes, der größer und unwiderruflicher sein würde als das Schließen einer Tür.

Er machte Pläne, für das Haus, den Garten, überlegte, ob er noch einmal zu ihr und Nadja ziehen sollte, ein zweites Mal würde das nicht schiefgehen. „Ich liebe dich auch," hatte sie gesagt und Georg kam es vor, als sei in diesem kalten und feuchten Februar schon der Frühling ausgebrochen und er schlug Marion vor, dass er für die Osterferien einen Urlaub buchen würde und sie stimmte zu, Nordsee solle es sein, Borkum, da sei sie ein paarmal mit ihrer Mutter gewesen. Nadja wurde wieder nicht gefragt, ihr Nein war ohnehin vorprogrammiert.

Die zwei Wochen auf der Insel waren enttäuschend verlaufen, und daran hatte auch er seinen Anteil gehabt. Er hatte auf Marions Vorschläge, Wanderungen und Radtouren zu unternehmen, mit ziemlicher Unlust reagiert, stattdessen demonstrativ getrunken und gegessen, Bier, Aquavit, Fleisch und Fisch, und genauso demonstrativ hatte sie es bei Mineralwasser und den ewigen Salaten belassen, dazwischen die schwer pubertierende Nadja, die ohnehin alles Scheiße fand. Zwischendurch schöpfte er Hoffnung, da lief er mit Marion bei Ebbe bis weit hinaus zu den Seehundsbänken, der Wind pfiff ihnen um die Ohren und Georg hatte das Gefühl, er blase auch alles weg, was zwischen ihnen stand, alle die unausgesprochene, gegenseitige Kritik, die unerfüllten Wünsche, die Langeweile und Routine des Alltags, die ganze Sprachlosigkeit, die Fremdheit zwischen ihren Körpern. Dann hatte sie, an dem Zaun angelangt, der die Touristen von den zutraulich heranwatschelnden Robben trennte, ihn sogar gebeten, ein Foto von sich zu machen, dazu nahm sie die Kapuze ihres Anoraks ab, ließ ihre kastanienbraun gefärbten Haare flattern und versuchte sogar ein Lächeln. Sie ließ es erstmals seit diesem Februarnachmittag zu, dass er einen Arm um sie legte und sie auf die Wange küsste, die sie dann allerdings schnell wieder zurückzog. Auf dem Rückweg zum Strand – Nadja war in Promenadennähe geblieben, vertröstet mit Eis und neuen Kopfhörern für ihr Smartphone – hatte Marion auf einmal seine Hand genommen und sie fest gedrückt. Auf den letzten Metern, bevor das stets beleidigte Gesicht Nadjas ein „Na endlich" signalisierte, hakte sie sich bei ihm unter. Georg war so froh, dass er dem Mädchen, das nicht seine Tochter war und das er abwechselnd an sich heranzuziehen versuchte und dann wieder voller Eifersucht zurückstieß, gleich noch ein Eis spendierte. Jetzt, nach der Hälfte des Urlaubs, würde alles gut werden, das spürte er noch, als sie am frühen Abend beim Essen waren und ihm schien, dass Marion wohlwollend zur Kenntnis nahm, dass er es bei zwei Bier beließ und auf die Schnäpse ganz verzichtete. Selbst Nadja war plötzlich zu ein paar Scherzen bereit, auf dem Heimweg machte er ein Wettrennen mit ihr, das er natürlich verlor, zum Schluss gingen sie zu dritt, Nadja zwischen ihnen, alle Hand in Hand, und Georg atmete die kalte Frühlingsluft, die der

Wind vom Meer herübertrieb, und im letzten Licht sah er die Forsythien in den Vorgärten gelb leuchten, stolz, dass sie es selbst im rauen Norden nun geschafft hatten zu blühen. Dann schauten sie noch ein wenig Fernsehen, Nadja verabschiedete sich mit Küsschen in ihr Zimmer, fast sensationell, und als Georg im Bett lag und darauf wartete, dass Marion aus dem Bad kam, war er sich sicher, dass sie ihr Nachthemd nicht anziehen würde oder nur, damit er es ihr wieder abstreifte, das seidene schwarze mit den goldenen Sternen, tief ausgeschnitten und kurz. Sie erschien dann in einem jungenhaften Schlafanzug aus Baumwolle, nahm ihr Buch, wie immer irgendwas Esoterisches, und drehte sich auf die von Georg abgewandte Seite. Er hielt es für ihre etwas spezielle Ankündigung eines Vorspiels, aber als er seine Hand zu ihr ausstreckte, kam ein fast aggressives „Lass das, ich will das nicht", das sie mit einem abrupten Wegziehen ihrer Schulter, auf der seine Hand ganz kurz gelegen hatte, unterstrich. In den nächsten Nächten machte er keine Versuche mehr.

Auf der Rückfahrt hatte es Streit gegeben, Georg hatte dem Navi seines neuen BMW nicht getraut und war prompt in einen langen Stau gefahren, was sie ihm genervt vorwarf, zwei, drei Stunden danach schwieg Marion immer noch auf dem Beifahrersitz, während sich Nadja im Fonds ihren Rap-Helden widmete. Georg hatte Zeit, über diese merkwürdige Frau, die mit starrem Blick auf die Fahrbahn neben ihm saß, nachzudenken. Er wusste nach nunmehr sieben Jahren so viel über sie, ihre Eltern, ihre kurze Ehe, ihre Weltanschauung, ihre Art von Sexualität, ihre Rigidität, aber auch ihre Sanftheit, ihr tägliches Zerrissensein zwischen der Rolle, die sie meinte verkörpern zu müssen und dem Wunsch, ganz Frau sein zu dürfen, Freundin, Geliebte. Georg hatte alles verstanden – und nichts verstanden. Das einzige, was er sicher wusste, dass er nicht an ihre Seele rühren konnte, vielleicht am Anfang noch, vielleicht auch nach ihrer Versöhnung damals, als er ihr Haus nach nur einem halben Jahr wieder verlassen musste, vielleicht in der einen oder anderen Nacht, aber jetzt nicht mehr.

Am nächsten Tag war die Feier seines 60. Geburtstags im Clubhaus seines Sportvereins. Alle seine Freunde kamen, vielleicht fünfzig Personen. Georg freute sich, umarmte da, lachte und unterhielt sich dort, drapierte die Flut der Geschenke stolz auf einem großen Tisch. Marion holte ihn zu seiner Enttäuschung nicht vorher von seiner Wohnung ab, sondern war sofort zum Club gekommen. Georg hatte gehofft, sie würde zur Feier des Tages etwas anderes tragen als ihre gewohnte „Uniform" (weiße, hochgeschlossene Bluse, Jeans, Stiefeletten, ein blauer Blazer), ein Rock oder Kleid hätten ihm gut gefallen, aber natürlich war sie bei ihrem gewohnten Outfit geblieben. Während der ganzen Zeit – Georg hatte sich für einen Frühschoppen mit Eintopf entschieden, der natürlich doch bis zum Abend dauerte – hatte sie ihn in der Betreuung der Gäste unterstützt, war von Tisch zu Tisch gegangen und hatte für jeden von Georgs Freunden und deren Frauen das richtige Wort gefunden (oh ja, Konversation beherrschte sie aus dem Effeff, obwohl man bei genauerem Hinsehen bemerkte, wie schwer ihr gerade eine Art gehobener Small-Talk fiel – ihr angestrengter, gleichwohl ein hohes Maß an Kühle ausstrahlender Gesichtsausdruck bestätigte diesen Eindruck).

Nach ein paar Stunden, sie hatte wie zuletzt immer nur Mineralwasser getrunken und beim Eintopf das Fleisch weggelassen (ein gewisser Rigorismus war ihr nicht fremd, obwohl sie andererseits die Bevormundungsversuche sogenannter „Gutmenschen" verabscheute), wollte sie fahren und nach ihrer Tochter sehen. Georg begleitete sie zum Parkplatz. Er war angetrunken, aber das merkte man ihm nicht an, zu sehr hatte sich sein Körper über die Jahrzehnte an die tägliche Alkoholdosis gewöhnt. Irgendwie hatte er, trotz des eisigen Schweigens im Auto gestern, das Gefühl, „alles" sei irgendwie wieder in Ordnung, heil.

Er stellte ihr die Reste des Büfetts in den Kofferraum, Brot, Eintopf, Gebäck, für sie und Nadja, die natürlich keine Lust gehabt hatte, mit zur Feier zu kommen, vielleicht, dass sie noch am nächsten Tag davon essen konnten. Dann hatte er sie in den Arm genommen und sie geküsst (auf den Mund, aber nur ganz kurz, weil sie die Lippen geschlossen ließ) und ihr dafür gedankt, wie sehr sie sich um die Gäste gekümmert hatte, auch die, von denen er wusste, dass sie eine gewisse Antipathie gegen sie hegte (einige Männer waren für sie zu laute, bramarbasierende Trinker, einige der Frauen fand sie schrill und überdreht). Heute war ihm klar, dass sie ihm diesen „Dienst" als letzten in ihrem vermutlich vorher minutiös durchdachten Trennungsplan erwiesen hatte. Saubere Abschlüsse waren ihr immer wichtig gewesen – „Ab mit Schaden" hatte sie das genannt. Und während er sich also, leicht berauscht und mit dem Verlauf seines 60. Geburtstags rundherum zufrieden, von ihr mit einer Umarmung und einem Kuss verabschiedete, war für sie die Trennung bereits vollzogen. Sie stieg in ihren kleinen Opel, stieß aus der Parklücke, brachte den Wagen in Fahrtrichtung und winkte noch einmal hinter dem geschlossenen Seitenfenster.

Danach hatte er sie nie wieder gesehen.

Georg schlief ein. Er träumte von Marion, die ihm, nachdem sie alle seine Briefe, Mails und Anrufe zwei Jahre lang ignoriert hatte, plötzlich doch geschrieben hatte, aber wie er sich auch mühte, er konnte den Brief nicht lesen, irgendetwas hielt ihn davon ab. Georg kämpfte, meinte plötzlich, wach zu sein, aber der Traum hatte ihn nur an einen anderen Ort geschickt, ins Dionysos, wo er sich unablässig auf Christina einreden sah, aber diese hörte ihm überhaupt nicht zu, unterhielt sich abwechselnd mit Michalis und Panos, die drei steckten dann die Köpfe zusammen und ihr Lachen schien Georg zu gelten. Wieder versuchte er sich aus dem Traum zu befreien, wälzte sich im Bett, schwitzte, redete, wollte die ganze Bar zusammenschreien, wo sich inzwischen alle von ihm abgewendet hatten, nur die eine nicht, die, das Geschirrhandtuch über der Schulter, mit einer Handbewegung alle Gläser vom Tresen wischte, so dass Bier, Wein und Whisky auf die Hemden der Gäste spritzte, selbst Christina kriegte eine Ladung ab, dann zwei, drei volle Aschenbecher Richtung Eingang warf, Michalis und Panos konnten soeben ausweichen, und dann an den Tisch zu Georg kam, ihm bedeutete, aufzustehen, und ihn, als er wie in Trance gehorchte, an die Hand nahm und, mit ihm im Schlepptau, sich mit langsamen, fast majestätischen Schritten durch den offenen Eingang mit seinem breiten Türbalken wie unter einem Triumphbogen hindurch bewegte und, als die beiden die Alexi-Minoti-Straße fast erreicht hatten, mit großer Geste das Geschirrtuch hinter sich warf…

Das durchdringende Klingeln des Haustelefons ließ Georg aufschrecken. Ein Michalis aus Koutouloufari habe angerufen und gefragt, wo er bleibe.

Georg duschte lange, wählte dann frische Wäsche aus seinem Koffer und ein T-Shirt, das mit dem Foto von Theodorakis, das er damals bei diesem unglaublichen Konzert in Piräus gemacht und sich irgendwann hatte aufdrucken lassen. Das hatte Michalis immer am besten gefallen und auch heute würde sich sein Freund wieder freuen.

In der Hotelbar nahm er einen schnellen Kaffee und einen Toast, dazu rauchte er zwei Karelias. Antonis von der Rezeption bestellte ihm ein Taxi. Laufen war heute nicht drin, und nach seinem Besuch bei Michalis wartete die Dionysos-Bar. Und Ivanka sollte ihn nicht so verschwitzt und desolat erleben wie gestern nach seinem heldenhaften Anstieg, den er fast nicht überlebt hätte.

11

Ein Getränkelaster blockierte die Einfahrt zur Odos Seferis. Der Taxifahrer hupte und fluchte, aber niemand reagierte. „Endaxi", Georg klopfte ihm beruhigend auf die Schulter und hielt ihm einen 10-Euro-Schein hin. Er würde die letzten Meter zu Fuß gehen. Als er das „Ippocambos" mit dem Seepferdchen-Schild passierte, überlegte er, ob er hineingehen und nach Christina suchen sollte. Aber irgendwie nahm er ihr übel, dass sie gestern Nacht grußlos mit Michalis die Bar verlassen, sich nicht vom ihm verabschiedet hatte. Ohnehin würde er seinen Freund gleich ausführlich nach ihr befragen, der hatte keine Geheimnisse vor ihm.

Dennoch blieb er einen Moment vor der Anlage stehen. Trotz der späten Jahreszeit war die äußere Mauer des „Seepferdchens", die die Appartements von der Seferi abgrenzte, übersät mit blühender Bougainvillea. Georg liebte diesen Farbton zwischen Lila und Rot, er berührte die Pflanzen ganz leicht, strich mit den Fingerspitzen über die Blüten. Auch aus dem Hotelgarten leuchtete ein Spätsommer, der einfach nicht weichen wollte, während in den meisten europäischen Ländern längst der Herbst eingezogen war. Er erinnerte sich an das kindliche, fast ungläubige Lachen seiner Mutter, immer dann, wenn sie hier entlang gegangen waren, meist auf dem Weg zum Frühstück in Jannis „Fabrica", damals, in ihrem letzten Sommer. Später hatte Georg sich gefragt, ob sie da schon wusste, dass sie bald sterben würde und ob ihre kleinen Glücksausbrüche – sie war vor den Bougainvillea stehen geblieben, hatte Georgs Arm fest gedrückt und immer „Oh, wie schön" gestammelt und „Danke, dass du mich mitgenommen hast", manchmal so laut, dass Maria über die

Mauerbrüstung geschaut und sie begrüßt hatte, „Jasou, Mama", das war ihm fast peinlich gewesen. Aber das Leuchten in ihren Augen hatte noch angedauert, als sie schon längst am einzigen Tisch saßen, den Jannis nach draußen an die enge Gasse gestellt hatte. Seine Mutter hatte darauf bestanden, dass sie zum üppigen Frühstück eine Flasche Sekt bestellten, sie hatten angestoßen und wieder hatte sie seine Hand über den Tisch zu sich gezogen, sie gestreichelt und Georg war es im Nachhinein so, als habe in dieser Geste alle Lebenskraft gelegen, derer sie noch fähig war, und er war froh, dass er ihr diese Reise geschenkt hatte, jetzt, da der Hüftbruch überstanden schien und er nicht wusste, wie sehr der Krebs schon in ihr wütete. Ein paar Monate später hatte er an ihrem Grab gestanden.

Er spürte, wie die Tränen in ihm hochkamen. Schnell räusperte er sich, wandte sich abrupt ab und ging die letzten Schritte zum „Stella". Er bemerkte, dass er die Unterlagen, die er benötigte, im Zimmer hatte liegen lassen. Aber die konnte er Michalis vom Hotel aus zufaxen, das würde nichts an dem Vertrag ändern, den die beiden gleich schlössen.

An der Rezeption fand er nur Dora vor, wohl eine Landsmännin von Ivanka, Lefteris hatte durchblicken lassen, dass er beide im „Doppelpack" angeheuert hatte. Dora war unscheinbar, ein wenig übergewichtig, aber hier galten andere Qualifikationen als im Dionysos: Telefondienst, Buchungen, sinnlose Ausflugsempfehlungen für die englischen Gäste, die die Anlage ohnehin nicht verlassen würden.

Sie schien ihn erwartet zu haben. Bevor er noch nach Michalis fragen konnte – er sah mit einem Blick, dass dessen gläsernes Büro neben der Rezeption leer war – deutete Dora mit einer verlegenen Geste nach oben: „He´s upstairs." Georg dankte und stieg die steile Treppe zum Pool- und Barbereich hinauf. Ein ihm unbekannter neuer Barkeeper grüßte. Sein Freund saß an einem Tisch auf dem Balkon, einen Frappé vor sich. Er drehte sich um. Sein Gesichtsausdruck schien Georg noch trauriger als sonst. Michalis war, als er ihn vor etwa 25 Jahren kennengelernt hatte, ein großer, gutaussehender Mann gewesen, schwarzhaarig, mit fast asiatischen Zügen, obwohl durch und durch Kreter. Von Anfang an war Georg dieser melancholische Blick aufgefallen. Ganz selten nur hatte er ihn lachen sehen, ein leiser, zurückhaltender Mann, dessen wohl abgewogene, mit Bedacht gewählte Sätze man manchmal nur schwer verstehen konnte, mit einem Hang zur Lyrik, oft hatten sie sich gegenseitig Gedichte vorgelesen, von Ritsos, Kavafis, Gatsos. Vom ersten Moment ihres Kennenlernens hatte Georg ihm bedingungslos vertraut, wahrscheinlich am meisten von allen anderen, die ihm in den 35 Jahren, die er nun auf die Insel kam, Freunde geworden waren.

Mit den Jahren und dem ständigen Mangel an Bewegung und falschem, immer zu späten Essen war Michalis schwerer geworden, der ganze Körper schlaffer und schwammiger. Lisa, seine Frau, hatte sich angepasst. Sie, die einst hübsche, attraktive Apothekerin, hatte, wie so viele der Frauen hier, klaglos drei Schwangerschaften über sich ergehen lassen, hinterher aber nichts mehr für sich getan, tagein tagaus in ihrer kleinen Farmakeio Mittel gegen Durchfall und Sonnenbrand an die Touristen verkauft, und sich dann, als die Kinder langsam aus dem Haus waren, mit einem Leben, in dem nichts mehr passierte, arrangiert. Ab und zu zeigte sie sich, wenn Hochzeiten anstanden oder Taufen, mit ihrem Mann auf solchen Familienfesten, deutlich rund geworden und mit Falten im Gesicht und am Hals, der Rest war Ergebung und Resignation. Trotzdem galt die Ehe der beiden, traute man den Dorfbewohnern, als „glücklich." Deshalb konnte Georg sich auch nur schwerlich vorstellen, dass ihm etwas an Christina gelegen war. Vielleicht bestand das Glück von Lisa und Michalis einzig in seiner Reduzierung.

„Jasou, Jorgo". Der Manager des „Stella" war aufgestanden, hatte ihn umarmt, die üblichen Wangenküsse mit ihm getauscht. Aber Georg spürte, dass an der heutigen Umarmung etwas anders war, sie hatte nicht mehr die Intensität der früheren Jahre, das war ihm schon während der ersten Begrüßung gestern im Dionysos aufgefallen, nichts von Wiedersehensfreude, Neugier, gespannter Erwartung. Ob es mit der geschäftlichen Transaktion zu tun hatte, derentwegen sie sich hier trafen? War es Michalis peinlich, ihm so viel Geld abnehmen zu müssen? Wobei Georg eigentlich meinte, der Deal wäre fair und für beide Seiten von Vorteil, zumal ja auch noch Panos durchaus profitieren würde.

Sie setzten sich. Auf ein Zeichen seines Chefs hin hatte der Barmann auch ihm einen Eiskaffee gebracht. Der Raki konnte warten, mit ihm würden sie gleich ihre Unterschriften besiegeln.

Georg fiel mit der Tür ins Haus. „Na, habt ihr mein neues Zuhause inzwischen fertig renoviert?" Mit Michalis konnte man fließend Englisch reden, nach so vielen Jahren im Tourismusgeschäft beherrschte er ohnehin wesentlich mehr spezielle Vokabeln als sein deutscher Freund.

Statt einer Antwort runzelte der Kreter die Stirn, die Frage schien ihm sichtlich peinlich. Trotz des unguten Gefühls, das Georg seit der merkwürdigen Begegnung mit Christina und ihrem offensichtlichen Interesse an Michalis und Panos heranzukommen, beschlichen hatte, dachte er, dass Michalis nur nach einer Ausrede suchte, wieso die Handwerker noch nicht fertig seien. Das wäre so schlimm nicht, ein paar Tage mehr im „Maris" würden ihn nicht ruinieren.

Georg schaute auf die kleinen Appartement-Häuschen im Garten, der noch genauso üppig blühte wie der vom „Seepferdchen" nebenan. Das dem kleinen Pool, der schon da war, als der Ausbau des „Stella" mit dem zweiten, viel größeren Schwimmbad noch in den Sternen stand, am nächsten gelegene würde in Kürze seines sein. Georg freute sich. Er hatte alles richtig gemacht: die Frühpensionierung in der Schule, die Aufgabe der Eigentumswohnung, die positiv beantwortete Anfrage, ob er eines der Stella-Appartements zu einem vernünftigen Preis erwerben könne, der ihm auch noch ein kleines finanzielles Reservepolster ließe. Ja, hier war alles zu Ende zu bringen, hier würden sich die Kreise schließen, und hier würde er Marion vergessen, ein für alle Mal. Und wer weiß, er dachte an den nächtlichen Nachhauseweg mit Ivanka, vielleicht gäbe es noch einmal so etwas wie ein kleines Glück, immerhin war er auf der Insel der Götter und Zeus, Aphrodite und der Namenspatron der Bar von Lefteris würden ihm beistehen. Ein Gefühl großer Vorfreude ließ ihn für einen Moment das etwas merkwürdige Gebaren seines Freundes vergessen.

„Also, wann kann ich einziehen, Mike?" Georg klopfte seinem Gegenüber so fest auf die Schulter, dass der den Rest seines Frappés fast verschluckte. Gleichzeitig klingelte das vor ihm auf dem Tisch liegende Handy. Michalis machte eine entschuldigende Geste und meldete sich. Georg, dessen Griechisch trotz der langen Kette seiner Aufenthalte hier miserabel geblieben war, teils aus Faulheit, teils, weil sein Englisch fast immer ausreichte, konnte nur verstehen, dass offenbar am anderen Ende der Leitung Panos war und dass das Gespräch zwischen den beiden laut und schnell geführt wurde. Zwischendurch schien es ihm, als würde der Name von Christina fallen, aber da konnte er sich täuschen.

„Malaka!" Sein Freund beförderte das Smartphone mit einer solchen Heftigkeit auf den Tisch zurück, wie man im letzten Jahrhundert den Telefonhörer nach einem Streit auf die Gabel geknallt hatte. Dann raffte er sich zu einer Antwort auf. Georg sah, wie ihm jetzt jeder Satz schwerfiel.

„Hör zu, Jorgos, ich mache es kurz. Du wirst nicht einziehen können. Panos und ich haben…", er zögerte und versuchte, Georgs Blick auszuweichen und setzte erneut an, „wir haben… Scheiße, ja, wir haben an Christina verkauft, weil, weil…verdammt, sie hat noch 20.000 draufgelegt. Und die Frist für dein Angebot ist gestern Nacht um 12 ausgelaufen, davon wusstest du nichts, aber Christina hat dich vorsichtshalber im Dionysos festgehalten…Panos hat gerade den Vertrag mit ihr gemacht, zusammen mit dem Notar aus Iraklion… Ich wollte ihn noch umstimmen…aber….".

Die Stille, die folgte, war dem Mit-Eigentümer des Stella unheimlich. Er wusste, dass er gerade einen Freund verraten hatte, ihm, dem Kreter, dem Ehrenhaften, war klar, dass diese lange Freundschaft im gleichen Moment erloschen war, definitiv. Er senkte den Blick, wartete auf sein Urteil, zumindest auf irgendeine Reaktion.

Aber Georg tat nichts, er saß da, unbewegt, ein wenig eingesunken auf seinem Stuhl. Innerhalb weniger Sekunden war alles, für das er seit Monaten gelebt hatte, in sich zusammengefallen. Er dachte noch einmal an die Abschiedsfeier in der Schule, seine Rede, in der er den zurückbleibenden Kollegen fast hämisch die Vorteile seines zukünftigen Lebens geschildert hatte, die letzten Umarmungen mit all den zurückgebliebenen Menschen, die traurig waren, aber dann mit ihm lachten, als sie seine Freude bemerkten und ihm zusicherten, ihn so bald als möglich zu besuchen, wohl wissend, dass es nie dazu kommen würde, er dachte an die Übergabe seiner alten Wohnung an den Nachfolger, seine von Euphorie getragene Großzügigkeit, diesem große Teile des Inventars zu überlassen, die Verhandlungen mit der Sparkasse, die sich schwertat, einem 62jährigen trotz regelmäßig eingehender Beamtenpension einen kleinen Kredit zu genehmigen (der Verkaufserlös hatte nicht ganz gereicht), am Ende die Überweisung zur Bank of Crete aber doch getätigt hatte, und er dachte an seine letzten Besuche auf dem Friedhof, seinen Abschied von den toten Eltern, zum Schluss an das kleine Feuer im Garten, in dem er das meiste, was ihn materiell an Marion erinnerte, Bücher, Kleidungsstücke zumeist, verbrannt hatte. Tabula rasa, Neuanfang, der Versuch, die letzten Jahre, die noch blieben, jenseits der Ängste, Lähmungen und Depressionen zu leben, die ihn zuhause täglich begleitet hatten, seit Marion gegangen war, still und wortlos.

Dies alles war nun hinfällig. Das Appartement, das er von seiner Position aus immer noch sehen konnte, würde nun Christina gehören, der Schlange, die ihm zwei Nächte scheinbar zugehört hatte, aber im Grunde nur darauf wartete, dass der Deal mit den beiden Freunden, die nun keine Freunde mehr waren, über die Bühne gegangen war. Deshalb hatte sie auch gestern abrupt die Bar verlassen, weit nach 12, da wusste sie, dass alles in ihrem Sinne verlaufen war.

Und Michalis? Vergeblich hatte er darauf gewartet, dass Georg wütend würde, ihn anschrie, ihn beleidigte, ihn mit allen erdenklichen Schimpfwörtern belegte, vielleicht, dass er ihn sogar als „Verräter" bezeichnet hätte, etwas Schlimmeres konnte man einem kretischen Mann nicht vorwerfen, vielleicht, dass Georg in seiner Wut noch einmal auf den „Sorbas" und dessen Freundschafts-Pathos zurückgekommen wäre, Scheiß auf die

Freundschaft, Scheiß auf die Schlussszene, als Alan Bates Anthony Quinn auffordert, ihn das Tanzen zu lehren und die ersten Takte von Mikis zu hören waren, Scheiß auf das ganze verlogene Griechentum, diesen wohlfeilen Humanismus, Gräzität als eine einzige Mogelpackung, und Scheiß auch auf dich, Mike, meinen gewesenen Freund, – ja, so etwas in der Art hatte er fast erhofft, eine Möglichkeit erster Buße, Exkulpation und gleichzeitiger Erwiderung, dass er eben im Gespräch mit Panos noch alles versucht habe, den Deal rückgängig zu machen, der Notar würde das Ganze für ein paar Euro im Schredder verschwinden lassen und man könne doch nochmal neu verhandeln, eine Irrtum das alles, ein Schnellschuss, Panos, der alte Gauner, konnte selbst im Alter den Hals nicht vollkriegen und außerdem sei er scharf auf Christina, die die Einladung in einen Nobelschuppen in Iraklion nach Vertragsabschluss akzeptiert habe, um die Ecke sei eine Art Geheimwohnung des Dorf-Paten, wo er Champagner satt gebunkert habe und auch seinen Viagra-Vorrat, aber, wie gesagt, Jorgos, es tut mir so leid, dass ich bei diesem Scheiß-Deal mitgemacht habe, ich rede noch mal mit dem Alten, dem seine Rest-Hormone etwas vorgaukeln, was lange vorbei ist, komm, lass uns einen Raki trinken und alles ist wieder gut….

Aber nichts von dem. Georg stand einfach auf, verstaute Zigarettenschachtel und Feuerzeug in der Hosentasche, legte mechanisch ein paar Münzen auf den Tisch, nickte dem Barkeeper zu und ging die Treppe hinunter. Michalis wollte ihn zurückhalten, aber sein „Jorgos, bleib", klang unentschieden, beschämt, kaum hörbar. Er lehnte sich über die Balkonbrüstung und sah Georg nach, wie dieser die Auffahrt hinunterging, langsam, schlurfend fast, die Schultern ohne Spannung, plötzlich ganz alt. Auf Höhe des Häuschens, von dem er noch vor ein paar Minuten geglaubt hatte, es sei seins, blieb er stehen. Ein letztes

Mal stellte er sich vor, wie es gewesen wäre, wenn morgen oder übermorgen der LKW vom Hafen gekommen wäre, der Fahrer seine wenigen Besitztümer, die ihm wichtig waren, ausgeladen hätte, das CD-Regal mit den 2000 Platten, den alten Schrank seiner Eltern, der mit den Büchern gefüllt worden wäre, die er nicht zuvor verschenkt hatte, ein paar Bilder, Fotoalben…und wie er dann, wenn alles am richtigen Platz gewesen wäre, die Jungs vom Dorf eingeladen hätte, Ivanka vielleicht dazu, man hätte gegrillt, getrunken und natürlich wäre eine Gitarre im Spiel gewesen, eine Bouzouki, und irgendwann spät nachts hätte man „Sto Perigali" gesungen : „Mit welchem Herzen, welchem Atem, mit welcher Leidenschaft und Kraft begannen wir unser Leben. Lathos – das war falsch! Und das Leben änderten wir."

Georg ging weiter. Was er genau fühlte, hätte er nicht sagen können, Bitterkeit, Traurigkeit, Wut, vielleicht, aber am schlimmsten waren die Leere, die Müdigkeit und die plötzliche Gewissheit, dass alle seine Pläne innerhalb weniger Minuten Makulatur geworden waren.

Unten an der Seferi hielt ein blauer Jeep neben ihm. Panos sprach ihn durch das heruntergekurbelte Fenster an. „Wir müssen reden, Jorgos, es gibt da eine Alternative." Auf dem Beifahrersitz erkannte Georg Christina. Sie blickte geradeaus auf die Straße, rauchte und wartete darauf, dass der Patron weiterfuhr.

Georg schaute ihn an, auch dem Alten schien das Ganze peinlich. Ein bisschen spät. „Wir müssen gar nichts, Panos." Und, bevor er sich abwandte: „Herzlichen Glückwünsch, Christina. Sie werden bestimmt viel Spaß an ihrer neuen Behausung haben." Sie drehte sich zu ihm, wollte, vorbei am Rücken ihres Geschäftspartners, etwas antworten.

Aber da war Georg schon weiter gegangen.

12

Er ging nicht den direkten Weg ins Dionysos, weil er nicht wusste, ob er Lefteris begegnen würde, der, wie er vermutete, auch über die Transaktion Bescheid wissen musste. Vielleicht war Ivanka ja auch allein, der hätte er sein Herz ausschütten können, aber das schien ihm plötzlich so lächerlich, der verhinderte Aussteiger, der von seinen Freunden Hintergangene, auf die er doch noch vor einer halben Stunde ein vor Sentimentalität triefendes Loblied gesungen hätte, weint sich bei der jungen ukrainischen Bedienung aus, von der er doch nicht mehr wusste als die paar Bruchstücke, die sie am frühen Morgen in Höhe der Friedhofsmauer, als schon die Sonne aufging, preisgegeben und die ihn, vielleicht aus Mitleid, vielleicht als höfliches Dankeschön für seine Begleitung, flüchtig auf die Wangen geküsst hatte.

Am liebsten wäre er, so, wie er sich jetzt fühlte, zurück zum Hotel gegangen und hätte sich bei Aris an der Strandbar volllaufen lassen und seinen kretischen Traum, seine Lebenslüge, begraben.

An der Kreuzung zögerte er. Rechts ging es hinunter zum Hafen, ein kleiner Umweg, aber so konnte er das Dorf verlassen, ohne gesehen zu werden und irgendjemand seine Niederlage gegen den intriganten Alten, seinen skrupulösen Freund und die raffinierte Boutiquen-Pussy eingestehen zu müssen. Dann noch ein paar Tage im Hotel, ein Besuch bei der Bank of Crete in Iraklion, um wenigstens die Kaufsumme zu sichern und sie zurück nach Deutschland zu überweisen, schwierige und umständliche Verhandlungen mit der Reederei, seine Möbel sofort wieder in die Richtung zu lenken, aus der sie gekommen waren, der Kauf eines Flugtickets nach Düsseldorf, reumütige Bitte um vorübergehendes Asyl bei einem Freund, Suche nach einer neuen

Wohnung, Ende der Geschichte. Oder doch noch ein Abschiedsbesuch im Dionysos, in der Hoffnung, er träfe um diese Uhrzeit nur Ivanka an, weder Lefteris, noch irgendwelche zu frühen Gäste?

Georg setzte sich mit dem Rücken zur Straße auf die Mauer nahe dem Galaxy-Hotel. Hinter ihm knatterten ein paar Motorroller vorbei, vor der inzwischen wildüberwucherten Bauruine auf dem zum Meer abfallenden Gelände balgten sich zwei Hunde um einen zerbissenen Gummiball. Er steckte sich eine Karelia an, behielt den Rauch lange in der Lunge und stieß ihn dann aus, so heftig, als befreie er sich damit gleichzeitig von all dem, was ihm gerade geschehen war.

Nichts würde mehr gut werden. Die Götter, deren Beistand ihm noch heute Morgen so sicher schien, hatten ihn verlassen und sich einer anderen zugewandt. Dass Christina wohl nur einen vorübergehenden Sieg errungen hatte, tröstete ihn nicht. Wenn es in Deutschland Winter werden würde, könnte er sich ausmalen, dass Panos längst das Interesse an ihr verloren und sie fallengelassen hätte. Dann käme die Wohnung, auf die Georg sich so gefreut hatte, in einen anderen Besitz. Aber dann wäre Kreta nur noch eine ferne Erinnerung.

Georg drückte die Zigarette aus, warf einen Blick auf die beiden Hunde, die jetzt friedlich nebeneinander lagen, den zerfetzten Ball neben sich. Er bog links ab in die Vassilis-Straße, Richtung Dionysos.

Ivanka war allein.

Sie hatte die weißen Jeans gegen blaue getauscht, noch enger als die gestrigen, schien es Georg, so eng, so angegossen, dass eigentlich kein normaler Mensch hineinkommen würde. Aber

Ivanka. Dazu trug sie eine weiße Leinenbluse, die obersten drei Knöpfe geöffnet. Noch ehe er einen Gruß herausbringen und Ivanka von der Illustrierten, die auf dem Tresen vor ihr lag, aufblicken konnte, hatte er auf ihre Brüste geschaut, wieder konnte er nicht anders, und auf das goldene, wohl orthodoxe Kreuz, das sich in dem Tal dazwischen verbarg.

Wenn es nach ihm ginge, könnte sie noch stundenlang so verharren, den Barhocker nahe an die Theke gezogen, die Ellenbogen aufgestützt und die Zeitschrift – Georg konnte kyrillische Buchstaben erkennen und ein Foto des ukrainischen Präsidenten – zwischen ihren Händen. Die nach vorne fallenden Haare verdeckten ihr Gesicht, aber er war sich sicher, dass sie den Artikel mit ernstem, aufmerksamen Blick las und erst nach dem allerletzten Satz weiterblättern würde, erst dann.

Wäre er ein Bildhauer, würde er sie genauso, wie sie da saß, in Stein meißeln, feinen italienischen Marmor vielleicht, und natürlich würde er die Skulptur „Die Lesende" nennen und sie niemals in ein Museum stellen lassen, sondern in einen Park, irgendwo in ihrem Heimatland, wo die Parks noch anders waren als in den westlichen Ländern, und einer wie der andere aussah, kalte, geometrische Linien, steril, alle paar Meter ein Verbotsschild, den Rasen betreffend, das Grillen von Würsten, das Füttern von Enten. Nein, irgendwo am Rande einer kleinen Stadt müsste dieser Park sein, weg von Kiew mit seinem Boxer-Bürgermeister und den Parvenüs, der Mafia, der Korruption, ihm fiel jetzt kein Ortsname ein, er müsste Ivanka fragen, aber dieser Park würde ungepflegt sein, überwuchert von wild wachsenden Bäumen und Sträuchern, die einstmals starre Ordnung längst aufgegeben, vielleicht gäbe es noch eine moosübersäte Lenin-Statue und auf den morschen Holzbänken ein paar schwarzgekleidete Mütterchen, die dort über Stunden saßen, reglos vor sich hinstarrend, auf den Strickjacken die angelaufenen Orden aus dem „Großen Vaterländischen Krieg" für Verdienste an der Heimatfront, aber zur Belohnung kürzte ihnen der Staat jetzt die Renten. Ein Ort des Schweigens, völlig aus der Zeit gefallen. Hier, genau hier, würde er die Skulptur aufstellen, Ivanka – „Die Lesende".

Aber die Lesende hatte sich jetzt aus ihrer Pose gelöst, das Magazin zugeklappt, die Haare aus der Stirn gestrichen und sich aufgerichtet. Georg schien es, als wolle sie lächeln, geschäftsmäßig und ein wenig distanziert trotz ihres gemeinsamen frühmorgendlichen Spaziergangs, aber dann sah er, dass ihre Mundwinkel unbewegt blieben und sie ihn skeptisch musterte. Wie mechanisch schob sie ein Glas unter den Zapfhahn, ließ es aber dort stehen, ohne es zu füllen.

„Was ist mit Dir?" Sie verzichtete auf einen Gruß, die Worte kamen in Deutsch, wieder fast ohne Akzent und Georg hörte heraus, dass sie sich irgendwie sorgte, möglich, dass sie ihm seinen Ärger, seine Bitterkeit über das Verhalten der beiden Männer, die noch vor einer Stunde seine Freunde gewesen waren, ansah, ganz zu schweigen von der Wut auf die deutsche Frau, der er vertrauensselig und naiv seine Geschichte erzählt hatte, jedenfalls einen Teil davon.

Eigentlich hatte er auf einen Begrüßungskuss gehofft, oder zwei, so wie die vom frühen Morgen, aber jetzt fühlte er eine Art Stolz, dass sie sich so direkt nach seiner Befindlichkeit erkundigte. Trotzdem bemühte er sich um Souveränität, allzu oft in den letzten Jahren hatte man ihm den Vorwurf gemacht, er ersticke in Selbstmitleid. Und schließlich ging es ja nicht um Leben und Tod – obwohl, soeben war all das, was er seine Zukunft, seine Rest-Zukunft genannt hatte, in sich zusammen gefallen. Ob er ihr das erzählen sollte? In dieser Geschichte gab es kein Lied, in das sie einfallen konnte wie in das der amerikanischen Sängerin gestern, kein Here´s to you, aber vielleicht hatte sie ja gerade nur der Titelzeile wegen mitgesungen, das hier ist für dich, hatte sie sagen wollen, mein Geschenk, das einer 31jährigen Frau aus der Ukraine, die es als Kellnerin in die Dionysos-Bar in ein Kaff in den kretischen Bergen verschlagen hat.

„Nichts Besonderes, ein paar Meinungsverschiedenheiten mit den örtlichen Entscheidungsträgern. Sei so lieb und mach´mir ein Mythos, dann erzähl ich´s Dir. Ist ja zum Glück noch nichts los hier…".

Ivanka wusste nicht recht, ob sie ihm die Leichtigkeit, mit der es das gesagt hatte, abnehmen sollte. Sie öffnete den Zapfhahn und ließ das Bier ein. Bevor sie der Schaumkrone noch einen Nachschlag verpasste, legte sie eine CD ein. Georg hatte sich gesetzt, an seinen Stammplatz an der Straße, aber diesmal so, dass er ins Innere der Bar schauen konnte. Haris Alexiou sang „Matia mou ellada", während Ivanka dem Bier wieder einen stramm stehenden Feldwebel verpasste. Sich selbst goss sie ein Wasser ein, stellte beide Gläser auf ein Tablett, dazu einen Aschenbecher und ihre Marlboro-Schachtel, dann brachte sie alles an den Tisch. Georg spürte, wie sein Zorn auf den alten Panos und Michalis schon weniger wurde. Fast hätte er den Refrain des Alexiou-Liedes laut mitgesungen, während ihn in den wenigen Sekunden, die Ivanka zwischen der Theke und seinem Platz zurückzulegen hatte, eine wilde Vorfreude ergriff. Gleich würde sie bei ihm sitzen, er würde mit ihr anstoßen - Bier gegen Wasserglas, er würde ihr Feuer geben und sich dann selbst eine Karelia anstecken – und während er ihr von dem Intrigenspiel der beiden Männer und der Boutiquenziege berichtete, könnte er auf ihre Haare schauen, in ihr Gesicht, und dann wieder auf die geöffnete

Bluse, das goldene Kreuz zwischen dem Ansatz ihrer Brüste und vielleicht noch etwas tiefer, wenn sie die Beine übereinschlug und ihre Oberschenkel gegen den blauen Jeans-Stoff drängten. Fast hätte er gebetet, dass keine Gäste mehr kämen, am besten den ganzen Abend nicht, auch kein Lefteris, geschweige denn einer von den anderen, aber die würden ohnehin nicht hereinkommen, wenn sie ihn da sitzen sahen, und dann hätte er Ivanka für sich und den fehlenden Verdienst würde er ihr ohnehin ersetzen.

Sie stellte das Tablett ab, vorsichtig, als ginge sie mit seinem Glas besonders behutsam um, nahm alles herunter und zog dann einen Stuhl heran. Sie setzte sich nicht, wie Georg angenommen hatte, ihm gegenüber, sondern rückte so nahe neben ihn, dass sich ihre Knie berührten. Und als sie dann noch ihre Hand auf seinen Arm legte, scheinbar beiläufig nur und weil sie ihn um Feuer bitten wollte, während die Alexiou „Rodastamo" von Theodorakis sang und weit und breit kein Gast und kein Lefteris zu sehen waren, hatte er plötzlich dieses so lange vermisste Gefühl, das sich den Worten entzog und das zu beschreiben er lange aufgegeben hatte – was bedeutete es schon, wenn man von „Glück" sprach oder von „Beglückung" oder von „Glücklichsein"? – und er spürte, wie alle Anspannung der letzten zwei Stunden von ihm wich. Hier und jetzt gab es nur diesen Augenblick, in dem Ivankas Hand auf seinem Arm lag und er das Feuerzeug nahm und die Flamme an die Spitze ihrer Zigarette hielt, die sie fest zwischen die blassrot geschminkten Lippen geklemmt hatte.

Als er mit seinem Bericht fertig war, lag die Hand immer noch an der gleichen Stelle, aber Georg schien es, als hätten ihre Fingerspitzen den Druck auf seine Haut erhöht. Sie hatte fast bewegungslos zugehört, nur als er an die Stelle kam, wo es um seine kurze Begegnung mit Panos und Christina ging, hatte ihr

Gesicht einen unwilligen Ausdruck angenommen, den sie mit einer abfälligen Handbewegung unterstrich.

Sie streichelte seinen nackten Arm ganz kurz, dann zog sie ihre Hand zurück. „Ich habe es geahnt, dass die beiden etwas aushecken. Sie haben schon an den Abenden, bevor du kamst, hier zusammengehockt und getuschelt."

„Getuschelt" – wie seltsam fremd solch ein Wort aus ihrem Munde klang, dachte Georg, und wie schön.

„Ich dachte erst", fuhr Ivanka fort, während sie kurz auf die Straße spähte, „dass der alte Kerl sie nur anmachen wollte. Aber irgendwie sah es danach nicht aus. Jetzt erinnere ich mich, dass dein Name ein paarmal fiel. Aber da kannte ich dich ja noch nicht. Und was deinen Freund Michalis betrifft…"

„Ja?"

„Ich glaube, es tut ihm schon leid. Du solltest noch einmal mit ihm reden."

Georg zuckte die Achseln. Irgendwann vielleicht, nicht jetzt. Aber das sagte er nicht laut. Stattdessen fragte er sie nach ihrer Einschätzung der Rolle von Lefteris.

„Er wird es auch gewusst haben. Aber weißt du, Lefteris ist nicht Fisch und nicht Fleisch…"

Wieder eine solche sprachliche Wendung, die Georg nicht erwartet hatte und eigentlich wollte er auch gar nichts mehr über Ivankas Einschätzung seiner Freunde hören, sondern nur noch ihren Worten lauschen, jenem Deutsch, das mit jedem neuen Satz den Rest seiner slawisch gefärbten Härte verlor, stundenlang hätte er ihr zuhören mögen, egal, worum es gehen würde.

Ivanka war aufgestanden und zur Theke gegangen. Die ersten beiden Holländer, in Oranje-T-shirts mit aufgedruckten Spielernamen aus einer längst vergangenen Ära, waren eingelaufen und warteten auf ihr Heineken. „Cruyff" war auf dem einen zu lesen, „Neeskens" stand auf dem anderen. Georg musste an jenen Tag im Münchner Olympia-Stadion denken, den 7. Juli 1974. Man hatte sich bei Hardy und seinen Eltern eingefunden, die ganze Bande, Bier und Schnittchen, alle in Zivil, Jeans und T-Shirt, Trikots trug man damals noch nicht, erst recht nicht vor dem Fernseher. Es hatte so übel begonnen: nach 57 Sekunden wurde Cruyff, einer der besten Spieler aller Zeiten, vielleicht der beste, als er den vom Anstoß weg 17. Ballkontakt hatte, ohne dass ein deutscher Spieler dazwischen kam, hart an der Strafraumkante von Ulli Hoeneß von den Beinen geholt und Neeskens hatte den fälligen Elfer, völlig untypisch für die damalige Zeit, in die Tormitte genagelt. Sepp Maier, den Hardy, Georg und die anderen ohnehin für eine permanente Fehlbesetzung hielten und den Schalker Nigbur favorisierten, tauchte hilflos nach rechts unten ab. Anschließend machte er allerdings das Spiel seines Lebens. Im Wohnzimmer von Hardys Eltern, Gelsenkirchener Barock der gehobenen Preisklasse, hatte Totenstille geherrscht, bis zu jener 25. Minute, als Hölzenbein einen Pass von Overath aufnahm und in den holländischen Strafraum eindrang. Die Frage, ob es sich bei seinem anschließenden Fall um eine „Schwalbe" handelte, beschäftigt die Stammtische noch heute. Als Georg den Frankfurter vor Jahren während eines Spaziergangs mit Nadja am Ufer des Tegernsees darauf ansprach, hatte er diesen Vorwurf auch nach fast 40 Jahren kategorisch von sich gewiesen. Sei´s drum, nachdem sich der Salon-Maoist Breitner damals einfach den Ball schnappte, weil sich keiner traute und den Elfer am konsterniert stehen gebliebenen holländischen Keeper Jongbloed vorbei eingelocht hatte, riss

Hardy seinen Freund Georg an sich, tanzte mit ihm durch die ganze Wohnung. Schließlich taumelten die beiden ins Schlafzimmer und ließen sich auf das elterliche Ehebett fallen. Es gab einen lauten Krach, Lattenrost und Rahmen fielen dem deutschen Ausgleich zum Opfer. Der Rest ist Geschichte. Nach dem 2:1-Sieg machte die Bande aus der Kettwiger Altstadt, wie Hardy hinterher sagte, „eine Achterbahn", und ein stadtbekannter Typ, den alle nur den „Griesen", den „Grauen" riefen, tobte durch die Kneipen, bekleidet nur mit einem Betttuch, auf das schwarz-rot-goldene Streifen aufgepinselt waren und das in der Mitte ein Loch hatte, durch das der „Griese" seinen Kopf stecken konnte. Unbeschwerte Jahre, die Siebziger, alles war für Georg möglich gewesen, und alles hatte er aus der Hand gegeben.

Jetzt lag Georgs Freund schon seit sechs Jahren unter der Erde, Mundhöhlenkrebs, und auch „König Johan" hatte vor wenigen Monaten die Bühne verlassen. Neeskens genoss irgendwo seine Rentnerjahre und Hoeneß, der moralisierende Steuerbetrüger und bald Wieder-Präsident des Münchner Dauermeisters, war kürzlich aus der Haft entlassen worden. Hölzenbein hatte Georg damals, als dieser keine Widerworte gegen dessen „Schwalben-Auslegung" erhob, ein Autogramm und eine freundliche 1:1-Prognose für das anstehende Bundesligaspiel seiner Frankfurter gegen Georgs Schalker mit auf den Weg gegeben. Als er dann zusammen mit seiner Frau, die die alten Autogrammkarten in ihrer Handtasche aufbewahrte, hinter einer Krümmung der Seepromenade verschwunden war, hatte Nadja Georg angeschaut und mit dem Finger gegen ihre Stirn getippt. „Ein Fußballer", kommentierte sie genervt, „wie kann man sich bloß von dem ein Autogramm holen." Sie bevorzugte damals noch Miley Cyrus, aber auch die Ponys auf der Weide vor dem still vor sich hin verfallenden Hotel Lederer, vor dem sie gerade standen und von dem Georg wusste, dass Hitler hier 1934 den SA-Stabschef Röhm und dessen Lustknaben aus dem Schlaf gerissen hatte, interessierten sie weit mehr. Ihre Mutter kraxelte derweil wieder mal einsam auf einen der nahe gelegenen Berge und versuchte dort, „zu sich zu kommen".

Nun begrüßte einer der beiden Holländer, der mit dem „Cruyff" - Shirt, Ivanka laut und irgendwie anmaßend, so, als sei sie seine persönliche Kellnerin und müsse sich für ihn ab sofort in ständiger Bereitschaft halten, dem anderen schien das peinlich. Georg wollte zur Theke gehen und den Kerl in seine Schranken weisen – wie mutig ich auf einmal bin, sogar bereit, mir für diese Frau eins auf die Fresse geben zu lassen – aber Ivanka besänftigte ihn mit einer leichten Handbewegung, während sie dem aufdringlichen Käskopp, so nannte man die niederländischen Nachbarn in Georgs Heimat, und seinem Freund die Biere so fest auf die Theke knallte, dazu sehr energisch irgendetwas Ukrainisches sagte, dass das Großmaul von weiteren Sprüchen abließ und sich wieder seinem Begleiter zuwandte.

Ivanka hob den Daumen ihrer linken Hand in Richtung seines Tisches. Siehst du, so macht man das.

Er nickte ihr bestätigend zu, lachte laut auf. Was für eine Frau! Alles in ihm drängte danach, aufzuspringen, hinter die Theke zu laufen, sie in den Arm zu nehmen, sie zu küssen und so fest an sich heranzuziehen, dass sie kaum noch Luft bekäme….

Plötzlich füllte sich die Bar. Überwiegend Touristen, keine Spur von Lefteris, ganz zu schweigen von den anderen. Ivanka hatte alle Hände voll zu tun, Bier zapfen, die Kaffeemaschine zu Höchstleistungen treiben, Cocktails mixen, die Getränke zu den Tischen bringen. Zwischendurch brachte sie Georg ein neues

Mythos, aber eher geschäftsmäßig, als habe die kurze Intimität vorhin nie stattgefunden.

Von einer Minute auf die andere war alle Euphorie in ihm verflogen. Was für ein Schwachsinn zu glauben, diese junge Frau aus einem fernen Land, mit einer Vergangenheit, von der er nichts wusste, mit ihren sicherlich ganz festen Plänen und dazu mit so viel Zukunft, könne irgendwelche Gefühle für ihn hegen. Sie hatte für einen Moment Interesse an ihm gezeigt, warum auch immer, und jetzt würde sie seine Geschichte, sowohl die alte mit Marion, als auch nun die mit dem mehr als fragwürdigen Verhalten von Panos und Co. zu den Akten legen. Sie würde ihren Job im Dionysos noch höchstens zwei Wochen bis zum Saison-Schluss machen, dann würde sie nach Deutschland gehen, einen erneuten Praktikumsplatz suchen oder weiter studieren, oder vielleicht zurück in die Ukraine, wenn es dort etwas ruhiger würde und Putin seine Krallen einzöge, und vielleicht würde es der Nähe von Kiew einen Pjotr oder Dimitri für sie geben. So einfach, und so endgültig.

Georg stand auf, schaute, ob sie einen Moment Zeit hätte, aber sie stand mit dem Rücken zu ihm an einem Tisch mit Engländern, diskutierte mit ihnen, wahrscheinlich wieder über das Wetter in diesem Rest-Oktober oder die nachlassende Qualität des Frühstücks in irgendeiner Appartementanlage. So kramte er einen Schein hervor und stellte sein leeres Bierglas darauf. Als er sich zum Gehen wandte, spürte er sie plötzlich hinter sich.

„Georg", mehr sagte sie nicht und fasste ihn an die Schulter. Er drehte sich um zu ihr.

Und dann gab sie ihm ganz schnell zwei Küsse auf die Wangen, und genauso schnell war sie einen kleinen Schritt zurück gewichen, so dass Georg die Küsse nicht erwidern konnte, alles war so wie am frühen Morgen vor ihrer Wohnungstür, und ehe er irgendwie reagieren konnte, mit einem Satz oder einer Geste, sagte sie, schon halb abgewendet und auf dem Rückweg zur Theke, dass er doch am nächsten Nachmittag zu ihrer Wohnung nach Piskopiano kommen solle, sie habe bis zum Abend frei im Dionysos und sei zu Hause.

13

Die Trümmer aus römischer Zeit im Ortskern von Hersonissos – ein paar Grundmauern, Reste von gefliesten Böden, Vertiefungen, die wie leere Gräber aussahen – lagen verstreut zwischen Supermärkten, Juweliergeschäften, Parkplätzen, unbeachtet von den vorbeiziehenden Touristenscharen. Die archäologischen Arbeiten waren im Ansatz stecken geblieben und seit der Krise ganz aufgegeben worden. Hinter den Zäunen, die man damals hastig um die Grabungen errichtet hatte, jetzt schon an vielen Stellen beschädigt, achtlos niedergetreten von Betrunkenen, die dort nachts ihre Notdurft verrichteten, waren die Hinterlassenschaften der Archäologen zu sehen: hier eine verrostete Sandschütte, dort ein Sieb, eine Schubkarre, der die Räder fehlten. Zwischen den alten Steinen Müllansammlungen, leere Flaschen, meist Bier oder Cola, Schutt von nahegelegenen Neubauten, die, wegen der Krise seit Jahren im halbfertigen Zustand, genauso verloren wirkten wie ihre antiken Vorgänger.

Georg war vor den Resten der römischen Hafenmole, die er auf seinem Rückweg ins Hotel passierte, stehen geblieben. In der beginnenden Dämmerung konnte er nur wenige Umrisse ausmachen. Früher war hier alles angestrahlt gewesen, jetzt aber hatte die Gemeinde beschlossen, nur noch ihren vermeintlichen beiden Attraktionen, der frühchristlichen Agia-Paraskevi-Kapelle auf dem Kap Kastri und dem Sarakinos-Brunnen am Hafen mit seinen schlecht erhaltenen Mosaiken, ein wenig nächtliches Licht zu spendieren. Direkt hinter der Stelle am Zaun, an der er Halt gemacht hatte, verlief ein schmaler Weg zwischen zwei niedrigen Mauern, die man sich mit einiger Phantasie als ehemalige Hauswände vorstellen konnte. Der Weg war mit Steinen gepflastert, flachgetreten, fast abgeschliffen von unzähligen Schritten. Wer alles mag hier hergegangen sein vor über 2000 Jahren? Georg stellte sich das lebhafte Treiben im antiken Hafenviertel vor, die an der Mole vertäuten schlanken und schnellen Trieren der Besatzungssoldaten, daneben die behäbigen Boote der griechischen Fischer, den Gestank, die Schreie, das Lachen aus den Tavernen, das kleine Bordell in einer der Nebengassen…alle diese Menschen nur noch Staub, Partikel im Universum, vergessen, nie gewesen. Und die Reste ihrer Häuser, eingekesselt zwischen Autovermietungen und Kitsch-Läden, lagen jetzt im Dunkel, die eingefallenen Mauern, die niemand mehr aufrichtete, genau so wenig wie das am Boden liegende Griechenland, hinter verrosteten Zäunen, von Müllbergen umgeben, in tiefer Müdigkeit und Apathie.

In der Nacht konnte Georg keinen Schlaf finden, nur manchmal fiel er in einen Dämmerzustand, in dem Bilder in rascher Folge vor sein Auge traten, bei denen er nicht unterscheiden konnte, ob sie der Wirklichkeit oder dem Traum angehörten, oder beiden.

Immer wieder waren es Bilder von Ivanka. Ivanka in Gelb und in Blau, in Jeans und in Shorts, einmal sogar im Bikini, obwohl er nicht mit ihr am Strand war, der innere Film suggerierte ihm das, machte aber Halt, als er versuchte, sie auch noch von diesen letzten Kleidungsstücken zu befreien, irgendetwas blockierte, vielleicht weigerte sich der imaginäre Filmvorführer, mit der Vorstellung fortzufahren.

Am frühen Morgen waren sein Bettlaken und das Kissen feucht, völlig durchgeschwitzt, obwohl er die Balkontür weit geöffnet hatte und die Nächte zu dieser Zeit schon sehr kühl waren. Er fühlte sich zerschlagen, gleichzeitig hatten diese wüsten Traumsequenzen aber etwas Leichtes, Unbeschwertes zurück gelassen, ein Gefühl, das nicht zu beschreiben war, sich jetzt aber über die Reste der Nacht legte, bestimmend wurde, eine banale Floskel wie „schön" traf es genauso wenig wie „erfüllt" oder „beglückt" . Georg schämte sich, dass er es nicht benennen konnte, aber er wusste, dass es mit Ivanka und nichts anderem zu tun hatte und dass er verliebt war. Er, der sich nach dem Abschied von Marion geschworen hatte, nichts mehr in dieser Richtung zuzulassen, war verliebt! Und er würde Ivanka am Nachmittag sehen und es ihr sagen und dann alle Konsequenzen auf sich nehmen. Lächerlich! Sie würde ihm einen Kaffee machen, ein paar tröstende Worte finden für das, was ihm von Panos und Michalis und Christina angetan worden war, dann würde sie ihn zur Tür begleiten und ihm im besten Fall noch einmal die beiden Wangenküsse geben, die ihm so kostbar schienen und von denen er schon jetzt nicht mehr lassen konnte. „Bis heute Abend in der Bar", das würde sie ihm noch hinterher rufen, ohne zu wissen, dass er dort nicht mehr erscheinen würde.

Die Stunden bis zu ihrem Treffen, von dem Georg, je weiter die Bilder der Nacht sich entfernten, nicht wusste, ob er sich überhaupt irgendetwas erhoffen durfte, wollten nicht vergehen. Er fühlte sich zurückversetzt in die Zeit seiner Pubertät, die Jahre des Schwankens zwischen fiebriger Erwartung des ersten Kusses und abgrundtiefer Verzweiflung, wenn wieder nichts gelungen war. Aber damals gab es noch so viel Zeit, so viel neue Möglichkeiten, in jedem Scheitern lag die Möglichkeit der Revision, des Neuanfangs. Jetzt aber war er über 60 und so aufgeregt wie der Junge vor 45 Jahren, aber alles in ihm wusste, dass er seine Gefühle für Ivanka unterdrücken musste, weil eine erneute Niederlage seine letzte sein würde.

Nachdem ein farbloser Himmel in den frühen Morgenstunden noch zögerte, sich in das strahlende Blau der letzten Tage zu verwandeln, brach gegen elf Uhr unvermittelt die Sonne durch die Wolken.

Georg beschloss, die Zeit mit einem Strandbesuch zu überbrücken. Wenige Minuten, nachdem Helligkeit und Wärme von der Bucht Besitz ergriffen hatten, waren fast alle Liegen belegt, die wenigen übriggebliebenen von ihren abwesenden „Besitzern" mit dem blauen Hotelhandtuch okkupiert. Ganz nah an der Wasserkante, wo die Gefahr bestand, ein paar Spritzer der heranrollenden Wellen abzubekommen, fand er noch einen Platz. Er testete die Wassertemperatur mit der Fußspitze und befand, dass ein Bad im Meer noch etwas warten konnte.

Georg streckte sich wohlig auf der Liege aus, für einen Moment überlegte er, ob er etwas Schlaf nachholen sollte, aber das laute Gewimmel um ihn herum, das babylonische Sprachgewirr aus Russisch, Hebräisch und Englisch, offenbar kamen auch noch skandinavische Laute hinzu, ließ ihn diesen Gedanken verwerfen. Dass er kein Deutsch hörte, beruhigte ihn, diese Form der Isolation hatte ihm immer gefallen.

Fast rituell cremte er sich ein wenig ein, eigentlich schützte ihn die Bräune eines langen Sommers genügend. Dann steckte er sich eine Karelia an und schaute sich, soweit ihm das seine Position erlaubte, um. Keine der Frauen, die er sah, erinnerten ihn in irgendeiner Weise an Ivanka. Aber das war jetzt nicht mehr die Zeit jugendlicher Urlauber, die waren längst zurück in ihren Schulen, Universitäten oder Büros. Und außerdem hatten ihm ja eigentlich Frauen gemäß zu sein, die in seinem Alter oder unwesentlich jünger waren. Frauen, wie er sie nach dem Frühstück im Maris gesehen hatte. Während er mit Antonis von der Rezeption plauderte, hatten plötzlich zwei Busse vor dem Portal gehalten. Heraus kamen Dutzende solcher „mittelalter"

Frauen. Das Sonderbare war, dass sie einheitlich bekleidet waren mit einer Art Tunika, Priesterinnen aus Delphi gleich, die Haare hochgebunden, um die herum sie ein weißes Stirnband mit einem Logo aus Buchstaben, zwei ineinander verschlungene W´s, gelegt hatten und als die ersten die Eingangshalle betraten, trug eine von ihnen eine Fahne voran, natürlich auch weiß, auf die Picassos Friedenstaube und das international übliche Zeichen für „weiblich" gestickt waren.

„Feminists", sagte der Grieche abschätzig, „a congress with 300 women. But forget it, they want to talk, not to fuck."

Die Frauen versammelten sich um die Rezeption. Antonis und seine Kollegen bekamen zu tun. Georg sah, dass sie alle noch einen Sticker auf ihrem antiken Gewand trugen, der die beiden W´s erklärte: „White Women" – darauf wäre man so schnell nicht gekommen. Frauen um die 50 bis 60, schätzte Georg, manche älter. Das also waren die alten Kämpferinnen aus den 70er, 80er Jahren und, mein Gott, was war seitdem alles geschehen in der Beziehung zwischen Mann und Frau. Eigentlich waren sie die einzigen, die Erfolge vorweisen konnten, weder die Linke, noch die Friedensbewegung hatten irgendwelche Meriten erlangt. Aber als sie jetzt, versehen mit Schlüsselkarten und Hotelprospekten, zu den   Aufzügen und Treppen in Richtung ihrer Zimmer strömten, manche schritten dabei fast so feierlich wie der Zug der Troerinnen im gleichnamigen Film von Cacoyannis, schauten die jungen Frauen, die Kellnerinnen, Gästebetreuerinnen und Zimmermädchen, die, für die sie gekämpft hatten und noch weiter kämpfen wollten, ihnen spöttisch nach, einige offensichtlich sogar mit einer Spur von Mitleid, dem Schicksal aller Revolutionäre.

Jetzt dominierten diese Frauen um die 60 das Strandpanorama, meistens in größeren Gruppen, die wenigen Männer unter den Badegästen hatten sich aus dem Staub gemacht, die, die noch da waren, saßen bei Aris an der Beach-Bar, warfen ab und zu abschätzende Blicke auf die versammelte Armada der Frauenrechtlerinnen und hielten ihre überdimensionierten Bäuche in die kräftige Oktobersonne.

Die Frauen trugen sorgfältig verschiedene Cremes oder Tinkturen auf ihre bronzenen, faltigen Körper auf. Jetzt, auf der Grenze zum Älter-, zum Altwerden und erschöpft von all den Kämpfen im Fitnessstudio und den stets neuen Einflüsterungen der Kosmetik-Industrie, schraubten sie ihre Dosen, Fläschchen und Tuben zu, schauten vorsichtshalber nach links und nach rechts, ob es nicht doch einen Mann in der Nähe gäbe, der sich für diese filigrane Art des Eincremens und Betupfens ihrer Haut interessieren könnte – und nahmen dann enttäuscht ein Buch aus ihren Badetaschen, legten es aber wieder schnell in den Sand, brachten die Strandliegen in die flachste Position und hielten ihre Gesichter in die Sonne.

In diesen Gesichtern, so empfand es Georg, der verstohlen zu ihnen hinüberblickte, stand die Geschichte ihrer Jugend geschrieben, die Erinnerung an die große Liebe, das Lachen der vielen Feste und das Nachgeben im Liebesakt, der ganze Lebensrausch – aber auch ihre Sorge, ihre Mütterlichkeit, ihre unbedingte Hingabe. Georg dachte an die Stelle im Sorbas-Film, als der Kreter, der eigentlich ein Makedonier ist, dem Schriftsteller erklärt, was das Beste im Leben sei. „The best in life are women!", sagt er, "they are such weak creatures – but they give you all they got!" Ja, sie geben dir wirklich alles, was sie haben, und Georg wusste, während er von der Strandliege aus die „White Women" aus aller Welt beobachtete, dass auch ihm die

Frauen, die ihn geliebt hatten, alles, wirklich alles gegeben hatten, Geschenke, wie sie größer und unbedingter nicht hätten sein können, dazu auf einem riesigen Tablett serviert, das sie auf den vorgestreckten Händen balancierten. Und sie hatten keine Gegenleistung von ihm verlangt, nur, dass er sie und ihre Liebe ernstnähme, dass er sich ihnen zuwende und für Augenblicke absehe von seiner monströsen Ich-Bezogenheit. Wie oft hatte er ihre Wünsche – bescheiden genug vorgetragen, wenn es um die Gestaltung von Wochenenden, Reisezielen, die Restaurantwahl ging – ohne Bedenken ignoriert, wie oft, obwohl er doch so viel auf seine eigene Empathie und Sensibilität hielt, hatte er übersehen, wenn sie, die sich immer um ihn kümmerten, selbst einmal schwach waren und dann von ihm wahrgenommen und getragen werden wollten, eine Geste, eine Berührung, ein paar Sätze, die einmal nicht von seinem eigenen Befinden handelten, hätten genügt. Ein kleines Opfer von ihm, vielleicht der zeitweise Verzicht auf die große Teile seines Lebens ausmachenden Rituale, das sonntägliche Tennisspiel, den anschließenden, immer viel zu lange Frühschoppen, die vielen Fußballtermine, mehr hätte es nicht bedurft. Aber immer hatte er angesichts dieses unglaublichen, unvorstellbaren Geschenks, dargebracht mit einem großen, überlaufenden Herzen und der Bereitschaft, alles für ihn zu geben – „they give you all they got" – anstatt es entgegenzunehmen, dankbar, still und ganz vorsichtig, damit ja nichts herunterfalle und zerbreche, mit aller Kraft von unten gegen den Boden des Tabletts geschlagen. Und noch während er ausholte, schien es ihm, diesen fürchterlichen, zerstörerischen Schlag im letzten Moment noch abfangen, in der Bewegung einhalten zu können, aber da hatte er ihn schon ausgeführt und vielleicht war dieses angebliche Bemühen, alles noch zu verhindern, immer nur eine nachträgliche Entschuldigung gewesen, ein schwaches Alibi für die stetige Zurückweisung des

Geschenks. Und wie er sich gehasst hatte dafür, hinterher, wenn alles vorbei war und es nichts mehr zu verstehen, zu trösten, zu lieben gab.

Er hatte dann meist lange Briefe geschrieben, später, im elektronischen Zeitalter, Mails oder Apps, untaugliche Versuche, die Scherben, die auf dem Boden verstreut waren, zu kitten, voller Selbstanklage, Larmoyanz, absurder Suche nach Begründungen, dem Verweis auf die übertriebene, vielleicht schon krankhafte Elternliebe, die ihm als Einzelkind entgegengebracht wurde, der Erwähnung aller seiner Ängste von früher Kindheit auf, besonders der Angst verlassen zu werden. Dann schrieb er davon, dass es ihm auch im Alter von sechs oder sieben Jahren immer noch nicht möglich gewesen war, ein paar abendliche Stunden allein zu bleiben. Sobald z.B. seine Eltern zum Kartenspiel mit Freunden das Haus verlassen hatten, täuschte er plötzliche Krankheit oder einen Unfall vor (einmal hatte er sich sogar in ein vorher zerbrochenes Wasserglas fallen lassen und sich stark blutende Schnittwunden zugefügt), rief dann bei den Freunden der Eltern an und erzwang so deren baldige Rückkehr. Aber die Eltern schimpften nicht mit ihm, waren nur traurig, versuchten es zunächst mit Belohnungen (Matchbox-Modellautos und Comic-Hefte, Falk, Ritter ohne Furcht und Tadel, Tibor, Held des Dschungels, für jede Stunde, die er alleinblieb, eines mehr), dann mit der Erlaubnis, die ganze Zeit ihrer Abwesenheit vor dem Fernseher zu verbringen, zum Schluss, als alle Versuche ins Leere liefen und Georg sich immer neue Mittel ausdachte, um seine Eltern ans Haus zu fesseln, lieh der Patenonkel jedes Mal seinen Hund aus, einen Pudel namens „Dandy". Das half schließlich. Dandy war von der sanften Sorte, geduldig wie ein Lamm, bellte fast nie, ließ sich ausgiebig von Georg tätscheln, streicheln und mit Süßwaren versorgen. Wenn die Eltern dann nachts zurückkamen, fanden sie beide schlafend vor, und der Hund lag in Georgs Armbeuge.

Irgendwann war diese Phase vorüber, aber die Angst, verlassen zu werden, wich nie mehr. Er, der sich so nach elterlicher Wärme, Zuneigung und Aufmerksamkeit sehnte, konnte dann aber selbst, als Frauen diese Rolle bereitwillig oder auch nur notgedrungen zu erfüllen suchten, ihre Nähe nicht zulassen, ein Widerspruch, an dem er manchmal kaputt zu gehen glaubte, den aufzulösen ihm aber niemals gelang.

Das alles schrieb und beschrieb er in den überlangen Briefen und Mails, er bat um Verständnis, um Entschuldigung, manchmal flehte er auch darum, nicht verlassen zu werden, man möge ihm eine neue Chance geben, er habe jetzt verstanden und werde sich ändern.

Der einzige Erfolg solcher Selbstbezichtigungsbriefe, garniert mit literarischen Zitaten und erfundenen Geschichten, war, dass die Frauen ihn hinterher nicht verachteten oder ablehnten und jeglichen Kontakt abbrachen (nur Marion hatte das getan), sondern Mitleid empfanden, manchmal sogar Verständnis, mit ihm in Kontakt blieben und sich ab und zu mit ihm trafen.

Am schlimmsten war es gewesen – ein paar dieser Frauen hatten es dann tatsächlich gewagt – wenn ihm dieses Liebesgeschenk ein zweites Mal angeboten wurde. Zwar hatte er auch in seinen Tagebüchern und unendlich vielen Eigen-Analysen beschworen, dass er es nun definitiv annehmen würde und nun wirklich alles, alles anders mache. Dann aber konnte man fast auf die Uhr blicken, wann diese Zerstörungswut, nein, es war eigentlich keine Wut, eher eine Disposition, wieder die Oberhand übernehmen und das Geschenk ein weiteres Mal rüde abgewiesen würde.

Mit jedem Mal wuchsen sein Selbsthass und seine Verzweiflung, aber auch die Gewissheit, dass nun Einsamkeit und Alleinsein bis zum Ende folgerichtige Konsequenzen sein würden. Dann hatte er Marion kennengelernt.

Georg verzichtete endgültig auf ein Bad im Meer. Der Wind hatte zugenommen und die grüne Flagge, die auf einem Beobachtungsturm wehte, war vom Strandwächter ohnehin schon eingeholt und gegen eine gelbe eingetauscht worden. Das Schwimmen geschah nun auf eigene Gefahr. Alles geschah auf eigene Gefahr.

Er packte seine Sachen zusammen und ging zum Hotel zurück. Es wurde Zeit sich umzuziehen und sich auf den Weg zu machen, zu Ivanka.

14

27. Oktober 2016 / 2

Sie hatte ihn vom Fenster aus gesehen und stand schon in der Tür, als er die unbelebte Dorfstraße herunterkam. Auch in der Kneipe, die unter ihrem Appartement lag, war kein Mensch, nur der unvermeidliche Fernseher lief, vor dem sich der Sohn des Wirts lümmelte.

„Schön, dass du da bist." Ivanka hatte eine Umarmung angedeutet, eigentlich hatten ihre Arme seine Schultern nur kurz gestreift und sie war vorausgegangen, die Treppe zu ihrer Wohnung hinauf. Unaufgefordert stellte sie zwei Tassen unter den Kaffeeautomaten und drückte den Startknopf. Georg sah sich um. Offenbar gab es nur diesen einen Raum, hinter einer zweiten Tür musste das Bad sein. Sie hatte aufgeräumt. Das Bett stand nahe der geöffneten Balkontür, eine leichte, bunte Decke lag darüber. Auf dem Nachttisch sah Georg einen Stapel zerlesener Taschenbücher, obenauf zu seiner Überraschung ein deutscher Autor, den er sehr schätzte, sogar bei einer früheren Lesung in seiner Heimatstadt schon einmal erlebt hatte, ein gutaussehender, faszinierender Mann, damals in den besten Jahren, mit einer fast magischen Lesestimme, der sich hinterher sehr für die weibliche Begleitung von Georg interessiert hatte.

Es gab keinen Fernseher, dafür eine kleine Stereoanlage, auf der ein paar CDs lagen, die Titel in kyrillischer Schrift. Dann noch ein Tisch mit zwei Stühlen, ein kleiner Gasherd, ein Kühlschrank, eine Truhe, in der Georg Kleidung vermutete.

„Nicht gerade dein 5-Sterne-Hotel, oder? Aber die Miete ist niedrig, außerdem muss ja von Lefteris´ kargem Lohn noch was übrigbleiben, nicht wahr?"

Fast entschuldigend hatte sie das gesagt, als sie die gefüllten Tassen auf den Tisch stellte, zusammen mit einem Kännchen Milch und ein paar Stücken Zucker. Georg zuckte die Achseln. Er hatte nur auf die Melodie ihrer Sprache geachtet und wie sie, mit jener kleinen verbliebenen Spur von Akzent, „karger Lohn" gesagt hatte. Welche junge Frau in Deutschland würde solch eine Wendung benutzen oder sie überhaupt noch kennen?

Noch standen sie beide vor dem Tisch mit den dampfenden Kaffeetassen. Ivanka schaute ihn spöttisch an. „Willst du dich nicht setzen? Du stehst ja da wie ein Ölgötze" – Ölgötze! wieder so ein Wort – „und willst du nicht endlich deine Plastiktüte irgendwo abstellen?".

Wie peinlich. Er hatte erst gar nicht versucht, ein Blumengeschäft zu finden, so etwas gab es hier nicht, sondern war direkt zu Zoran gegangen und hatte einen guten Wein gekauft. Der Kroate war zwar etwas enttäuscht, dass Georg nicht auf einen Selbstgebrannten blieb, haute ihm aber aufmunternd auf die Schulter, als dieser den Grund für seinen Kauf nannte und besorgte sogar noch ein Stück gebrauchtes Geschenkpapier.

„Entschuldige…", er wäre fast ins Stottern gekommen, „Du weißt ja, Blumen gibt´s hier nur in den Hotelgärten, deshalb habe ich dir Wein mitgebracht, ich hoffe, du…"

Er fingerte die Flasche aus der Tüte. Dabei fiel ihm das Geschenkpapier zu Boden, aber bevor er sich erneut für seine Ungeschicklichkeit entschuldigen konnte, hatte Ivanka ihm die Flasche abgenommen, ihm gedankt, indem sie mit zwei Fingern über seine Wange gestrichen war und den Wein im Kühlschrank verstaut.

Sie setzten sich, nippten an dem noch heißen Kaffee und steckten sich eine Zigarette an. Jetzt erst, während sie beide ein paar tiefe Züge machten, fand Georg Zeit, sie genauer zu betrachten. Die langen Haare hatte sie am Hinterkopf zu einem Pferdeschwanz zusammengebunden. Er sah, dass sie kleine, fast zarte Ohren hatte und war irgendwie froh, dass sie keine Clips trug. Wieder war sie ungeschminkt, aber Georg hätte auch nicht gewusst, was an diesem ebenmäßigen Gesicht, das durch die etwas hervortretenden Wangenknochen betont wurde, noch hätte verschönert werden können.

Sie trug ein weißes Poloshirt und dazu passende, knappe Shorts, die die Oberschenkel halb bedeckten. Natürlich hatte sich Georg nicht getäuscht, als er sich vorgestern ihre Beine unter der engen Jeans vorgestellt hatte: genauso lang und schmal waren sie, ohne jede Krümmung an der falschen Stelle, ohne dass Adern bläulich durch die Haut geschimmert hätten, ihre Füße ähnlich schlank und zartgliedrig wie ihre Hände – das alles konnte er sehen, weil sie mit dem Stuhl leicht vom Tisch abgerückt war und die Beine übereinander geschlagen hatte.

„Wollen wir über Panos und Michalis reden?" fragte sie. Noch auf dem Hinweg hatte Georg sich eine Suada gegen die beiden zurechtgelegt, war froh, dass er sie bei Ivanka loswerden konnte, eine Art kathartischen Wutanfalls, den sie dann besänftigen und ihn anschließend ein wenig trösten könnte. Aber jetzt interessierte ihn das alles plötzlich nur noch am Rande, der Streit mit den beiden Freunden, die linke Tour von Christina, der geplatzte Traum von der eigenen Wohnung, die plötzlich völlig ungewisse Zukunft – all das war auf einmal sehr fern, denn jetzt saß er an Ivankas Tisch, keinen halben Meter von der entfernt, die so wunderschön war, wie sie gerade ihre Zigarette ausdrückte, einen Aschepartikel, der genau auf der Spitze ihrer linken Brust gelandet war, ärgerlich von ihrem weißen Polo herunterschnippte, noch einmal einen Schluck Kaffee trank und sich dann erwartungsvoll zurücklehnte.

Georg schüttelte den Kopf. „Lassen wir sie. Sie haben mir den Rest meiner romantischen Gefühle für dieses Land und seine Menschen zerschlagen, stimmt schon, aber ehrlich gesagt…", log er, „allzu viel davon war ohnehin nicht mehr da. Deckel drauf".

Er machte eine Pause und sah, dass Ivanka überlegte, ob sie ihm das abnehmen konnte und worüber sie stattdessen reden sollten. Ihre Stirn hatte sie dabei in zwei kleine, kaum sichtbare Falten gelegt. Er kam ihr zuvor.

„Erzähl mir bitte von dir."

Und wie sie erzählte! Er, der doch jedes Gespräch zu dominieren versuchte, zumindest unbewusst, er, dessen Geschichten irgendwie immer um ihn selbst kreisten (manchmal schwebte er auch über der Szenerie, in einer Art von Selbstdistanzierung, quasi super-visionär, und sah sich zu, wie er sein Gegenüber mit Worten zu fesseln suchte, auf seine Seite zu bringen, an seinem steten Selbstmitleid Anteil zu nehmen) – er lehnte sich jetzt zurück, schweigend und ganz konzentriert auf sie. Eine ganze Stunde, vielleicht auch mehr, hörte er ihr einfach nur zu. Sie redete schnell, als müsse sie alles, was es von ihr und ihrem 31jährigen Leben zu erzählen gab, in diese eine Stunde legen, und Georg wusste nicht, ob er, wäre er hinterher danach gefragt worden, alles hätte richtig wiedergeben können.

Ivanka berichtete von ihrer Heimatstadt Brovary, 15 Kilometer von Kiew entfernt, 90.000 Einwohner- „Das wird dir gefallen, Georg: Brovary heißt ´Bierbrauer`, und tatsächlich ist das Bier dort immer noch das Beste, was man von dieser Stadt sagen kann" – und dass während ihrer Kindheit der Himmel immer rußig-schwarz gewesen sei vom Rauch aus den Schloten der maroden Staatsbetriebe, die nun von irgendwelchen Wendehälsen weiter geführt würden, „Umweltschweine, bis heute", sagte sie wütend, und gehustet habe sie damals von Januar bis Dezember.

Zwischendurch trank er den Rest des kaltgewordenen Kaffees, rauchte, stellte höchstens eine kurze Zwischenfrage, wenn er etwas nicht verstand. Wie gut das war, einfach zuzuhören, wie die junge Ukrainerin erzählte und wie sie dabei gestikulierte, ihren Mund mal zu einem höhnischen Lachen verzog, wenn es um die mafiösen Politiker ihres Heimatlandes ging, und sich dann wieder entspannte, ganz weich wurde, als sie von den blühenden Feldern im Frühling sprach und dem Schnee, der meist schon ab November fiel und eine weiße Decke über die Hässlichkeit der Städte und Fabriken legte.

Sie schwieg und legte ihre Hände auf die Knie. Genug für heute, so sah das aus für Georg, und die Zeit, dass sie ihren Dienst in der Bar antreten musste, rückte auch näher. Aber das war ihm noch lange nicht genug. Plötzlich fiel es ihm leicht, sich zurücknehmen aus dem Mittelpunkt eines Gesprächs, er genoss es sogar und wollte, dass sie weitererzählte, wobei es ihm noch wichtiger war, sie dabei zu beobachten, jede Erzählung hat auch ihre entsprechenden Bewegungen, Und so spät ist es auch noch nicht, Ivanka, bat er sie und sie stand auf, nahm die beiden Tassen und füllte sie mit frischem Kaffee, kam zurück, setzte sich erneut, ein kleines Stück rückte sie mit ihrem Stuhl näher zu ihm. Du hast es nicht anders gewollt, sagte sie, nahm eine Zigarette aus der Packung und erzählte weiter.

15

„Vielmehr hatten wir nicht zu bieten. Die üblichen Plattenbauten, eine versaute Umwelt, reichlich Tristesse, die die Männer mit den üblichen Wodkamengen kompensierten.“

„Und deine Eltern?“

„Mein Vater war Techniker in der großen Sendeanlage, erst gab es nur Kurzwellen-Masten, dann auch noch welche für Mittel- und Langwelle, alles auf einem riesigen Areal, heute ein gigantischer Schrottplatz, die Ukraine ist pleite, wie du weißt.“

Ivanka unterbrach sich und ließ sich von Georg Feuer geben. Er schützte die Flamme mit der hohlen Hand, obwohl kein Lüftchen ging. Aber für einen Augenblick gelang es ihm so, ihre Finger zu streifen. Sie ließ den Rauch gleichzeitig aus Mund und Nase herausströmen, ganz langsam und bedächtig und blickte an ihm vorbei durch die offene Balkontür, hinunter nach Hersonissos, zum Meer und schien nachzudenken. Dann gab sie sich einen Ruck.

„Meine Mutter war Lehrerin an der Berufsschule für Körperkultur, einer Kaderschmiede für Spitzensportler. Die beiden Klitschkos haben dort studiert, aber meine Mutter hatte nichts mit Boxen zu tun, sie kümmerte sich um den Handballnachwuchs. Ihr Lieblingsschüler hieß, glaube ich, Oleg Velycky oder so, aber den wirst du nicht kennen.“

„Und ob!“ Georg richtete sich auf. „Der hat ein paar Jahre Bundesliga gespielt bei meinem Heimatverein, TUSEM Essen, ein fantastischer Rückraumspieler, dazu ein sympathisches Schlitzohr. Leider ist er vor ein paar Jahren an Krebs gestorben."

Ivanka schüttelte den Kopf. „Wie heißt der Spruch bei euch: wie klein doch die Welt ist, nicht wahr?"

Georg erfuhr, dass beide Eltern zwar keine überzeugten Kommunisten waren, aber auch niemals irgendwie aufbegehrt hatten. Die Mutter ging sogar unbeirrt jeden Sonntag zum orthodoxen Gottesdienst.

„Man arrangierte sich, wie es so viele taten und irgendwie ging es ja immer weiter. Die Schattenwirtschaft blühte und ein archaisches Tauschsystem sorgte dafür, dass im Winter immer genug Kohlen im Keller waren."

Als sie in die erste Klasse der Mittelschule kam, erzählte sie, die sie wie alle anderen zehn Jahre besuchen sollte, weil das System so etwas Elitäres wie ein Gymnasium nicht kannte, zerlegte sich die große Sowjetunion gerade in ihre Einzelteile. Ihre Lehrer, überwiegend solche, deren Karrieren in der Nach-Wende-Ära keine nennenswerten Brüche aufwiesen, hätten jedenfalls unisono den „Verbrecher" Gorbatschow für den Rückfall in die weltpolitische Unbedeutendheit verantwortlich gemacht. Nur wenige trauerten der angeblich so großen Zeit nicht nach und versuchten, ihre Schüler mit dem vertraut zu machen, was so lange keine Rolle gespielt hatte, zum Beispiel, ihre Liebe zu einer Kunst zu erwecken, die in keinem Dienst und in keinem Sold stand, am wenigsten in einem ideologischen.

Einer davon war Ivankas Deutschlehrer. Ivanka sagte, dass er für die Wahl ihres Studienfachs verantwortlich gewesen sei. „Russen und Ukrainer haben, das müsstest du wissen, Georg, schon immer einen Hang zu deutscher Literatur gehabt, auch unsere

Schriftsteller. Ich hatte eine Art Leistungskurs in Deutsch belegt, bei einem fantastischen Lehrer, Todor Fedorow, der früher, warum auch immer, oft in der DDR gewesen war und uns für deutsche Schriftsteller zu begeistern suchte".

Sie hätten gespürt, wie er, ein alleinstehender, zurückgezogen lebender Mann, förmlich aufblühte, wenn er ihnen ein Goethe- oder Heine-Gedicht vortrug, in etwas erhöhter Position vor dem Pult stehend, in der rechten Hand das Buch und mit der linken wild gestikulierend, als dirigiere er ein ganzes Orchester, jeden Vers anders betonend, teils erhaben und pathetisch, teils in einer Art Trauer- oder Glücksmelodie, je nach Inhalt, und wenn er zum Ende kam, hätten sie gewusst, dass sie einen Moment zu schweigen hatten, bevor sie, wie die Studenten in der Uni, mit den Fingerknöcheln auf ihre Tische klopften. Manchmal habe es so ausgesehen, als verbeugte sich Fedorow leicht vor ihnen, seinem applaudierenden Publikum, andererseits habe er sicher gewusst, dass dieser Applaus von den meisten nur aus einer lästigen Pflicht heraus geleistet wurde. „Ich aber liebte ihn für seine Vorträge", über Ivankas Gesicht ging ein Lächeln, „und für die zerlesenen Bücher und Zeitschriften über deutsche Literatur, die er oft wie absichtslos auf meinem Tisch hatte liegen lassen, als er aus dem Klassenraum ging. Er sprach nie darüber, wenn sie am nächsten Tag nicht mehr an ihrem Platz lagen. Fedorow wusste, dass er in mir eine treue Leserin gefunden und etwas entzündet hat. Warst du auch solch ein Lehrer?"

Georg zögerte mit einer Antwort. Die weit über hundert Briefe, die ihm die Schüler zum Abschied geschrieben hatten, ließen eigentlich nur ein klares „Ja" zu.

„Vielleicht", sagte er stattdessen, „ich habe mich zumindest bemüht."

„Du warst bestimmt so einer. An Fedorows letztem Unterrichtstag, als er in Pension ging, hatten wir ihm einen Kuchen gebacken und eine seltene Ausgabe der `Blechtrommel´ geschenkt – in Wirklichkeit hatte ich allein gebacken und auch das Buch in einem Antiquariat in Kiew gefunden. Die Mitschüler waren froh, dass sie nur noch die beiliegende Karte unterschreiben mussten. Während Fedorow sich bedankte, sah er mich die ganze Zeit an, er wusste sehr genau, von wem das alles kam. Dann, zum Schluss der Stunde, trug er noch einmal Rilkes `Panther` vor".

Dabei habe er, sagte Ivanka, alles gegeben, was noch in ihm war nach den langen Jahren an immer der gleichen Schule, eine letzte Kraftanstrengung, so schien es ihr und er sei, während er rezitierte, durch ihre Sitzreihen geschlichen wie jenes gefangene Raubtier in seinem Käfig im Jardin des Plantes, „müde vom Vorübergehn der Stäbe", es sei totenstill gewesen im Klassenraum, und als, mit der gewohnten Verzögerung, das Trommeln auf der Tischplatte begonnen habe, und diesmal sei es aufrichtiger und lauter gewesen als in den Jahren zuvor, habe sie Fedorow zum ersten Mal weinen gesehen.

„Ein paar Tage später wurde ich von der Sekretärin des Schulrektors in einen Raum gebeten, der ansonsten zur Lagerung ausrangierter Lehrbücher und –materialien diente. Auf einem extra dafür leergeräumten Tisch hatte Fedorow einen ganzen Stapel alter DDR-Ausgaben, wenngleich in gutem Zustand, für mich hinterlassen, Heine, Fontane, Lessing, alle Klassiker, aber auch Gegenwartsliteratur aus den damals noch existierenden beiden Deutschlands, dazu noch Bücher von berühmten internationalen Autoren, alle ins Deutsche übersetzt. Auf diesem Stapel lag ein kleiner Zettel: Lesen heißt Überschreiten, stand darauf und: Für Ivanka von T.F.

Danach ging, wie du dir vielleicht denken kannst, Georg, kein Weg mehr an meiner Entscheidung für ein Germanistik-Studium vorbei."

Georg überlegte, wie es bei ihm damals gewesen war. Die Liebe zur Literatur war bei ihm ebenfalls früh geweckt worden, aber weniger durch die Schule als durch seinen Vater, der sich, sobald er abends nach einem langen Arbeitstag - er war in leitender Funktion bei einer großen Textilfirma tätig - erschöpft nach Hause kam, ins Wohnzimmer zu seiner großen Bibliothek zurückzog und sich freute, wenn Georg ihm Gesellschaft leistete. Er nahm dann irgendein Buch aus dem großen Eichenschrank und erklärte ihm, warum er genau diesen Autor über alles liebte und sich immer wieder in dessen Bann ziehen ließ. Georg hörte staunend zu, sah auf die feinen, langgliedrigen Finger des Vaters, in der dieser das Buch hielt und lauschte seiner wohlklingenden, sonoren Stimme, wenn er Passagen daraus vorlas. Und nachdem Georg alle 70 Bände der Karl-May- Reihe, selbst die obskuren wie den „Peitschenmüller" und den „Silbersepp", verschlungen hatte, dazu alles von R. L. Stevenson und J. F. Cooper, und meinte, nun langsam erwachsen zu werden (da war er gerade mal 14 oder 15), kam es immer häufiger dazu, dass er sich einen Roman aus der Sammlung seines Vaters entlieh, ihn mit in sein Zimmer nahm und ihn in der Nacht in einem Zug las, die Zeit der geheimen Lektüre mit der Taschenlampe unter der Bettdecke war ja zum Glück längst vorbei.

Samstags, wenn sein Vater aus der Firma zurück war, damals war die Sechs-Tage-Woche noch selbstverständlich, ging er mit Georg zur Stadtbibliothek, wo er deren Leiter bei der Buchführung half. Und während der Vater diesem schon alten, nur noch ehrenamtlich tätigen Mann, „Onkel Erich" genannt, zur Hand ging, ein Freundschaftsdienst – „Onkel Erich" hatte während des Krieges und in der Zeit seiner durch Frontdienst und Gefangenschaft erzwungenen Abwesenheit den ausgebombten Eltern und Schwestern des Vaters Asyl gewährt - hatte Georg die gesamte Bibliothek für sich. Kunden gab es an diesen langen Samstagnachmittagen längst nicht mehr, und Georg konnte zwischen den Regalen laufen und immer dort Halt machen, wo ihm etwas interessant und spannend erschien. Da konnte es vorkommen, dass der Vater, als er mit „Onkel Erich" zum Abschluss noch einen Cognac „auf die alten Zeiten" getrunken hatte, ihn irgendwo auf einem Lesehocker vorfand, den Kopf tief über ein Buch gesenkt, und von der realen Welt nichts mehr hörend und sehend – und erst der „Hinweis" des Vaters, es sei kurz vor viertel vor sechs und die „Sportschau" beginne gleich, führte dazu, dass er das Buch, in dem er gerade las, auf einen schon vorhandenen Stapel legte und mit diesem zum Ausgang lief, wo „Onkel Erich" an einem Tisch saß und ihm mit feinsäuberlicher Sütterlin-Schrift die Ausleihe bestätigte und einen großen Stempel mit dem jeweiligen Datum erst auf das bläuliche Kissen, dann auf eine in der Innenseite eines jeden Buches steckende Pappkarte drückte.

Georgs unbändige Lesewut hatte schließlich dazu geführt, dass die örtliche Stadtbibliothek irgendwann nichts Interessantes mehr zu bieten hatte, außerdem war „Onkel Erich" gestorben und durch ein „Fräulein Bachmann", eine mausgraue, ehemalige Volksschullehrerin ersetzt worden. Danach hatte er große Teile seines Taschengeldes auf den Erwerb neuer Bücher verwenden müssen – aber ob tatsächlich auch bei ihm die Entscheidung für ein Germanistik-Studium zwangsläufig gewesen war, vor allem für eines, das alternativlos zum Lehrerberuf führte, wagte er heute zu bezweifeln. Eigentlich hatte er erst am offenen Grab seines Vaters gespürt, wer von ihnen beiden tatsächlich hatte Lehrer werden wollen. Zumindest erzählte er das bei allen möglichen

Gelegenheiten, wenn man ihn nach einer Bilanz seiner 40 Jahre als Pädagoge befragte. Er konnte dann immer mit einem Seufzen und einer offen zur Schau getragenen Wehmut darauf verweisen, dass er eigentlich das Opfer einer väterlichen Projektion sei und natürlich lieber Schriftsteller oder Journalist geworden wäre. Ein wohlfeiles und zurechtgezimmertes Alibi, das wusste er, aber es hinterließ einen gewissen Eindruck bei seinen Zuhörern.

„Wann hast Du also mit dem Studium begonnen?" fragte er Ivanka.

„Erst 2003, da hatte ich die Schule schon ein Jahr hinter mir. Aber ich schnupperte erstmal Auslandsluft, die erste aus der Familie, die die Ukraine verlassen konnte, sieht man von ein, zwei Dienstreisen meiner Eltern ins benachbarte sozialistische Ausland, wie das damals hieß, ab. Ich verbrachte ein unglaubliches halbes Jahr in Frankreich, in Fontaineau, der Partnerstadt von Brovary. Meine deutsche Briefpartnerin Michaela hatte Alain, einen Franzosen, geheiratet, der ausgerechnet aus Fontaineau kam. Besser ging es nicht. Ich konnte bei den beiden wohnen. Den Rest kannst Du Dir denken: ein südlicher Frühling, Sonne, Spaziergänge, Gespräche, Bistros, Cafés, Klamotten, Musik, ab und zu ein kleiner Flirt…zum ersten Mal spürte ich, was es hieß, unbeschwert sein zu können. Und frei."

Ivanka schwieg für einen Moment, hing den Erinnerungen nach. Dann zündete sie ihre im Aschenbecher erloschene Zigarette noch einmal an und erzählte weiter.

Zuerst sei sie nach ihrer Rückkehr aus Frankreich jeden Tag von der elterlichen Wohnung zur Uni nach Kiew gefahren, ein wenig umständlich das Ganze, außerdem spürte sie, dass ihr das Elternhaus in jeder Hinsicht zu eng wurde. Die Mutter hatte erst alles versucht, sie zu halten – „Kind, Kiew ist eine schlechte Stadt, voller Schmutz und Verbrechen" - als sie ihr das sagte, hatte sie vor allem die Klasse der Neureichen im Auge, die ihren, auf dubiose Weise erlangten Luxus hemmungslos auf den breiten, noch aus der Sowjetzeit stammende Kiewer Boulevards spazieren führten, während viele alte Frauen, die schwarz gekleideten Matkas, an den Straßenecken hockten und flehentlich versuchten, zwei, drei verschrumpelte Tomaten aus dem eigenen Beet zu verkaufen.

„Danach brachte sie die angeblich so verderbten Kiewer Männer ins Spiel, die nichts Anderes suchen würden als das Eine" – Ivanka machte bei diesem Wort das Zeichen für Gänsefüßchen – „und vor denen wollte sie mich natürlich unbedingt beschützen."

Dabei habe ihre Mutter, eigentlich eine sonst eher rationale und nüchterne Frau, Tränen in den Augen gehabt und dabei ihren Mann angesehen, aber der habe nur auf seinem Stuhl gehockt, alt und müde geworden unter den Demütigungen der neuen Zeit, verbraucht und von der Geschichte zurückgelassen. Lange schon hatte er seine Stelle im Sender verloren und sich seitdem mit Gelegenheitsarbeiten durchgeschlagen.

„Er konnte meiner Mutter, die ebenfalls längst keine Spitzensportler mehr unterrichtete, keine Hilfe mehr sein und zuckte nur mit den Achseln. Wenn es irgendwie zu finanzieren ist, murmelte er noch. Die beiden taten mir leid, ich versuchte, etwas zu sagen, aber irgendwie konnte ich sie nur umarmen. Dann holte ich den Koffer aus meinem Zimmer."

So bezog sie also mit einer Kommilitonin eine zugige kleine Bude in Uni –Nähe, besuchte die, wie sie meinte, relevanten Vorlesungen, schrieb ihre Seminararbeiten, kellnerte nebenbei in einem vornehmen Café in einer Nebenstraße des Maidan. Der Besitzer hatte sie, das sei ihr sehr schnell deutlich geworden, in erster Linie wegen ihres Aussehens genommen – Georg musste an die Motive von Lefteris denken. Aber wie in der Dionysos-Bar hätte sie zwar den Gästen und zum Gefallen des Inhabers ihre Reize durchaus nicht vorenthalten – ihre „Dienstkleidung" sei immer leicht provokant gewesen („Wenn ich in ausgeleierten Pullis gekommen wäre, hätte ich sofort den Job verloren") – aber offenbar verbreitete sie gleichzeitig eine solche Aura der Unnahbarkeit, dass es keiner der männlichen Stammgäste auch nur gewagt habe, sie zu berühren oder sie unter irgendeinem Vorwand in eines der mit dem Geld aus Drogen und Korruption entstandenen neuen Luxus-Appartements zu locken. Gleichwohl flossen die Trinkgelder reichlich, und Ivanka konnte sogar ihre Eltern ein wenig unterstützen. Wenn sie abends müde vom Kaffee- und Wodkaschleppen in ihre spartanische Wohnung zurückkehrte, war ihre Freundin meist schon ausgegangen. Im Gegensatz zu ihr verkehrte sie in den Kreisen der Jeunesse doreé und vergab auch ihren Körper sehr freizügig. Das Ergebnis konnte Ivanka allabendlich betrachten: der Schrank der Freundin quoll über von neuen Kleidern, Dessous, Schuhen. Bald würde sie ohnehin bei einem dieser reichen Schnösel einziehen.

Dann kam die Orangene Revolution.

Georg spürte, dass es jetzt spannend würde. Er war ein kleines Stück näher an sie herangerückt, so dass ihre beiden Knie sich leicht berührten. Er bedauerte, dass er sich vorhin im Hotel für eine lange Hose entschieden hatte, aber auch so konnte er den leichten Druck spüren, mit dem sie seine Berührung erwiderte.

Plötzlich stand sie auf, sagte, dass die Stühle in diesem ohnehin unzumutbaren Verschlag das allerletzte seien und reckte ihren

Oberkörper nach hinten. Sie ging ein paar Schritte ziellos durch die Wohnung. Er hoffte, dass sie sich wieder setzte und weiter erzählte, oder wenn nicht, dass sie zu ihm käme, ihn vom seinem Stuhl zöge, so dass sie Zentimeter voneinander entfernt in Augenhöhe stünden, und dass sie dann ihren Kopf neigen und die Lippen leicht öffnen würde, so dass es ein Leichtes, ein fast Selbstverständliches wäre, dass auch er den Mund öffnete und seine Lippen auf die ihren legte.

Ivanka holte ihn aus seinen Träumen zurück.

„Fortsetzung folgt. Ich weiß, dass du etwas vom Maidan hören möchtest, aber ich muss mich langsam fertig machen für die Bar, Lefteris wartet. Wenn du mir versprichst, die Augen schön zuzumachen, wenn ich gleich aus dem Bad komme, kannst du dich noch ein wenig auf den Balkon setzen und wir können zusammen gehen. Du kannst auch ruhig den Wein aufmachen, der Korkenzieher ist in der Schublade. Endaxi?"

Georg schwankte zwischen einem nicht mehr aufzuhaltenden Verlangen und der sehr klaren Erkenntnis, dass es genauso ablaufen würde, wie sie gesagt hatte. Sie wird gleich ins Bad gehen und ich auf den Balkon und ein Glas Wein trinken. Wenn sie herauskommt, werde ich die Augen schließen bzw. ganz starr geradeaus aufs Meer schauen, dann werde ich mich umdrehen und sie ist frisch geduscht, die Haare noch feucht, aber schon umgezogen, ein anderes Top, eine andere Jeans, und wir werden hinübergehen nach Koutouloufari, den gleichen Weg wie vorgestern, nur umgekehrt und noch im Hellen, und ich werde nicht mitgehen ins Dionysos, an der Ecke noch vor der „Fabrica" stehenbleiben, und dann wird sie mir die zwei Wangenküsse geben, die ich ab dann wie ein Kleinod bewahren muss für den Rest meines Lebens, denn am nächsten Tag werde ich im Hafen von Iraklion sein, die Fracht mit meinen Möbeln, Platten und Büchern wieder in die entgegengesetzte Richtung schicken, nach Igoumenitsa erst und dann nach Bari und dann auf einen LKW nach Essen, ich werde am Flughafen ein Ticket kaufen, mich noch einmal von Zoran oder Aris oder Manolis abfüllen lassen und dann werde ich fort sein, für immer und ohne Ivanka.

„Endaxi." Georg ging zum Kühlschrank, dann an die Schublade, nahm Flasche und Korkenzieher mit nach draußen und stellte sie auf dem winzigen Tischchen ab. Als er noch einmal ins Zimmer ging, um ein Glas zu holen, hatte Ivanka das Poloshirt schon halb ausgezogen, hielt aber inne, als sie ihn bemerkte. Für eine Sekunde konnte er ihre Haut zwischen dem Bund der Shorts und dem Bereich unterhalb der Rippen sehen, bevor sie das Shirt wieder herunterzog.

Sie drohte lachend mit dem Zeigefinger. „Du hast mir etwas versprochen." Georg hielt das Glas hoch. „Entschuldigung."

„Gewährt, aber jetzt ab nach draußen."

Er stand an der verrosteten Brüstung, in der einen Hand den Wein, in der anderen eine Karelia. Hinter den Häuserreihen, die sich in zwei, drei Ringen um den Hafen von Hersonissos legten, ging eine nur noch blasse Sonne unter. In einer Woche würde es November sein. Manchmal kamen dann Regen, Feuchtigkeit und Kühle innerhalb weniger Stunden, manchmal auch die ersten Stürme. Ihm konnte es egal sein, da wäre er wieder in Deutschland. Er müsste Willi anrufen, ob der ihn ein paar Wochen aufnähme, bis er eine neue Wohnung gefunden hatte.

Aber alles in ihm wehrte sich gegen diesen Gedanken. Er lauschte ins Innere der Wohnung. Aus dem Bad kam immer noch ein leises Geplätscher, bald würde der Wassertank auf dem Dach leer sein, wenn sie weiter duschte. Georg war erregt. Er stellte sich vor, wie das immer dünner werdende Rinnsal an Ivankas Körper herunterlief, wie ihre Hände das lange blonde Haar mit Shampoo einseiften und sie den Kopf dann ganz weit nach hinten beugte, um es wieder auszuspülen. Mehr konnte und wollte er sich nicht vorstellen, es hätte ihn verrückt gemacht. Er versuchte sich zu disziplinieren, sich einzureden, dass sein 62jähriger, ziemlich verbrauchter Körper bei Ivanka ohnehin nur ein mitleidiges Lächeln auslösen würde. Die trotz regelmäßigem Tennisspiel schlaff gewordene Muskulatur, der sich zunehmend über dem Hosenbund wölbende Bierbauch, davon konnte sie ja jetzt schon einiges sehen, zumindest ahnen – und wahrscheinlich hatte sie auch mitbekommen, wie er sich im Dionysos nach einem unter den Tisch gefallenen Feuerzeug gebückt hatte und sein Ächzen und Stöhnen dabei gehört. Das Einziehen des Bauches, ein bewusst federnder Schritt, der Wechsel vom gemächlichen, den Bandscheibenvorfall entlastenden Rückenschwimmen zu einem aggressiven Kraulstil, das behände Aufstehen aus einem tiefliegenden Fahrersitz – lächerliche, untaugliche Versuche, eine Beweglichkeit vorzutäuschen, die ein für alle Mal verschwunden war. Dann schon besser, dachte Georg, sich einzugestehen, dass man ein alter Sack ist, definitiv. Und nicht zuletzt hatte Ivanka ja eben noch ihre Abscheu über die fetten, alten, goldbehangenen Oligarchen in ihrer Heimat ausgedrückt, die sich mit 20-jährigen Blondinen zweifelhafter Profession schmückten – „Bordsteinschwalben" hatte sie gesagt, wieder so ein Ausdruck, der Georg verblüffte. Vielleicht hatte sie den aus einem der Bücher, die Fedorow ihr hinterlassen hatte.

Das Wasser wurde abgestellt. „Denk an dein Versprechen", hörte er sie hinter der Badezimmertür rufen. Er drehte sich zwar in ihre Richtung, schloss die Augen aber ganz fest.

„Brav", lachte sie, während er spürte, wie ein Schwall feuchter Luft aus dem Bad kam. Für einen Moment war er versucht, wie damals, als er ungewollt ins weihnachtliche Bescherungszimmer geraten war, die Augen nur einen Spalt zu öffnen, er war vielleicht sieben oder acht, und sein Vater, der noch mit dem Weihnachtsbaum beschäftigt war, ihn ebenfalls aufgefordert hatte, nicht hinzusehen, aber da hatte er durch diesen Spalt im Licht der elektrischen Kerzen einen Berg festlich verschnürter Pakete ausgemacht, doch in dem Bruchteil dieses Augenaufschlags konnte er ihre Form nicht ausmachen (war vielleicht die ersehnte Ritterburg darunter?), musste ganz schnell die Türe wieder schließen und eine, wie ihm schien, unendlich lange Zeit auf die Bescherung warten.

So ein Versuch erschien ihm jetzt unangebracht, und er hielt die Augen geschlossen. Während er auf ihr erlösendes Kommando wartete, hörte er das Rascheln von Kleidungsstücken, wohl zunächst das ihrer Unterwäsche, dann ihre Anstrengung in die enge Jeans zu kommen, das Geräusch des heraufgezogenen Reißverschlusses.

„Du darfst." Sie stand vor dem Spiegel im Bad und kämmte die langen, noch feuchten Haare nach hinten. Mit einem schwarzen Gummiband bändigte sie die blonde Mähne zu einem Zopf. Sie sah wieder hinreißend aus, das Verlangen, das er mühsam für ein paar Minuten zurückgedrängt hatte, war wieder da. Er hoffte, dass sie es nicht bemerken würde, Unsinn, natürlich hoffte er gerade das.

Sie hängte sich ihre blonde Ledertasche über die Schulter, schlüpfte in die Flip-Flops und schaute ihn erwartungsvoll an. „Können wir los?"

Georg nickte. Aber da hatte er schon einen Entschluss gefasst.

16

Unterwegs sprachen sie nicht viel. Georg hatte Mühe, mit ihr Schritt zu halten, sie wollte die Bar pünktlich um 17 Uhr aufschließen. Während er sich mühte, mit ihr, die sich für ein mintfarbenes T-Shirt mit kyrillischer Aufschrift entschieden hatte (die an den Schultern zum Vorschein tretenden BH-Träger signalisierten, dass ihre Dessous unisono gewählt waren) auf gleicher Höhe zu bleiben, hatte er ihr nur kurz mitgeteilt, dass er nicht mit ins Dionysos komme, um gewissen Leuten aus dem Weg zu gehen. Er hatte gehofft, ihr Bedauern darüber wäre intensiver ausgefallen, aber sie sagte nur, dass sie Verständnis habe. So passierten sie wieder den Friedhof und den albernen kleinen Minigolf-Platz, auf dem natürlich keiner spielte, die Touristen hätten über Nacht zu Zwergen mutieren müssen.

Kurz vor dem Brunnen, an dem sich die Straße gabelte, riskierte er es. Er blieb abrupt stehen. „Ivanka…". Sie stoppte ihre schnellen Schritte ebenfalls und drehte ihren Kopf, für einen Moment sah sie etwas unwillig aus, es war schließlich kurz vor Fünf. Auch, wenn in Griechenland feste Geschäftszeiten eher einen symbolischen Charakter hatten, hatte sie Georg bereits gestern erzählt, in welchem Zusammenhang wusste er nicht mehr, dass sie von früh auf gelernt habe pünktlich zu sein, in der Schule sowieso, aber auch, wenn ihre Eltern ihr klare Zeiten vorgegeben hatten, wann sie z.B. von Treffen mit Freundinnen oder nach den ersten Partys zu Hause sein musste, und das war ihr nicht einmal schwergefallen, es gehörte seit damals wohl zu ihrem Selbstverständnis. Mochte auch der erste Gast vielleicht erst in einer Stunde auftauchen, sie würde Punkt Fünf die Rollladen des Dionysos hochziehen.

„Ivanka…", setzte Georg, der ihre Unruhe bemerkte, erneut an, „ich…ich wollte Dich etwas fragen."

„Jaaa…", ihre Zustimmung kam gedehnt und sie blickte dabei auf die Uhr.

„Es geht schnell, ich wollte dich fragen…", Georg kam sich vor wie ein Jugendlicher vor seinem ersten Date, inklusive verstärktem Herzklopfen, „ob Du…ob Du vielleicht Lust hättest, mit mir ein paar Tage über die Insel zu fahren, gleich morgen, Du hast doch sicher…noch nicht so viel sehen können, seit Du bei Lefteris bist?"

Damit war es raus. Viel konnte jetzt nicht mehr passieren, deshalb setzte er, als er sah, dass sie mit einer Antwort zögerte, so überrascht war sie offenbar, sofort nach. Sein Auftreten, jedenfalls kam es ihm so vor, wandelte sich in Sekunden von der Pose des ängstlichen, unsicheren Pubertierenden, der damit rechnet, von seiner Angebeteten in einen Abgrund von Zurückweisung und Scham gestoßen zu werden, in das eines Mannes, der, 62jährig und diesen Abgrund nach so vielen Jahren nicht mehr scheuend, noch einmal das Schicksal, ein treffenderer Begriff fiel ihm nicht ein, in die Hand nahm, Eleftheria i Thanatos, Freiheit oder Tod, das hatten die kretischen Partisanen immer gerufen, wenn sie sich auf fremde Eindringlinge geworfen hatten, so leidenschaftlich und zwischen allen Extremen wollte er jetzt sein und so pathetisch kam ihm auch dieser Augenblick vor.

Ivanka hatte sich auf den Brunnenrand gesetzt. Die punktgenaue Öffnung der Bar schien ihr plötzlich nicht mehr wichtig. Sie kramte eine Marlboro aus der Handtasche und schaute ihn an, mit einem Blick, in dem sich Verwunderung und Neugier gleichermaßen widerspiegelten.

„Ich lade Dich natürlich ein, versteh das bitte nicht falsch, ich möchte nur nicht, dass Du einen Verlust hast, wenn Du etwas früher bei Lefteris aufhörst, und, klar, nehmen wir getrennte Zimmer, und wenn es mal keine geben sollte, schlafe ich natürlich auf der Couch, ich rede auch mit Lefteris, der wird schon irgendwie über die letzten Saisontage kommen, weißt Du, ich wollte nur, bevor ich nach diesem ganzen Scheiß mit der Wohnung und mit Christina wieder nach Hause fahre, nochmal an ein paar Orte, wo ich lange nicht war, Stavros zum Beispiel oder Elafonissi, wir würden in Iraklion beginnen, dann eine alte Freundin in Archanes besuchen, und jetzt ist das Wetter doch auch noch überraschend so gut und soll noch bis Anfang November so bleiben und ich dachte, vielleicht hättest Du irgendwie Lust, Du bist doch so interessiert, ich könnte Dir ein paar tolle Stellen zeigen, und außerdem musst Du mir noch die Geschichte vom Maidan erzählen…"

Er bemerkte, wie hastig, fast stakkatohaft die Worte aus ihm heraussprudelten, das würde sie sicherlich nicht überzeugen, oder vielleicht gerade doch, eine Art jugendlicher Überschwang, eine spontane Euphorie, die nicht zu seinem Alter passten, aber den Reiz des Unbedachten verströmten, der dem Abenteuer vorausgeht, er wusste nicht, was richtig war oder schon den Keim des Scheitern in sich trug und redete einfach weiter auf die ein, die am Brunnenrand saß und den Rest der Zigarette auf der steinernen Einfassung zerrieb und als sie aufschaute, meinte er, ihr Blick zeige Einverständnis. Aber das konnte Einbildung sein.

„Herrgott, entschuldige, wenn ich dich so überfallen habe, ich weiß auch nicht recht, was ich da mache, aber wenn du nicht magst, ich bin selbstverständlich nicht böse, vielleicht ein bisschen enttäuscht, also wir können es auch vergessen, ich hoffe nicht, dass du etwas missverstehst…"

War für ein Herumeiern, nichts mehr vom eben noch gespürten Mut, der Souveränität des Älteren, der noch einmal alles auf eine Karte setzt.

„Wann fahren wir?" Sie hatte seinen Wortschwall einfach unterbrochen und nachdem sie diesen Satz gesagt hatte, wäre es Georg ohnehin nicht möglich gewesen weiterzusprechen, so glücklich wie er war.

Erst, als er sich neben sie gesetzt und eine Karelia angesteckt hatte, konnte er ihr seinen Plan vorstellen. Außer ihrer Zustimmung war nichts hinzugekommen, was einer Besiegelung ihres gemeinsamen Vorhabens geglichen hätte, kein Händedruck, keine bekräftigende Berührung, kein Kuss. Sie hatte einfach zugestimmt, so, als sei es das Selbstverständlichste auf der Welt.

Sie würde gleich zu Lefteris gehen, diesen Abend noch arbeiten, sich den Restlohn auszahlen lassen und morgen nicht wiederkommen. Georg würde inzwischen nach Hersonissos hinuntergehen, sich um einen Leihwagen kümmern und alles Nötige mit der Maris-Rezeption regeln.

Er hatte ihr vorgeschlagen, Richtung Westen zu fahren, drei, vier Tage vielleicht. Sie hatte erst gar keine Gegenvorschläge gemacht, überließ alles Georg. Er sagte ihr, dass sie morgen aber zunächst in die Hauptstadt müssten, nach Iraklion. Georg musste die Schiffsladung mit seinen Möbeln wieder umlenken lassen, außerdem brauchte er ein Rückflugticket. Ivanka war einverstanden, sie würde dann Julia besuchen, eine ehemalige Kommilitonin aus ihrer Frankfurter Zeit, die im Archäologischen Museum am Venizelos-Platz jobbte. Danach würde es Richtung Chania gehen.

„Ist es Dir recht, wenn ich Dich morgen in Piskopiano abhole?".

Ivanka hatte sich erhoben, die Zigarettenschachtel und das Feuerzeug in der Handtasche verstaut. Sie strich das mintfarbene T-Shirt glatt, schob die BH-Träger unter den Stoff zurück und zog den Bund der Jeans zurecht. Schöner als in diesem Moment war sie Georg noch nicht vorgekommen. Ihre Silhouette stand, fast kitschig schön, gegen die aufziehende rötliche Abendtrübe, die die Häuser am Hang und das darunterliegende Meer in ein mildes Licht tauchte. Ein paar ihrer Schläfenhaare, die es nicht in den Zopf geschafft hatten, wehten in der vom Meer heraufziehenden Brise, als sie sich zum Gehen wandte. Sie hatte nur leicht gewinkt und Georg meinte noch die Worte „Ich freu mich auf morgen" verstanden zu haben, keine Umarmung, keine Wangenküsse, aber das brauchte es auch jetzt nicht mehr.

Bevor sie in die Minoti einbog, drehte sie sich um und winkte ein zweites Mal. Bei Walser hatte er irgendwo gelesen, dass das Winken dazu da sei, den Abschied zu minimalisieren, aber das jetzt war ja kein richtiger Abschied, eher signalisierte ihre Handbewegung die Hoffnung auf die kommenden Tage. Und so drückte er die Zigarettenkippe aus, stand auf, mit einer Bewegung, die so leicht wie lange nicht war und auch ohne jenes obligate Ächzen, das wollte er ab jetzt dann doch vermeiden (etwas, das er vorhin noch als albern abgetan hatte), wenngleich die Schmerzen durchaus vorhanden und der Hüftarthrose geschuldet waren, für die er gerne seine glorreichen Tennis- und Fußballjahre und weniger das allgemeine körperliche Nachlassen verantwortlich machte. Auch die ersten Schritte den Berg hinunter erschienen ihm seltsam beschwingt, voller Ungeduld, als könne er nicht schnell genug in Hersonissos ankommen und alles für den Ausflug mit Ivanka vorbereiten. Fast verfiel er in einen leichten Trab, vorbei an der Stelle seines Schwächeanfalls vor zwei Tagen, mit dem trockenen braunen Gras, in das er nun erst recht nicht mehr beißen wollte, verächtlich schaute er kurz hinüber, wieder war sein Herzschlag schnell geworden, jetzt aber, weil er das Leben spürte, spüren wollte, ein Rhythmus, der ihm Mut machte, noch einmal alles zu fordern, und als ihm Jannis mit seinem alten Roller entgegenkam und im Vorbeifahren die Hand hob, grüßte Georg in einem solchen Überschwang zurück, dass sich der Tavernen-Besitzer noch einmal vom Fahrersitz umdrehte, verwundert darüber, was in den Deutschen, der in den letzten Jahren doch so ruhig geworden war, plötzlich gefahren sei und er mutmaßte, zu viel Raki schon am frühen Abend und donnerte den Berg hoch, während dieser verrückte Jorgos einfach nur weiter lief und glücklich war.

Kurz vor der Main-Road verlangsamte Georg sein Tempo, ihm blieb doch noch der ganze Abend, die ganze Nacht sich zu freuen auf die junge Frau, von der er nicht wusste, warum sie sich so plötzlich einverstanden erklärt hatte, mit ihm in den Westen zu fahren, sich ihm anzuvertrauen, ohne Wenn und Aber. Vielleicht – und dieser Gedanke enttäuschte ihn sofort – war das Vertrauen, das Ivanka ihm entgegenbrachte, eines, wie man es dem Vater, dem älteren Bruder oder einem Onkel, der jenseits von Gut und Böse war, schenkte. Vielleicht waren seine Verliebtheit, seine Hoffnung auf Erlösung aus diesem über zweijährigen Selbstmitleid-Gefängnis, nichts als Illusion, Projektion einer Wunschvorstellung, an die Ivanka nicht am entferntesten dachte, Ivanka, die wahrscheinlich nur froh war, aus der Dionysos-Bar herauszukommen, ein paar schöne Stellen der Insel zu sehen, dazu kostenlos und mit einem netten Chauffeur, dann würde sie zurück nach Frankfurt fliegen oder nach Kiew, es gäbe jene zwei Wangenküsse in Iraklion am Airport und ein allerletztes Winken mit dem einzigen Sinn, ja, dann hätte Walser wohl recht, den Abschied zu verkleinern, erträglich zu machen.

Georg hatte sich in einer der noch geöffneten Bars am Hafen niedergelassen. Direkt neben seinem Platz an der Wasserkante ankerte das nachgebaute Piratenschiff, auf dem den ganzen Sommer über Horden betrunkener Jugendlicher aus halb Europa herumgeschippert wurden, ein, zwei Meilen ins offene Meer, dort konnten sie dann ins Wasser springen, Jungen und Mädchen halbnackt, dazu dröhnende Techno-Musik und gepanschter Bacardi. Aber jetzt lag es ganz ruhig da, der Bug rieb sich leicht an der Mole, die Segel waren eingeholt. Fin de Saison.

Georg hatte einen Raki und ein Mythos bestellt. Nach ein paar Schlucken wandelte sich die Melancholie, die eben noch seine Euphorie abgelöst hatte, in eine Art gelassenen Fatalismus (dann bin ich eben der alte Esel, würde er hinterher sagen, der so verrückt war zu glauben, dass sich diese ukrainische Göttin für ihn interessiere, dann war es halt ein schöner Traum, den ich wenigstens für ein paar Tage weiterträumen konnte, am Lenkrad, während sie, in Top und Shirts und mit wehendem Haar neben mir saß, oder in Restaurants am Meer, wo die Gäste zu unserem Tisch starrten und sich fragten, wie dieses blonde Wunder wohl an meine Seite gelangt sei, oder dann an Stränden, verlassenen schon und trotzdem von der letzten Sonne beschienen, und das Meer noch warm genug, da konnte ich sie erstmals im Bikini sehen, was kaum auszuhalten war, aber was soll´s, da war dieser fleischgewordene Traum einmal noch zum Greifen nah, ganz nah, aber eben nur nah, und wenn ich nachts, vielleicht in Georgioupolis oder Stavros, im Nebenzimmer des gemieteten Appartements lag und die Tür einen Spalt breit offen geblieben war und ich ihre Atemzüge hörte und mir vorstellte, neben ihr zu liegen und, wie man so sagt, ihren Schlaf zu bewachen, nachdem wir uns geliebt haben, dann bin ich eben ein Spinner, ein Liebes-Spinner, der sein Alter nicht wusste, aber ich habe noch einmal drei, vier Tage an der Radikalität des Glücks gerochen, an jenem Moment von Wahrheit, das dem aufgehobenen Leid folgt, wie es in der „Dialektik der Aufklärung" heißt, und es gäbe nichts zu bereuen und dem Tod wäre der Stachel gezogen, endgültig).

Nach dem zweiten Gedeck – ein mürrischer Kellner machte ihn darauf aufmerksam, dass die Happy Hour vorbei sei – verwarf er diese Gedanken, die als Ultima Ratio allenfalls den Konjunktiv vorsahen, wieder. Die innere Ausgelassenheit und Beschwingtheit der letzten Stunde kehrten zurück. Plötzlich war er sich sicher, dass Ivanka durchaus ein Interesse an ihm hatte, das weit über die Rolle eines Chauffeurs und Fremdenführers hinausging, ein paar Augenblicke später sagte er sich, dass es eigentlich keinen Grund für diese Gewissheit gebe. Das ungerichtete Hin und Her seiner Gefühle hielt an, der plötzlich wieder draufgängerische 62jährige kämpfte mit der ängstlichen Nervosität des Jugendlichen, und Georg wusste nicht, wer die Oberhand behalten würde.

Er nippte am Raki, zündete sich eine Assos an (die Bar hatte keine Karelias) und schloss die Augen. Der leichte, jetzt schon kühle Abendwind glitt über sein Gesicht. Er hörte, wie sich der Piratensegler immer wieder gegen die Hafenmauer drückte. Gesprächsfetzen von zwei Nachbartischen, Oldies aus den Lautsprechern. Für einen Moment, angeregt von einem dieser Musikfetzen, träumte er sich weit zurück: die erste Fete, die er bis 22 Uhr besuchen durfte, 1969, da war er fünfzehn, bei irgendeiner Mitschülerin in einem jener für die damalige Zeit berühmt-berüchtigten Partykeller, die Eltern des Mädchens hatten sich nach einer Begrüßung diskret zurückgezogen, nach der von lautem Gelächter der Gäste und den aktuellen Hits der Monkees, Kinks, Animals, wie sie alle hießen, begleiteten Nahrungsaufnahme (Würstchen und Kartoffelsalat) wurde das

Licht abgedunkelt, ein selbsternannter Experte übernahm die Oberhoheit über den aus Kunststoff und Sperrholz gefertigten Koffer, in den ein einfacher Plattenspieler montiert war und in dessen Deckel sich der Lautsprecher befand, vor sich einen Stapel von Singles, teils zerkratzt und mit klebrigen Asbach-Cola-Flecken verschmutzt, trotzdem irgendwie noch abspielbar, bedeutungsschwanger, wie er da saß, die Zigarette im Mundwinkel, ab und zu hustend, neben sich eben jene bräunliche Mixtur aus Schnaps und koffeinierter Limonade, deren Wirkung den einen oder anderen später in den Garten hinter die Büsche zwingen würde, Blümchenhemd mit hohem Kragen, die Cordjeans gehalten von einem überdimensionalen Gürtel, nahm er nun die ersten Platten aus den bunt bedruckten Hüllen, vergewisserte sich vorher mit Kennerblick ihres Zustands, indem er sie schräg gegen die mit rotem Krepp abgeklebte Kellerfunzel hielt, legte sie dann auf den Teller und lotste den Tonarm in die Abtastrille. Das folgende Konzert spielte sich nach festen Ritualen ab: erst folgten die schnellen Sachen in kurzer, abgehackter Reihenfolge – „Wild Thing", „You really got me", „Bend me shape me" – später wurde es moderater – „Days", „A whiter shade of pale" – dann kam es zum lang erwarteten Höhepunkt. Die Gäste, Georg mittendrin, hatten bis hierhin brav ihre Tanzverrenkungen in der Mitte des Raumes gemacht, teils jeder für sich, teils mit einem Partner des anderen Geschlechts (eigentlich stand man sich nur gegenüber, vollführte die gleichen Hüft- und Oberkörperbewegungen, schlenkerte mit den Armen und Beinen zur Musik, aber ansehen tat man sich dabei nicht, die Köpfe waren tief auf die Brust gesunken und wurden dort hin- und hergeschüttelt, in einer Art Trance verdrehte man dazu die Augen, ohne dass damals schon irgendwelche anderen Substanzen eine Rolle gespielt hätten als der nämliche Billig-Weinbrand). Dann aber machte der Herrscher über den Turn-

175

Table, der sich seiner bedeutenden Rolle immer gewisser wurde, je mehr er sah, dass nun doch die Jungen den Abstand zu den Mittänzerinnen ein wenig verringerten und die Köpfe ab und zu hoch gingen, um die Bereitschaft für das nun Bevorstehende in den Augen des jeweiligen Gegenübers abzuschätzen, eine kurze, aber entscheidende Pause. Jeder wusste, was jetzt kam. Die Gastgeberin, die Georg als „Marlies" erinnerte, drehte die Deckenleuchten noch weiter herunter, so sehr, dass einzig die Kerzen, die zusammen mit den Aschenbechern vor den an den Wänden ausgebreiteten, alten Matratzen standen, einen Rest von Licht gaben. Alle Gäste waren nur noch schemenhaft zu erkennen, der dichte Zigarettenrauch tat sein Übriges, während der DJ d i e entscheidende Platte des Abends auflegte. Noch ehe die orchestralen Töne erklangen und Justin Hayward den ersten Vers anstimmte, waren die Paarbildungen schon abgeschlossen. Trotz der Dunkelheit sah Georg, dass Marlies, die Gastgeberin, vor ihm stand. Ihre langen, blonden Haare hielten der Dunkelheit mühelos stand. „Nights in white Satin never reaching the end…" , Hayward und die Moody Blues hatten sich in den Song hinein getastet und verliehen Georg allen Mut der Welt und ohne, dass er zu erkennen versuchte, was sich in seiner unmittelbaren Nähe, bei den anderen Pärchen, abspielte, um sich vielleicht eine Anregung für das abzuschauen, was nun folgen würde, wusste er plötzlich, dass er Marlies an sich ziehen und die Hände um ihre Taille legen musste, dazu ein Bein, das rechte, leicht vorschieben, um seinerseits zwischen ihre Beine zu kommen, die lang und von einer Strumpfhose bedeckt, die irgendeine knisternde Beschichtung hatte, aus dem Saum des bunten Minikleids herausragten, (wie bunt es war, hatte er vorher im Hellen gesehen), und dann galt es nur noch, Bewegungen allenfalls anzudeuten, sich möglichst wie in Zeitlupe ein bisschen gemeinsam auf der Stelle zu wiegen, dieser Stil des Auf-der-Stelle-

Tanzens nannte sich nicht umsonst „Klammer-Blues", und als er merkte, dass die Abwehrhaltung, die in den ersten Sekunden Marlies´ Körper versteift hatte, nachließ und ihre Rückenmuskulatur weicher wurde und wie sie die Beine so weit öffnete, dass er mit seinem rechten noch weiter vordringen und seinen Unterkörper näher an sie heran drücken durfte, wurde er noch mutiger. „Cheek to cheek" habe man zu tanzen, hatte ihn seine Jugendzeitschrift instruiert und so drückte er seine Wange an die ihre, und er spürte, wie heiß diese Wange war und wie sehr sie glühte, der drückenden Luft im Kellerraum geschuldet oder, wie er hoffte, diesem Lied und dem Tanz mit ihm, und ein paar ihrer verschwitzten blonden Haare waren auf seinen Lippen gelandet, wie festgeklebt, und er nahm eine Hand von seinen Hüften, um die Haare aus seinem Mundwinkel zu streifen und während er die Hand zurücklegte, hatte sie schon die Initiative ergriffen und er ahnte, dass sie ihn jetzt küsste, ungelenk suchend glitten ihre Lippen über seine, aber Marlies wusste mehr noch als er, dass man die Münder bei einem solchen Kuss öffnen müsse und kam mit ihrer pressenden Zunge und er konnte gar nicht anders, als sie einzulassen, während Hayward in den Schluss-Refrain ging und er ihn dafür verfluchte, warum er den Song nicht eine Viertelstunde, einen Tag, eine ganze Ewigkeit dauern ließ, und er wusste auch nicht, was jetzt mit seinem Körper geschah, das Ding in seiner Hose war so angeschwollen, dass er befürchtete, Marlies könne es an ihrer Hüfte spüren, gleichzeitig war da aber diese saugende und leckende Zunge weit hinter den Zähnen, der seine eigene, dem Ganzen nur noch ergebene Passivität nichts entgegenzusetzen hatte, und jetzt hob Hayward zum letzten beschwörenden „Yes I love you, oh how I love you" an und die anderen Moody Blues und das ganze Orchester, wohl die Royal Philharmonics, folgten ihm in ein hymnisches Finale, das mit einem Paukenschlag endete, und Georg hätte es auch gerne mit einem solchen Paukenschlag enden lassen, aber da merkte er, dass Marlies ihre Zunge zurückgezogen hatte, für einen Moment klebten noch ein paar ihrer verschwitzten Haare an seinem Mund, und dann hatte sie auch ihre Hände von seinem Hintern genommen (mein Gott, die hatte er gar nicht wahrgenommen), das Licht wurde wieder angemacht, der DJ ließ sich feiern und machte klar, dass er ein großes Opfer gebracht habe und natürlich beim nächsten Mal zu den Tänzern gehören würde, und Georg sah, dass Marlies ihn noch einmal anlächelte, bevor sie sich um den Getränkenachschub kümmerte, und während die ganz Mutigen, deren Eltern keinen festen Termin fürs Nachhausekommen festgelegt hatten, sich mit ihren jeweiligen Partnern auf die Matratzen zurückzogen und baten, das Licht wieder zu dämpfen, war es plötzlich zehn Uhr geworden und Georgs Vater wartete im Auto, und als er ihn fragte, wie die Fete gewesen sei und Georg nicht gleich antwortete und stattdessen wie ungläubig über seine Lippen strich und an seinen Fingern roch, ob vielleicht ein Hauch von Marlies´ Parfüm zurückgeblieben war, während es in seinen Leisten klopfte und ein ziehender Schmerz dort immer stärker wurde („Bräutigams-Krankheit" nannte Hardy das später) wusste er, dass sein Sohn zum ersten Mal verliebt war, und natürlich unsterblich.

Georg schlug die Augen wieder auf. Es war dunkel geworden, und der mürrische Kellner wartete darauf, dass er sein Bier leertrank. Das üppige Trinkgeld hellte seine Miene auf, und er verabschiedete Georg mit jener Geste von Falschheit, die den Hafen-Kamakis eigen war.

17

Der Wetterbericht war günstig. Die letzten Oktobertage würden sonnig und warm bleiben, im Westen der Insel erst recht.

Georg hatte bei Stella in der Autovermietung vorbeigeschaut, war aber erstaunt, dort einen fremden Mann vorzufinden. In schlechtem Englisch erläuterte der, dass Stella sich nicht mehr in der Lage sah, ohne ihren toten Mann, der oben im Dorf auf dem Friedhof lag, bewacht von einer Miniatur-Moto-Gucci, den Laden weiterzuführen und an ihn verkauft hatte. Georgs Hinweise auf seine lange Verbundenheit mit Stelios und Stella reichten aus, um einen blauen Suzuki-Jeep zu einem anständigen Kurs zu mieten – das ging im Griechenland der Krise immer noch, und einen Raki gab es von Theo, so hieß der neue Besitzer, obendrauf.

Auch im Maris gab es kein Problem, sein Zimmer für ein paar Tage freizuhalten. Antonis hatte nur kurz den Branntwein-Dynasten angerufen, dann war auch klar, dass er für die Zeit seiner Abwesenheit nichts zu bezahlen brauche. Auch dass er dann kurz darauf nach Deutschland abreisen wolle, war in Ordnung, das Hotel würde ohnehin am Ende der ersten Novemberwoche schließen.

Nach dem Abendessen im VIP-Bereich, die fetten Russinnen waren immer noch da und räumten das Büfett ab, überlegte Georg, ob er noch ins Dionysos führe, Ivanka mitzuteilen, dass alles vorbereitet sei. Aber möglicherweise waren Panos, Michalis und Christina da, um ihren Deal zu begießen, darauf hatte er keine Lust.

Er ging durch den Garten zum Meer hinunter. Die gebogenen Laternen setzten Lichttupfer in verschiedenen Farben auf die markanten Stellen, die Brücke über den Pool, die mit Bougainvillea bepflanzte Mauer, die Außenterrasse. Das Hotel war merklich leer geworden. Die Gespräche der wenigen Besucher der Romantic-Bar kamen im Garten nur als gedämpftes Gemurmel an, der Pianist klimperte leise dazu. Aris schloss gerade die Beach-Bar ab.

„Everything closed", sagte er und zeigte bedauernd auf die Zapfanlage und den Kühlschrank.

„Doesn´t matter", Georg klopfte dem Keeper auf die Schulter und wandte sich dem Strand zu.

„Wait, Jorgo, for each problem there is a solution". Aris griff unter die Theke und zauberte eine Halbliter-Flasche Rotwein hervor.

„This goes to the house". Damit überschritt er eindeutig seine Kompetenzen, aber Georg nahm dankend an.

„Glass?"

„Not necessary." Die Flasche hatte einen Schraubverschluss.

„See you!" Der Barkeeper schloss ab, löschte die Außenbeleuchtung der Holzhütte und ging, die Tageskasse unterm Arm, mit großen Schritten Richtung Hauptgebäude.

Georg setzte sich auf eine der Strandliegen. Ein kühler Wind strich über seine nackten Arme, so dass er den Pullover von seinen Schultern nahm und anzog. Er schraubte die Flasche auf und trank. Der Rotwein war säuerlich, billiges Zeug. Früher hätte es im Maris solch einen Fusel nicht gegeben, dafür kosteten die

Flaschen ab 20 Euro aufwärts. Aber nachdem der Inhaber auf All-inclusive umgestellt hatte, waren die Drinks gotterbärmlich.

Georg stellte die Lehne steil und legte auch die Beine hoch. So blieb er einige Minuten, hörte nur auf die Wellen, die gegen den Strand schlugen, atmete die salzhaltige Luft tief ein. Zum ersten Mal seit langer Zeit war er ganz ruhig, einverstanden mit dem Leben, mit der Welt. Die letzten zwei Jahre voller Nervosität, Angst, Orientierungslosigkeit verloren sich in diesen Minuten, verschwanden in der Schwärze der Nacht und der Weite der kretischen See. So könnte es also sein, wenn man alles Schwere losließe, die Trennung, den Verlust, die Wut und den Hass und die Verzweiflung, wenn man alles reduzierte auf diesen Augenblick hier, auf einer feuchten Liege an einem Strand, der in wenigen Tagen nicht mehr benötigt würde, mit einem Billigwein und der falschen Zigarettenmarke und einer Hoffnung, die alle Trauer übersteigt.

Jetzt würde Ivanka im Dionysos sein, vielleicht hinter der Bar stehen oder an einem der Außentische bei Gästen sitzen und warten, dass der Abend vorüber geht, aber vielleicht war sie auch einem verärgerten Lefteris ausgesetzt, der ihr diesen Abend vermiesen würde, wütend wäre über ihre Kündigung und um jeden Cent feilschend, den er ihr noch schuldig war. Und vielleicht hätte er sie schon vor die Tür gesetzt und sie wäre zurück nach Piskopiano gegangen, allein, ein Gedanke, der ihn unruhig werden ließ auf seiner Liege. Und zuletzt hätten sich ja tatsächlich die drei Verschwörer im Dionysos eingefunden, um ihren Triumph über ihn, das naive, weiche, romantische Sensibelchen zu feiern, und bei diesem Gedanken überlegte er, doch noch einmal in den Ring zu steigen um es ihnen zu zeigen, verwarf das aber sofort. Und vielleicht würde sich Ivanka einfach nur freuen, auf morgen, auf den Ausflug, auf ihn.

Er spürte eine Hand auf der Schulter. Aris war zurückgekommen, weil er seine Jacke vergessen hatte. Er setzte sich neben Georg, der ihm die Flasche mit dem restlichen Rotwein und seine Zigarettenschachtel hinhielt. Der Barkeeper mochte fünf, sechs Jahre jünger sein als er, aber selbst im fahlen Licht der Gartenleuchten sah er sehr müde und sehr alt aus. Seine wie stets akkurat nach hinten gekämmten Haare waren dünn geworden und grau, das Gesicht faltig und ein wenig aufgedunsen, der Bauch hing schlaff über dem Gürtel der schwarzen Hose. Jetzt, nach Feierabend, hatte er das weiße Hemd weit aufgeknöpft; das goldene orthodoxe Kreuz ruhte in einem Busch schneeweißer Brusthaare. Nichts mehr von dem schönen, drahtigen Mann, mit dem Georg vor 30 Jahren das Hafenviertel von Iraklion unsicher gemacht hatte, ein vom Leben Zermürbter, auch er.

„Was ist los mit Dir, Jorgo, what´s the matter? Entweder bist Du tieftraurig oder verliebt? Dein alter Freund Aris merkt sowas."

Georg musste lächeln. Was hatten sie in den dreieinhalb Jahrzehnten, die sie sich kannten, nicht alles miteinander geteilt, Fußball, Politik und auch ganz Privates, Intimes. Immer nur ein paar Wochen im Jahr, wenn Georg Schulferien hatte, gab es Gelegenheit dazu, aber ihm erschien es, als verstehe er sich mit kaum einem anderen Menschen so gut wie mit dem Keeper der Strandbar.

„Beides, Ari. Ich habe mich in eine Frau verliebt, die halb so alt ist wie ich, das macht mich so glücklich. Ich fahre morgen mit ihr ein paar Tage in den Westen, und es ist möglich, dass es die schönsten Stunden meines Lebens…", er unterbrach sich, als er Aris skeptisch den Kopf wiegen sah.

„Übertreib nicht, das habe ich schon ein paarmal von dir gehört. Hinterher bist du immer ganz schön tief gefallen".

182

„Na gut". Georg wusste, dass sein Freund Recht hatte, obwohl doch gerade die Kreter für Übertreibung und Pathos zuständig waren.

„Immerhin könnten es wirklich die schönsten Stunden meines Rest-Lebens werden. Glaub mir, Ari, ich bin verrückt vor Vorfreude – aber andererseits weiß ich, dass ich diese Frau am Ende dieser paar Tage wieder verlieren werde, deshalb bin ich gleichzeitig traurig, you understand ?"

Der Kreter erhob sich schwerfällig, schloss die Bar noch einmal auf, kramte in einem der unteren Schränke und kam mit einer unbeschrifteten Flasche und zwei Gläsern, von dem er eines Georg in die Hand drückte, zurück. „No fuckin` All-in-shit, Jorgo, bester Raki, selbstgebrannt, im letzten Herbst, auf dem Hof meines Vaters."

Er goss beiden ein und setzte sich wieder. „Jamas." Das Zeug löste in Georgs Speiseröhre einen Flächenbrand aus, darunter ging es hier wohl nicht. „Poli kala, sehr gut", lobte er den Rachenputzer trotzdem, gewisse Regeln galt es auch unter Freunden einzuhalten.

„Hör zu, Jorgo, ich kenne dich jetzt so lange. Verhalte dich gefälligst wie ein Mann, und nach den vielen Jahren hier solltest du dich auch wie ein kretischer Mann verhalten."

Georg kannte diese Art von Ansprachen, wusste, was nun kam, zuckte aber trotzdem mit den Achseln. „Ach, Ari, aber ich weiß auch mit 62 immer noch nicht, wie sich ein Mann verhält, geschweige denn, ein kretischer."

Aris sah ihn ungläubig an. Bevor er antwortete, goss er nach. Georg beschloss, den Schnaps auf Ex zu kippen, vielleicht fiel das Brennen etwas moderater aus, aber das erwies sich als Fehleinschätzung.

„Malaka", fluchte er, aber Aris schien das zu ignorieren. „Du willst nicht wissen, wie sich ein Mann verhält? Und was war damals mit dieser tollen Blonden? Ich hab euch von der Bar aus zugesehen, ihr hattet eure Liegen unter die große Zeder am Ende des Gartens gestellt, wie wild herumgeknutscht, und als sie ihr Bikini-Oberteil abnahm, habe ich Dich beneidet, Jorgo. Wie hieß sie noch?"

„Lena."

„Genau. Und dann diese Russin, oder war es eine Armenierin? Ihr lagt ganz nah am Meer, mit den Hintern schon im Wasser, und dann gingt ihr schwimmen, erzähl mir nicht, ihr seid nur nebeneinander her geschwommen, und dann noch diese große Deutsche mit den langen schwarzen Haaren, die jeden Abend ein noch kürzeres Kleid trug …hör auf, mir vorzuheulen, Du seist kein Mann. Blödsinn, wie oft habe ich mir gewünscht, an deiner Stelle zu sein, nachts, im Hotelzimmer..."

Aris nahm die Flasche wieder hoch, aber Georg hielt die Hand über das Glas. Wenn er weitertränke, bräuchte er Ivanka morgen erst gar nicht abzuholen.

„Es sah immer nur so aus, alter Freund. Ich habe mich im Glanz dieser Frauen gesonnt, habe eine Show abgezogen, den Tag über am Meer, und abends in den Tavernen, aber im Grunde habe ich immer irgendwie Angst vor ihnen gehabt, sie waren so stark, mächtig fast, und wenn wir dann abends allein waren, nicht nur hier, im Zimmer, auch zu Hause in Deutschland, hatte ich viel zu oft, in Erwartung dessen, was kam, eine Ausrede parat, mal war es der Alkohol, mal eine erfundene körperliche Unpässlichkeit, ich wollte mit ihnen schlafen und wollte auch wieder nicht, oft genügte mir die reine Eroberung, der Rest war mühselige Dreingabe, Don-Juanismus sagen die Psychos dazu, if you know what I mean…"

Aber an Aris Gesicht sah er, dass es diesem zu viel wurde, außerdem war das, was Georg wirklich ausdrücken wollte, in dem notgedrungen reduzierten Englisch, das beiden zur Verfügung stand, ohnehin nicht möglich. Eigentlich wollte er noch anfügen, dass es einmal eine Frau gegeben hatte, die Aris auch kannte, und bei der alles anders gewesen war. Marion. Aber er schwieg.

Der massige Kreter schraubte den Raki zu und nahm Georgs Glas zurück. Sie standen auf, umarmten sich wortlos. Als Aris schon ein paar Schritte entfernt war, rief er, ohne sich umzudrehen: „Und denk an die Geschichte mit den Eiern!"

Georg lachte. Klar, das musste zum Schluss noch kommen. Katzanzakis hatte einmal darauf hingewiesen (vielleicht war es sogar im „Sorbas" gewesen), dass es drei Arten von Menschen gebe. Solche, die die Eier ohne Schale, solche, die sie mit Schale essen, und solche, die sie mit Schale und samt der Schüssel verspeisen. Von der letzten Art seien die Kreter.

Wie oft hatte Georg diese Geschichte gehört und war doch kaum je über das erste Stadium hinweggekommen: gab es wirklich einmal eine Situation, einen Moment, eine Möglichkeit, die es förmlich erzwangen, das Ei mit Schale und Schüssel zu verzehren, beides tief in seinen Schlund hineinzuzwängen und buchstäblich alles, was das Leben bereit hielt, in einer wilden Schluckbewegung aufzunehmen, war es meist so gewesen, dass er das Ei viel zu lange zwischen zwei Fingern gehalten und es dann ganz langsam von der Schale befreit hatte, so langsam, dass alles darunter schon erkaltet, bestenfalls lauwarm geworden war.

Er wusste sehr gut, woran Aris ihn erinnern wollte. Vielleicht war morgen die letzte Möglichkeit, das zweite Stadium einfach zu überspringen, nur dieses eine und zugleich letzte Mal.

Am stockfinsteren Nachthimmel waren keine Sterne zu sehen, und auch den Mond konnte man nur erahnen. Aber es würde noch einmal Morgen werden, und er würde zu Ivanka fahren und mehr konnte nicht sein.

18

28. Oktober 2016

Am nächsten Morgen startete Georg den Suzuki vor dem Maris. Sein Schlaf war unruhig gewesen, trotzdem hatte er sich nach dem Aufwachen erholt gefühlt und frisch und erfüllt von einer Hoffnung, die zwar vage und zweifelhaft war, aber seine Vorfreude auf das, was wider alle Vernunft und Erfahrung doch sein könnte, nicht zu dämpfen vermochte.

Die Wettervorhersage hatte nicht getrogen. Die letzten Oktobertage gaben noch einmal alles. Die Sonne strahlte, obwohl es noch früh war, schon so intensiv, dass Georg das Verdeck des Jeeps herunterklappte. Als er den ersten Gang nach einiger Mühe eingelegt hatte (in Deutschland hatte er bis zu dessen Verkauf einen Automatik-BMW gefahren), schaltete er das Radio ein. Creta Chanell begrüßte ihn mit einem Wortschwall und danach mit einem rockigen Song von Papakonstantinou. Das fing gut an. Während er Richtung Main-Road rollte, vorbei an den römischen Ruinen und dem noch geschlossenen Supermarkt, in dem Zoran arbeitete, bemerkte er einen Anfall von Jugendlichkeit, er fühlte sich so leicht und war sich sicher, dass die Zeit ihm nichts mehr anhaben könnte, zumindest für heute und die nächsten Tage. Wegen der Wärme trug er eine Jeans-Bermuda, dazu ein T-Shirt mit jener Schlangengöttin, deren Abbild man in den Trümmern des Knossos-Palastes gefunden und als Beweis für eine von Frauen dominierte Kultur genommen hatte: stolz und sich selbst und ihrer Schönheit und Unbesiegbarkeit bewusst, trägt sie ein Kleid mit eng gegürteter Taille und vielen Volants, sie ist barbusig (volle Brüste mit hoch aufgerichteten Spitzen), auf dem Kopf einen stilisierten Panther, in ihren erhobenen Händen hält sie jeweils eine Schlange. Das Shirt hatte oben auf dem Stapel im Kleiderschrank gelegen. Georg hatte es genommen, ohne groß über den Aufdruck nachzudenken. Aber als er an der Rezeption vorbei zum Parkplatz gegangen war, hatte eine der „White Women" rauchend vor der Eingangstür des Maris gestanden und mit einem Finger auf ihn gezeigt (eine Deutsche, mit der er ein paar Worte zum Frühstück gewechselt hatte). „Es lebe das Matriarchat", rief sie und musste dabei so lachen, dass sie sich fast am Rauch ihrer Zigarette verschluckte.

Links und rechts winkten Bekannte aus der Stadt. Vom Steuer aus grüßte Georg wieder so übertrieben und überschwänglich zurück, wie er das gestern schon bei der Begegnung mit Jannis getan hatte. Alle sollten sehen, wie gut es ihm ging, während dieser Fahrt zu Ivanka.

Sie stand vor ihrer Unterkunft in Piskopiano, auch sie bekleidet mit einer kurzen, hellblauen Jeans, die sie sich niemals allein hätte anziehen können: der Begriff „wie angegossen" war tatsächlich für diese Shorts erfunden worden. Sie hatte ein T-Shirt gewählt, verziert mit einem kyrillischen Schriftzug, vom vielen Waschen und der Sonne ausgeblichen, aber oberhalb der Schrift waren noch die Umrisse von Julia Timoschenko zu erkennen. Der ulkige Haarkranz, der an die Matroschka-Püppchen erinnerte, befand sich genau zwischen Ivankas Brüsten.

Die Haare hatte sie wieder zu einem Schwanz zusammengebunden, den sie durch den hinteren Teil ihrer weißen Base-Cap geführt hatte. Neben ihr standen ein kleiner Koffer und eine Umhängetasche.

Sie hatte schon gewunken, als Georg in die Dorfstraße eingebogen war. Er stoppte den Jeep genau vor ihr und stieg aus.

Sie umarmte ihn, das war, nach den zwei Wangenküssen, auf die er sich den ganzen Hinweg über schon gefreut hatte, neu, und es schien ihm, als fiele diese Umarmung inniger und länger aus, als sie sonst unter Freunden üblich war. Ivanka versuchte dabei erst gar nicht, einen Rest Distanz zwischen ihren beiden Körpern einzuhalten, stattdessen zog sie ihn regelrecht an sich, wobei es sich nicht vermeiden ließ, dass er den Druck ihrer Brüste und auch den ihrer Oberschenkel spürte. Bis sie ihn wieder losließ, schien ihm eine Ewigkeit vergangen, dabei hatte die Umarmung nur ein paar Sekunden gedauert.

„Ich freu mich so", sagte sie, nachdem Georg ihre beiden Gepäckstücke im Wagen verstaut hatte und ans Steuer zurückgekehrt war. Sie hatte es sich inzwischen auf dem Beifahrersitz bequem gemacht, den Gurt umgelegt und eine große Sonnenbrille aufgesetzt. Und während sie sich eine Zigarette ansteckte und Georg den Jeep Richtung Autobahn in Bewegung setzte, erzählte sie, dass Lefteris überraschend gelassen mit ihrer Kündigung umgegangen war und ihnen sogar einen schönen Ausflug gewünscht hatte. Die Verschwörer-Clique war gar nicht erst in der Bar aufgetaucht und das Thema war weder auf sie, noch auf Georg gekommen. Lefteris hatte korrekt mit ihr abgerechnet und sogar angeboten, dass sie in der nächsten Saison wiederkommen könne. Gut so. Und jetzt freue sie sich unwahrscheinlich auf ihre kleine Reise. Ob er schon den genauen Ablauf wisse. Dass es erst nach Iraklion ginge, sei ihr bekannt. Aber dann?

„Lass dich einfach überraschen!" Georg hatte die New Road erreicht und schaltete hoch. 22 km bis zur Hauptstadt. Sonne,

Wind, Musik, und neben ihm, vergnügt, lachend, den blonden Zopf mit der einen Hand festhaltend, den Zigarettenstummel mit der anderen aus dem Auto schnippend, laut die Musik aus dem Radio mitsummend: Ivanka aus Brovary und Frankfurt neben Georg aus Kettwig und (fast) aus Koutouloufari, die 31jährige und der 62jährige, der sein Glück (eigentlich war es ja nur eine Ahnung von möglichem Glück) laut herausschreien wollte, gegen allen Fahrtwind und Autolärm und den Creta Channel, der jetzt Sfakianakis aus den Lautsprechern blies, und er brüllte irgendetwas Unverständliches, so laut, dass Ivanka erschreckt hinüber schaute, „Alles gut?" rief und Georg zurückbrüllte: „Alles, alles gut!!!" und dabei noch verwegen einen mit Oliven bepackten Pick-up überholte und im Vorbeifahren den Fahrer, einem zahnlosen Alten mit Stoppelbart, freundlich grüßte, eine Kusshand hätte er ihm zuwerfen mögen, und er ging in den fünften Gang, wollte weiter so schnell fahren und dabei so unverschämt, unverdient glücklich sein, aber dann legte sich eine Hand Ivankas besänftigend auf die seine, und er sah die kleinen Vitrinen am Straßenrand mit den Fotos der Verkehrstoten der letzten Jahre, und er nahm den Fuß vom Gas, scherte wieder rechts ein und wagte nicht zu schalten, weil Ivankas Hand immer noch unbeweglich auf seiner rechten lag, die den Knauf des Schaltknüppels hielt. Wenn es doch nur so bliebe, dachte er, als er den Suzuki in die Ausfahrt Richtung Flughafen bugsierte.

Iraklion war „Dritte Welt", anders konnte Georg das Gewirr der überwiegend wild gebauten Betonhäuser, auch hier aus Steuergründen meist nur halbfertig, statt eines Obergeschosses ragte ein Wald von Moniereisen aus der Deckenplatte, nicht bezeichnen. Trotzdem schien das Durcheinander aus Straßen, unbefestigten Wegen, Sackgassen, wilden Parkplätzen, ununterbrochen hupenden Bussen und Autos, ständig auf halsbrecherische Weise umkurvt von einer Armee von

Rollerfahrern, irgendeiner inneren Ordnung zu gehorchen, deren Prinzip Georg aber auch nach Jahrzehnten völlig fremd geblieben war. Es war laut, staubig, heiß, rätselhaft, „Dritte Welt" eben, oder zumindest in der Leere schwebend zwischen Europa und Afrika, und obwohl Georg nie viel gereist und immer wieder an die zwei, drei vertrauten Orte am Mittelmeer zurückgekehrt war, wusste er, dass es in irgendeiner nordafrikanischen Hafenstadt nicht viel anders aussehen würde. Und ausgerechnet als jemand, dem Ordnung und Ritual immer lebenserhaltend erschienen, oder vielleicht genau deswegen, liebte er das ungestüme Chaos, die Wildheit und das Ungezügelte der kretischen Hauptstadt.

Ivanka, die seit ihrer Ankunft nur den Bustransfer vom Flughafen in ihr Dorf kannte, nahm, während Georg sich dem zähen Stop-and-Go Richtung Innenstadt anpassen musste, alles in sich auf, was es links und rechts der Straße zu sehen gab: die Bars, in denen junge Männer in Anzügen ein spätes Frühstück nahmen, die Kafenions, vor denen die Alten saßen, Tavli spielten und sich stundenlang an einem Elliniko metrio und einem Glas Wasser festhielten, die Geschäfte und Werkstätten, in denen, aller äußeren Hektik zum Trotz, eine seltsame Ruhe und Gelassenheit herrschte. Sie konnte, als sie eine Baulücke zwischen zwei Häuserblocks passierten, plötzlich das Meer sehen und die lang gezogene Mole, an der gerade eine der großen „ANEK"-Fähren angelegt hatte, und ein paar Meter weiter den venezianischen Hafen mit dem Kastell Koulès , dann zog der Verkehr plötzlich an und sie fuhren zwischen der mächtigen Stadtmauer die Steigung hoch zum Venizelou, dem zentralen Platz der Stadt.

Ivanka hatte die ganze Zeit über nichts gesagt, nur geschaut und gestaunt. Ab und zu schien es Georg, als stieße sie ein kaum hörbares Lachen aus, mehr ein leises Kieksen und als er sie verstohlen beobachtete, sah er in ihrem Gesicht, dass sie diese verrückte, nach rohen Häuten, Diesel, Teer und Gewürzen riechende Stadt schon nach wenigen Minuten genauso mochte wie er, seit er zum ersten Mal hier war.

Am Archäologischen Museum hielt er kurz an, ihre Frankfurter Freundin Julia, die Alte Geschichte studierte und sich ein paar Euro mit Führungen für Touristen verdiente, würde ihr die Highlights der Ausstellung zeigen, während Georg die nötigen Schritte zu seiner ungeplanten Rückkehr nach Deutschland veranlasste. Sie verabredeten sich in einer der Tavernen am Morosini-Brunnen, der war von hier leicht zu erreichen. Beim Aussteigen hatten ihre Lippen kurz seine rechte Wange gestreift.

Georg parkte auf dem Gelände unterhalb der Stadtmauer, das einmal von der Kommune bewirtschaftet worden war, jetzt aber von Müllhaufen, Stapeln toten Olivenholzes und weggeworfenen Autoreifen übersät war, dazwischen kreuz und quer dutzende von Autos, einfach abgestellt, ohne jede Ordnung teils zentimeterdicht nebeneinander. Die Wagen waren ohnehin überwiegend zerbeult, weitere Blechschäden wurden achselzuckend in Kauf genommen. Georg erinnerte sich an die Zeit, als an der Zufahrt noch ein Kassenhäuschen stand und Parkwächter in schmucken Uniformen penibel und wild gestikulierend darauf achteten, dass die Kunden ihre Autos halbwegs zivilisiert zurückließen. Wahrscheinlich war das Ganze nicht rentabel genug gewesen, und man hatte sowohl die stets freundliche Kassiererin, die jedem Fahrer etwas Fröhliches ins Wageninnere zurief, und auch die Wächter in ihren hellblauen Hemden und dunkelblauen Hosen entlassen. Wenn sie Glück hatten, besaßen ihre Familien irgendwo außerhalb der Stadt ein Häuschen, eine kleine Landwirtschaft, ein paar Olivenhaine, denn mit dem, was der Staat nun unter dem Druck der sogenannten

„Troika" an Arbeitslosengeld einsparen musste, konnten sie nicht weit kommen.

Trotzdem hatte es die Krise nicht vermocht, den Rest des Ehrgefühls der Kreter zu zerstören. So konnte Georg ruhigen Herzens das Gepäck im Suzuki zurücklassen. Dass er das Verdeck schloss und Ivankas Koffer und seine Reisetasche mit einem großen Badehandtuch bedeckte, konnte aber trotzdem nichts schaden, der aus Brettern und alten Ölfässern errichtete Slum, in dem ein paar hundert Sinti dahin vegetierten, war nur drei Kilometer vom Zentrum entfernt.

Georg nahm, um zum Venizelou zurückzukommen, die Abkürzung über die lange und steile Treppe mit den geschätzt über hundert Stufen, die sich an der mächtigen Stadtmauer entlang schlängelte. Er wollte so schnell wie möglich seine Erledigungen hinter sich bringen, um dann zum verabredeten Treffpunkt am Morosini-Brunnen zu gehen. Er vermisste Ivanka schon jetzt, nach nur wenigen Minuten, und nahm jeweils zwei Stufen auf einmal.

Auf halber Strecke musste er plötzlich Halt machen, wieder spürte er sein Herz hart und arrhythmisch schlagen, ähnlich wie vor ein paar Tagen auf dem Weg nach Koutouloufari, aber diesmal konnte es nicht der Alkohol sein, obwohl die zwei Selbstgebrannten von Aris gestern Abend wahrscheinlich eine zehnfache Wirkung ausgelöst hatten. Kurz vor seiner Abreise hatte ihm Holm, sein Freund und Arzt in Kettwig, noch ein passables EKG attestiert, warum jetzt schon wieder so ein Anfall, alles konnte er gebrauchen, aber nicht das, oder wollte ihm irgendjemand mitteilen, dass er sich langsam im Grenzbereich bewegte? Er musste sich hinsetzen und hörte auf das, was da in ihm vor sich ging, ihm schien, als sandte sein Herz Morsezeichen aus, dreimal lang, dreimal kurz, ein letztes SOS, und wieder stellte er sich vor, wie es wäre, wenn er jetzt stürbe, niedersänke auf diesen Stufen, das große Gewölbe vor sich, das den Venezianern einmal als Magazin, als Waffenkammer gedient haben mochte und in dem jetzt billiges Kunstgewerbe zum Verkauf angeboten wurde. Vielleicht würde die Frau, mittelalt und unscheinbar, die schläfrig am Kassentisch saß, eine Flasche Wasser und die halbgerauchte Zigarette achtlos im Aschenbecher vor sich, ihn sehen oder auch hören, wenn ihm noch ein Seufzen, ein letztes Aufstöhnen gelänge, und sie würde aufstehen, vielleicht wegen der Hitze nicht allzu schnell, zu ihm herüberkommen und ihn ansprechen, Ela, Ti kanis, und vielleicht hielte sie ihn für betrunken, einer der Touristen, der in der Mittagshitze schon mit Ouzo und Bier begänne, dann, nachdem sie ihn leicht mit dem Fuß berührt und noch einen Funken Leben festgestellt hätte, würde sie ihr Handy vom Tisch holen, vielleicht, gemächlich oder auch in plötzlicher Eile und Besorgnis einen Notruf absetzen, und der Ambulanzwagen wäre bald da, das kommunale Krankenhaus, von dem es hieß, man käme gesund hinein und tot wieder heraus, war nicht weit. Die Sanitäter, in ihrer Mittagspause gestört und die Zigaretten noch im Mundwinkel, würden seine sogenannten Vitalfunktionen erst gar nicht überprüfen, sondern ihn, der inzwischen schwer war wie ein nasser Sack und seltsam verrenkt, sofort auf eine Bahre hieven und ihn die paar Meter zum Wagen tragen, das Blaulicht noch wild zuckend und das laute Horn, das ein hysterisches Geräusch von sich gab wie Sirenen vor dem Bombenangriff, nicht abgestellt, und dann würden sie die Türen hinter ihm zuschlagen und wieder Richtung Krankenhaus fahren. Einer der beiden, immer noch rauchend, hätte sich neben ihn gesetzt und ihm pro forma eine Atemmaske übergestülpt, Sanitäter zwar und ursprünglich jemand, der vor der Krise hilfsbereit, empathisch gewesen war, dem sie aber nun Strom und

Wasser abgedreht und das Auto weggepfändet hatten, die Frau war mit einem Arzt aus Saloniki durchgebrannt und hatte die Kinder mitgenommen, warum sollte er diesem Touristen, ohnehin schon grauhaarig und laut dem Führerschein, den sie gefunden hatten, alt genug zum Sterben, überhaupt noch helfen, ein bisschen Sauerstoff, na gut, wenn er überhaupt noch lebte, den Rest konnten die im Hospital machen, wenn sie schon zurück aus der Pause waren, seit Monaten kontrollierte hier niemand mehr die Arbeitszeiten, die Krise diente als Alibi für alles, ein Wunder, dass es ab und zu noch eine Operation gab, eine gelungene zumal, und jetzt würde sein Kollege am Steuer zusätzlich zum Horn noch aggressiv die Hupe einsetzen, weil es den Begriff „Rettungsgasse" im Griechischen nicht gab und die Auto- und Busfahrer nicht einsähen, warum sie Platz machen sollten, und dann läge er irgendwann auf der Intensivstation, und ein junger Arzt, den die Regierung aus einer Vorzeigeklinik in Athen hierhin, in dieses seit langem als „Sterbeklinik" verschriene Hospital zwangsversetzt hatte, würde achselzuckend seinen Tod feststellen, und da man in einem kleinen Täschchen, das an einer Schlaufe seines Gürtels befestigt war, neben dem Führerschein noch seinen Personalausweis gefunden hätte, könnte die Polizei den Rest erledigen.

Georg hatte sich aufgerappelt und sich auf eine Bank vor dem Gewölbe in den Schatten gesetzt. Die Frau an der Kasse schaute kurz herüber und versank dann wieder in ihrer mittäglichen Apathie. Ihre Zigarette war inzwischen verglimmt.

Während sein Herzschlag sich langsam beruhigte, stellte er fest, dass er in dem ganzen Szenario eigentlich nicht vorkam, höchstens als Objekt, das durch die Gegend getragen und dem dann ein beschmutztes Laken über das Gesicht gezogen wurde. Die viel spannendere Perspektive wäre doch die, wie er selbst seinen Tod empfinden würde. Gäbe es wirklich so etwas wie in den Büchern der obskuren Sterbeforscher, dass nämlich das Leben noch einmal in Sekundenschnelle an einem vorbeiliefe? Und dann: welche Momente dieses Lebens wären das? Die glücklichen mit Frauen, Büchern, Rockmusik und Fußball, Sonnenuntergängen, Stunden des Rausches und des Außer-sich-Seins? Würden etwa Bilder erscheinen aus den ersten Monaten mit Marion, den Nächten, nach denen er erst verstanden hatte, was das Lied aus seiner Jugend meinte („never reaching the end"), und würde die unsichtbare Kamera dann hinüberwandern zu den vermüllten und matschigen Feldern Fehmarns beim Festival 1970, als er zum ersten und, ohne es zu wissen, auch zum letzten Mal Hendrix gesehen hatte, weit von der Bühne entfernt zwar und in großer Angst vor den zugedröhnten Hamburger Hell´s Angels, die, statt die Ordnung zu sichern, Angst und Schrecken unter den Besuchern verbreiteten, aber trotz des anhaltenden Sturms war es das Größte für den Sechzehnjährigen, hier zu stehen, und später würde er immer wieder sagen, dass sei „sein Moment gewesen", und wenn auch nur Klangfetzen zu ihm herüberdrangen, Purple Haze all in my brain, dahinten auf der Bühne stand der, der ein Jahr zuvor in Woodstock die amerikanische Hymne zersägt hatte, und dass sein Gesicht jetzt aufgedunsen war, seine Bewegungen merkwürdig verlangsamt wirkten, konnte er aus der Entfernung nicht sehen. Ein paar Wochen später war Hendrix tot, aber das erhöhte für Georg nur die Besonderheit dieses Moments auf der Ostsee-Insel, und als er Jahrzehnte später noch einmal nach Fehmarn fuhr, fand er ein Denkmal für Jimi vor, in den Stein war eine E-Gitarre gemeißelt und die Worte „Love and Peace", und es befand sich fast genau an der Stelle, wo Georg damals gestanden hatte, im Wind, der nach „Mary" schrie.

Jetzt könnte die imaginäre Kamera wohl einen Schnitt machen und auf die Isle of Wight hinüberschwenken, da war er schon siebzehn, und seine Eltern ließen ihn weniger zögerlich fahren, zumal mit dem Alibi, an einem Sprachkurs teilzunehmen, das fanden sie, ein Jahr vor dem Abi, gut, aber seine Mutter kannte natürlich sein wahres Motiv und hatte ihm auf dem Bahnhof zugeflüstert, er möge vorsichtig sein und meinte die Menschenmengen auf dem Festivalgelände und die Drogen , und gerührt hatte er sie in den Arm genommen und sie beruhigt. Und als er dann auf der Insel mit ihren alten Burgen und den schroff zum Strand abfallenden Kreidefelsen war, war ihm ohnehin Doris, die gleichaltrige Hamburgerin, die er kurz nach dem Verlassen des Hafens von Calais auf der Fähre kennen gelernt hatte, plötzlich viel wichtiger als die windmühlenartigen Bewegungen von Pete Townshend und der melancholische Leonard Cohen. Ein paarmal war er trotzdem am Festival-Gelände gewesen, aber er hatte außerhalb gestanden, jenseits des Zauns und nur geahnt, was sich auf der Bühne abspielte, und dann hatte er Doris an die Hand genommen und sie waren in den Park der Hauptstadt Ryde gegangen, wo sie sich auf einer großen Wiese zu den anderen Pärchen gesellten, im Schatten liegend und sich küssend, und da war die Musik schon weit weg und es gab nur sie beide.

Und vielleicht würden die schnell und ohne jede erkennbare Chronologie vorbeifliegenden Lebensbilder auch Halt machen an einem Mai-Tag im Gelsenkirchener Park-Stadion, 2001 war das, als Schalke für vier Minuten Deutscher Meister war und er mit den Karten eines verhinderten Freundes auf teuren Plätzen saß, neben ihm Lena aus dem Bergischen Land, die er überredet hatte mitzukommen und die erst alles interessiert und mit einer gewissen Sympathie registriert hatte – das Büfett im VIP-Raum, die Fachgespräche mit dem neben ihr sitzenden, plötzlich sehr leutseligen Ministerpräsidenten und dessen Leibwächter, der sich, als alles entschieden schien, voller Freude auf Georg warf und ihm sein Schulterhalfter samt Revolver gegen den Brustkorb drückte – da hatte Lena noch gelacht, die Männer sind doch irgendwie alle kleine Jungs geblieben, und meinte damit auch den Ministerpräsidenten, der sie im Überschwang über die Meisterschaft, die dann doch keine war, sogar in den Arm genommen hatte, dann aber, als der Schiedsrichter beim Parallelspiel in Hamburg so lange nachspielen ließ, ungeheure 10 Minuten, bis die Bayern, wie fast immer, mal wieder Meister waren („Schwule Sau", nannte ihn der Leibwächter deswegen, damals durfte man sowas noch ungestraft sagen, zumal in einer solchen Situation und obwohl jener schiedsrichternde Zahnarzt aus Kaiserlautern braver Familienvater und nur durch seine hohe Fistelstimme einer solchen Mutmaßung ausgesetzt war) und als sich der Freudentaumel der 60.000 im Stadion blitzartig in lähmendes Entsetzen umwandelte, begannen viele von ihnen zu heulen und auch Georg konnte nicht anders und war in guter Gesellschaft mit dem Ministerpräsidenten und dem Leibwächter, auch der holländische Trainer und die gesamte Mannschaft, selbst die Legionäre aus aller Herren Länder, die zu ihnen hoch auf die Tribüne kamen, heulten Rotz und Wasser. Für Lena war das dann doch zu viel des Guten. Sie tippte mit dem Zeigefinger an ihre Stirn, auch in Richtung des Ministerpräsidenten, und während sie sich durch die Reihen der trauernden Zuschauer zum Tribünenausgang wandte, rief sie noch, mit einem Weichei von Mann, der wegen eines solch unwichtigen „Scheiß" flennen würde wie ein Baby, möchte sie auf keinen Fall zusammen sein, und damit ließ sie ihn einfach stehen. „Wer nicht will, der hat schon", hatte der Leibwächter noch zu Georg gesagt und ihm seine Pranke auf die Schulter gelegt.

Würde so der Anfang des Films aussehen, und würden dann, immer noch im atemberaubenden Tempo, viele andere Stationen folgen, solche des Glücks und des Unglücks? Und würde er noch einmal die Momente von Trennung und Abschied sehen, von Freunden, von den Eltern, von Frauen, von den großen Lieben dieses nun vergehenden Lebens, und ganz am Ende vielleicht auch den letzten Augenblick mit Marion, damals, an seinem 60. Geburtstag, auf dem Parkplatz des Vereinsheims?

Georgs Herz schlug wieder normal. Merkwürdigerweise hatte er während der letzten Minuten keine Angst gehabt, nur das Gefühl, wie ungelegen sein Tod jetzt kommen würde, aber der Tod kommt ja immer ungelegen. Die Vorstellung, auf den Treppenstufen zu sterben, war rein hypothetisch gewesen, und warum er überhaupt über diese Möglichkeit nachgedacht hatte, blieb ihm rätselhaft. Herzrhythmusstörungen, wenn man positiv dachte, konnte deren Auslöser doch nur diese unglaubliche Spannung gegenüber dem sein, was er mit Ivanka erleben würde, das Herz beginnt zu hüpfen und zu springen, wie sollte es denn auch ruhig sein? „Geh aus mein Herz und suche Freud", das hatte man in seinem Konfirmationsgottesdienst gesungen, im April 1968, als Dutschke angeschossen wurde und Luther King starb und die ganze Welt verrücktspielte. Er musste doch leben, weiterleben, jetzt erst recht, und wenn es nur für die nächsten Tage wäre.

Gerade in dem Herausfallen aus der Norm des Blutdrucks, des Pulsschlags zeigte sich, wie gesund, wie jung er war! Leichten Schritts nahm er die letzten Stufen. Er überquerte den Venizelou, der um diese Zeit wie ausgestorben schien. Wenig entfernt lagen ein Büro der Reederei und eine Ticket-Agentur. Das Buch, das er mit seiner Übersiedlung nach Kreta eigentlich beginnen wollte, war schon nach wenigen Sätzen ins Stocken gekommen, seine

Geschichte, ohne dass sie sich entwickeln konnte, bereits auserzählt. Aber zumindest sollte sie ein anständiges Schlusskapitel erhalten.

Das wollte er jetzt schreiben.

19

„Mythos", sagte Georg, als ihn der Kellner in der Bar gegenüber vom Morosini-Brunnen nach seinen Wünschen fragte. Eigentlich wollte er noch „Parakalo, bitte" hinzufügen, aber da war der Mann schon am Nebentisch. So kurz und knapp, nur das Getränk nennend, hatten einige Kapitel in Lowrys „Unter dem Vulkan" begonnen, dem großen Säuferroman, der einer von Georgs Favoriten wäre, wenn man ihn nach den zehn Büchern fragen würde, die er auf jene einsame Insel mitnehmen würde. „Mescal", sagte der Konsul immer zu Beginn dieser Kapitel, und Georg sah Geoffrey Firmin in einer der hässlichen Cantinas in Quauhnahuac sitzen, tief unter dem schneebedeckten Popocatepetl, während Yvonne, seine Frau, die ihn eigentlich verlassen hatte, aber für diesen einen Tag, den – ohne dass sie es ahnten - letzten ihrer beider Leben, noch einmal zu ihm zurückgekehrt war, sich mit seinem Halbbruder Hugh auf dem Jahrmarkt vergnügt, und sogleich erschienen ihm die Bilder aus der Verfilmung von John Huston, eine der wenigen Literaturverfilmungen, die er gelten ließ und für die das Wort „kongenial" erfunden worden war. Er sah Sir Albert Finney in der Rolle des Konsuls, dessen ständiges Schwanken zwischen absoluter Klarheit und abgrundtiefem Rausch, wie es nur der Mescal, der erbarmungslose Agavenschnaps, hervorrufen kann, und er sah Jacqueline Bisset, seine absolute Göttin, wie sie aus dem Bus auf dem menschenleeren Platz aussteigt, am Morgen nach Allerheiligen, dem Fest der Toten, und wie sie den Konsul bramarbasieren hört aus der Cantina, wie er an der Bar sitzt, im derangierten Smoking und barfuß ohne Socken und Schuhe und dem geduldig zuhörenden Barkeeper irgendeinen mexikanischen Eisenbahnfahrplan vorliest, während der ihm abwechselnd

Tequila und Mescal auf die Theke stellt, und wie sie hineinkommt und er den Kopf hebt und es nicht glauben kann und so tut, als sähe er sie gar nicht und dann zitternd sagt: „Lieber Gott." Yvonne war wiedergekommen.

Das Bier kam, Georg holte die ausgelassene Höflichkeitsformel nach, der Kellner dankte mit einem leichten Kopfnicken. Ivanka war noch nicht da. Georgs Anliegen waren überraschend schnell behandelt worden. Gegen einen satten Aufpreis würden seine Möbel sofort wieder den Rückweg nach Deutschland antreten, auch das Flugticket war kein Problem gewesen.

Immer noch vermisste er sie. Früher hätte er stundenlang hier sitzen, die vorbeigehenden Menschen betrachten können, den Brunnen mit den Löwenmäulern, die, obwohl die Hauptsaison mit ihren Wasserproblemen vorbei war, immer noch nicht spien. Jetzt aber wurde er nervös, trank zu schnell – ein zweites „Mythos" wurde umgehend gebracht – und rauchte eine Zigarette nach der anderen. Er wollte sie anrufen, aber das sah aus, als wolle er sie bevormunden, außerdem war die Zeit, die sie ausgemacht hatten, noch nicht erreicht.

Georg war vorhin aus der Agentur gekommen und hatte den Venizelou in umgekehrter Richtung überquert, um in die Dedalou, die Fußgängerzone, zu gelangen. Früher hatte er sich immer auf diesen Weg gefreut und sich sehr viel Zeit damit gelassen, den Brunnen zu erreichen. Bei fast jedem der Geschäfte, die die Dedalou links und rechts säumten, hatte er Halt gemacht, angefangen ganz oben bei der Herrenboutique von Milas Mann Alekos, wo es einen Kaffee gab, manchmal auch ein reduziertes Bugatti-Hemd und man des öfteren Spieler von OFI Kreta treffen konnte, die sich dort genauso ausstaffierten wie die Geschäftsleute und Banker, die ihre Mittagspausen ausdehnten und die Boutique nie ohne eine gut gefüllte Stofftasche (Plastiktüten kamen für Alekos nicht in Frage) verließen. Jetzt arbeitete Milas Mann, ein Festlandsgrieche aus Kavala, stolzer noch und hochtrabender als die Einheimischen, in einem Drei-Sterne-Hotel voller Russen, in dem er jeden Tag, zumindest nach außen hin, klaglos Demütigungen durch die schon früh betrunkenen Gäste hinnehmen musste, froh, überhaupt einen Job zu haben. Die Boutique, so hatte Georg eben gesehen, stand inzwischen im zweiten Jahr leer, trotzdem musste Alekos immer noch die Altschulden abbezahlen und niemand fand sich, ihm die Räumlichkeiten abzukaufen, nicht einmal die Bank, der waren seine mühsam erschufteten Ratenzahlungen lieber. Zwar hatte die Links-Regierung mit ihrem jungen Ministerpräsidenten und dem motorradfahrenden, glatzköpfigen Finanzminister, die beide anscheinend heldenhaft versuchten, der Troika die Stirn zu bieten („Links"?, hatte Alekos beim letzten Mal gehöhnt und eine obszöne Geste gemacht) ein Unterstützungsprogramm für insolvente Ladenbesitzer aufgelegt, aber davon war bei Leuten wie Alekos nie etwas angekommen. Dafür musste er höhere Steuern zahlen, und seine Rentenansprüche wurden radikal reduziert.

Georg war weitergegangen – viel schnelleren Schritts als gewohnt, denn er wusste, was ihn in der einst so stolzen Welt der Fußgängerzone jetzt erwartete: viele Geschäfte, die früher gut liefen und ohne Touristenkitsch auskamen, Spezialitäten-Restaurants, die so gut besucht wurden, dass sie auf die lauten Schlepper verzichten konnten, standen leer, die Schaufenster nur noch blinde Scheiben oder ganz vernagelt, und die, die noch geöffnet hatten, boten Billigwaren aus Fernost an, sinnloses Plastikzeugs, das niemand kaufte. Gut gefüllt hingegen waren die 1-Euro-Läden, in denen vor allem die Einheimischen einkauften, weil die Preise monatlich anstiegen. Mittendrin hatte sich eine

McDonalds-Filiale breitgemacht, die besser lief, weil sie die ehemaligen Restaurantbesucher auffing.

Aber selbst ein Burger war nicht für jeden drin. Eben noch hatte Georg etwas gesehen, das sein Herz, das gerade wieder zur Ruhe gekommen war, erneut rasen ließ. Er hatte die Dedalou an der Stelle verlassen, wo einst ein großer Plattenladen gewesen war , „sein" Plattenladen, in dem er früher lange Stunden verbringen und nach seltenen LPs wühlen konnte und der jetzt durch ein Geschäft mit gepanschten Kosmetika ersetzt war. Die kleine Gasse führte auf einen Platz, der von Platanen beschirmt wurde und dessen zahlreiche Bänke überwiegend von Studenten besetzt waren, die sich laut den neuesten Universitätstratsch erzählten oder versunken auf ihre Smartphones starrten. Dort fiel Georg ein Mann auf, der, eine Plastiktüte in der Hand, von Bank zu Bank ging. Er lief gebeugt, obwohl er alles andere als alt schien. Zwar hatte er eine Halbglatze, aber sein Gesicht, obgleich blass, wirkte jugendlich. Er trug einen grauen Anzug, aus dem er etwas herausgewachsen schien (die Hose ein wenig zu kurz, das Sakko spannte über den Schultern), dazu Hemd und Krawatte. Vor jeder Bank blieb er stehen und sagte etwas zu den jungen Leuten, während er ihnen die Plastiktüte hinhielt, als erbitte er etwas. Aber er erntete nur Kopfschütteln, manche zeigten Richtung Rathaus, dessen Fassade von hier sichtbar war, und dann drehten sie sich verlegen weg, schauten zum Museum hinüber oder steckten die Köpfe zusammen, ohne den Mann weiter zu beachten. Der senkte den Kopf, legte die Plastiktüte nieder und begann in den Abfallkörben, die neben jeder Bank standen, zu wühlen.

Georg war stehen geblieben und wusste nicht, was er tun sollte. In der Wartehalle auf dem Düsseldorfer Flughafen hatte er aus Langeweile und weil ihn die Fußballergebnisse interessierten, eine

„Bild-Zeitung" zur Hand genommen. Wie immer mit überdimensionaler Schlagzeile und einem Foto, das eine alte Frau in Athen bei der gleichen Tätigkeit zeigte, hatte man auf das Problem der zunehmenden Armut in Griechenland aufmerksam machen wollen, und wie stets in einer Mischung aus Häme und erhobenem Zeigefinger: Hättet ihr Dilettanten nur auf die weisen Ratschläge des Bundesfinanzministers gehört! – so suggerierte der zudem in schlampiger Sprache verfasste Artikel. Georg hatte das nicht glauben wollen, jedenfalls nicht in dieser Form. Irgendwie funktionierte das, zugegeben überdimensionierte griechische Sozialsystem doch immer noch, dachte er, und wahrscheinlich hatte man der alten Frau ein paar Euro für dieses, wie man neuerdings sagte, „Fake-Foto" gegeben.

Aber nun sah er diesen Mann in seinem grauen Anzug und den braunen Halbschuhen, auf denen der Staub der Plätze und Straßen lag, wie er die Ärmel hochkrempelte und in einen der Körbe fasste (es schien Georg, als ob er für einen Moment seinen Ekel überwinden müsste), und nach einer Ewigkeit des Wühlens zog er den Arm wieder heraus und hatte etwas Undefinierbares in der Hand, irgendetwas, das in eine Art Serviette eingewickelt schien, und dann schlug er dieses Papier zurück und etwas Bräunliches kam zum Vorschein und der Mann schaute auf den halb angebissenen Hamburger, roch daran und dann wickelte er ihn wieder ein und ließ ihn in die Plastiktüte gleiten. Bevor er den Platz verließ, sah er sich nach allen Seiten um, vielleicht befürchtete er, dass ihn ein Bekannter bemerkte, ein Freund, vielleicht seine Kinder, die gerade von der Schule kamen.

Längst hatte Georg den Moment verpasst, irgendetwas zu unternehmen, zu dem Mann zu gehen, ihn anzusprechen, auf die Seite zu nehmen, ins Café einzuladen, eine Mahlzeit zu bestellen, ein Glas Wein, und wenn der Mann zur Toilette gegangen wäre, sich den Ekel von den Händen abzuwaschen, einen Fünfzig-Euro-Schein unter den Teller zu schieben und zu gehen, bevor er zurück wäre.

Aber jetzt stand er da wie angewurzelt und der Mann war verschwunden, wahrscheinlich auf dem Weg zum Museum, auf dessen Vorplatz eine ganze Batterie von Mülltonnen stand.

Georg schämte sich. Er fröstelte, obwohl die Mittagstemperatur noch einmal die 30-Grad-Marke erreichte.

20

„Hast du schon lange gewartet?" Ivanka hatte sich neben ihn gesetzt, der Wangenkuss war jetzt wie selbstverständlich. Ihm war, als schaute sie etwas kritisch auf die beiden leeren Mythos-Flaschen und den vollen Aschenbecher vor ihm, aber das konnte er sich einbilden.

Sie bestellte einen Orangensaft. Während er darauf wartete, dass sie begänne, von ihrem Museumsbesuch zu berichten, sah er in ihr Gesicht. Sie hatte die Sonnenbrille bis zum Haaransatz hochgeschoben. Ihre Augen zeigten eine Müdigkeit, die er an ihr bisher nicht wahrgenommen hatte. Kleine Falten auf den Lidern und die etwas herunterhängenden Wangen bestätigten diesen Eindruck. Möglich, dass die vielen, endlos langen Nächte im Dionysos auch bei der jungen Frau ihre Spuren hinterlassen hatten.

Sie bemerkte seinen Blick und machte eine abwehrende Handbewegung, als wollte sie sagen, Nein, da ist nichts, es war nur ein bisschen viel in den letzten Tagen und ich freue mich, mit dir über die Insel zu fahren, aber ich weiß nicht, wie das werden wird mit uns, wie es werden soll und ob es überhaupt werden soll und schau mich bitte nicht so an mit deinen dunkelbraunen Augen, alter Mann, junger Mann.

„Julia hat eine Führung ganz für mich allein gemacht", sagte sie stattdessen und nippte an dem frisch gepressten Saft. „Ich habe alles Wichtige gesehen und wovor du mich gewarnt hast – dass die Ausstellung völlig ungeordnet, chaotisch ohne jede Orientierungsmöglichkeit sei – stimmt übrigens nicht mehr. Julia hat erzählt, dass vor zwei Jahren, offenbar mit EU-Mitteln, die sind ja wohl reichlich ins Land geflossen, eine große Renovierung abgeschlossen wurde. Die Räume sind jetzt hell, klimatisiert, und die Exponate nach Entstehung und Fundort geordnet, entsprechend beschriftet, und Kopfhörer für akustische Führungen in zahlreichen Sprachen sind auch da. Und die Eintrittspreise sind längst nicht so hoch, wie du gesagt hast."

Ivanka schaute ihn ein bisschen triumphierend an, ihn, den großen Kreta-Kenner, der offenbar doch nicht mehr über alles auf dem Laufenden war, und genoss ihr neues Wissen.

Georg hob beide Hände zur Entschuldigung, nahm die kleine Niederlage hin und freute sich darüber, dass sie sich ein wenig in Rage geredet hatte. Ihre Augen waren jetzt wieder ganz klar und ihr Gesicht hatte sich gestrafft.

„Und außerdem," sie zeigte mit dem Finger auf den Aufdruck seines T-Shirts, „soo klar ist die Sache mit dem Matriarchat bei den Minoern auch nicht, sagt Julia. Bloß, weil deine Göttin und die anderen Frauen-Miniaturen irgendwie selbstbewusst wirken – nebenbei: ist man das, wenn man seine Brüste zeigt?" , dabei setzte sie sich aufrecht hin und lenkte, ohne es zu bemerken, Georgs Blick auf ihre eigenen, die das zerknitterte Stoffgesicht von Julia Timoschenko auf ihrem Shirt deutlich spannten, „heißt das ja wohl nicht, dass die antiken Frauen unbedingt emanzipiert waren, oder?"

Georg zuckte mit den Achseln. Lange war es her, dass er im Museum war, in Knossos, Festos und den anderen Palästen und noch länger, dass er etwas darüber gelesen hatte. Trotz der Tatsache, dass er 40 Jahre lang Geschichte unterrichtet hatte, war sein Interesse immer mehr bei den lebenden Menschen gewesen, und es hatte ihm genügt, ein paar historische Standartthesen zur minoischen Kultur im Repertoire zu haben.

Aber Ivanka schien in ihrem Element, es sprudelte förmlich aus ihr heraus. Kurze Pausen machte sie nur, wenn sie von ihrem Saft trank. Sie gab Julias Einschätzung wieder, was es mit der vorgeblichen Unentzifferbarkeit des Diskos von Festos auf sich habe, mit der sogenannten Linear-A-Schrift, mit den bunten Fresken des „Badezimmers der Königin" in den Trümmern von Knossos und den offenbar unverzeihlichen Fehlern von Arthur Evans bei der Ausgrabung des Palasts zu Beginn des vorigen Jahrhunderts.

Georg hörte ihren Ausführungen nur mit halbem Ohr zu. Stattdessen konzentrierte er sich auf den Klang ihrer Sprache (er wartete förmlich auf die wenigen Silben, die noch ein wenig slawisch, hart, daherkamen), auf die Bewegungen ihrer Hände, mit denen sie ihre Schilderung unterstrich, auf die Veränderungen im Gesicht der Julia Timoschenko, je nachdem, ob sich Ivanka zurücklehnte oder die Ellenbogen auf die Tischkante legte und sich zu ihm hinüberbeugte.

Dann war sie plötzlich am Ende. Fast ein wenig erschöpft trank sie ihr Glas aus.

„Wie ich sehe, hat der große Historiker wenig Interesse an einer Diskussion über König Minos und seine Geheimnisse." Sie sagte das eher belustigt, ohne Vorwurf oder gar Ärger wegen seiner offensichtlichen Ignoranz gegenüber archäologischen Details. Falls sie bemerkt hatte, dass sein Interesse während der ganzen Zeit ausschließlich ihr gegolten hatte, so ließ sie es sich jedenfalls nicht anmerken. Aber jetzt war er dran zu „liefern", daran ließ sie keinen Zweifel.

„Hast du alles erledigen können, und wie geht es jetzt weiter?" Aus ihrer Frage hörte Georg Neugier heraus, aber auch die Bereitschaft, nachdem sie ihn ein wenig hatte belehren können,

Dinge zu sehen und zu erfahren, für deren Bereitstellung er nun zu sorgen hatte.

Georg winkte dem Kellner. „Ich zeige dir die Befestigungsanlagen, dann das Grab von Katzanzakis, danach fahren wir nach Archanes, eine alte Freundin besuchen. Einverstanden?"

Sie standen auf und gingen Richtung Parkplatz. Statt einer Antwort küsste sie ihn ganz plötzlich, immer noch auf die Wange, aber ein ganzes Stück näher zu seinem Mund.

21

In der Hinterlassenschaft von Todor Fedorow, ihrem ehemaligen Deutschlehrer in Brovary, hatte sich auch, in einer Taschenbuch-Ausgabe, der „Sorbas" befunden. Ivanka hatte das gewellte, mit zahlreichen Unterstreichungen versehene Exemplar mit nach Fontaineau genommen und dort auf der Terrasse der Wohnung ihrer Gastgeber gelesen, wenn diese zur Arbeit waren und sie die täglichen Dinge im Haushalt gerichtet hatte (das war für sie selbstverständlich gewesen). Die Geschichte des verrückten Kreters, der in Wirklichkeit keiner war (Katzanzakis hatte den realen Sorbas auf dem Peloponnes kennengelernt) und des lebensuntüchtigen Schriftstellers hatte sie sehr beeindruckt und den Wunsch in ihr geweckt, einmal nach Kreta zu fahren. Und als Alain und Michaela ihr kurz vor ihrer Abreise, nach einem sommerlichen Abendessen auf der Terrasse, ein Video mit der Roman-Verfilmung gezeigt hatten, war dieser Wunsch noch größer geworden.

So musste Georg ihr nicht mehr viel erzählen, als er den Jeep unterhalb der Martinengo-Bastion abstellte und sie die Treppe zum südlichsten Aussichtspunkt der mächtigen venezianischen Befestigungsanlagen nahmen. Das Grab des Dichters lag unmittelbar vor ihnen. Sie waren ganz allein, Besucher oder Touristen waren nicht zu sehen: Ende Oktober, dazu Mittagszeit. Von unten drang nur schwacher Verkehrslärm herauf, fast so etwas wie Stille.

Auf mehreren unbehauenen Granitblöcken stand eine schmucklose Platte aus Beton, darüber ein mächtiges Holzkreuz, das aus zwei krummen Balken zusammengefügt war. In den noch flüssigen Beton hatte man 1957, als Katzanzakis gestorben war, jene drei berühmten Sätze in seiner eigenen Handschrift eingeschrieben.

„Den elpizo tipota, den fovoume tipota, ime eleftheros", las Georg vor. „Ich erhoffe nichts, ich fürchte nichts, ich bin frei."

Ivanka hatte die Grabinschrift zwar auf den T-Shirts einiger Gäste des Dionysos gesehen, aber nie nach deren Herkunft oder Übersetzung gefragt und das Ganze für irgendeinen touristischen Werbespruch gehalten. Sie stand neben Georg, sagte erst einmal nichts und hörte auf den Nachklang der Worte, die er bewusst ein wenig pathetisch deklamiert hatte. Vom Hafen hörte man die Sirenen einer auslaufenden „ANEK"-Fähre.

Sie schaute auf das Grab, das grob behauene Holzkreuz, die Bougainvillea, die sich an der Stadtmauer rankten, dann auf das Meer, das von hier oben nur ein trübes Blau zeigte.

Sie fasste ihn leicht ums Handgelenk und zog ihn ein wenig von der Grabstelle weg, hin zu einem Platz an der Mauer, wo sie sich setzten. Auch dort ließ sie ihre Hand auf seinem Unterarm.

„Wenn er so ungläubig oder meinetwegen agnostisch war, warum dann das Kreuz? Hatte er nicht auch irgendwie Ärger mit der Kirche? Das stand, glaube ich, auf dem Einband des Taschenbuchs, das mir Fedorow vermacht hatte."

„Katzanzakis war im Grunde tiefgläubig, er hatte eben nur ein völlig anderes Gottesverständnis als die Orthodoxie. Aber dass diese ihm ein christliches Begräbnis unten in der Stadt verweigert habe und er deshalb von seinen Anhängern und Freunden hier oben beigesetzt wurde, ist zwar eine äußerst langlebige Legende und wird auch weiterhin von jedem Reiseführer lustvoll kolportiert, entspricht aber wohl nicht der Wahrheit. Das hat mir jedenfalls mal der Abt des Klosters Preveli erzählt, der als junger Priester bei der Trauerfeier dabei war. Hier oben ist es nun mal viel schöner als auf den hässlichen und lauten Friedhöfen in der Stadt."

Irrte er sich, oder strich Ivankas Daumen über die Oberfläche seiner Hand?

„Und sein Gottesverständnis?" Sie ließ ihm keine Zeit, diese leichte Berührung in irgendeiner Weise zu deuten oder gar zu erwidern.

Georg hätte jetzt gerne geraucht, aber das bedeutete, dass er seine Position hätte verändern, seine Hände, besonders die rechte, auf der Ivankas streichelnder Daumen lag, benutzen müssen. Also versuchte er sich auf seinem Mauerplatz neben ihr möglichst nicht zu bewegen. Stattdessen sah er sie an, sah, dass sie neugierig auf eine Antwort wartete. Der Wind, der auf der Bastion merklich stärker war als in der geschützten Innenstadt, bauschte ihr T-Shirt und nahm Veränderungen am Porträt von Julia Tymoschenko vor.

„Er stellte sich vor, dass er seinem Gott, im Leben ohnehin, aber dann auch im Tod, von Angesicht zu Angesicht gegenüberstünde, auf Augenhöhe, würde man heute sagen. Einem Gott, dem es imponieren würde, wenn ein Kreter vor der Himmelstüre aufkreuzte und statt eines zaghaften Klopfens mit drei Schüssen aus seiner Flinte Einlass begehrte – und dass auch erst, nachdem er den Tod wütend und abweisend, die Finger ins Fensterbrett gekrallt wie der sterbende Sorbas, empfangen hätte und ihm mit dem allergrößten Widerwillen gefolgt wäre. Versprechungen auf ein paradiesisches Jenseits waren ihm völlig suspekt – wozu die Prozedur des Sterbens auf sich nehmen und sich auf eine Reise mit höchst ungewissem Ausgang begeben?

Das Paradies hatte er doch schon gesehen – es war hier, auf Kreta, auf dem Gipfel des Psiloritis genauso wie in den Abgründen der Samaria-Schlucht. Deswegen wohl der Verzicht auf jegliche Hoffnung, aber auch das Fernbleiben von Angst. Im Tode genauso frei zu sein wie im Leben, darum geht es am Ende dem Kreter, darum geht es Katzanzakis, und darum hat er immer für die Freiheit geschrieben und immer gegen den Tod. Ein Drittes gab es nicht."

(Was redete er da? Einer dieser ach-so-klugen Sermone, mit denen er schon als Schüler im Gymnasium Eindruck bei den Mädchen machen wollte, zusammengebastelt aus Büchern und Artikeln, purer Eklektizismus, das war ihm doch damals bestenfalls in der ersten halben Stunde eines Rendez-vous gelungen, anfangs waren seine hübschen Klassenkameradinnen fasziniert, wie er ihnen, oft nachts auf einer Bank an der leise vorbeiplätschernden Ruhr, von den Dichtern erzählte, die er liebte, von ihrer Tragik und ihrem oft nur kurzen Glück, aber irgendwann hatten die Mädchen die schlauen, manchmal reichlich geschwollenen Worte satt, wollten einfach nur in den Arm genommen und geküsst werden. In den Jahren und Jahrzehnten darauf blieb er trotzdem bei dieser Masche, die in seinen Augen keine war, sondern unbedingt zum Liebeswerben, Erfolg hin oder her, dazugehörten. So, wie es seine Freunde mit den Frauen anstellten, Hopp oder topp, hatte Hardy immer gesagt, schien ihm flach und weit unter Wert, aber am Ende war er doch alleingeblieben, während die Freunde es sich in ihren Beziehungen eingerichtet und irgendwann die letzte Freundin geheiratet hatten. Dass sie ihm bei gelegentlichen Treffen immer versicherten, ihn um sein Single-Leben eigentlich zu beneiden, vermochte ihn nicht zu trösten. Immerhin hatten sie die acht Jahre, die er mit Marion dann doch zusammen war, in höchstes Erstaunen versetzt. Aber was wollte er Ivanka eigentlich demonstrieren? Dass der alte Sack, in dessen Begleitung sie ein paar Tage über die Insel fahren würde, intelligent war, gebildet, Literatur und Musik liebte, hatte sie wahrscheinlich schon vorher gewusst, dafür musste er jetzt nicht diesen philosophischen Vortrag über Leben und Tod halten, und fast meinte er ein sarkastisches Lachen aus dem Betonblock zu hören, der den toten Dichter umhüllte. Was also? Der Besuch am Katzanzakis-Grab als verheißungsvoller Auftakt all der Dinge, die noch folgen sollten? Und war Ivanka nicht ohnehin klug genug, diese Beeindruckungs-Strategie als reine Attitüde zu durchschauen?)

Trotzdem hätte er ihr fast noch von seinem Testament erzählt, in dem er festgelegt hatte, dass die drei Sätze auf dem Grabstein des Dichters auch seine Todesanzeige schmücken sollten, als eine Art letztes, aber im Grunde bedeutungsloses Statement. Dabei hatte er sein ganzes Leben lang von jener Freiheit, die in ihren romantischen Resten das Griechentum, speziell dessen kretische Variante, für ihn verkörperte, so gut wie nie etwas gespürt. Immer hatten ihn enge Wände umschlossen, Wände aus Angst, Mutlosigkeit und Risikovermeidung, die unheilvoll mit einem ständigen Sicherheitsbedürfnis korrespondierten. Umso wertvoller erschienen ihm im Rückblick jene wenigen Augenblicke des Rausches, die der Alkohol oder eine andere Droge produziert hatten, manchmal auch der erlösende Orgasmus nach einer mühevollen körperlichen Vereinigung, und oft genügten schon ein Tor seines bevorzugten Fußballclubs Schalke 04 in allerletzter Minute und der anschließende kollektive Jubel mit den anderen Zuschauern, die ihm die Möglichkeit des Ganz-Anderen, der Befreiung von dem, was immer schwer auf ihm lag, aufgezeigt hatten. Aber dieses Andere blieb letztlich Chimäre, leben hatte er es nicht können. Und auch der zweite Spruch, den er für seine Todesanzeige ausgewählt hatte, suggerierte eine Haltung, die er letztlich selbst kaum an den Tag legte: „Sie haben mich oft bedrängt von früher Jugend auf, aber sie haben mich nie überwunden." Das waren die ersten Verse des 129. Psalms, aber wie oft, dachte Georg jetzt, haben sie mich überwunden, jede Stunde, jeden Tag. Und wenn er wirklich einmal standgehalten hatte, dann nur, wenn die Konsequenzen überschaubar waren.

Und nun diese gelehrten Ausführungen auf der Martinengo-Bastion, hoch über der kretischen See, in den ersten Stunden des Ausflugs mit der jungen Frau aus der Ukraine, in die er sich verliebt hatte, definitiv, und deren Gunst er sich nun erobern musste, koste es, was es wolle.

Ivanka hatte ihren Griff gelöst, das bemerkte er erst mit Verzögerung. „Danke", sagte sie nur und Georg wusste nicht, ob sie seinen kleinen Vortrag meinte oder diese Minuten auf der Stadtmauer oder ihre Zufriedenheit über den Beginn dieser Tour. Oder ob sie einfach nur höflich sein wollte.

„Freiheit ist etwas, das ich mir auch gewünscht habe, damals auf dem Maidan, weniger poetisch oder leidenschaftlich wie der tote Dichter hier oder sein Romanheld. Wir hatten sehr konkrete Vorstellungen, wer und was uns daran hinderte, so frei zu leben, wie wir wollten."

Sie war aufgestanden. Der Wind hatte nachgelassen. Ihr blonder Zopf lag jetzt auf ihrer Schulter und sein Ende bedeckte ihre linke Brust. Georg erhob sich ebenfalls, hätte sie gerne an die Hand genommen und wäre so mit ihr zum Jeep zurückgeschlendert. Aber sie ging schon voraus.

„Wann erzählst du weiter vom Maidan?"

Sie drehte sich kurz zu ihm um. „Bald."

22

Mila stand vor der Tür ihres Hauses und breitete die Arme aus.

Von Iraklion hatten sie eine Dreiviertelstunde bis hierher gebraucht. Der kleine Winzerort Archanes lag träge in den letzten Strahlen der Nachmittagssonne. Der Wein war gelesen und an die Kooperativen geliefert, in den Kellern lagerten die Flaschen, die man für den Eigenbedarf zurück gehalten hatte. Keine Touristen weit und breit, ein paar alte Männer vor ihren Häusern, die den Arm mechanisch zum Gruß hoben, wenn ein Auto passierte. Dem Jeep mit den beiden Fremden schauten sie interessiert hinterher.

Georg erzählte Ivanka, dass er Mila vor über dreißig Jahren in seinem Heimatort kennengelernt hatte. Die erste kleine Wohnung, die er sich als junger Lehrer leistete, lag über einer Zahnarztpraxis. Mila arbeitete dort als Assistentin. Ihre Eltern waren als Gastarbeiter in den 60er Jahren aus dem griechischen Norden nach Deutschland gekommen. Auch Georgs Mutter war in der Praxis tätig, so ergab sich schnell eine Freundschaft zu Mila, die schon damals über seine in ihren Augen übertriebene, allzu romantische Liebe zu ihrem Heimatland schmunzelte. Da sie, wenig jünger als Georg, einen deutschen Freund hatte, kam es Georg nie in den Sinn, dass vielleicht mehr zwischen ihnen möglich gewesen wäre.

Eines Tages war Mila nicht mehr in die Praxis gekommen. Dr. Schulte erzählte, dass sie nach Kreta ziehen und dort einen Griechen heiraten würde. Dass ihr Vater, dem der deutsche Freund immer ein Dorn im Auge gewesen war, seine Hand im Spiel hatte, wurde zwar von Dr. Schulte vermutet, auch Georgs

Mutter war dieser Meinung, wurde aber später, als er sie auf Kreta regelmäßig besuchte, nie mehr zum Thema. Mila, die eine glänzende Abschlussprüfung zur zahntechnischen Assistentin gemacht hatte, arbeitete seit ihrem Umzug nach Iraklion als Sekretärin in einer Reiseagentur, Dentisten waren damals noch rar auf der Insel und ihr technischer Standard in den Augen Milas mittelalterlich. Trotzdem trauerte sie ihrem Beruf lange nach. Jedes Jahr, wenn Georg sie besuchte, meist in der Agentur, manchmal war auch ein gemeinsames Abendessen drin, befragte sie ihn ausführlich nach Dr. Schulte und dem Praxisteam und wurde dann nach Georgs Schilderungen immer ein bisschen still.

Als er sie vorgestern angerufen hatte und ihr sowohl vom Verhalten seiner Freunde in der Wohnungsgeschichte, als auch von seinem Trip mit Ivanka erzählt hatte, lud sie die beiden spontan in ihr Haus nach Archanes ein.

Da waren sie jetzt, und als Mila ihn an ihren inzwischen stattlichen und ausladenden Busen gedrückt und ihn mit Wangenküssen überhäuft hatte, begrüßte sie auch Ivanka herzlich. Die beiden Frauen schienen sich auf den ersten Blick sympathisch.

„Alekos und die Jungs bleiben heute Abend in ihren Hotels, sie schließen jetzt alle und da gibt es noch eine Menge zu tun", sagte Mila entschuldigend, als sie die beiden durchs Haus führte. Alekos, ihr liebenswerter, aber manchmal etwas cholerischer Mann, der immer noch der Boutique in der Dedalou nachtrauerte, beendete jetzt die Saison in jenem Russenhotel an der Nordküste, die beiden Söhne ließen sich in anderen Häusern ebenfalls im touristischen Bereich ausbilden. Über den Winter würden alle drei arbeitslos sein.

Sie waren am Gästezimmer angekommen, in dem, neben dem übrigen spartanischen Mobiliar, nur ein schmales Bett stand. „Ein bisschen eng, aber da müsst ihr euch halt ein bisschen zusammenkuscheln", lachte Mila. Georg, der sich vorstellte, wie sie nachher beieinander liegen würden, dicht an dicht und sich fest in den Armen haltend, und wenn es aus dem Grund wäre, dass nicht noch einer von ihnen auf den kalten Fliesenboden fallen würde, eine ganze Nacht des Sich-Haltens, des Mit-, vielleicht sogar Ineinander-Seins - sah zu Ivanka, die hinter ihrer Gastgeberin stand und bemerkte ein Zögern, eine gewisse Unwilligkeit in ihrem Gesicht, ein angedeutetes Kopfschütteln.

„Lieb gemeint, Mila, aber mit meinem Bandscheibenvorfall …", er bewegte seine Hand theatralisch in Richtung Lendenwirbel und überspielte seine Enttäuschung, „…sollte ich besser auf die Couch gehen, wenn das okay ist?" Er meinte, einen Ausdruck von Dankbarkeit bei Ivanka zu bemerken.

Mila zuckte die Achseln. „Auch gut. Setzt euch doch ein bisschen raus, während ich das Essen vorbereite."

Auf der Terrasse herrschte Stille, nur vereinzelt schlugen noch ein paar Zikaden an, dazu kam das Tellerklappern aus der Küche. Mila hatte ihnen Wein eingeschenkt und einen Aschenbecher herausgestellt – ein kretischer Non-Smoker-Haushalt, früher ein Unding, aber jetzt wurde man auch in solchen Dingen immer europäischer. Nachdem der Begriff der „Kreta-Diät" – Olivenöl, Obst, Fisch, Wein in Maßen – bereits Eingang in die einschlägigen medizinischen Fachbücher gefunden hatte, schien es kontraproduktiv, diesen nachgewiesen positiven Effekt durch Nikotinmissbrauch wieder in Frage zu stellen.

Sie aber rauchten, tranken vom Wein.

„Danke", sagte Ivanka, „weißt du, ich..."

„Schon gut, wahrscheinlich bekommt es meinem Rücken wirklich besser."

Georg fühlte sich plötzlich müde und alt und irgendwie beendet. Wie konnte er einen Moment geglaubt haben, sie würde ihn in ihr Bett lassen? Andererseits, die Gesten am Nachmittag in der Stadt – sie blieb ihm ein Rätsel. Er war froh, als Mila zum Essen bat. Sie drückten die Kippen aus, nahmen ihre Gläser mit nach innen.

Mila hatte groß aufgefahren. Die kleinen Schälchen füllten, zusammen mit dem Brotkorb, den gesamten Tisch aus. Während sie aßen, musste er Mila, nachdem er ihr wie immer von dem inzwischen alten Dr. Schulte und dessen Sohn, der die Praxis übernommen hatte, Grüße bestellt und ihre Fragen nach den ehemaligen Kolleginnen beantwortet hatte, haarklein die Geschichte mit dem Appartement erzählen. Mila fluchte zwischendurch laut auf Deutsch und griechisch, so kannte er sie überhaupt nicht.

„Ich kenne da einen Anwalt, nicht ganz billig, aber der ist gut. Das kannst du dir nicht gefallen lassen!"

Georg winkte ab, seine Müdigkeit und das innere Gefühl von Leere und Umsonst hielten an, auch Ivanka, die ab und zu mit eigenen Kommentaren seine Geschichte begleitet und Mila recht gegeben hatte, konnte ihn nicht motivieren, um die Wohnung zu kämpfen.

„Es ist schon alles für die Rückkehr vorbereitet, Willi, den kennst du von damals, lässt mich bei sich wohnen, bis ich was Neues gefunden habe. Es...es sollte vielleicht so sein."

„Ach, Unfug…". Mila wurde lauter, merkte aber, dass sie Georg nicht mehr erreichte. Die beiden Frauen räumten ab. Er hörte sie in der Küche lachen. Lachten sie über ihn? Am liebsten hätte er sich in den Jeep gesetzt und wäre zurück ins Creta Maris gebraust, allein. Dann hätten sie ungestört über ihn reden können, seine schwachen Seiten, die Weichheit und Melancholie, die jede Gegenwehr verhinderten, und dass er einfach zu gut, zu nett sei, wahrscheinlich auch zu vertrauensselig und zu naiv, und am Ende würde Ivanka ihr sicher auch anvertrauen, warum sie lieber allein schlafen wollte.

Aber er blieb, und als sich der Abend auf das Dorf und Milas Haus legte, saßen sie zu dritt auf der Couch, auf der er nachher liegen würde, allein. Mila hatte trockenes Olivenholz in den Kamin gelegt und angezündet.

Hier in den Bergen waren die Nächte jetzt schon recht kalt.

23

Wie sie auf die Politik gekommen waren, wusste er nachher nicht mehr zu sagen. Mag sein, Mila hatte begonnen, von dem zu berichten, was die Krise mit ihr und der Familie, die vorher durchaus zu den sogenannten Besserverdienenden zählte, gemacht hatte, von den Kämpfen, irgendwie monatlich über die Runden zu kommen, die explodierenden Kosten für Versicherungen und Bankkredite zu tragen, die Reparatur ihrer beiden inzwischen klapprigen Toyotas zu stemmen und der Traurigkeit darüber, dass sie die Jungs trotz guter Schulabschlüsse nicht studieren lassen konnten.

Mag auch sein, dass Georg seine eigene Analyse der Situation in Griechenland vortrug, immer wieder von Mila unterbrochen, die das meiste, was er anbrachte, völlig anders sah – „Das kriegt ihr von außen gar nicht mit" - , jedenfalls bekam das Ganze eine Wendung ins Grundsätzliche und mündete in einen fast schon philosophischen Disput über „Freiheit und Demokratie", deren Auslegung und gleichzeitige Gefährdung durch die momentane Situation in Europa – „Das Brüsseler Diktat macht unsere Freiheit, unsere Demokratie, und wir haben bekanntlich die älteste, völlig kaputt" – und der Welt: „Wenn dieser Wahnsinnige in den USA in 14 Tagen gewählt wird, na dann, gute Nacht, Demokratie!".

Ivanka hatte sich die Diskussion der beiden still angehört und war, als er ihr ein bisschen zu laut wurde, zum Rauchen auf die Terrasse gegangen.

Jetzt mischte sie sich ein, ganz ruhig und überlegt, und Georg schien es, als wandelte sich die Frau, die ihm in diesen wenigen

Tagen und Stunden seit ihrem Kennenlernen als Ausbund ewiger Jugend, als aphroditische Schönheit, der die Zeit nie würde etwas anhaben können, vorgekommen war, von einer Sekunde auf die andere. Sie war jetzt sehr reif und erfahren und berührte die beiden, die ja doppelt so alt waren, mit dem, was sie sagte, mit ihrer Abgeklärtheit, aber auch mit einer Trauer über den Verlust all dessen, was in ihrem jungen Leben Hoffnung gewesen war, Gewissheit, für einen Moment, einen historischen Moment.

Nachdem sie respektvoll darauf hingewiesen hatte, dass der Umgang der beiden anderen mit den diskutierten Begriffen ihr seltsam abstrakt, fast blutarm vorkam, deren Bedeutung doch eine ganz andere würde, wenn man einmal im Kampf um deren reale Verwirklichung mitten drin gewesen sei, begann sie vom Maidan zu erzählen. Noch am Nachmittag, beim Verlassen des Katzanzakis-Grabs, hatte Georg sie darum gebeten, aber nicht damit gerechnet, dass es so schnell geschehen würde.

Während sie berichtete, spiegelten sich auf ihrem Gesicht alle Gefühle, die sie damals gehabt hatte – solche der Wut, des kindlichen Optimismus, des schließlichen Triumphs und des schnell folgenden Scheiterns – so, als sei alles erst gestern geschehen.

Georg sah das mit Rührung, und auch Mila, eben noch kämpferisch und angriffslustig, legte Ivanka, wenn diese stockte und versuchte, nicht zu weinen, die Hand auf den Arm, einmal strich sie ihr auch über die Wangen, so, wie es eine mütterliche Freundin tut, tröstend und ermutigend zugleich.

Ivanka sprach lange. Mila und Georg unterbrachen sie nur, wenn sie eine Nachfrage hatten, zu einem Ereignis, einem Ort, einem Politikernamen. Und Georg, zerrissen zwischen seinem Interesse für die Dramatik der Vorgänge und dem Interesse für das, was sich in Ivankas Gesicht abspielte und für die Gesten, mit der sie ihre Erzählung unterstrich, wünschte sich, dass er sie genauso berühren könnte, wie Mila es tat, nur, dass seine Berührungen zärtlicher, liebevoller wären.

Als 19jährige Studentin in Kiew war Ivanka mitten in die Orangene Revolution – „Man nennt sie auch die Kastanienrevolution, weil so viele dieser Bäume in der Hauptstadt stehen" – geraten. Mit ihren Kommilitonen und hunderttausend Kiewer Bürgern hatte sie am 22. November 2004, behangen mit orangefarbenen Schals und gleichfarbigen an Mäntel und Jacken gehefteten Schleifen, den Zeichen des Lagers um Viktor Justschenko, auf dem Platz vor dem Parlament gestanden und den vorgeblichen Wahlbetrug des prorussischen Kandidaten Janukowytsch angeprangert. Noch vor Jahresende hatten sie gesiegt. Der von einem möglicherweise vom KGB ausgeführten Giftanschlag im Gesicht entstellte Justschenko wurde im Januar als Präsident vereidigt.

Georg schluckte kritische Anmerkungen, die möglich gewesen wären – inwieweit waren zum Beispiel die CIA , das US-State Department, der Milliardär Soros verwickelt? – herunter, er wollte das Leuchten in den Augen Ivankas, als sie von den Siegesfeiern sprach, auf dem Maidan, in den Kneipen, in ihrem Studentenheim, noch ein paar Minuten sehen, weil es sie noch schöner machte und weil es ihn an das Leuchten von unzähligen anderen Augen erinnerte, damals in Piräus 1974 oder 1981 im Bonner Hofgarten, die Augen der dreihunderttausend Demonstranten gegen Pershings und Cruise Missiles, Georg mittendrin, Willy Brandt hatte gesprochen, Heinrich Böll, Petra Kelly, die Witwe von Luther King, zum Schluss hatten sie mit Harry Belafonte „We shall overcome" gesungen, Georg ließ extra seinen morgendlichen Unterricht ausfallen und wurde dafür mit einem Eintrag in die Personalakte bedacht, mehr passierte nicht, aber er empfand es als kleine Heldentat, und sicher hatten seine Augen damals auch geleuchtet. Natürlich wurden die Atomsprengköpfe trotzdem installiert, und eine Wiederholung der Demonstration zwei Jahre später hatte nur noch rituellen Charakter ....Danach leuchtete nicht mehr viel.

Ivanka, das wurde Georg bewusst, hatte, im Gegensatz zu ihm, dem nur eine verzögerte Beförderung drohte, wirklich etwas riskiert.

„Ich war damals eher für Julia Tymoschenko, wie man heute noch unschwer sieht", sagte sie und strich ihr T-Shirt glatt. Georg verglich die Falten, die der Stoff jetzt warf, mit denen des Nachmittags und schämte sich dafür, dass er ihr wieder, wie schon am Nachmittag, nicht richtig zuhörte und sein Starren auf die verschiedenen Formationen des Stoffs über ihren Brüsten langsam obsessive Züge annahm.

„Ohne sie und uns, ihre Anhänger, hätte es Justschenko nicht geschafft. Wir dachten, sie sei authentischer, näher bei uns dran, ihre Kleidung und ihre Frisur schienen uns keine Attitüde zu sein, ihre dubiose Vorgeschichte haben wir ignoriert...Den Rest kennt ihr wahrscheinlich."

Ivanka schien plötzlich schnell zum Ende kommen zu wollen. Immerhin habe es keine Toten gegeben, im Gegensatz zum Euromaidan vor zwei Jahren und dann der Krimkrise. Aber da sei sie ja schon längst mit dem Stipendium der Konrad-Adenauer-Stiftung in Frankfurt gewesen und habe weiterstudiert.

„Das Shirt trage ich, wie du, Georg, deines mit dem Che drauf, nur noch aus Sentimentalität, was weiß ich, als schmerzhafte Erinnerung an unsere damalige Naivität, aber irgendwie auch aus

Stolz auf diesen Augenblick auf dem Maidan im November 2004."

„Den Augenblick der Freiheit", sagte Georg.

„Ja."

Die drei schwiegen eine Weile, dann gab es noch ein wenig Small-Talk. Mila gähnte. „Seid mir nicht böse, ich muss früh raus, ihr findet alles Nötige in der Küche."

Sie umarmte Georg und dann Ivanka, sehr lange.

24

29. Oktober 2016

„Kali mera."

Georg fand Ivanka in der Küche. Mila, die früh zur Arbeit nach Iraklion aufgebrochen war, hatte ihnen einen gedeckten Frühstückstisch hinterlassen. Ivanka hantierte an der Kaffeemaschine. Sie trug einen leichten Pulli, darunter das T-Shirt vom Vortag. Sie wandte sich um und kam mit zwei gefüllten Tassen zum Tisch.

„Gut geschlafen, Georg?"

Er log, erzählte etwas von der klaren Bergluft, die vom Jouchtas herunterwehe und für einen tiefen Schlaf sorge und reckte demonstrativ den Oberkörper, streckte die Arme aus, und seufzte wohlig, so wie einer, dem es endlich, nach Monaten voller unruhiger Nächte, gelungen war, sich vom angeblich so guten Klima, vielleicht auch wegen des nur leichten Abendessens, das Mila zubereitet hatte, sechs, sieben Stunden abzutauchen in eine Tiefe, die ihm unbekannt geworden war.

„Und du?"

Das Bett im Gästezimmer fand sie etwas gewöhnungsbedürftig, aber sie sei „blitzschnell" weggewesen, und der schwere Rote aus dem Dorf ja wohl auch nicht „ganz ohne."

Sie sah ihn amüsiert an, während sie sich gegenübersaßen und etwas Weißbrot mit dem hier typischen zähflüssigen Honig bestrichen. Ob sie ahnte, dass er die ganze Nacht daran gedacht hatte, dass sie nur zwei, drei Meter entfernt von ihm im Nachbarzimmer lag und er sich überlegte, seine Couch zu verlassen und auf Zehenspitzen – wie in einem Film der 50er Jahre – hinüberzugehen, leise an ihre Tür zu klopfen, in der Hoffnung, sie erwartete ihn? Und wie hätte sie reagiert? Mila in ihrem Schlafzimmer in der oberen Etage hätte vielleicht etwas gehört, das wäre ihm peinlich gewesen, andererseits hätte sie sicher in sich hineingelacht und ihm alle guten Wünsche mit auf den Weg gegeben, sie hatte doch schon seine früheren Liebschaften mit ihren üblichen unglücklichen Verläufen immer mit großer Milde und Freundlichkeit begleitet und, obwohl sie sicher einiges dazu zu sagen gehabt hätte, nie einen Kommentar abgegeben. Schließlich fand er das Ganze trotzdem zu lächerlich, fast pennälerhaft und hatte den Gedanken verworfen. Stundenlanges Herumwälzen auf der Couch folgte, allenfalls ein kurzer nervöser Halbschlaf, bis der Morgen heraufzog. Er hörte, wie Mila das Haus verließ und draußen den Wagen startete. Als Ivanka aus ihrem Zimmer kam, hatte er sich schlafend gestellt und nur ganz kurz die Augen einen Spalt geöffnet, aber da war sie schon im Bad verschwunden.

Sie war sehr schön an diesem Morgen. Vielleicht lag es an der hellen Oktobersonne, die durch die geöffnete Terrassentür hereinfiel und sich auf ihre Haare und ihr Gesicht legte. Georg fielen die kleinen Fältchen unter ihren Lidern auf, jedes Mal, wenn er sie ansah, entdeckte er etwas Neues, und er spürte den Wunsch, ab jetzt und dann jeden Morgen, der noch kommen würde in seinem Leben, mit ihr am Frühstückstisch zu sitzen und etwas Neues an ihr zu entdecken. Aber er wusste, dass das nur noch dreimal geschehen würde, maximal.

„Sie ist sehr nett, deine Freundin". Ivanka hatte sich die erste Zigarette des Tages angezündet und blies einen Rauchkringel in seine Richtung.

„Eigentlich wollte ich ihr ja die ganze Maidan-Geschichte nicht erzählen, aber irgendwie konnte ich nicht damit aufhören…"

„Aber damit hast du sie mir ja auch erzählt, diese Geschichte von der Rebellion und der Freiheit und von ihrem elenden Scheitern. Ich…"

(Ich will ihr jetzt alles sagen, jetzt, in diesem Moment, wie ich sie angeschaut habe , als sie erzählt hat von den orangefarbenen Fahnen und der kleinen blonden Frau mit ihrem Haarkranz, die ihr immer noch als langsam verblassendes Bild auf ihrem T-Shirt ganz nah ist, von den Schüssen in die Menge, vom Verrat der Oligarchen, vom boxenden Bürgermeister, aber vielleicht werfe ich ja auch alles durcheinander, weil ich ihr nicht richtig zugehört und die Kommentare Mila überlassen habe, sie hat gar nicht gemerkt, dass mir alles andere wichtiger war, wie ihre Wangen vor Aufregung rot wurden beim Erzählen, wie sie hektisch rauchte, ohne Pause redete, die, doch sonst so sparsam war mit ihren Gesten, wie ihre Lippen vibrierten und ihre rechte Hand, die Zigarette zwischen den Fingern, weit ausholte, um der Gastgeberin die Anordnung der Geheimpolizei und der Spezialkräfte zu erläutern und den menschlichen Wall, den die Demonstranten errichtet hatten, so heißblütig hatte ich sie in den letzten beiden Tagen nicht gesehen, und während ihre Wut und ihre Trauer über das, was geschehen war, immer größer wurden und auch Mila mit ihren Fragen und Kommentaren gar nicht mehr dazwischen kam – sah ich sie an und liebte sie. Das will ich ihr jetzt sagen, es gibt keine geeigneten Momente, nur solche, die entscheiden oder nicht entscheiden, was an Glück möglich ist, und ich weiß, das ist jetzt solch ein Moment, der alles entscheiden wird, sie wartet, dass ich meinen Satz fortführe über die Eindrücke des gestrigen Gesprächs, aber ich will ihr etwas ganz anderes sagen, etwas von der gestrigen Nacht, warum ich nicht zu ihr hinübergeschlichen bin, ach was, gestürmt, alter Esel und kein richtiger Mann, sagen die Kreter und hat Aris von der Strandbar auch gesagt, und ich will sagen, dass ich sie liebe, so, wie sie dasitzt und wie sie gleich neben mir im Jeep sitzen und in den Westen fahren wird, einfach, dass ich sie liebe und die nächsten Stunden und Tage nichts anderes sein werden als eine einzige Liebes-Feier und ich werde mich einfach über den Tisch beugen und sie in den Arm nehmen und ihr all das, was letztlich in einen Satz passt, sagen...Aber ich schweige und tue nichts, als mir eine Karelia zwischen die Lippen zu schieben).

Ivanka fragte nicht nach, es schien ihr zu genügen, dass Georg die Straßenkarte auf dem Tisch ausbreitete. Es war schon nach zwölf. Er hatte beschlossen, dass es auf dem direkten Weg zurück zur Autobahn gehen sollte, die Nekropole von Fourni (zuviel Tod) würde man genauso links liegen lassen wie das Katzanzakis-Museum in Myrtia.

Georg legte Mila noch einen Zettel mit dem Dankeschön für ihre Gastfreundschaft auf den Tisch. Dann saßen sie im Jeep. Georg öffnete das Verdeck und Ivanka zog ihren Pulli aus, die Sonne war jetzt, gegen Mittag, stark genug. Sie strich das T-Shirt über ihren Brüsten glatt, das Konterfei der Ministerpräsidentin saß wieder am richtigen Ort.

Es gibt ja keine Liebe ohne Musik – das hatte er in einem seiner Bücher gelesen, die jetzt im Hafen von Iraklion in irgendeinem Container lagen und darauf warteten, wieder nach Deutschland verfrachtet zu werden, kaum, dass sie griechischen Boden gesehen hatten. Aber es stimmt ja, dachte Georg, dass Liebe und Musik untrennbar miteinander verbunden sind, fast könnte man meinen, der Liebesaugenblick sei ohne Musik nicht möglich. Und war es nicht so, dass man gerade im höchsten Glück die Engel singen hörte?

Der Empfang von Radio Crete wurde immer schlechter, je mehr sie auf der New Road Richtung Westen fuhren. Georg hatte bei einer flüchtigen Durchsicht des Wagens bei der Autovermietung gesehen, dass im Handschuhfach ein paar hüllenlose CDs herumlagen, offenbar gebrannt. Irgendjemand hatte mit einem Filzstift ein paar Titel notiert, aber das war jetzt nicht mehr entzifferbar.

Er bat Ivanka, eine herauszunehmen und in den Schacht des Abspielgeräts zu schieben, in der Erwartung, es käme irgendeine schreckliche Techno-Musik, oder, schlimmer noch, eine nicht enden wollende Reihe altkretischer Mantinaden, die nur mit der Lyra gespielt und von einem orientalischen Heulgesang begleitet wurden.

Aber gleich die ersten Töne widerlegten solche Skepsis. Es schien sich, wie sich bald herausstellte, um einen Sampler mit holländischer Popmusik aus den 70er Jahren zu handeln, wahrscheinlich von einem Touristen hier liegen gelassen (vielleicht war es ja einer der beiden aus der Dionysos-Bar, und wenn, dann der mit dem „Neeskens"-Trikot).

Gleich das erste Stück haute Georg, anders konnte man es nicht beschreiben, aus den Socken. Die Parolen aus den esoterischen Gebetsmühlen, dass sich alles füge, hatten ihn nie erreichen können (obwohl er sich immer ein kleines Hintertürchen offengehalten hatte). Aber dass die CD ausgerechnet mit dem Titel „Scarlet Ribbons" begann, das hatte schon was! Der einzige

Wermutstropfen war vielleicht, dass die „Cats" den Song vortrugen (klar, holländische Zusammenstellung) und nicht, wie von Georg bevorzugt, das englische Duo „David & Jonathan" (hinter dem die berühmten Songschreiber Cook und Greenaway standen). Seinethalben hätte es auch die Version von den „Brothers Four" oder dem „Kingston Trio" sein können. Na, egal, dann eben die Cats!

Schon bei der ersten Strophe („I peaked in to say goodnight…", wunderbar triefendes Schmalz, das den Cats-Sänger in Falsett-Höhen trieb) schaute er hinüber zu Ivanka. Sie hatten jetzt Iraklion hinter sich gelassen und fuhren Richtung Rethymno. Georg hatte ausgerechnet, dass sie am Nachmittag dort sein und vielleicht kurz vor der Stadt eine Pension finden würden (ihm schwebte da schon etwas vor).

Ivanka , wehender Zopf, die Zigarette im Mundwinkel, die Ex-Ministerpräsidentin auf dem Shirt wieder ins Flattern gekommen, schaute von ihrer Seite aus auf die Strände in der Umgebung von Agia Pelagia, die sie gerade passierten, nichts Besonderes, die üblichen Sonnenschirme und Liegen, alles jetzt schon recht spärlich verteilt, die Saison war in wenigen Tagen vorüber.

Als Georg die Musik lauter drehte, wandte sie sich zu ihm. „Irgendwie romantisch, passt eigentlich besser zu dir, als auf alten Rocker zu machen ", aber da konnte er schon nicht mehr antworten, weil der Refrain kam, der, den er von allen anderen hunderttausend Pop-Songs am meisten liebte, und er versuchte, den Motor des Jeeps zu übertönen und die Windgeräusche und die Sirene des Krankenwagens, der ihnen entgegen kam und sang mit den „Cats", so laut er konnte und so inbrünstig und falsch, und ihm brach die Stimme, aber das musste jetzt sein und trotz aller Kakophonie brüllte er jedes einzelne Wort des Refrains heraus und hätte dabei fast das Steuer verrissen, auch weil er den Blick von der Straße weg auf Ivanka gerichtet hatte, denn für sie, nur für sie waren diese beiden Verse: „Through the night my heart was achin´, just before the dawn was breakin´…", und die Angesungene war erst erschrocken beim Hören seines Brüllgesangs, aber irgendetwas war darin, das ihr Gesicht ganz weich werden ließ und ihr Lächeln auch.

Bei der zweiten Strophe hatte er sich ein wenig beruhigt und hielt den Wagen wieder gerade auf Kurs, aber aus den Augenwinkeln konnte er sehen, wie Ivanka ein wenig mitsummte und den Kopf dabei wiegte. Und was heißt schon „Kitsch"? Benn hatte zurecht gesagt, dass ein Schlager von Klasse mehr Jahrhundert habe als eine Motette, und wenn schon nicht David & Jonathan, so bewiesen die Cats das in diesen Augenblicken, auf der Autobahn nach Rethymno, spät im Oktober, in einem klapprigen Jeep mit offenem Verdeck, und neben Georg die schönste Frau, die es in diesem Moment auf der ganzen Welt gab, summend und den Kopf leicht wiegend, und jetzt kam der zweite Refrain und Georg brüllte nicht mehr und versuchte auch nicht, die Stimmlage des Cats-Frontmanns zu erreichen, sondern er sang ganz leise mit und wusste, dass Ivanka ihn hören würde, trotz des Lärms ringsum, scherzhaft nur hatte sie den Finger auf die Lippen gelegt, und Georg sang und schaute wieder weg von der Straße und zu Ivanka hinüber: „ If I live to be a hundred, I will never know from where (whereherher…das Wort wurde ins Endlose gezogen, Georgs Stimme kippte leicht weg) came those ribbons, scarlet ribbons…". Es gibt keine Liebe ohne Musik.

Danach kamen Earth and Fire, Golden Earring, Shocking Blue, die ganze holländische Pop-Armada der 70er. Georg hatte die Musik heruntergedreht und klopfte den Takt der Lieder auf dem Lenkrad mit. Ivanka vertiefte sich wieder in die Betrachtung der

Landschaft. Der Wind hatte zugenommen. Bei der nächsten Rast würde er das Verdeck schließen müssen.

Sie hatten auf einem Parkplatz am Meer gesessen. Georg besorgte Cola und ein paar Snacks an einem Kiosk. Sie saßen einfach da, vielleicht eine Stunde, zwei, aßen, tranken, rauchten, redeten wenig. Plötzlich war Georg die Zeit egal. Schon später Nachmittag, dann würden sie sich eben in der Nähe etwas suchen. Ivanka berichtete knapp von ihrem bevorstehenden Praktikum in der bulgarischen Hauptstadt Sofia. Die Frankfurter Zeitung hatte dort einen Korrespondenten, sie würde ihn für einen Monat unterstützen. Der Flug ging in drei Tagen. Das hatte sie schon vorgestern in ihrer Wohnung angedeutet, aber jetzt erschreckte es ihn.

Wenige Kilometer vor Rethymno bog Georg von der Autobahn ab. Eigentlich hatte er Ivanka fragen wollen, ob sie mit der Wahl des Übernachtungsortes einverstanden sei. Aber dann fiel ihm ein, dass sie ihm so etwas wie freie Hand gegeben hatte und schon, als sie in Archanes losgefahren waren, war Georg die kleine Pension jenseits der New Road in den Hügeln über Rethymno eingefallen, die er vor 20 Jahren einmal besucht hatte. Vielleicht war sie ja noch geöffnet, dann musste man nicht in eines der Dutzend-Hotels.

Ivanka ließ ihn gewähren, sie schien ihm zu vertrauen, und vielleicht war da doch nur eine Art Vater-Tochter-Verhältnis, argwöhnte Georg und versuchte nicht enttäuscht zu sein, aber vielleicht vertraute sie ihm auch einfach nur, weil sie ihn für einen erfahrenen Mann hielt.

In Pagalahori musste er einen Alten, der allein vor einem herunter gekommenen Kafenion saß, nach dem Weg zur Pension „Rodostamo", Rosenwasser, fragen. Gleich hinter dem

Dorfplatz, der Alte wies mit seinem Arm die Richtung. Dann stoppten sie vor dem Haus, über dessen Eingangstür ein Schild mit einem Rosensymbol hing.

Ivanka stieg aus, reckte sich und fingerte den Pulli wieder aus ihrer Reisetasche. Die Sonne hatte sich zurückgezogen. Es war kühl geworden.

25

Despina, eine kleine, unscheinbare Frau, vielleicht Mitte 40, hatte zusammen mit ihrem Mann die Pension von ihren Eltern vor ein paar Jahren übernommen. Beide arbeiteten vorher lange in Stuttgart bei Daimler. Ihr recht gutes Deutsch hatte so eine lustige schwäbische Färbung angenommen. Georg wusste noch den Vornamen ihrer Mutter, Sophia, und Despina erzählte, dass sie, nachdem ihr Vater lange tot war, nun in einem Altenheim unten in Rethymno lebe. Die Familie habe, sagte sie entschuldigend, Sophia so lange wie möglich zu Hause gepflegt, dann sei es nicht mehr gegangen. Aber jeden Tag sei einer von ihnen im Heim, obwohl die Mutter niemanden mehr erkenne. „Es isch ebbe, wie es isch", sagte sie achselzuckend zu Ivanka, die ihre Tasche vor der Rezeption abgestellt hatte und jetzt liebend gerne duschen würde, wenn das hier möglich ist, tuschelte sie Georg zu.

Despina bot ihnen, nachdem Georg zu ihrem Erstaunen nach zwei Einzelzimmern gefragt hatte, ein kleines Appartement im ersten Stock an, in dem es zwei getrennte Schlafplätze gab. Da sie die einzigen Gäste seien, gebe es auch ausreichend warmes Wasser aus dem Solarspeicher auf dem Dach und lächelte dabei Ivanka an, sie hatte deren Flüstern verstanden. Und wenn sie nachher etwas zu essen wollten, frischer Fisch stünde parat. Georg bedankte sich und nahm den Schlüssel entgegen. Auf der Treppe ging er hinter Ivanka. Der Pulli reichte ihr, über die kurze Jeans gezogen, bis zu den Oberschenkeln, aber die leichte Verhüllung machte das Schaukeln ihrer Hinterbacken nur noch reizvoller. Wegen der plötzlichen Kühle beim Aussteigen hatte sich auf ihren Beinen eine Gänsehaut gebildet. Sie waren oben.

Georg seufzte. Für Ivanka mochte es sich so anhören, als habe ihm das Tragen ihrer Gepäckstücke einige Mühe bereitet, aber vielleicht ahnte sie auch die wahre Ursache.

Die kleine Wohnung gefiel ihnen sofort. Nichts von einem sterilen Hotelzimmer, die Wände sorgfältig gekälkt, daran Zeichnungen von alten kretischen Ansichten, ein Kloster (vielleicht das Moni Arsaniou, das ganz in der Nähe lag), der venezianische Hafen von Rethymno, Bergziegen mit ihren Hirten in archaischer Kluft. Die Möbel offenbar handgemacht, ein grob behauener Holztisch, Stühle mit Korbgeflecht, eine große Truhe, in der sich das Bettzeug befand. Der Balkon ging zur Küste hinunter. Man sah auf steil abfallende Hänge, überwiegend mit Olivenbäumen bepflanzt, darunter die Autobahn, die man aber nicht hörte, jenseits davon die Dächer der Stadt und das Meer, jetzt schon im Abenddunst und fast nur noch zu erahnen.

Die beiden kleinen Schlafräume waren durch eine Schiebetür getrennt. Keine Klinke, kein Schloss, ein Zeichen? Das nun schien Georg doch zu banal, aber natürlich stellte er sich schon vor, ob es nachher so sein würde wie in der gestrigen Nacht, wenn sie wieder, nur durch diese Tür und zwei, drei Meter voneinander getrennt, in ihren Betten lägen. Worauf würden sie hören beim jeweils anderen hinter dem dünnen Holz, auf Atemzüge, Bewegungen, oder wäre es nur er, der ohnehin Schlaflose, der sein Sehnen irgendwie hörbar machen wollte, während ihm Ivanka längst in einen Traum entglitten war?

„The same procedure as yesterday?" fragte sie lachend und zeigte auf das Badezimmer, das sogar eine begehbare Dusche mit deutschen Armaturen enthielt. „Wertarbeit", dachte Georg, die hatten Despina und ihr Mann bestimmt aus Stuttgart mitgebracht. Ivanka hatte schon den Pulli ausgezogen und mit den Händen in den Bund des Timoschenko-Shirts gefasst, wartete aber noch auf seine Antwort, bevor sie es auszog. „Na, klar", sagte er ein bisschen zu leise und legte ihr ein großes Handtuch aus der Truhe ins Bad. Sie dankte mit einer leicht ironischen Verbeugung, und dann, bevor er sich pflichtgemäß irgendwelchen Dingen im Raum zuwenden oder einfach nur umdrehen konnte, hatte sie, noch an der Schwelle, ihr Shirt über den Kopf gezogen, es zusammengeknüllt und achtlos auf den Boden geworfen. Dass sie einen schwarzen BH trug, wusste er, das war unter dem leichten Hemd den ganzen Tag über nicht zu verbergen gewesen. Jetzt stand er da, während sie ihm noch kurz zuwinkte, bis gleich, bevor sie die Tür schloss, und es war eigentlich noch schlimmer als bei der ähnlichen Szene in ihrer Wohnung, und eigentlich müsste er jetzt dem Appell von Aris folgen, sei endlich Kreter, wenn nicht jetzt, wann dann, er müsste einfach die Tür zum Bad aufstoßen. In den vergangenen Sekunden hätte sie sicher schon die Shorts abgestreift oder erst den BH, wenn sie eine andere Reihenfolge beim Entkleiden bevorzugen sollte, und wenn er noch einen kleinen Moment warten würde, wäre sie schon nackt, die Hand am Griff der Armatur, und sie würde nur so tun, als wäre sie überrascht, denn eigentlich hatte sie ihn erwartet, vielleicht gestern schon in ihrer Wohnung, als sie es nicht für möglich gehalten hatte, dass er das Klein-Kinder-Spiel mit den geschlossenen Augen überhaupt mitspielte. Und was konnte passieren als eine empörte oder, schlimmer noch, mitleidige Zurückweisung durch diese junge, schöne, begehrenswerte Frau, eine definitive, allerletzte, und dann wüsste er sein Teil und dann könnte die ganze Geschichte, die sich möglicherweise ohnehin nur in seinem Kopf abspielte, da, wo die eigentlichen Abenteuer stattfinden, zu Ende sein.

Der Augenblick, genauso hypothetisch wie die Rollenzuweisung des Barkeepers, war verstrichen. Wieder hörte er das Wasser laufen, wieder setzte er sich, hatte ihm Kühlschrank Wein entdeckt, sich ein Glas eingegossen, eine Karelia angesteckt, seine Erregung gedämpft. Unter der Dusche sang Ivanka, irgendetwas Russisches oder Ukrainisches, was für eine helle Stimme sie hatte, merkwürdig kontrastierend mit der melancholischen, schleppenden Melodie und dem jetzt wieder härteren, metallischen Klang ihrer Heimatsprache. Es dauerte. Offenbar ließ sie wieder den ganzen Inhalt des Tanks über ihren Körper laufen, für ihn würde nichts mehr übrigbleiben. Dann drehte sie die Armatur zu. Jetzt käme sie gleich heraus, das große Tuch um ihren Körper geschlungen, die Haare offen und nass.

Georg verließ die Wohnung. „Hab was im Auto vergessen", rief er noch, ging aber nur die Treppe hinunter an die Rezeption, wo ihn Kostas, der Mann Despinas, empfing, sein Deutsch komischerweise ohne den schwäbischen Einschlag. Aber ein Handschlag und ein bisschen Small-Talk genügten, und schon gab es den ersten Selbstgebrannten des Tages, Georgs Speiseröhre konnte nach den Erfahrungen der letzten Tage nichts mehr erschüttern. Nach einer Viertelstunde, so viel Zeit gab er ihr, ging er wieder hoch. Er hatte richtig gerechnet, sie war vollständig angezogen, auch die Haare hatte sie mit ihrem kleinen Fön getrocknet. Es war Unsinn gewesen, aus der Wohnung zu gehen. Angezogen war sie genauso begehrenswert wie in dem Augenblick, als das Shirt auf den Boden flog.

„Was hast du so lange im Wagen gesucht?" Sie trug jetzt eine lange Jeans mit einer passenden Bluse, zwei Knöpfe waren dezent geöffnet, mehr nicht, als wolle sie ihn nicht überstrapazieren. Wieder dachte er, dass es nun Zeit würde. Aber wofür? Fürchtete er wirklich, sich nur noch lächerlich zu machen? Dass Ivanka nicht merkte, wie sehr sie sein Begehren mit jeder neuen erotischen Geste, und sei sie noch so klein, steigerte, war außerhalb jeder Vorstellung. Aber genoss er sie nicht auch, diese kleinen Stufen einer Eskalation, die ja vielleicht doch in einem grandiosen Finale münden könnten?

„Kostas, der Chef, hat mir von der Zubereitung frischer Doraden berichtet. Hast du Hunger?"

Sie strahlte.

26

Sie aßen zu viert. Kostas hatte gezaubert, die Doraden waren so zart, dass sie auf der Zunge zergingen. Despina servierte dazu Salat und eine Vielzahl Mezes. Schnell war man beim Du, der Hauswein tat sein Übriges. Die beiden erzählten von ihrer Zeit bei Daimler im Deutschland der späten Neunziger und dass sie, obwohl sie gut verdient hatten, froh waren, wieder im Dorf zu sein, in Pagalahori. Die paar Gäste, die im Sommer kamen, meist Wanderer, sogenannte Individualtouristen (Kostas musste bei diesem Wort lachen, verhielten sie sich oft doch wenig anders als die von ihnen verachteten „Kollegen" am Strand), brachten zwar nicht das Meiste, aber natürlich hatten sie noch eine kleine Landwirtschaft mit Ziegen, Oliven, Tomaten, Wein, das ließ sie die Krise besser ertragen als die städtische Bevölkerung. Die beiden Söhne studierten in Thessaloniki, beide im IT-Bereich, sie würden nach dem Examen sofort das Land verlassen, sagte Despina traurig, dafür habe man sie also geboren, dass dieser Scheiß-Staat nicht in der Lage sei, sie zu ernähren. Georg verzichtete darauf, mit irgendwelchen scharfsinnigen Analysen nachzuweisen, dass auch die Griechen selbst einige Verantwortung für die jetzige Situation trügen, so, wie er es gestern bei Mila getan hatte. Schon beim Aussteigen vorhin hatte er das unfertige Geschoss über der Pension gesehen, ein untrügliches Zeichen für den Volkssport Steuervermeidung, den wohl auch Kostas und seine Familie betrieben. Aber für eine solche Diskussion war der bisherige Abend viel zu harmonisch, entspannt gewesen, und als der Patron mit der Raki-Flasche kam (selbst Ivanka, die wenig gesagt und nur etwas mit Despina über deren Söhne geplaudert hatte, das gemeinsame Essen aber zu genießen schien, trank einen dieser Höllenschnäpse mit), fehlten ohnehin die Argumente.

Georg merkte, dass ihre Wirtsleute müde wurden, ein-zweimal verstohlen gähnten. Es war auch schon nach elf, draußen seit Stunden stockfinster. Sie rauchten die letzten Zigaretten. Georg bat, das Essen auf die morgige Rechnung zu setzen und verdammte sich im gleichen Augenblick für seinen Faux-Pas, und das nach dreieinhalb Jahrzehnten Kreta! Natürlich waren sie eingeladen, alles andere war für einen Kreter undenkbar. Selbst Ivanka hatte das nach ihren wenigen Wochen auf der Insel schon mitgekriegt und trat ihm unter dem Tisch ans Schienbein. Für einen Moment entstand eine etwas peinliche Stille, dann klopfte ihm Kostas begütigend auf die Schulter. „Ti pota, macht nix, du gibst einen aus, wenn wir nach Deutschland kommen, Jorgo!" Georg nickte erleichtert. Von wegen, der große Mann von Welt.

Bei der Verabschiedung fragte Kostas Ivanka, ob es ihr peinlich sei, das mit der amerikanischen Zicke.

„Was? Wovon redest du?"

„Schaust du keine Nachrichten? Die Tochter dieses blondgefärbten Komikers, der US-Präsident werden will, ich hab sie vorhin, als ich kochte, im Fernsehen gesehen. Sie stand auf einer Wahlkampfveranstaltung neben dem wild gestikulierenden Clown und schaute ganz bewundernd zu ihm auf. Sie heißt wie du, Ivanka, wenn du mich fragst, ein ganz durchtriebenes Luder, aufgedonnert, falsche Lippen, wer weiß, was sonst noch an ihr falsch ist, aber sie scheint schlauer als die Ehefrau, dieses ehemalige Model. Wenn der Kerl gewinnt, was Gott verhüten möge, wird sie die Politik bestimmen."

Und dann redete Kostas sich in Rage, ließ sie noch immer nicht gehen, hielt zwischen Tür und Angel eine jener wüsten Suaden gegen Amerika, wie es sich seit den 60ern, seit der Installation der Junta durch den CIA (diese Theorie war zumindest Allgemeingut geworden) für jeden „anständigen" Kreter, also Pasok- oder KKE-Anhänger, gehörte. Zum Schluss empfahl er Ivanka, halb im Scherz, ihren Vornamen zu ändern, sollte es tatsächlich in wenigen Wochen zum worst case kommen und dieses „Flittchen" Einfluss auf die Weltpolitik nehmen können.

Vielleicht, dachte Georg, genügte es ja, einfach das „k" wegzulassen. Ivanka hieß eigentlich Ivana, das hatte sie ihm erzählt, der Konsonant legte nur die Verkleinerungsform fest – meist von den Eltern seit der Kinderzeit gebraucht und dann einfach beibehalten, etwa im Sinne von „meine süße, kleine Ivana". Aber womöglich hatte die Tochter des potenziellen nächsten US-Präsidenten auch schon beschlossen, nach der Wahl ihres Vaters ihren Kosenamen abzulegen, wer wusste das schon.

Ivanka hatte nur mit den Achseln gezuckt, als sei ihr diese Namensgleichheit völlig egal, außerdem könne ja durchaus auch die ehemalige Außenministerin gewinnen, das hoffe sie jedenfalls, und immerhin wäre deren Wahl das geringere Übel, sagte sie noch, bedankte sich bei den Wirtsleuten und hakte sich bei Georg unter, als wolle sie Kostas und Despina bewusst rätseln lassen, was denn nun mit diesem komischen Pärchen und den beiden Schlafzimmern los sei. Georg genoss den festen Griff an seinem Arm. Unter den anderen hatte er den Radiator geklemmt, den ihm Kostas noch besorgt mitgegeben hatte. Es könne kalt werden in der Wohnung über Nacht, und er solle ihn ruhig „volle Pulle" laufen lassen. Zur Vorsicht hatte er ihm noch beschrieben, wo der Sicherheitskasten hing. Der kleine Heizkörper hatte die Angewohnheit, regelmäßig einen Kurzschluss zu produzieren.

In der Tat war das Appartement in den letzten Stunden ausgekühlt. Während Georg das Gerät installierte, nahm Ivanka die grobe Wolldecke vom Bett, setzte sich an den Holztisch und legte sich die Decke um die Schultern.

„Gibt es noch einen Wein?" Sie sah Georgs halbleeres Glas von vorhin vor sich stehen. Er stellte ihr ein zweites hin, leerte den Aschenbecher, ging zum Kühlschrank und goss ihr ein. Der Radiator gab ein fast behagliches Schnurren von sich, tatsächlich spürte man, wie sich die Wärme verbreitete.

Sie rauchten, lehnten sich in ihren Stühlen zurück, schwiegen, sahen sich an. Ivana-Ivanka. Es war schwer, in ihren Zügen zu lesen. Georg überlegte, wie es weitergehen würde, gleich oder später, wenn die Weinflasche leer wäre, die Zigaretten geraucht und die Zeit käme, die beiden Betten zu beziehen.

„Warum hast du diesen Ort gewählt? Nur, weil du einmal hierwarst und in dieser Pension übernachtet hast?" Ivanka hatte sich vorgebeugt. Die Decke war von ihren Schultern gerutscht und gab den Blick frei auf den Ausschnitt ihrer Bluse mit den beiden geöffneten Knöpfen.

„Ich glaube, du warst mit einer Frau hier, und du wolltest noch einmal dieses Gefühl haben, das Gefühl einer Erinnerung, die Möglichkeit einer Wiederholung. Zwanzig Jahre ist das her, nicht wahr? Wer war sie, wie war sie? Erzähl es mir ruhig. Hast du Angst, dass ich eifersüchtig bin? Und welchen Grund gäbe es dafür?"

Georg wusste, dass es durchaus Gründe geben konnte, je nachdem, wie sie ihn sah, was sie erwartete, ob sie ihn für einen alternden Macho hielt, der sich gern mit einer jungen Frau zeigte, oder ob sie etwas spürte von seiner zarten, fast kindlichen

Verliebtheit, von seiner Sehnsucht, ihr nahe zu sein und seinem tiefen Wissen, dass es nur noch jetzt ginge, in diesen wenigen Tagen, von denen sich einer schon geneigt hatte.

Er zögerte mit der Antwort, wusste aber gleichzeitig, wie sinnlos es war, ihr irgendetwas von einer einsamen Übernachtung damals zu erzählen, obwohl die einzigen Zeugen, Despinas Eltern, ja tot bzw. dement waren.

„Monika, eine Kollegin von meiner damaligen Schule. Sie war sieben Jahre älter. Ich war damals oft mit älteren Frauen zusammen, Einzelkind, Mutterkomplex, das Übliche. Der Urlaub hatte von Anfang an unter keinem guten Stern gestanden. Beide hatten wir uns vorher für die gleiche Beförderungsstelle beworben, A 14, Oberstudienrat. Monika war viel fleißiger, ehrgeiziger als ich, schlief manchmal sogar in der Schule, war ständig am Rande der Erschöpfung, rauchte Kette, trank Unmengen Kaffee, aß kaum. Trotzdem schien ihre Kraft unermesslich. Nie ließ sie sich hängen, zeigte kaum Gefühle. Ihr Lächeln war aufgesetzt, jedem gegenüber, selbst mir, und der Stoizismus und die Beharrlichkeit, mit der sie ihre Ziele verfolgte, machte sie bei den Kollegen unbeliebt. Ein großer Teil des Kollegiums hatte sich schon nach wenigen Berufsjahren in eine Nische begeben, in der Lethargie, Routine und Verhaltensunauffälligkeit dominierten, man war froh, irgendwie über den Morgen zu kommen, damals gab es noch keinen Nachmittagsunterricht, und hatte sich früh schon der beruflichen Resignation ergeben. Trotzdem betrachteten sie Monika und deren absehbaren Aufstieg voller Neid, die Männer mit offener Wut darüber, dass damals die Beförderungen überwiegend an Frauen gingen, die Frauen, weil sie einsehen mussten, dass eine der Ihren um Längen besser war. Und obwohl sie wussten, dass sie mit ihrer apathischen Absitzmentalität, egal, welchen

Geschlechts, keine Chance gegen Monika hatten, hielten sie den Anspruch, doch irgendwie ästimiert zu werden, hoch, und wenn ihnen die gewünschte Wertschätzung von den Schülern und deren Eltern verweigert wurde, erhofften sie sich doch wenigstens einen Titel, eine höhere Besoldungsstufe. Das zerfraß sie während ihrer ganzen Tätigkeit und letztlich fieberten sie nur noch der Pensionierung entgegen".

„Aber du musstest unbedingt gegen Monika antreten, obwohl sie doch deine Freundin war, das verstehe ich nicht." Im Appartement wurde es langsam warm und Ivanka hatte die Decke auf den Boden gleiten lassen.

„Wenn ich heute zurückblicke: Ich eigentlich auch nicht. Es war wohl eine Mischung aus Trotz und Auflehnung gegen ihre Dominanz, die ich, obwohl ich es mir nicht eingestand, irgendwie genoss, aber gleichzeitig merkte, dass ich sie nicht zulassen durfte, eine, wenn du willst, späte Wiederholung des pubertären Aufbegehrens bei gleichzeitiger Angst davor, ich weiß, das klingt ziemlich kraus und nach Küchenpsychologie. Und dann musste ich meinen Freunden, allesamt sozialisiert in der Nachkriegszeit mit ihren klaren Geschlechterzuteilungen, natürlich zeigen, dass ich den Kampf, trotz schlechter Ausgangsbedingungen, mutig aufnähme – ich sagte immer zu ihnen: Abwarten, das kriege ich schon hin (oder irgendwelche anderen Floskeln). Herrgott, natürlich wusste ich, dass sie die Stelle bekommen würde, aber ich gönnte ihr ihre Zweifel bis zum letzten Tag, weil ich ja sehr genau wusste, wie sehr sie sich Nacht für Nacht auf die Prüfung vorbereitete, Schulrecht und solchen Mist büffelte, eine Zigarette nach der anderen qualmte, während ihre Kaffeemaschine nicht stillstand. Ich hingegen hatte zwischendurch, in besonders hybriden Momenten, die Vorstellung, dass bei meiner eigenen Prüfung solche Kenntnisse keine Rolle spielen würden, sondern ich stattdessen die Typen von der Bezirksregierung einzig und allein mit meiner Persönlichkeit und meinen in der Tat ausgeprägten Schauspieltalenten imponieren könnte, eine Fehleinschätzung, die ich wider besseren Wissens aufrecht erhielt."

„Aber trotzdem warst du mit dieser Frau zusammen, die offenbar Mutter, Konkurrentin, Geliebte in einem war." Ivanka hatte ihren Oberkörper noch weiter über den Tisch geschoben und blies ihm den Rauch ihrer Marlboro ins Gesicht.

„Ich weiß, das scheint schwer nachvollziehbar, aber irgendwie faszinierte mich, wie sie ihren Weg ging, und sicherlich war ich, immer schon ein Nervenbündel, auch neidisch auf ihre stete Contenance. Sie war sehr attraktiv, kleidete sich elegant, ich zeigte mich gerne mit ihr. Und immer, wenn es mir schlecht ging, und das war oft der Fall, schützte sie mich, kümmerte sich um mich, beschenkte mich, kochte für mich, besorgte mir alles, was ich brauchte, schlief mit mir, ob mit Überzeugung, weiß ich bis heute nicht, vielleicht tat sie es aus einem mit eiserner Disziplin gepaarten Pflichtbewusstsein, mit dem sie sogar ihre stressbedingten Krankheiten, sie bekam Gürtelrose und ab und zu einen Herzkasper, ignorierte, aber auch in diesen Phasen, als es ihr schlecht ging, ließ sie sich nichts anmerken. Stattdessen nahm sie mich, wenn ich mich schwach zeigte, hypochondrisch, neurasthenisch und um Mitleid flehend, in ihre langen Arme, sie war so groß wie ich, zog mich an ihre Brust, redete ganz leise auf mich ein, und da hatte sie plötzlich eine ganz weiche Stimme. Ich fühlte mich dann zurückversetzt in meine Kindheit, der kleine Junge, der gestürzt war und heulend und mit blutigem Knie zu seiner Mutter lief, die ihm die Tränen abwischte, seinen kleinen Kopf in ihren Händen wog und seine Wunden versorgte. Danach war wieder alles gut. So war es auch mit Monika. Alles war gut in diesen Momenten. Wenn sie gegangen war, meist früh in der Nacht, weil sie ihre eigenen Kinder nicht so lange allein lassen wollte, schämte ich mich für diese Schwäche, und hinterher wurde ich wütend. Auf mich, aber mehr noch auf sie, was natürlich nur ungerecht war."

Georg unterbrach sich. Warum nur erzählte er Ivanka so ausführlich von dieser Zeit, von einer anderen Frau, mit der er hier, in diesem Ort, in diesem Hotel war, vor 20 Jahren, vor einer kleinen Ewigkeit? Und warum nur war er von der Autobahn abgefahren, sie hätten locker noch ein, zwei Stunden geschafft, vielleicht sogar bis Chania, und dann wären sie dort in einer kleinen Pension am venezianischen Hafen gelandet, in der es nur Doppelzimmer gab. Und bevor Ivanka hätte protestieren können, hätte er sie an die Hand genommen und wäre mit ihr zum venezianischen Hafen spaziert. Und nach dem Besuch einer der zahlreichen urigen Tavernen, in der man ihnen ein himmlisch geschmortes Kaninchen aufgetischt hätte, wären sie durch die engen Gassen zurück zum Hotel gegangen, und in ihrem Zimmer hätte Georg Ivanka weitererzählen lassen, noch einmal vom Maidan, von der Revolution, vielleicht auch von der anschließenden Zeit in Deutschland, er hätte nach ihren Erlebnissen in Frankfurt fragen können und was genau es in Sofia für sie zu tun gäbe und irgendwann wäre Zeit zum Schlafen gewesen, und da hätte es für beide nur ein ziemliches schmales, durchgehendes Doppelbett gegeben.

Aber jetzt saßen sie in Pagalahori und es ging um Monika und seine Geschichte mit ihr, genau hier, an diesem Ort, vor zwanzig Jahren. Ob er unwillkürlich Ivanka einen Grund geben wollte, dass sie sich gleich wieder in ihrem Stuhl zurücklehnte, die obersten beiden Knöpfe der Bluse schließen, die Zigarette ausdrücken, das Glas in die Spüle stellen und deutlich machen, dass der erste Tag ihrer Fahrt nun unwiderruflich zu Ende sei und Zeit, die beiden Schlafkammern aufzusuchen?

Aber Ivanka machte keine Anstalten, das Gespräch zu beenden und sich zurückzulehnen, sah sie offenbar keinen Anlass, Georg meinte sogar, sie sei noch näher gekommen, den Arm nun weit auf seiner Tischseite aufgestützt, das Gesicht dicht vor seinem.

„Und warum dann dieser Urlaub?" Ivankas Hand lag jetzt auf seiner, so, wie schon im Dionysos und am Morosini-Brunnen und am Katzanzakis-Grab, und Georg fühlte erneut die Ruhe, die in ihm aufstieg und er wusste, dass er jetzt weitererzählen konnte.

„Wir dachten, dass es uns helfen, uns in dieser bescheuerten Situation – der Doppelbewerbung – irgendeiner Lösung nahebringen könnte, obwohl schon klar war, dass die nur in einem vorzeitigen Verzicht meinerseits bestehen könnte. Der Posten war ihr nun mal sicher, da hätte es auch nicht jener damals rigide angewandten Frauenquote bedurft. Aber es war wieder diese diffuse Wut in mir, dass es einfach nicht sein konnte, dass ich den Kürzeren zog, ich, der Intelligentere, der Gebildetere, der Unangepasste, der Alleinunterhalter im Klassenraum, der mit seinen Schülern abends ein Bier trinken ging, sie zum Fußball begleitete, sie mit der Schönheit der Literatur und der Unerbittlichkeit der menschlichen Geschichte vertraut machte. Ihnen aber auch Hoffnung gab, Selbstvertrauen, Mut. Monika hingegen wurde von ihren Schülern im besten Fall respektiert, hinter ihrem Rücken tuschelten sie über die zu grellen Farben ihres Nagellacks und Lippenstifts und die Kürze ihrer Röcke, obwohl sie gerade erst 40 geworden und eine wirklich schöne Frau war. Wie auch immer, ich hielt mich ihr in gewisser Weise für überlegen und wollte ihr das in diesem Urlaub beibringen, schonend natürlich und auf eine irgendwie zärtliche Weise. Pure

Illusion, was mir in den letzten Tagen vor Ferienbeginn mehr als deutlich wurde. Aber wir flogen trotzdem."

Ivanka schüttelte den Kopf.

„Vielleicht hast du sie ja mehr geliebt, als du glaubtest, und eigentlich warst du es, der seine Niederlage in diesem Urlaub verstehen, sie akzeptieren wollte…Stört es dich, wenn ich deine Hand halte? Irgendwie fühlt sich deine Erzählung dann viel intensiver an, als flösse sie durch deine Finger."

Georg musste über diese Formulierung lachen, aber es war alles andere als Spott in diesem Lachen.

„Das hast du schön gesagt, nimm sie bloß nicht weg." Er trank einen Schluck, überlegte, ob er jetzt mit ein paar belanglosen Hinweisen darauf, dass es eben hier, in diesem Hotel zu jener einzig möglichen Lösung zwischen Monika und ihm gekommen war, aufhören sollte. Aber der Druck ihrer Hand ermutigte ihn, weiter zu reden.

27

„Mit dem Verzicht auf die Stelle, möglichst großmütig und gönnerhaft formuliert, hätte ich tatsächlich mein Gesicht wahren können. Aber dann, nach ein paar Hoteltagen in Hersonissos, die wir mehr oder minder schweigend oder nur das Nötigste redend verbrachten, wollten wir beide einen Befreiungsschlag. Ich mietete ein Auto, ja, so wie jetzt, aber glaub´ mir, das ist hier keine billige, zudem völlig unsinnige Nostalgietour, und am zweiten Tag landeten wir hier, im Rodostamo, per Zufall, weil wir ein Kloster in der Nähe besucht hatten und nicht mehr weiterfahren wollten. Übrigens, ganz lustig, auch wir schliefen nicht in einem Bett, das machte ohnehin seit einiger Zeit keinen Sinn, aber damals standen auch in den Doppelzimmern die Betten einzeln an der jeweils gegenüberliegenden Wand.

Zu essen gab es im Haus nichts. Die Mutter von Despina hatte irgendetwas von einer Taverne im Ort gemurmelt. Wir gingen einfach los und setzten uns in die nächstbeste. Es war um Ostern herum, den ganzen Tag über windig und kühl, dazu unser ungelöster Konflikt, der ja eigentlich nur die Oberfläche eines viel tiefer sitzenden war. Wir waren die einzigen Gäste. Der Wirt, ein kleiner, alter Mann voller Runzeln im Gesicht, Pullover und Hemd mit Flecken übersät, kam an den Tisch gewatschelt, legte uns eine vergilbte Karte in griechischer Schrift vor. Ich versuchte eine Verständigung mit meinen paar Brocken Griechisch, kam aber nicht weiter, auch mit Englisch und Deutsch keine Chance. Der Alte zuckte die Achseln und wollte sich wieder umdrehen. In diesem Augenblick steckte sich Monika eine Zigarette zwischen die Lippen. Mit einer Geschwindigkeit, die man ihm nicht zugetraut hätte, fingerte er ein uraltes Zippo aus der Hosentasche, entzündete es beim ersten Versuch und gab ihr Feuer. Dazu setzte er sich auf den Stuhl vor sie und, als er sah, dass die Zigarette nicht ganz an war, wiederholte er den Vorgang. Sein mürrischer Gesichtsausdruck war einem breiten Lachen gewichen, und während Monika, überrascht und amüsiert zugleich, die qualmende Zigarette in der einen Hand hielt, nahm er die andere und legte seine eigene darauf, so wie du jetzt, Ivanka, und nimm sie bloß nicht fort, eine Hand, die, wie ich sah, jahrzehntelang auf Äckern und in Olivenhainen geschuftet hatte, vielleicht auch auf dem Bau, genauso faltig wie das Gesicht, an den Fingern Gichtknoten und die Nägel ganz gelb von tausenden Filterlosen. Ich wurde noch ärgerlicher, wollte endlich etwas essen und ja, auch den ersten Alkohol des Tages bekommen, aber da rief er, der ab sofort ohnehin nicht mehr aufhörte zu reden, irgendetwas in den hinteren Teil der Taverne und wie von Geisterhand tauchte ein junges Mädchen, vielleicht 18 oder 19 auf, das ein ganzes Tablett mit Mezes vor uns hinstellte, Oktopus, Taramas, Olivencreme, was weiß ich, dazu Brot und eine große Kanne Hauswein, während der Alte immer noch lachte und brabbelte und Monikas Hand nur für einen Augenblick losließ, wenn sie sich von den kleinen Tellerchen bediente."

„Wie merkwürdig. Was war mit ihm los? Einfach nur eine übersteigerte Form der Gastfreundschaft?"

„Ich weiß es bis heute nicht, er saß einfach nur da, redete und redete und streichelte Monikas Hand. Auch das Mädchen sprach nur Griechisch und fuhr, trotz unserer Abwehrbewegungen und ständigen „Efcharistos" und „Endaxis" immer weitere Speisen auf, bis sie merkte, dass nun wirklich nichts mehr in uns hineinpasste. Zwischendurch füllte sie den Wein auf und brachte Monika, die auf die alte Kaffeemaschine gezeigt hatte, einen Mokka nach dem anderen. Monika schien sehr beeindruckt, wusste aber nicht, wie sie sich verhalten sollte, bot dem Alten eine Zigarette an, die er sich zwischen die gelben, längst nicht mehr vollständigen Zahnreihen schob, nachdem er den Filter abgebrochen hatte, immer noch lachend und gestikulierend und ganz schnell wieder Monikas Hand haltend. Dann kam das Mädchen, das für ein paar Minuten unsichtbar gewesen war, an den Tisch, in der Hand einen Strauß offenbar frisch gepflückter Wiesenblumen, die sie Monika in den Schoß legte, nachdem sie ihr leicht über die Stirn gestrichen hatte. Der Alte nahm, plötzlich ganz still geworden, eine einzelne Blume, hielt sie sich unter die Nase, schloss die Augen, sog ihren Duft ein und legte sie dann zurück."

Georg war es, als wäre er plötzlich wieder Teil dieser Szene, er sah den Alten ganz deutlich vor sich, das Mädchen, die immer noch überraschte Monika.

Ivanka hatte ihre Hand zurückgezogen, Eingeschlafen, erklärte sie und schlug sie ein bisschen aus. Aber sie selbst blieb über den Tisch gebeugt, ganz nah bei ihm.

„Wie ging das aus?"

„Die sonst so kontrollierte Monika, das sah ich von der Seite, hatte Tränen in den Augen. Abwechselnd schaute sie auf die Blumen in ihrem Schoß und dann auf den Alten, der immer noch ganz ruhig war, aber mich jetzt in den Blick nahm. Dann sagte er etwas zu mir, zeigte auf Monika, schüttelte den Kopf, wissend, dass ich ja nichts verstand. Sein Finger wies jetzt abwechselnd auf uns beide und er rief das Mädchen und gab ihm irgendeinen Auftrag. Sie brachte ihm ein Stück Papier, eng bedruckt, griechische Schrift, in Strophen angeordnet, offenbar ein Gedicht. Er las es uns vor, feierlich, seine Stimme zitterte, fiel zwischendurch in eine Art Singsang, die letzten Zeilen trug er fest und entschieden vor. Am Ende breitete er beide Arme aus, als wolle er sagen, habt ihr endlich verstanden? Er stand auf, überreichte mir das Papier, küsste Monika auf die Stirn, gab mir die Hand und verzog sich im gleichen Watschelgang, wie er gekommen war, in die hinteren Räume. Das Mädchen kam zum Abräumen, ich zeigte auf meine Geldbörse, sie schüttelte nur den Kopf. Ich schob dann einen Stapel Drachmen, die gab es damals noch, unter die Tischdecke. Monika stand auf, die Augen immer noch feucht, nahm den Blumenstrauß und ging zur Tür, ohne mich zu beachten."

Ivanka war aufgestanden, hatte den Radiator ausgemacht, jetzt war es in dem kleinen Raum doch sehr warm geworden. Sie goss den letzten Wein in ihre Gläser, dann stellte sie sich hinter Georgs Stuhl und legte die Hände auf seine Schultern. Er versuchte, ob es möglich sei, seinen Kopf etwas in den Nacken zu legen, sie ließ es zu. Er spürte den Verschluss ihres Gürtels, aber auch das weiche Fleisch, das darüber lag.

„Was hatte es denn nun mit diesem Gedicht auf sich?"

Georg verstärkte den Druck seines Hinterkopfes auf ihren Bauch. „Das haben wir erst am nächsten Tag erfahren. Nachdem wir, ohne noch einmal über dieses merkwürdige Erlebnis gesprochen zu haben, die Nacht in den beiden Einzelbetten verbracht hatten, sind wir am nächsten Tag zu einem Freund von mir in Rethymno gefahren und haben ihm den Text gezeigt. Der konnte das Gedicht, es war wirklich eines, zumindest ins Englische übersetzen. Aber es stand keine Autorangabe darunter. Die lieferte mir dann, als wir wieder nach Koutouloufari zurückgekehrt waren, der Dhaskalos, der Dorflehrer, der nebenbei im Dionysos kellnerte, ja, das war damals schon meine

Stammkneipe, Ivanka. Tatsächlich war es ein Gedicht von Jorgos Seferis, Nobelpreisträger von 1970."

„Und das bei einem Tavernenwirt?" Ivanka übte ein wenig Gegendruck aus, Georg schob seinen Kopf wieder nach vorne.

„Nicht ungewöhnlich. Schon die Grundschulkinder lernen hier die Texte der größten Autoren ihres Landes. Zumindest davon könnte sich Deutschland mal eine Scheibe abschneiden."

„Kannst du es noch auswendig?" Ihre Hände lagen jetzt an seinen Schläfen und massierten sie leicht.

Georg hatte in den letzten Jahren, besonders in der Schule, gemerkt, wie sein Gedächtnis langsam nachließ, manchmal waren ihm nach sechs Wochen Ferien sogar viele Schülernamen entfallen. Das war ihm zunehmend peinlich gewesen und hatte ihm Angst gemacht. Aber jetzt kamen ihm die Verse, obwohl lange nicht gelesen, geschweige denn, gesprochen, so in den Sinn, als habe er sie seit damals jeden Tag aufs Neue deklamiert.

„So wie wenn du in deinen letzten Jugendtagen liebst / eine noch schön gebliebene Frau und hast immer Angst / sooft du sie nackt am Mittag empfängst / vor der Erinnerung, die in der Umarmung erwacht / Angst, dass dein Kuss dich verriete / an andere längst vergangene Lager / die dich als Schatten heimsuchen könnten / so leicht, so leicht könnten sie auferstehen / Bilder im Spiegel, Körper, die einmal waren: Angst vor ihrer Lust…./ Wahrlich, die Zerbrochenen sind nicht jene Statuen: du bist das Trümmerwerk / die Statuen sind im Museum/ Gute Nacht, jetzt."

Ivanka spürte seine Rührung, während er vortrug. Sie strich ihm jetzt über seine Wangen, immer noch hinter ihm stehend. Georg wollte sich aus ihrem Griff lösen, sich umdrehen, aufstehen, den

Text ganz schnell vergessen, weil er bereute, ihn Ivanka vorgetragen zu haben, wie aberwitzig, diese Worte aus einer längst vergangenen Zeit, dem Ende einer Beziehung, die lange hinter ihm lag, zu sprechen, während die Frau, die er lieben wollte um jeden Preis, und wäre es das letzte, was er täte, hinter ihm stand, die Hände auf seinen Wangen, die Spitzen ihrer Haare in seinem Gesicht, überrascht über seine abrupte Bewegung. Erneut verfluchte er seine Entscheidung, nach Pagalohori abgebogen zu sein, am Rodostamo angehalten, die Wohnung gemietet zu haben, Ivanka von seiner sentimentalen Erinnerung an die letzten Tage mit Monika erzählt zu haben, alles. Der Augenblick, den er seit Tagen herbeigesehnt hatte und von dem er eben noch geglaubt hatte, er stünde unmittelbar bevor, war vorbeigehuscht, unwiderruflich, und es war nichts passiert, nichts. Und während er noch versuchte, sich herauszuwinden, aus beidem, der unglücklichen Erzählung samt Rezitation, wie auch aus ihrem sanften Griff, ließ sie ihn los, ging zur Balkontür und öffnete sie. Der Radiator hatte wirklich seine Pflicht erfüllt, frische Luft schien angebracht. Sie trat hinaus, schaute auf das Licht, das die Peitschenlaternen auf die nun leere Autobahn strahlten, aber auch die vielen hellen Punkte, die aus der Altstadt von Rethymno herüberleuchteten, dazwischen das Minarett aus türkischer Zeit, an dessen Spitze nun rote und grüne Positionsleuchten montiert waren, damit die Fischerboote mit ihrem kärglichen Fang sicher den Hafen erreichen würden. Und auch den Düsenjets der griechischen Armee, die in Kürze ihre Patrouillenflüge in Richtung türkische Grenze begännen, diente der Gebetsturm der ehemaligen Besatzungsmacht als Orientierung.

Ivanka legte die Hände auf die Brüstung des kleinen Balkons, atmete ein paarmal tief durch, während die nächtliche Brise vom Meer ihr Haar leicht anhob. Georg, noch auf der Schwelle zwischen Zimmer und Balkon, fragte sich, wie dieser Abend, der eine Wendung bekommen hatte, die er nicht wollte, die er aber allein sich selbst zuzuschreiben hatte, enden würde. Er trank sein Glas aus, so langsam, als hoffte er darauf, dass irgendetwas geschähe, das die letzten Minuten vergessen machte, etwas Unerwartetes, das den Abend wieder auf null stellte, auf den Moment, als sie ihre Gastgeber verließen und die Treppe zum Appartement hinaufstiegen, etwas, das ihn Ivanka wieder näherbrachte, so nahe, wie vorhin, als er endlich (und das hieß, nach fast drei Jahren des Zweifels an sich, an seiner Männlichkeit, und der zunehmenden Gewissheit, sein erotisches Leben sei definitiv beendet) die Möglichkeit gespürt hatte, dass es das doch noch einmal für ihn geben könnte, dieses Spiel der Körper zwischen Mann und Frau, dessen Regeln ihm fast schon entfallen waren.

Mitten in diese Gedanken hinein, noch immer das Gesicht zum Hafen und seinen Irrlichtern gewandt, fragte sie, ob dieses Gedicht, übrigens ihrer Meinung nach ziemlich erratisch, denn irgendetwas „ausgerichtet" habe und die ganze Geschichte, dieser ganze merkwürdige Urlaub Monika und ihm „weitergeholfen" hätten, und was genau denn zu lernen gewesen wäre aus dem Tavernen-Abend, dem streichelnden, bramarbasierenden, lyrisch angehauchten Wirt und dem schweigenden Mädchen mit den Blumen und den „Statuen" und dem „Trümmerwerk", und er sagte nur, reichlich schwammig und einer genaueren Antwort ausweichend, dass er „von einer Sekunde auf die andere tatsächlich etwas verstanden" hätte, was genau, sagte er nicht, aber Ivanka nickte und hakte auch nicht nach, und am nächsten Tag noch von Kreta aus in Düsseldorf bei der Behörde angerufen und seine Bewerbung zurückgezogen habe und dass er mit Monika nur noch ein paar Wochen und das auch nur pro forma, bis zu ihrer Beförderung, zusammengeblieben wäre.

Und ehe sie etwas darauf sagen konnte (vielleicht wollte sie ja auch gar nicht), war er schon auf dem Balkon, hatte sie von hinten umfasst und sie zu sich gedreht und dann lag sein Mund auf ihrem, und der Augenblick, der für immer verloren schien, hatte sich nur etwas verspätet. Aber jetzt war er da. Und blieb.

28

Als der erste Kampfjet, wie immer gegen fünf Uhr morgens, die Schallmauer durchbrach, um die türkische Flugabwehr ein wenig zu ärgern, wurde Georg wach. Ivanka lag neben ihm, tief schlafend, ihre Atemzüge kaum hörbar, mit dem Gesicht zur Wand. Er drehte sich zu ihr und sah nur einen Berg blonder Haare, aus denen ihr rechtes Ohr herauslugte. Die Decke hatte sie so weit hochgezogen, dass es der Morgensonne, die durch die geschlossene Balkontür fiel, nur gelang, ihr Lamellenmuster auf das kleine Stück Schulter zu zeichnen, das unbedeckt geblieben war.

Es war so einfach gewesen. Seitdem Marion ihm vor fast drei Jahren mit einer Virtuosität, die er an ihr nicht kannte, diese großartige Vorstellung im Bett gewährt hatte, von der er erst hinterher wusste, dass es eine Abschiedsvorstellung gewesen war, war er ohne „richtigen" Sex geblieben, den mit sich selbst ausgenommen, das zählte nicht. Es hatte schon noch einige Möglichkeiten gegeben, zum Beispiel mit der schönen, intelligenten Schülermutter oder der etwas rustikaleren Kosmetikerin, aber jedes Mal, wenn es soweit war, die Bettdecke hochgeschlagen, die Dessous auf dem Boden verteilt, alle Präliminarien eingeleitet, hatte er irgendetwas erfunden, vorgetäuscht – Nervosität, Erschöpfung, Rückenschmerzen, seine Abneigung gegen Kondome („Latexallergie", aber das fand nur er witzig)– so dass es bei ein paar Streicheleinheiten, pubertärem Petting geblieben war, ab und zu war die ganze Aktion sogar mit reichlich Kraftaufwand und irgendwie peinlichen Verrenkungen zu einer Art Ergebnis gekommen, das aber nur Georg halbwegs befriedigt zurückließ, „nicht Fisch und nicht Fleisch", hatte die Schülermutter gesagt, die Kosmetikerin drückte es etwas drastischer aus. Trotzdem hatten die Damen zunächst mit dem in diesen Situationen üblichen Verständnis reagiert, waren ihm, so gut sie konnten, weiter behilflich gewesen, hatten sich dann aber beim zweiten, gar dritten untauglichen Versuch mit Bedauern zurückgezogen. Die langen Briefe, die er auch ihnen hinterher geschrieben hatte, sein offensichtliches Versagen jeweils zu einer von Tragik und intellektuell begründetem Verzicht umhüllten Trauer stilisiert, blieben unbeantwortet. In Wahrheit war Georg von panischer Angst davor erfüllt gewesen, den vermuteten sexuellen Ansprüchen nicht zu genügen. Und dass sie die hatten, war offenkundig. Auch hier war es die Kosmetikerin gewesen, Laura, die kein Blatt vor den Mund nahm und, während sie auf der Bettkante saß und enttäuscht begann, sich wieder anziehen, ihm deutlich machte, dass seine „schlauen Sprüche" von Literatur und Politik sie, die nur einen „Volksschulabschluss" habe, zwar mächtig beeindruckten, aber dass sie deswegen nicht auf eine „geile Vögelei" verzichten würde, aber da habe er ja wohl so seine Probleme. Claudia, die Schülermutter, war wesentlich dezenter und versuchte seine Schwierigkeiten aus einer Mischung von Larmoyanz, „Opferhaltung", gepaart mit einem kräftigen Schuss Narzissmus plus Einzelkind-Syndrom zu erklären und räumte ihm ein, zwei Bewährungsproben mehr als Laura ein, letztlich ebenfalls ohne Erfolg. Georg trank in den abendlichen Stunden, in denen er mit einer von ihnen (die Affäre mit Claudia war weit vor der mit Laura) zusammen in Kneipen, Restaurants und auf Rockkonzerten war und es klar war, dass man unweigerlich in seinem Bett landen würde, aber jedes Mal bewusst so viel, dass der Alkohol, sein vermeintlich zuverlässiger Gehilfe gegen die Angst, im Zusammenspiel mit den ohnehin sich selbst erfüllenden Prophezeiungen, sein Übriges tat und seine

Erektionen, bei aller Versiertheit der beiden Frauen, auch deswegen enttäuschend blieben. Er wusste das alles sehr genau, und im Nachhinein wunderte er sich jedes Mal, wieso es ihm unmöglich war, diesen Teufelskreis zu verlassen. Es gelang einfach nicht, das machte ihn wütend, wütend gegen sich selbst, nicht gegen die Frauen, wieso auch, die gaben ja wiedermal alles. Und selbst als Holm, Freund und Arzt, ihn mit entsprechender chemischer Hilfe unterstützte, waren die Resultate eher zu vernachlässigen.

Danach hatte es Georg nicht mehr darauf ankommen lassen, mit einer Frau zu schlafen. Zunehmend redete er sich ein, dass es nun, mit über 60, vielleicht ohnehin Zeit sei für den Abschied von der körperlichen Lust – und lachte im gleichen Moment über diese blödsinnige Vorstellung. Aber dieses Lachen wurde von Tag zu Tag bitterer.

Demgegenüber standen eine nicht nachlassende sexuelle Begierde, die wechselseitig von seinem Unterleib in den Kopf stieg und dann wieder den umgekehrten Weg nahm, die Sehnsucht nach einem weiblichen Körper, die ihn fast verrückt machte. Er begann, auf seinem Computer einschlägige Seiten zu besuchen und schämte sich anschließend dafür, nicht aus irgendwelchen sogenannten „moralischen" Erwägungen (das machten schließlich alle seine Freunde, die verheirateten zumal), sondern weil er in einem letzten Anfall von Arroganz meinte, dass dies nach einem Leben mit immerhin so vielen Freundinnen jetzt „unter seiner Würde" sei, eine selbstzugefügte Demütigung. Danach ließ er das Notebook wieder wochenlang aus oder ignorierte diese Seiten, vor denen ihn seine Firewall immer warnte („Norton blockierte soeben einen gefährlichen Angriff"), wenn er etwas Dienstliches zu erledigen oder Emails zu öffnen hatte. Stattdessen verschlang er morgens in der Schule die Körper seiner jungen Kolleginnen, die, namentlich in den Sommermonaten, unter den dünnen Shirts, Blusen, Hosen und Röcken nur wenig verhüllt waren, mit den Blicken eines 16jährigen und imaginierte sie in seinen nächtlichen Träumen, teils unbewusst, wenn ihm die Hirnchemie die aberwitzigsten Abenteuer mit diesen jungen Frauen vorgaukelte, teils bewusst, wenn er sich sorgfältig Konstellationen für seine Masturbationsbemühungen ausdachte, wobei sich diese als äußerst anstrengend erwiesen, da er als sein eigener Supervisor über dem Bett schwebte und sich bei einer Tätigkeit zusah, die in die Zeit seiner Pubertät vor 50 Jahren gehörte und die er jetzt als überaus lächerlich empfand. Kam es dann trotzdem zu einem leidlichen Orgasmus, glich dieser einer schmerzhaften Verkrampfung, die keine Erleichterung brachte.

Das waren die ersten Monate nach der Trennung von Marion, aus der dann Jahre wurden. Nach außen hin galt er weiter, besonders im Kreise seiner männlichen Freunde, als kleinstädtischer Womanizer mit einem intellektuellen Touch, „Clooney für Arme", hatte Holm immer gesagt, grauhaarig, den zunehmenden Bierbauch unter weiten Polos versteckt, überwiegend „gut drauf" und den Neid der Ehemänner erweckend (vielleicht auch ein trauriges Seufzen des Verzichtenmüssens bei deren Frauen), und natürlich tat er nichts, diesem Eindruck entgegenzuwirken, half ihm dieses mühsam, mit ein paar kryptischen Geschichten über angebliche Amouren gepflegte Image doch dabei, eine Art künstliches Selbstbewusstsein aufrechtzuerhalten. In dem goldenen Pillendöschen, das ihm ausgerechnet Marion zur Aufbewahrung seiner Tranquilizer, manchmal war auch ein bisschen Gras darin, und aus dem sie sich ab und zu auch selbst bediente, geschenkt hatte, trug er zwar weiterhin Holms Unterstützungspillen, die „blauen Diamanten", mit sich herum, aber nur so lange, bis sie ihr Verfallsdatum überschritten und der Freund ein neues Rezept ausstellte. Zum Einsatz kamen sie nicht mehr. Georg freute sich, wenn er in gelegentlichen Flirts glänzen konnte – oh ja, die gab es und gar nicht so selten: Ärztinnen, Architektinnen, Rechtsanwältinnen, Business-Frauen, zum Schluss seines Berufslebens plötzlich noch die jungen Kolleginnen, deren Körper er zuvor angehimmelt hatte – aber alle diese Flirts zeigten auf Seiten der Frauen zwar große Sympathie, teils sogar mehr, für Georgs Art, seine Zuwendung anderen Menschen gegenüber, sein Interesse für sie, dann imponierten ihnen seine Bildung, seine Offenheit, sein Humor, wohl auch sein Aussehen (die etwas zu langen grauen Haare, kontrastiert mit dem fast noch faltenlosen Gesicht, das schien was zu haben), trotzdem reichte es nicht zu mehr. Vielleicht hätte Georg noch einmal offensiv an die eine oder andere vielleicht doch existierende erotische Möglichkeit herangehen sollen, aber irgendwann genügte ihm diese reduzierte Form der Selbstbestätigung, die sich in Andeutungen und manchmal schlüpfrigen Bemerkungen erschöpfte, von den Flirtpartnerinnen zwar gerne aufgenommen und erwidert, zudem mit Wangenküssen und Umarmungen honoriert, die ganz kurz, für Sekunden , den nur freundschaftlichen Charakter verloren, sich dann aber wieder auflösten (letztes Winken, wann essen wir wieder miteinander?), und am Ende war es ihm ganz recht, keine Beweise seiner Männlichkeit im eigenen oder fremden Schlafzimmer mehr abliefern zu müssen.

Aber der Widerspruch blieb. Und die Leere. Er war immer noch mitten in der Welt, fühlte sich aber so, als sei er längst aus ihr herausgefallen. Die Geschwindigkeit, mit der die Zeit jetzt verging, erschien ihm als Strafe für alle die Liebe, die er versäumt, und die Körper, denen er sich versagt hatte.

Die tausend Tage ohne Sex, so viel waren es überschlägig inzwischen, hatten dennoch eine tiefe Verzweiflung in ihm wachsen lassen und das immer stärker werdende Gefühl, wie ungerecht das Leben zu ihm sei (oder vielleicht sogar Gott, an den er als früh sozialisierter Protestant und späterer Religionslehrer Jahrzehnte „berufsmäßig" hatte glauben müssen, inzwischen leistete er sich aber zunehmend den Luxus, Agnostiker zu sein). Dort, wo er am ehrlichsten sein konnte und durfte, nämlich in seinen Tagebüchern, die er seit frühester Jugend schrieb, drückte er sich aber nicht um die Erkenntnis, dass dieses, von ihm so beklagte Leben einzig und allein seinem eigenen Handeln bzw. Nichthandeln entsprungen war. Es gab, er erinnerte sich an die „Drei dunklen Könige" von Borchert, in der Tat niemanden, dem er dafür die Faust in die Schnauze schlagen konnte. Außer sich selbst.

Und nun war alles so einfach gewesen! Ivanka hatte seinen Kuss auf der Schwelle zwischen Balkon und Zimmer nicht nur hingenommen, im Gegenteil, sie hatte ihren Mund weit geöffnet, seine Zunge empfangen, wie man etwas lange Vermisstes empfängt, war ihm dann, den einen Arm fest um seine Schulter geschlungen, in die Wohnung gefolgt, mit dem anderen Arm die Balkontür zustoßend, dann hatten sie kurz in der Mitte des Raumes, unter der Lampe, gestanden, die ihre Gesichter schwach ausleuchtete, die Lippen, die sich aufeinanderpressten, als wollten sie eins werden, während die beiden Zungen sich miteinander zu einem unauflöslichen Knoten verschlungen, so standen die beiden da, so nah waren sie sich.

Einen Moment blieben sie so, schwankend, als gäbe der Boden gleich nach und sie landeten in der unteren Wohnung von Kostas und Despina, aber noch konnten sie von diesem Kuss nicht lassen, diesem Augenblick, der nicht weichen wollte, und auch ihre Hände waren sich ihrer Möglichkeiten noch nicht bewusst und krallten sich beim jeweils anderen in die gleichen Stellen, irgendwo zwischen Schultern und Hüften, und erst, als sie wagten, die Lippen kurz voneinander zu lösen, Luft zu holen für das, was ihnen noch bevorstünde, bemerkten sie, dass sie von der Raummitte ganz langsam in die Nähe des ersten Bettes, ihres, denn es lag noch ihre Tasche darauf, gelangt waren, Tänzern gleich, versunken im zeitlupenhaften Klammerblues. Ja, jetzt hätten, ginge es nach Georg, 50 Jahre nach jenem ersten Kuss in der Kellerbar von Marlies` Eltern, noch einmal die Moody Blues loslegen können, auch wenn es keine Sommernacht aus weißer Seide war, sondern eine kühle Herbstnacht in einem kretischen Kaff über der Bucht von Rethymno, weit schon nach zwölf, aber genauso magisch, genauso einzigartig, „Nights in white Satin", klang es in ihm, der lang gezogene Klageton Justin Haywards, es gibt ja keine Liebe ohne Musik und auch keinen Anlass zur Klage, das Lied hatte doch gerade erst begonnen, war noch vor dem ersten Refrain, „„..and I love you, how I love you, oh, how I love you…" , und Georg war, als hörte er das Anschwellen der Musik von den Nächten, die ihr Ende nie erreichen, diese Musik, während er Ivanka langsam aus seinen Armen entließ und sie auf die Matratze hinunterglitt, einen Augenblick zögernd, was nun zu geschehen habe, aber dann richtete sie sich auf, saß auf der Bettkante und kam Georg, der vor ihr kniete, zuvor, indem sie den dritten Knopf ihrer Bluse öffnete, die anderen beiden waren ja schon seit Stunden auf gewesen.

Alle seine Angst war verschwunden, keinen Augenblick dachte er an das Pillendöschen, das irgendwo in den Tiefen seines Kulturbeutels verschwunden war, keine vorsorgliche Suche nach Ausreden, wenn es wieder nicht funktionieren sollte. Schon als sie die Bluse auszog, sich aus den Jeans schälte, hatte er sich selbst Hose und Hemd förmlich vom Leib gerissen, so hastig, getrieben fast, als bliebe keine Zeit mehr, als müsse er in wenigen Sekunden all das, was so lange in ihm gefangen war, in seinem Kopf, seinem Unterleib, aus sich heraus lassen, ins Freie, ins Ungezügelte, und als ihm endgültig klar wurde, dass er nichts mehr zu befürchten habe (nämlich da, als er sich auch die Unterhose herunterzog), hätte er schreien mögen vor Glück, stattdessen entfuhr ihm etwas wie ein heiseres Juchzen, ein unterdrückter Jubel, und Ivanka, die vorsorglich schon einmal einen Finger auf die Lippen gelegt und mit einem anderen nach unten, zur Wohnung ihrer Gastgeber, gezeigt hatte, überließ ihm, sie ganz auszuziehen, wobei ihm das Aufhaken ihres BHs genauso misslang wie bei allen BHs zuvor, aber sie lachte still in sich hinein und wartete, bis er den Verschluss besiegt hatte, legte sich auf den Rücken, lachte noch einmal, diesmal hörbar, ein Lachen, das ihn, dem der Anblick ihrer Brüste für einen Moment den Atem genommen hatte, ermutigte, ihr auch noch den Slip auszuziehen, und sie half ihm, indem sie ihren Hintern leicht anhob und dann die Beine, dass er ihn über ihre Knöchel streifen konnte.

Dann war es fast still, Ivankas Geste vorhin sorgte dafür, dass sie beide ihren schweren Atem, ihr zunehmendes Stöhnen, wenn nicht unterdrückten, so doch kontrollierten, es schien sogar ihre Lust zu steigern. Georg dachte daran, dass nur wenige Meter unter ihnen Kostas und Despina ihr Schlafzimmer hatten und vielleicht taten die beiden gerade das Gleiche wie sie, aber vielleicht lagen sie auch nur wach und lauschten in die Nacht hinein und vielleicht grinsten sie sich auch an, denn zumindest das Bett Ivankas ächzte und stöhnte gotterbärmlich unter ihren Bewegungen, das ging durch das ganze Haus mit seinen dünnen Wänden.

Ivanka hatte die Augen geschlossen und überließ Georg jegliche Regie, er wunderte sich, war aber gleichzeitig froh darüber, dass alles, was er tat, wohin seine Hände, sein Mund auch wanderten (sie wagten sich in Gelände vor, die sie lange nicht betreten hatten, auch nicht bei Marion), von Ivanka gutgeheißen wurde, alles ließ sie geschehen, alles schien ihr recht, und erst, als er in einem Versuch, dieses Übermaß an Glück, das er noch bewahren, dessen Erfüllung er unbedingt hinauszögern wollte, sich für einen Moment von ihr wegdrehte, auf die andere Seite des Bettes, öffnete sie die Augen, sah Georg neben sich liegen, ein wenig zitternd vor Anspannung, aber schon wieder bereit, sie erneut zu umfangen, aber sie drückte seine Arme so herunter, dass sie sich über seinem Kopf verschränkten, und dann waren ihre Hände und ihr Mund da, wohin sie gehörten und als sie sich, Ewigkeiten später, auf ihm zurechtsetzte und Georg dachte, jetzt drohe ihm vielleicht doch noch ein Fiasko und er irgendetwas sagen wollte, etwas Dummes wie „Lass uns eine Pause machen", legte sie die Hand auf seinen Mund und er fühlte, dass er in ihr war, ganz leicht und ohne dass er irgendeinen Übergang gespürt hätte, und sie diktierte ihm ihre Bewegungen, auf ihm sitzend, triumphierend, mit wippenden Brüsten und die Haare tief im Gesicht hängend. Die alte Funzel, unter der sie eben noch gestanden hatten, gab so viel Licht, dass er ihr zuschauen konnte, wie sie auf ihm ritt (das Wort gefiel ihm nicht, aber man nannte das wohl so), sehr wild und sehr entschlossen, eine ganz andere Ivanka als die leise, zurückhaltende, und von der er bis eben nicht wusste, ob das, was jetzt zwischen ihnen geschah und von dem er seit Tagen träumte, überhaupt möglich gewesen wäre. Aber jetzt saß sie auf ihm, verschärfte das Tempo, nahm in Kauf, dass er mehrfach aus ihr herausrutschte, was sie sofort wieder korrigierte, während Georg nicht mehr machte als auf dem Rücken zu liegen, die Hände an ihren Hüften auf und ab gleiten ließ, aber den Rhythmus bestimmte sie, einen Rhythmus, der keine Pause und kein Verweilen kannte, und Georg wollte, dass es langsamer würde, weil er merkte, dass er die Kontrolle über seine Muskelkontraktionen verlor und das durfte nicht sein, weil dann in einigen Augenblicken alles vorbei sein würde.

Ivanka ignorierte seine Signale, sie bewegte sich ganz selbstversessen, ihr Gesicht nahm einen fast entrückten Ausdruck an, als wäre sie jetzt ganz bei sich und Georg und dem, was von ihm in ihr war, die letzte Hürde, die es noch zu überwinden gelte, und dann veränderte ihr Gesicht sich noch einmal, die favorisierte Läuferin kurz vor dem Ziel, lachend schon im Gefühl des sicheren Sieges, aber auch kurz vor der endgültigen Erschöpfung, sie biss die Zähne aufeinander und sah auf ihn hinunter, und jetzt überwog die Geste des Triumphes und die Milde mit dem Unterlegenen, zwei, drei letzte, fast brutale Bewegungen, ihre Züge verzerrten sich, und sie musste die Lippen fest aufeinanderpressen, um nicht irgendetwas Russisches oder Ukrainisches herauszuschreien, Georg hörte, während er keinen Widerstand mehr leistete, wieder Musik, von ganz tief innen, es war die CD vom Nachmittag auf der Autobahn, die Musik, ohne die es keine Liebe gibt, und es waren wieder die Cats, through the night my heart was achin, und etwas explodierte in ihm, eine Ladung Sprengstoff am Ende einer Zündschnur, die drei Jahre nur geglommen hatte und fast erloschen wäre, just before the dawn was breakin´, und tatsächlich begann es zu dämmern, als alles aus ihm herausschoss und Ivanka für einen Augenblick erstaunt schien über diese nicht enden wollende Entladung, und er sah, dass sie am ganzen Körper zitterte und für einen Augenblick nicht wusste, wohin mit sich und dem, was sich in ihr in langanhaltenden Wellen ausbreitete und nicht aufhören wollte, und Georg trommelte mit beiden Fäusten auf das Bett, während er das „Oh Gott" ausstieß, das die Männer immer in diesem Moment ausstoßen, und mit der unbändigen Wut darüber, dass es zu Ende sein würde und dem verzweifelten

Nichtwissen, ob es dieses Glück noch weiteres Mal geben könnte, ein einziges Mal nur noch, vielleicht heute oder morgen vielleicht, danach käme nur noch Leere und die Gewissheit, sterben zu müssen an dieser letzten Liebe, aber dann wurde er ruhig und seine Fäuste lösten sich und wurden wieder zu Händen, die sich auf ihre Schenkel legten, hochwanderten zu ihren Hüften, ihren Brüsten, weiter zu den Schultern, zum Gesicht, aus dem sie die Haare nach beiden Seiten wegstrich, damit er ihre Wangen streicheln konnte, ihre Stirn, und Ivanka seufzte und lachte ihn an und Georg lachte zurück und wusste, dass es vorbei war, und dann lag sie plötzlich mit ihrem ganzen Gewicht auf ihm, die Brüste an seine Brust gedrückt und die Geschlechter erschöpft und feucht aneinander reibend, so blieben sie eine Zeitlang und sagten nichts und hörten darauf, wie ihre Atemzüge ruhiger wurden, und dann küsste er sie auf den Mund, und die Welt, in die er zurückgekehrt war, küsste ihn mit Ivankas Mund und sie legte sich neben ihn, den Kopf in seinem Arm und sah ihn an und sagte etwas Ukrainisches oder Russisches, so leicht und zart hörten sich ihre Worte an, dass er ihre Bedeutung erahnte.

Tief in der Nacht und schon an der Schwelle zum Morgen, war es fast ganz still geworden. Die wenigen Laternen vor dem „Rodostamo" waren lange gelöscht. Georg spürte, dass sie eingeschlafen war, nahm ihren Kopf aus seiner Armbeuge, stand auf und machte auch die alte Funzel aus. In der Ferne hörte man das Geheul eines Hundes. Eine Antwort blieb aus.

29

30. Oktober 2016

Ivanka war wach geworden und sah Georg neben sich in seinem zerfledderten Merian-Heft blättern. Aber sie sagte weder „Guten Morgen" oder etwas in der Richtung, noch fragte sie, wohin die Reise heute ginge. Und als er etwas sagen wollte, nahm sie ihm, auch im übertragenen Sinne des Wortes, ganz einfach das Heft aus der Hand, zog ihn zu sich herüber, schob die Bettdecke weg und lag da in der gleichen Nacktheit wie Stunden zuvor, nur dass es – Georg hatte inzwischen die Balkontür geöffnet – jetzt ganz hell war, das fahle Licht der alten Lampe abgelöst durch eine Sonne, die sich unvermindert darüber hinwegsetzte, dass der vorletzte Tag im Oktober gekommen war und mit solch ungebrochener Kraft in die kleine Wohnung schien, als sei es mitten im Sommer.

Nichts war jetzt mehr zu erahnen oder zu erfühlen, Ivankas Körper eine einzige, unverhüllte Provokation und Georg wunderte sich immer noch, dass er diese Provokation annehmen durfte, anders als in der Nacht, deutlicher, jedes Missverständnis ausgeschlossen. Aber als er aufs Neue beginnen wollte, diesen Körper zu streicheln, ganz sacht von oben nach unten und, so dachte er sich das, mit einem langen Verweilen auf ihren Brüsten und später dann in der Nähe ihres Geschlechts, eine einzige Vorfreude, die seinethalben den ganzen Tag hätte dauern und alle Reisepläne ad acta legen können, schob sie mit einer abrupten Bewegung seine Hand, die bereits ihren Hals erreicht hatte, beiseite und sagte, und zwar in einem so bestimmten Ton, dass kein Widerspruch möglich schien: „Fick mich."

Und bevor Georg noch überlegen konnte, ob ihn diese fast beiläufige, banale Aufforderung erschrecken, irritieren oder gar abstoßen würde, hatte er sich auf sie gerollt, gedankenlos und frei von allen Lasten, die ihn in diesen Momenten immer gedrückt hatten, noch freier als in der letzten Nacht, und kurz darauf war es ihm, als habe sie diese Aufforderung noch einmal wiederholt, energischer, ungeduldiger, aber das hätte er hinterher nicht mit Gewissheit sagen können, denn da war er erneut in diesem Glück, von dem er befürchtet hatte, es käme nicht mehr wieder, kein zweites Mal, aber jetzt war es zurückgekommen, und das nach so kurzer Zeit, und fast schämte er sich für diesen plötzlichen Reichtum.

Und als Ivanka schon im Bad war, lag er immer noch da, und in das Glück mischte sich eine Traurigkeit, die das Ende wusste, ihm fiel die Traurigkeit der Tiere ein, wenn sie sich gepaart hatten, animales tristes, seine Traurigkeit aber trug, falls es so etwas gibt, auch ganz viel Heiterkeit in sich, eigentlich konnte ihm doch nichts mehr passieren. Zweimal hatte er mit dieser schönen, jungen, rätselhaften Frau geschlafen und zweimal hatte er ans Tor des Paradieses geklopft, knockin´on heaven´s door, und natürlich hörte er wieder die Musik von innen, stärker als das Plätschern der Dusche, Dylan in „Pat Garret jagt Billy the Kid", näselnd und leicht schräg, knock knock knockin´, und als sie das Wasser abstellte, sah er Axl Rose und Slash im Wembleystadion, 80er Jahre, irgendein Tribute für Mandela oder Freddie Mercury, deren Version war härter, schneidender, und der komische kleine Mann mit dem Zylinder und den Korkenzieherlocken malträtierte die doppelläufige Gitarre, knock knock knockin´, und für einen Spalt, einen recht breiten, dachte Georg, war ihm die Himmelstür geöffnet worden, und jetzt könne kommen, was da wolle.

„Nimmst Du mich so mit?" Er hatte gar nicht bemerkt, dass ihm die Augen zugefallen waren. Sie stand am Bett, die nassen Haare nach hinten gebunden, und trug ein rotes Shirt mit dem Jesus-Konterfei des Che (das hatte sie aus seinem Koffer geklaut) und eine Jeans mit großen Löchern an den Oberschenkeln. Georg wunderte sich, was alles in ihre Reisetasche hineinpasste – selbst die Turnschuhe hatte sie gegen ein Paar elegante Slipper getauscht. Sie verströmte einen Duft, den Georg nicht beschreiben konnte, irgendetwas zwischen Meer, Lagune, Paris, Kiew, Lavendel.

Er bat sie um einen Kuss. „Nur, wenn Du dann ganz schnell aufstehst. Ich möchte noch ganz viel sehen heute – falls Du das schaffst." Das letzte hatte sie mit einem spöttischen Unterton gesagt, aber Georg fand es schön, dass sie mit seinem Alter kokettierte (das war doch sonst seine Aufgabe) und öffnete die Lippen, als sie sich hinunterbeugte, aber da schüttelte sie lachend den Kopf, streifte seinen Mund nur und warf ihm anschließend, als er schon stand, ein paar Handtücher zu. Das, was sie an erneuter Erregung bei ihm sah, tadelte sie, immer noch lachend, mit einem erhobenen Zeigefinger.

Von Despina und Kostas verabschiedeten sie sich herzlich. Kostas hatte Georg gegenüber, während die beiden Frauen schon am Jeep standen und sich umarmten, eine kurze Andeutung gemacht, was es denn gestern Nacht für merkwürdige Geräusche von oben gegeben habe. Aber das war natürlich nichts anderes als ein Anerkennungsritual. Den Kreter hatten auch die langen Jahre in Deutschland nicht zum Feministen gemacht. Er klopfte Georg mehrfach fest auf die Schulter, weiter so, hieß das, und leg sie noch ein paarmal flach, wie sich das für einen richtigen Mann gehört. Georg war das eigentlich unangenehm, Kostas konnte ja nicht wissen, dass es mit Ivanka alles andere war als der panische One-Night-Stand eines alternden Mannes, dem man den Boden unter den Füßen weggezogen hatte, dass er sie liebte, verrückterweise und nach ein paar wenigen Tagen und im Wissen, dass sie übermorgen ihn und die Insel verlassen würde, aber wenn er ehrlich war, machte ihn das unausgesprochene Lob von Kostas auch ein wenig stolz.

Als sie Pagalohori verließen, sah Georg einen alten, gebückten Mann auf einem Stuhl am Straßenrand sitzen, den Elliniko auf einem kleinen Tisch vor sich, die filterlose Zigarette in der einen, die Komboloi in der anderen Hand. Im Schritttempo fuhren sie an ihm vorbei. Der Mann nahm einen Zug, inhalierte tief und schaute dann zu ihnen auf. Für einen Moment schien es Georg, als sähe er den Wirt, den mit dem Seferis-Gedicht, damals vor 20 Jahren, als die Zeit mit Monika zu Ende ging.

Aber das konnte nicht sein.

30

Auf der Fahrt waren sie heiter, erzählten sich viel aus ihrem Leben, alles kreuz und quer, Georgs Jahre als Student und junger Lehrer, Ivankas Zeit nach dem Studium, die mühsamen Versuche bei der Frankfurter Zeitung, für die sie übermorgen nach Bulgarien ginge, das dritte oder vierte Praktikum, und danach müsse es mal mit der Festanstellung klappen. Wenn es die Situation auf der Autobahn erlaubte und er nicht schalten musste, ergriff Georg Ivankas Hand und schaute immer wieder zu ihr hinüber. Manchmal fuhr er bewusst langsam, weil er es genoss, ihre Stimme zu hören, ihr Gesicht zu sehen, die Gesten, mit denen sie ihre Erzählungen unterstrich. Die Sprechpausen, die ab und zu eintraten, wenn sie eine Zigarette rauchte und schwieg, als müsse sie über das eben Gesagte noch einmal nachdenken, um es, obwohl sie ein solch gutes Deutsch sprach, vielleicht präziser auszudrücken, nutzte Georg, indem er auf Städte, kleinere Orte hinwies, die sie passierten. Als sie sich Chania näherten, berichtete er ihr von den schweren Kämpfen im April 1941, als die deutschen Fallschirmjäger dort angriffen und dabei fürchterliche Verluste erlitten, teils, weil sie zu früh absprangen und jämmerlich in der Souda-Bucht ersoffen, teils, weil die kretischen Partisanen die an den Schirmen herabschwebenden Soldaten schon in der Luft beschossen oder sie dann am Boden, als sie sich mühsam auswickelten, mit ihren Messern abstachen. Das war zwar gegen die Genfer Konvention – „Spielregeln für den Krieg", sagte Georg und lachte bitter – spielte aber, wie alles andere auch in diesem Krieg, keine sonderliche Rolle. Die Racheaktionen der deutschen Wehrmacht in den Heimatdörfern der Partisanen fielen entsprechend bestialisch aus.

„Jetzt liegen die Jungs da schon seit 75 Jahren", er zeigte beim Vorbeifahren auf den englischen, dann den australischen Soldatenfriedhof, Briten und Commonwealth-Truppen waren während der Kreta-Schlacht auch zum Einsatz gekommen, alle paar Kilometer das Schild „War Cemeteries", „und etwas weiter westlich", er wies mit ausgestrecktem Arm in die Richtung, während er auf die Halbinsel Akrotiri abbog, „ist der Friedhof für die deutschen Paras, Maleme, viereinhalbtausend Gräber, kaum einer von ihnen war älter als 25, aber in der Nähe sind schon wieder Basen der US-Air-Force und der deutschen Luftwaffe. Als ich vor langer Zeit den Friedhof zusammen mit einem Freund besuchte, hielt gerade ein Bus der Bundeswehr vor dem Tor. Noch Minuten zuvor war es, hoch über dem Meer, ganz still gewesen, eigentlich hörte man nur das Rauschen des Windes. Mein Freund Willi und ich waren durch die Grabreihen gegangen, um einen Gefallenen aus unserem Heimatort zu suchen und den damals noch lebenden Eltern ein Bild von seinem Grab mitzubringen. Als die Soldaten kamen, wurde es laut, man lachte, verstreute sich über die große Anlage, quatschte, riss Witze, und der Offizier, selber ein Milchbubi, tat nichts dagegen. Zum Glück waren sie schnell wieder weg. Als wir dann später in die kleine Gedenkkapelle gingen, trafen wir dort den Gärtner, einen ehemaligen Partisanen, der die Gräber seiner damaligen Feinde pflegte. Wir fragten ihn nach den Bundeswehrsoldaten und wollten ihm, der kein Englisch sprach, klarmachen, wie sehr wir uns für den peinlichen Auftritt schämten. Er aber machte nur eine verächtliche Geste und zeigte uns das Gästebuch. Da hinein hatte der Milchbubi-Offizier das Bundeswehr-Logo gezeichnet und darunter geschrieben, dass man sich an den hier Bestatteten ein Vorbild nehmen solle. Ein Vorbild, Ivanka! 2500 km entfernt von zu Hause von seinem Fallschirm ins Meer hinuntergezogen zu werden oder an einem Schuss zu verrecken oder einem Messerstich."

Georg schlug auf das Lenkrad und wurde lauter. „Aber wahrscheinlich schreiben die englischen und australischen Offiziere den gleichen Scheiß in ihre Gästebücher…Entschuldige, ich wollte Dir keinen pazifistischen Vortrag halten, einen geschichtlichen erst recht nicht. Aber es kam plötzlich eine Wut hoch, die ich lange vergessen hatte, vor allem, weil ich mich irgendwann in meinen 30er-Jahren von all dem Müll angeekelt abgewandt und stattdessen nur noch auf meinen eigenen Nabel geschaut habe…Und was haben wir damals gemacht, Willi und ich? Einen Gegenspruch ins Gästebuch geschrieben und am nächsten Tag, weil gerade Ostern war, die Picasso-Taube an den Pulli gesteckt. Vergiss es!"

Ivanka hatte still zugehört. Er erinnerte sich, dass sie während ihres Besuchs bei Mila von ihren Großvätern erzählt hatte, die beide für die glorreiche Rote Armee gefallen waren, Stalingrad der eine, Kursk der andere.

„Sei nicht so streng mit dir", sagte sie, „Tolstoj schrieb in´Krieg und Frieden`, dass die Geschichte ausnahmslos jeden zermalme, egal, ob er sich ihr entgegenstellt oder nicht."

„Ich habe mich nicht einmal entgegengestellt. Ein paar schlaue Reden, ein paar Demos, kurzfristig Kommunist, dann Sozialdemokrat, jedenfalls auf dem Papier. Jedes Risiko gescheut, aber gleichzeitig an einer linken Legende gestrickt. 40 Jahre braver Beamter mit kleinem Revoluzzer-Touch. Das T-Shirt, das Du anhast, hab ich ein paarmal im Unterricht getragen. Passiert ist natürlich nix. Noch nicht mal eine Elternbeschwerde hat es gegeben."

„Hey, hör jetzt auf mit deinem Selbstmitleid! Wir sind unterwegs
…wie heißt die Gegend hier noch…die Sonne scheint, wir beide
sind hier, zusammen hier, das ist doch großartig, hörst du, Georg,
DAS ist großartig, und außerdem habe ich Hunger und Durst und
weiß immer noch nicht, wo wir hinfahren!"

Er entschuldigte sich noch einmal, du hast ja recht, beschleunigte
den Jeep, gleich sind wir da, und ja, Hunger habe ich auch, aber
bestimmt mehr Durst, lachte sie, und er lachte zurück und bat sie
um eine Zigarette und sie fingerte die Karelia aus der Brusttasche
seines Hemdes und ließ sich dabei absichtlich Zeit. Dann nahm
sie eine Marlboro aus ihrer Schachtel, steckte beide Zigaretten
zwischen die Lippen, Herrgott, sieht das geil aus, sagte er, musste
dann den Blick aber wieder auf die Straße richten, um den vielen
Schlaglöchern auszuweichen. Mach den Mund auf, und mit der
Zigarette steckte sie ihm auch einen Finger hinein und er sog und
lutschte an beiden und kriegte einen Hustenanfall und der Jeep
rasselte voll in ein riesiges Schlagloch. Vor Schreck und weil die
glühende Zigarette zwischen seine Beine gefallen war, vergaß
Georg zu kuppeln und würgte den Wagen mitten auf der Straße
ab. Zum Glück folgte ihnen niemand. Georg warf die Karelia aus
dem Fenster. Die Marlboro folgte. Dann küssten sie sich.

31

Georg hatte ihr erst kurz vor dem Ortschild gesagt, dass ihr Ziel der Ort Stavros sein werde. Und da sie damit natürlich überhaupt nichts anfangen konnte, ergänzte er, dass dort am Strand die Schlussszene des „Sorbas" gedreht worden sei. Das sei zwar ganz toll, aber jetzt müsse sie erst einmal etwas essen und trinken.

Die Taverne „Christiana" war an der gleichen Stelle wiederaufgebaut, an der sie vor vier Jahren abgebrannt war. Christos, der Wirt, kam an ihren Tisch auf der Terrasse mit Blick auf die Bucht und den darüber ansteigenden Steilhang. Georg fragte, ob er sich noch an seinen Besuch vor sechs, sieben Jahren erinnern könne, aber Christos zuckte die Achseln. „Sorry, Sir, so many years, so many tourists." Ich bin kein Tourist, wollte Georg antworten und ihm den Unterschied zu all den Gaffern erklären, die noch nicht einmal wussten, um was es im „Sorbas" überhaupt ging und den Besuch in der Taverne routinemäßig als eine weitere Sehenswürdigkeit abhakten. Aber dann sah er, dass Ivanka ihn erwartungsvoll ansah, bestell du. Und so unterließ er die Belehrung des Wirtes und orderte eine Mezes-Platte und eine Karaffe Hauswein.

Nach dem ersten Schluck und den ersten Häppchen von der üppig gefüllten Vorspeisenplatte blinzelte Ivanka in die Sonne und räkelte sich auf ihrem Stuhl. Wie tags zuvor das Gesicht der ukrainischen Ministerpräsidentin, bauschten ihre Brüste jetzt auch das des kubanischen Revolutionshelden auf ihrem T-Shirt, das ja eigentlich Georg gehörte. Er sah es mit Vergnügen. Sie ließ ihren Blick wandern über die Szenenfotos, die jetzt wieder überall an den Wänden der restaurierten Kneipe hingen. Um die

Einzelheiten auf den Bildern zu erkennen, hätte sie aufstehen müssen.

„Erzähl mir nochmal von der Schlussszene. Den Film habe ich damals, wie Du weißt, in Fontaineau gesehen, ganz schön lange her."

Georg richtete sich auf, die alte Lehrerrolle, so hatte er sich immer am Katheder in Positur gebracht, wenn ein Schüler eine Frage gestellt hatte, jedenfalls, wenn sie ihm intelligent genug erschienen war. Die etwas fragen, die verdienen Antwort – für seine pädagogischen Leitsätze hatte er sich gerne bei Brecht bedient, Fragen eines lesenden Arbeiters, Die Ballade vom Wasserrad, Taoteking, das passte meistens.

„Da drüben an dem Steilhang", Georg zeigte auf den Felsen gegenüber, „hatte man die berühmte Transportbahn errichtet, erinnerst du dich?"

„Irgendwas mit einem geerbten Bergwerk, nicht wahr, und weil der Schriftsteller so ungeschickt zwar, zwei linke Hände hatte, sagt man nicht so, hat er den Sorbas engagiert."

„Richtig. Am feierlichen Tag der Einweihung war das ganze Dorf da, alle festlich gekleidet, und die Popen besprenkelten die kühne Konstruktion mit Weihwasser. Dann kam der große Moment, und die erste Lore sollte hinuntergebracht werden. Der Rest ist Filmgeschichte. Das ganze Ding krachte monumental zusammen."

„Und dann kam es doch zu diesem Tanz?" Ivanka hatte ihre Ellenbogen zwischen Weinglas und Teller aufgestützt und sich zu ihm herübergebeugt. So hatte sie es schon in der Dionysos-Bar gemacht und gestern im „Rodostamo".

„Ja, der unglaubliche Tanz. Erst standen die beiden, der Schriftsteller, Alan Bates, und Sorbas, Anthony Quinn, ziemlich konsterniert und allein vor den Trümmern der Seilbahn, das war dort vorne, Ivanka, am Rande der Bucht, dann plötzlich sagte Quinn , schon lachend, den berühmten Satz: `Hey Boss, hast du jemals erlebt, dass etwas so bildschön zusammenkracht?` und dann muss auch Alan Bates schrecklich lachen und dann bittet er Sorbas darum, ihn tanzen zu lehren. ´Teach me to dance! – Did you say: Dance? Go on, my boy!´".

Georg war aufgestanden, die Arme flügelgleich ausgebreitet und wiegte die Hüften in einem imaginären Rhythmus, langsam, vorsichtig fast, bevor er die Füße nach vorne setzte, einen nach dem anderen, und dann nach jeder Seite. Die wenigen anderen Gäste unterbrachen ihre Gespräche und sahen belustigt herüber. Christos, der Wirt, reagierte am schnellsten. Mit einem Druck auf die Tastatur des CD-Players, der in einem Regal hinter der Theke stand, erwischte er die richtige Stelle, ohne hinzuschauen, diese Bewegung, tausendfach in den Jahrzehnten zuvor erprobt, saß. Die ersten Takte von „Sorbas Tanz" erklangen, da dam, da da da dam, da dam, da da da dam, und plötzlich erinnerte er sich an Georg, Jorgos, den deutschen Lehrer und die damalige Nacht, als man sich frühmorgens am Strand liegend wiedergefunden hatte, die ganze Kneipe, und er stellte das Glas ab, das er gerade nachfüllen wollte, kam auf die Terrasse gelaufen, mit einem breiten Lachen und Ela, Ela rufend, legte den Arm um Georgs Schulter und bewegte sich im gleichen Rhythmus mit ihm, während die Musik schneller wurde, und der Wirt winkte Ivanka heran und die beiden nahmen sie in ihre Mitte und die anderen Gäste reihten sich ein. Sie tanzten, versuchten sich synchron zu bewegen, und als das misslang, machte das auch nichts, und die Bouzoukis und Drums trieben sie an, schneller, immer schneller, und die buntgewürfelte Truppe vor dem „Christiana" drohte auseinanderzufallen, ein dicker Holländer gab schon erschöpft auf, aber da kam Maria, die Frau von Christos, aus der Küche, und mit ihr ein Junge, vielleicht Albaner, beide mit Schürzen voller Fettflecken, und sie klatschten in die Hände, Ela, Ela, und Christos zog Georg und Ivanka in die Hocke und wieder herauf, die Beine jetzt weit von sich werfend, und während Ivanka mühelos jede Bewegung mitmachte, wäre Georg fast umgekippt, rappelte sich aber wieder hoch, und als der Schlussakkord kam, standen die drei und die Gäste, die durchgehalten hatten, nebeneinander aufgereiht, mit dem Gesicht zum Felshang, wo die Seilbahn zusammengekracht war und zur Bucht, an deren Strand Anthony Quinn und Alan Bates getanzt hatten vor 52 Jahren, und die Mittagssonne schien auf ihre verschwitzten Gesichter und Maria und der kleine Albaner kamen mit einem Tablett Bier nach draußen und sie prosteten sich zu und hatten, am vorletzten Tag des Oktobers, den Herbst und das Dunkle und den Abschied noch einmal fortgetanzt.

Christos machte eine Verbeugung, erst vor Georg und Ivanka, dann in Richtung der Gäste, die sich wieder gesetzt hatten und ihrerseits applaudierten. Georg atmete schwer, seine Knie schmerzten.

„Na, alter Mann, geht´s noch?" Ivanka zog den Che über ihrer Brust gerade und befestigte den Gummiring, der ihren Pferdeschwanz bändigte. Bis auf die Schweißflecken unter ihren Achseln sah man ihr die Anstrengung nicht an. Sie nahm ihm das Glas aus der Hand und trank es in einem Zug aus. „Du musst mich noch sicher weiterfahren. Wir fahren doch noch weiter?"

Georg nickte, während er immer noch schnaufen musste. Dann legte sich von hinten eine Hand auf seine Schulter.

„Seien Sie froh, dass der Tanz kein wirklich kretischer war, sonst hätten Sie vermutlich eben einen Schwächeanfall erlitten."

Georg drehte sich um. Vor ihm stand ein alter Mann, leicht gebeugt, aber immer noch einen halben Kopf größer als er. Sein Gesicht war von der Sonne gegerbt, die braune Haut von tiefen Falten durchzogen. Die weißen, gelockten Haare trug er ähnlich lang wie Georg. Das Hemd war offen bis fast zum Bauchnabel, ein goldenes Amulett, das die minoische Doppelaxt darstellte, verschwand halb in dem dichten Geflecht seiner ebenfalls weißen Brusthaare. Die khakifarbene Shorts reichten bis über die Knie hinaus, die Füße steckten in Flip-Flops.

Der Mann reichte ihm die Hand. „Lassally. Walter Lassally."

32

Er hatte sofort gewusst, wer ihn da begrüßte. Walter Lassally, der Kameramann des Sorbas – Films, der damals, neben Lida Kedrova als bester Nebendarstellerin, einen Oscar bekommen hatte. Cacoyannis, der Regisseur, war ebenso leer ausgegangen wie Quinn, und auch Theodorakis hatte trotz seiner Nominierung für die Kategorie „Musik" in die Röhre geguckt. Lassally hatte der Ort so gut gefallen, dass er ein paar Jahre nach den Dreharbeiten wiedergekommen und einfach dageblieben war. Jetzt wohnte er schon über 25 Jahre in Stavros.

„Darf ich Sie an unseren Tisch bitten, Herr Lassally? Ivanka, das ist der Mann, der diese unglaubliche Szene hier am Strand gefilmt hat!"

Der Alte schien erfreut und geschmeichelt zugleich und begrüßte Ivanka, die aufgestanden war, mit „Herzlich willkommen, gnä´ Frau" und deutete sogar einen Handkuss an, was der jungen Frau, beide für solch ein Ritual eigentlich ziemlich unpassend gekleidet, sichtlich gefiel.

Man setzte sich. Christos war herbeigeeilt, „Welcome, Doctor, your drink" und stellte Lassally ungefragt einen großen Ouzo mit Eis und eine Karaffe Wasser hin.

Der winkte ab. „Das Doktor kann ich ihm seit Jahrzehnten nicht abgewöhnen, ich bin gar keiner. Aber gut, wenn´s ihm Spaß macht. Ich komme jeden Tag um die gleiche Zeit, Rituale halten dich irgendwie am Leben, vor allem…", Lassally seufzte, „…seit meine Frau mich im vorigen Jahr verlassen hat. Sie liegt in Chania, auf dem Friedhof, wo auch Venizelos liegt, der Premierminister, der die Union Kretas mit Griechenland erreicht hat, 1913, glaube ich. Ein schöner Ort, soweit man das von Friedhöfen sagen kann."

Die Augen des alten Kameramanns schimmerten. „Eigentlich wollten wir in ein paar Monaten meinen 90. Geburtstag feiern, aber jetzt…".

Lassally machte eine Handbewegung, die etwas von der Trauer andeutete, die in ihm war. Er nippte an seinem Ouzo und schaute lange auf die Bucht. Wahrscheinlich war er hier mit seiner Frau unzählige Male entlang gegangen.

Georg wechselte bewusst das Thema. „Wie haben Sie das gemeint eben mit dem kretischen Tanz?"

Lassally drehte seinen Kopf zu ihnen und grinste. „Eigentlich hätte Quinn den traditionellen Sirtos tanzen sollen. Aber der hat eine sehr komplizierte Schrittfolge und auch einige kühne Sprünge müssen gewagt werden. Cacoaynnis sagte mir damals, Quinn sei ein ziemlich mieser Tänzer und so habe man das Ganze vereinfacht. Theodorakis´ Sirtaki, also der kleine Sirtos, war deshalb eigentlich ein Kunstprodukt, wenngleich bis heute ein Welterfolg und für Mikis der Durchbruch. Quinn hat später in seinen Memoiren einen gebrochenen Fuß als Grund genannt, naja, ist ja auch egal heute. Aber den Oscar hätte er schon gerne mitgenommen."

Georg gefiel, wie Lassally sprach, sein Deutsch hatte eine englische Färbung. Er, ein gebürtiger Berliner Jude, musste während der Nazizeit Deutschland verlassen, zusammen mit seinen Eltern hatte er es gerade noch nach dem Novemberpogrom 1938 nach London geschafft, aber auch darauf wollte er ihn nicht ansprechen.

„Und wie war Quinn so?" Ivanka hatte wieder ihre typische Pose eingenommen, wenn sie etwas interessierte und sie es ganz genau wissen wollte: leicht vornübergebeugt, die Ellenbogen auf den Tisch gestützt, sah sie Lassally an. Georg empfand eine Spur von Eifersucht, als er sah, dass auch der Alte näher an Ivanka heranrückte, wie lächerlich, eifersüchtig auf einen fast 90jährigen, aber vielleicht hatte der etwas, was ihm selbst fehlte, ein Leben voller spannender Begegnungen mit allen großen Stars, die ganze Welt bereist, Filme gedreht, „A Taste of Honey - Bitterer Honig" fiel ihm noch ein, mit Rita Tushingham und dem tollen Titelsong, den selbst die Beatles aufgenommen hatten. Und dann immer wieder zurück-, heimgekommen nach Stavros, zu dem Platz, wo eine der berühmtesten Szenen der Filmgeschichte entstanden war, von ihm aufgenommen, in Schwarzweiß, zu einer Zeit, als die Kinos in Farborgien und CinemaScope schwelgten und er dafür mit einem Oscar belohnt wurde. Das alles hatte Georg nicht zu bieten, vierzig Jahre „an der Kreide", wie er das immer nannte, ein Leben so linear, wie es nur sein konnte und dessen Höhepunkte sich eher in seinem Inneren abgespielt hatten, und er glaubte, dass Ivanka das von der ersten Minute an gespürt hatte, und vielleicht hatte sie wirklich nur aus einer Art Mitleid ihrer kleinen Tour zugestimmt, und jetzt hing sie an den Lippen des großen Alten.

„Anthony war ein Sensibelchen wie alle bedeutenden Schau-spieler und mit reichlich Macken und Eigenheiten versehen. Es war oft ziemlich schwer mit ihm, aber Cacoyannis hatte eine Engelsgeduld, auch wenn Quinn mit Teilen der Crew nachts die Gegend unsicher machte und morgens ziemlich verkatert am Set erschien. Aber er hatte, darf ich das so ausdrücken, jenen göttlichen Funken in sich, den nur die ganz Großen haben. Mit jedem Tag wurde er mehr der Sorbas, den Katzanzakis gemeint hatte. Und dass ihn zum Schluss die halbe Welt, nachdem sie den

Film gesehen hatte, für einen waschechten Griechen hielt, was kann man Schöneres sagen?"

Ivanka ließ ihm Zeit für einen weiteren Schluck Ouzo. Aber ihre Neugier war noch lange nicht befriedigt.

„Haben Sie ihn jemals wiedergesehen?"

„Im Jahr darauf bei den Golden Globes, da hat er dann auch seine Trophäe bekommen, ein paarmal noch bei irgendwelchen Festivals, dann ganz lange nicht mehr. Wir haben uns erst noch zu unseren Geburtstagen geschrieben, dann schlief auch das ein. Ein einziges Mal noch habe ich ihn wiedergetroffen, ein paar Jahre vor seinem Tod. Das war, als Theodorakis 70 wurde."

„Am 25. Juli 1995 auf dem Münchner Königsplatz, da hat Mikis die Sorbas-Suite dirigiert." Jetzt war Georg wieder im Spiel und konnte in diesem ungleichen Wettstreit punkten.

„Sie waren auch da?"

Georg nickte und sah, dass Ivankas Aufmerksamkeit zu ihm zurückkehrte. Auch schien es ihm, dass die Gäste vom Nebentisch, inzwischen von Christos über seinen berühmten Gast informiert, gespannt zuhörten.

„Sie müssen wissen, Herr Lassally…" „Sagen Sie Walter", bot ihm der Alte an.

„Ich heiße Georg, und das ist Ivanka. Also Walter, Mikis ist, seitdem ich als junger Student für ihn gearbeitet habe – während einer Europa-Tournee kurz nach seiner Freilassung aus der Haft der Faschisten-Junta schleppte ich Mikrophone und Kabel als `Roadie´ - ein Idol für mich. Ich sage das bewusst so, alle anderen Idole, zumal die politischen, auch das auf dem Shirt meiner

Begleiterin, sind mir im Laufe der Jahre abhandengekommen, nur Mikis nicht, bis zum heutigen Tag. Und so war es mir auch gelungen, damals Karten für diese unglaubliche Nacht in München zu bekommen."

Georg erinnerte sich an die schöne Frau, die zufällig neben ihm gesessen hatte, offenbar ohne Begleitung wie er selbst auch. Die ganze erste Konzerthälfte hatte er nur ab und zu verstohlen zu ihr herübergesehen, aber in der Pause wurde er mutiger und fragte, ob er ihr ein Bier, eine Brezel von einem der Catering-Zelte mitbringen solle, und sie hatte mit einem breiten Lächeln darum gebeten, und nachher hatten sie angestoßen und sich gegenseitig ihre Liebe zu Griechenland und Theodorakis gestanden, und Georg war, als es dunkel wurde auf dem Platz mit seinen vielleicht sieben-, achttausend Zuschauern und das Konzert auf seinen Höhepunkt zusteuerte, ein wenig näher gerückt und hatte versucht, mit seinem Oberschenkel Kontakt herzustellen, aber in dem Moment erhob sich das ganze Publikum, weil die ersten Takte von Sorbas Tanz erklangen und aus der ersten Reihe ein alter Mann im Smoking, das weiße Haar streng nach hinten gekämmt, von zwei jüngeren Menschen an den Armen gestützt zur Bühne geleitet wurde, und natürlich war auch seine Nachbarin aufgestanden und klatschte begeistert, und Georg blieb nichts anderes übrig, als ebenfalls aufzustehen und zu applaudieren, in der Hoffnung, nach dem großen Finale ginge vielleicht noch etwas, er würde sie einladen in einen der nahe gelegenen Biergärten, und wer weiß….Aber dann stoppte plötzlich die Musik, mitten im Schlusstanz, die Musiker des Orchesters nahmen die Hände von ihren Instrumenten, Theodorakis ließ die Arme, die kurz vorher noch mit wirbelnden Bewegungen dirigiert hatten, sinken und wandte sich der Treppe zu, über die man die Bühne erreichen konnte . Da erschien nämlich gerade der Mann im Smoking und mit dem zurückgekämmten Haar, seine Begleiter ließen ihn, nachdem sie sahen, dass er sicher stand, los, und der Mann ging langsam in Richtung des Dirigentenpultes und breitete die Arme aus. Mikis lächelte ungläubig – noch Jahre später rätselte Georg, ob das Ganze verabredet oder doch eine Riesenüberraschung für den kretischen Riesen war – fast wäre er vom kleinen Podest gestürzt und ging dem anderen Mann entgegen. Es war Anthony Quinn.

Lassally schien Georgs Gedanken erraten zu haben. „Erzählen Sie von der Szene?"

Aber da ließ Georg, nachdem Ivanka deutlich geworden war, dass er in dieser magischen Nacht dabei gewesen war, dem Kameramann doch den Vortritt. Und dass seine schöne Nachbarin damals plötzlich verschwunden war, gehörte ohnehin nicht hierhin.

Lassally erzählte Ivanka die Geschichte bis zu dem Punkt, als sich Quinn und Theodorakis auf der Bühne in den Armen lagen.

„Dann setzte plötzlich das Orchester wieder ein, genau an der Stelle, wo der Tanz in den schnellen Rhythmus übergeht. Anthony und Mikis stellten sich nebeneinander auf, so wie Sie eben, als ich kam, fassten sich an den Schultern und begannen zu tanzen. Rührend, wie sie sich bewegten, Mikis ziemlich staksig und mit einem Arm blind weiterdirigierend, Quinn gab alles, trotz seiner körperlichen Einschränkung, er war vorher zuhause in Kalifornien ein paarmal gestürzt, warf das Jackett weit von sich, riss sich die Smoking-Schleife vom Hals und versuchte, die Beine ein wenig in die Höhe zu bringen. Zum Glück endete das Stück, bevor den beiden etwas passieren konnte, und das Publikum jubelte mit dem Schlussakkord frenetisch und die beiden umarmten sich wieder, und hinterher bei den Nahaufnahmen im Fernsehen konnte man sehen, dass sie weinten. Dann hielt man ihnen ein Mikro hin, Quinn sagte, dass er Theodorakis liebe und Mikis revanchierte sich, indem er den greisen Schauspieler als Inkarnation des Sorbas und überhaupt der Freiheit pries, und glauben Sie bloß nicht, das hätte auch nur im Ansatz kitschig gewirkt, im Gegenteil, es zerriss einem fast das Herz, vor allem einem wie mir, der von Anfang an dabei war."

Lassally schien erschöpft, lehnte sich auf seinem Stuhl zurück und schwieg, den Blick in die Ferne gerichtet, weit über den Felsen und die Bucht hinaus zu den Jahren seines Lebens, das sich nun neigte. Er trank sein Glas aus und kramte dann in seiner Shorts nach ein paar Euro.

Aber Ivanka wollte ihn noch nicht gehen lassen. Seit einigen Minuten hatte sich der Himmel etwas zugezogen und ein kühler Wind kam aus der Bucht. Georg sah die Gänsehaut auf ihren Armen (oder war Lassallys Geschichte dafür verantwortlich?) und dass sich ihre Brustwarzen deutlich unter dem Stoff aufgerichtet hatten. Er wäre am liebsten sofort mit ihr aufgebrochen, hätte die restlichen Pläne für den Nachmittag aufgegeben – er wollte mit ihr noch in den äußersten Süd-Westen, nach Elafonissi – und in der nächsten Pension ein Zimmer genommen. Aber Ivanka hatte noch eine Frage.

„Was ist mit dem Oscar geschehen, haben Sie ihn noch, bewahren Sie ihn in Ihrem Haus auf?"

Lassally lachte. „Hat Ihnen Ihr Freund nicht davon erzählt?"

Ivanka verneinte.

„Ich habe ihn eine Zeitlang als Türstopper benutzt, hier in Stavros. Das war eigentlich nicht despektierlich gemeint, aber er war dafür ziemlich praktisch und meine Frau fand das auch.

Irgendwann habe ich ihn dann Christos geschenkt, und der hat ihn ganz stolz auf die Theke gestellt und jedem Gast die dazugehörige Geschichte erzählt. Vor vier Jahren aber ist das Christiana leider abgebrannt, komplett. Der Oscar ist einfach weggeschmolzen."

„Wie schrecklich", sagte Ivanka und berührte den nackten Unterarm des Alten, zog ihre Hand aber schnell wieder zurück.

„Ach, wissen Sie, junge Frau, das war reine Materie, unerheblich. Wichtig sind die Erinnerungen, und wenn ich die wenige Zeit, die mir noch bleibt, klar bei Verstand bleibe…wer sollte sie mir noch nehmen? Das konnte auch ein Brand nicht…Aber jetzt muss ich gehen, Sie verstehen, die Rituale. Viel Glück noch, vielleicht sehen wir uns wieder. Obwohl….Christos, logarjasmo, parakalo, die Rechnung bitte."

Georg übernahm den Ouzo. Lassally dankte, stand auf, verabschiedete sich per Handschlag von ihnen, dann auch noch von Christos und Maria und schlurfte in seinen Flip-Flops davon, alt, gebeugt, allein. Der Wind erfasste seine grauen Locken.

Ivanka sah ihm lange hinterher. Dann nahm sie ihr Glas und stieß es gegen Georgs. Für beide blieb noch ein Rest Wein. Die Sonne war zurück.

„Ganz zum Schluss habe ich mich erinnert, wo ich ihn schon einmal gesehen habe", sagte Ivanka. „Vor zwei, drei Jahren im Kino, im dritten Teil der Before-Trilogie, kennst du die?"

Georg zuckte mit den Achseln.

„Solltest du aber. Du könntest viel über Beziehungen zwischen Mann und Frau lernen und verstehen, über ihre Großartigkeit und ihr Scheitern. Über die andauernde Liebe und ihre Vergänglichkeit. Die drei Filme umfassen eine Zeitspanne von fast 20 Jahren. Julie Delpy und Ethan Hawke spielen ein Paar, Jesse und Céline, in verschiedenen Lebensphasen, zwischen den einzelnen Filmen liegen entsprechend viele Jahre."

„Und Lassally? Hat er mit fast 90 noch einmal die Kamera geführt?"

„Er spielt im dritten Teil ´Before Midnight`, die anderen heißen ´Before Sunrise`und ´Before Sunset`, einen alten Schriftsteller, Patrick, Freund und Förderer von Jesse, der ihn und Céline auf sein Anwesen in Griechenland einlädt. Sie sind inzwischen ein Paar und Eltern, aber ihre Beziehung scheint hier zu enden. Todtraurig."

„Ist es nicht immer todtraurig, wenn etwas zu Ende geht?" Georg dachte daran, dass ihnen nur noch eineinhalb Tage blieben und dass es immer nur um Abschiede ging. Er legte die Arme um ihren Hals und küsste sie über den Tisch hinweg und wollte sie festhalten und dass es nicht zu Ende ginge und er nicht todtraurig sein müsste, übermorgen, wenn sie am Flugplatz stünden und sie „Auf bald" sagen würde und er wüsste, dass es eine gnädige Lüge ist.

Es war Ivanka, der der Kuss zu lang und das verstehende Lächeln des Wirts zu aufdringlich wurde. Sie löste ihre Lippen von ihm und Georg wusste, dass es nicht mehr viele Küsse geben würde. „Fahren wir weiter?"

33

Sie kamen, obwohl die Straßen nach dem Verlassen der Autobahn zunehmend schlechter wurden, gut voran. Während der 90 Kilometer bis Elafonissi, die sie in knapp zwei Stunden schafften, waren sie in einer heiteren Gelöstheit, hörten Musik, schwatzten einfach drauflos, alberten herum wie ein ganz junges Liebespaar, das der Zeit und der sie umgebenden Welt nicht achtete. Die Sonne war wieder herausgekommen, es war unverschämt warm, ein Bad im Meer, und das an einer der schönsten Stellen der Insel, schien noch möglich. Sie fuhren offen, Ivanka hatte ihre Haare gelöst und ließ sie vom Fahrtwind herumwirbeln.

Gegen vier erreichten sie den südlichsten Punkt der Westküste. Georg stellte den Jeep, nachdem die Holperpiste sie auf den letzten Kilometern übel durchgeschüttelt hatte, auf dem letzten Parkplatz vor dem Strand ab, neben ein paar Wohnmobilen, die seltsam verlassen schienen. Menschen waren nicht zu sehen.

Der Strand war aus feinem, weißen Sand, wie es ihn im restlichen Teil Kretas nicht gab, nur die Dünen schimmerten in einem zarten Ton von Rosa, winzige Muschelteilchen hatten sie so gefärbt. Elafonissi war ungefähr fünfzig Meter vom Festland entfernt.

Ivanka klatschte in die Hände wie ein kleines Kind, das seine Geburtstagsgeschenke zum ersten Mal sieht und mit einer ungeheuren Freude ans Auspacken geht. Und Ivankas Freude war echt. „Wie schön, wie unglaublich schön," rief sie mehrmals und nahm ihn an die Hand und wies aufgeregt auf die kleine Insel und fragte, wie kommen wir nur dahin, und Georg, stolz wie jemand, der das richtige Geschenk ausgesucht hatte, sagte, dass man dorthin waten könne, das Wasser sei nur einen halben Meter tief, und sie klatschte noch einmal in die Hände, na, dann komm, und war schon zum Wagen gelaufen und hatte ihren Bikini aus der Reisetasche gezerrt, nackt baden können wir wohl nicht, oder?, vielleicht kommt ja doch jemand, die von den Wohnmobilen sind sicher nicht weit, mag sein, sagte Georg und suchte nach seiner Badehose und einem Handtuch, während Ivanka sich hinter den Tamariskenbäumen, die den Strand zur Straße hin abschirmten, umzog.

Georg dachte an seinen Besuch hier mitten im Sommer vor ein paar Jahren. Da war der Parkplatz aus allen Nähten gebrochen, der Strand übersät, meist von Einheimischen, die Tourismusindustrie hatte wegen der großen Entfernung zu den Flughäfen ihre Krakenarme noch nicht bis hierher ausgestreckt und ein paar Strandbuden hatten auch hier gestanden. Der Weg durch das Wasser hinüber nach Elafonissi hatte ausgesehen wie der Pilgerweg nach Santiago, dazu hatten der achtlos zurückgelassene Müll der Strandbesucher und die Teerplacken, die von den Fähren stammten, die in der Nähe Öl abließen, dazu geführt, dass Georg nicht wiedergekommen war. Aber jetzt, am vorletzten Oktobertag, wirkte die ganze Umgebung sauber, aufgeräumt fast, und immer noch war niemand zu sehen. Vielleicht hatten die Besitzer der Wohnmobile sie einfach hier abgestellt und waren jetzt mit ihren Bikes zum Einkaufen mit anschließendem Drink nach Paleochora, den nächsten Ort, gefahren.

Ein kleines Paradies, hatte Ivanka noch gerufen, während sie in ihrem Bikini voranlief Richtung Wasser, ein Paradies für ein, zwei Stunden, dachte Georg und dass sie noch nicht einmal daraus vertrieben würden, sie verließen es freiwillig.

Aber jetzt lief er hinter Ivanka her, die schon bis zu den Unterschenkeln im Meer war und als er sie erreichte, merkte er, dass die Wassertemperatur doch dem Herbst Tribut zollen musste. Einen Augenblick überlegte er, lieber draußen zu bleiben, aber als er sah, wie begeistert Ivanka voran watete, ohne dass sie irgendetwas zu der Kühle des Wassers sagte, riss er sich zusammen, und als er auf gleicher Höhe mit ihr war, sah er die Gänsehaut auf ihren Schultern und Armen.

Dann kamen sie, Elafonissi schon ganz nah, in einen Bereich, auf den die Sonne offenbar ganz intensiv geschienen hatte und der fast Badewannentemperatur aufwies. Ivanka ließ sich bäuchlings fallen und bespritzte seinen Oberkörper, der bisher trocken geblieben war. Georg legte sich neben sie in das flache Wasser, nur ihre Köpfe ragten heraus.

Von der kleinen Insel kam Gelächter. Eine griechische Familie hatte offenbar Picknick gemacht. Sie stapften Richtung Strand, einen Grill, Brotreste, leere Flaschen trugen sie über ihren Köpfen. Sie grüßten freundlich, der Mann zeigte Georg den gereckten Daumen, was immer er damit sagen wollte.

„Gut, dass wir die Badeklamotten anhaben." Klamotten, auch so ein Begriff, den Georg ihr beigebracht hatte.

Sie blieben noch liegen in ihrer Badewanne. Ivanka hatte die Augen geschlossen. Dann spürte er ihre Hand, die unter Wasser zu ihm herüber wanderte und sich auf seine Badehose legte. Das kleine Paradies, das große.

Später saßen sie, wieder angezogen, auf einer der Dünen in der Nähe des Parkplatzes. Im Wagen hatten sich noch zwei Dosen „Mythos" gefunden, inzwischen ziemlich warm, aber das war ihnen egal, und sie lachten, als sie die Verschlüsse aufrissen und das Bier auf ihre Kleidung – noch einmal sagte Ivanka „Klamotten" – spritzte. Sie rauchten und schauten auf den Strand, auf die kleine Insel, die schon etwas im Abenddunst lag. Im Hintergrund saß die griechische Familie vor ihrem Wohnmobil. Die Frau, die ihre Körperfülle jetzt unter einem weiten Kleid versteckte, wusch ihre Badekleidung in einer Plastikwanne, die Kinder starrten auf ihre Handys, während der Mann, der Georg vorhin dieses plump-vertrauliche Zeichen gemacht hatte, dem Ganzen mit resignativer Miene zuschaute. Das fröhliche Lachen nach ihrem Picknick auf Elafonissi war einer bleiernen Stille gewichen. Der Mann wechselte die Blickrichtung und starrte zu ihnen herüber. „Wife, house, children – the full catastrophy" hatte Sorbas den Schriftsteller wissen lassen.

Georg legte den Arm um ihre Schulter. Sie hatte eine Jeansjacke übergezogen, ihre noch nassen Haare dufteten nach Meer und dem, was zwischen ihnen passiert war, im flachen Wasser, an ihrem vorletzten Tag. Der Mann, der sie weiter beobachtete, Neid und Melancholie in seinem Gesicht, er konnte ja nichts wissen von ihrem bevorstehenden Abschied, hatte seinen Anhang an ihnen vorbei bugsiert, und Ivanka hatte nichts anderes gemacht, als ihre Hand auf Georgs Badehose zu lassen, bis von ihnen nichts mehr zu sehen war, dann ging der Druck in ein entschiedenes Streicheln über, möchtest du lieber, dass wir zur Insel rübergehen, hatte sie gefragt, aber er, dem längst keine Wahl mehr blieb, hatte den Kopf geschüttelt, seine Willenlosigkeit genossen und sich ihr wieder ganz überlassen, und während sie ein wüstes Geplantsche begannen, das irgendwann überging in ein ganz ruhiges Geben und Nehmen, bei dem Georg fast seine ganze Konzentration aufbieten musste, mit dem Kopf nicht unter Wasser zu geraten, aber diese Sorge nahm Ivanka ihm ab, mit einer Hand hatte sie fest seinen Nacken umklammert, während sie darauf achtete, dass sie eine Einheit blieben in ihrer Wanne aus smaragdgrünem Wasser vor Elafonissi, der „Hirsch-Insel", von der keiner wusste, warum sie so hieß.

„Ich liebe dich", sagte er. Das war einfach so aus ihm herausgekommen, ohne dass er darüber nachgedacht hätte, Nachdenken verbot sich ohnehin in einem solchen Moment. Nur ganz wenige Male in seinem Leben hatte er diese Worte gesagt, aber die Adressaten waren weder sein Vater, noch seine Mutter gewesen, die er zwar sehr geliebt hatte, es ihnen aber niemals sagen konnte. Und auch die vielen Freundinnen, die er in den Jahren, als das Kennenlernen und der Abschied und das erneute Kennenlernen so einfach und leicht schienen, hatten diesen kleinen Satz, der doch die ganze Welt aus dem Lot bringen konnte, nie gehört. Erst, als es Marion gab und diese ersten Nächte, die er nie vergessen würde und für die ihm immer noch, gerade in der Erinnerung, alle Begriffe fehlten, gab es keine Hindernisse mehr. Ich liebe dich, hatte er gesagt, über, unter oder neben ihr liegend, in der tiefen Dunkelheit ihres Schlafzimmers, genauso leise, wie es ihre ganzen Berührungen zuvor gewesen waren (das schlafende Kind nebenan), Ich dich auch, hatte Marion geantwortet, und diesen Sechs-Worte-Dialog hatten sie die ganze Nacht wiederholt und mitgenommen in die Tage und Nächte, die noch folgten, aber irgendwann waren sie verstummt, sagten nichts mehr, wenn sie beieinanderlagen, vielleicht noch Das war schön, und dann waren sie zum ersten Mal getrennt und rauften sich, so sagt man wohl, noch einmal zusammen, aber die drei Worte blieben verschlossen im Inneren des jeweils anderen, einmal noch fielen sie bei jenem letzten Zusammensein in seiner Wohnung, aber da besaßen sie schon keine Wahrheit mehr.

„Ich liebe dich", wiederholte er, als ob sie es beim ersten Mal nicht gehört hätte.

Ivanka sah noch einen Augenblick auf die Bucht und die langsam im Abenddunst verschwindende Insel. Dann ließ sie ihre Zigarette fallen, drückte sie mit dem Absatz aus und Georg meinte ein Seufzen zu hören.

„Du weißt, dass das nicht stimmt. Du musstest es jetzt sagen, vielleicht genau hier, an diesem Ort, und wahrscheinlich wolltest du es schon gestern Nacht sagen und konntest es nicht. Aber es stimmt nicht."

„Es stimmt aber genau in diesem Moment, Ivanka, und es wird noch stimmen, wenn du übermorgen fort bist. Und viel später auch noch." Georg wusste, dass er sich jetzt verhielt wie in einem amerikanischen B-Picture, aber gleichzeitig merkte er, wie wenig Sprache selbst dem Sprachgewandten zur Verfügung steht, vor allem dann, wenn es um die einzig wichtigen Momente in einem Leben, in diesem Fall seinem Leben, geht.

Ivanka half ihm nicht. Sie ließ es zwar weiterhin zu, dass sein Arm um ihre Schultern lag, aber ihre Worte wirkten plötzlich so kühl und nüchtern, dass es Georg das Herz zusammenzog.

„Wir waren ein paar Tage unterwegs, das war sehr lieb von dir, ich habe es genossen, Georg, die Fahrt, unsere Gespräche, die Begegnungen mit Mila und dem alten Lassally, und ja, dass wir miteinander geschlafen haben, in dieser kleinen, süßen Pension und eben im Wasser, auch. Aber…"

Sie hatte sich von ihm gelöst, war aufgestanden, ein paar Schritte Richtung Meer gelaufen. Dann drehte sie sich um, kam langsam zurück, und Georg meinte, dass sich auf ihr Gesicht, dieses wunderschöne, junge Gesicht, von dem er eben noch jeden Quadratzentimeter geküsst hatte, auf einmal jene Müdigkeit gelegt hatte, die er schon einmal bei ihr gesehen hatte.

„Ich weiß", sagte er, „dass du übermorgen fliegst und dass Sofia sehr weit ist, und vielleicht bleibst du länger dort und vielleicht gibt es dort einen netten Kollegen, der so alt ist wie du, und wenn du nach Frankfurt zurückgehst, vielleicht auch dort. Das ist mir alles klar, und wie sehr man mich hier mit der Wohnung verarscht hat und dass ich kurz, nachdem du fort sein wirst, in dieses Scheiß-Ruhrpott-Kaff zurückkehre und dass ich doppelt so alt bin wie du und irgendwann, bald oder später einsam verrecken werde, ist mir genauso klar. Aber jetzt gerade bin ich sehr glücklich…und ja, ich hatte gehofft, dass du in der Kathedrale deines Herzens eine Kerze für mich anzünden würdest."

Sie lächelte, aber da war nichts von Hohn oder Spott. „Ein wunderschönes Bild, Georg, aber leider nicht von dir. Jakobowsky und der Oberst, mit Danny Kaye und Curd Jürgens. An der Uni gab es häufig Filmwochen. Sorry."

Er tat enttäuscht. „Einen Versuch war es immerhin wert. Trotzdem, was ist mit der Kerze?"

Sie sah ihn ernst an. „Sie brennt noch, Georg. Aber sie wird verlöschen. Bald."

Innerhalb von Minuten war es dunkel geworden. Elafonissi war mit bloßem Augen schon nicht mehr zu erkennen. Die griechische Familie hatte sich in das Wohnmobil zurückgezogen, aus den kleinen Fenstern schien ein schwaches Licht. Ivanka zog die Jeansjacke vor der Brust zusammen. Georg stemmte sich mit einem leichten Ächzen an ihrem Arm aus seiner Sitzposition hoch. Auf dem kurzen Weg zum Jeep hatte er ihre Hand ergriffen. Sie war kühl und ihr Druck nur ganz schwach.

34

31. Oktober/ 1. November 2016

Den Tag über hatten sie in Chania verbracht, waren von der Markthalle zur Kirche San Francesco gebummelt, dann quer hinüber zu den Arsenalen, vor denen im 15. Jahrhundert die venezianischen Galeeren angelegt hatten.

Die Museen ließen sie aus, beiden war es nicht nach Sightseeing zumute. Sie genossen es, sich treiben zu lassen. Ivanka zog ihn immer dann, wenn sie in den Schatten der alten Gemäuer gerieten, auf die sonnige Seite der Straße, komm, in den nächsten Tagen wird es ganz herbstlich werden, in Sofia kaum anders als bei dir in Deutschland. Georg wusste, wie recht sie hatte, es würde kühl sein und feucht, und das kretische Licht, für das es immer noch keine Worte gab, einem durchgehenden Grauton weichen, viele Wochen lang. Trotz der hohen Temperatur fröstelte ihn.

Als sie zum Hafen kamen, war Ivanka schon etwas vorausgegangen und schoss mit ihrem Handy eifrig Fotos von der Paralia, der Uferpromenade, und von den Türmen, die die Mole auf beiden Seiten begrenzten. Während er sich näherte, machte sie schnell hintereinander auch einige Bilder von ihm. Das also würde von ihm bleiben, virtuelle Erinnerungen auf einer Speicherkarte, die man nach Belieben bearbeiten und bei Bedarf auch löschen könnte, bald oder später. Trotzdem versuchte er ein breites Lachen, nahm die Sonnenbrille ab, damit sein Gesicht, seine Augen zu sehen waren, als machte das einen Unterschied.

Bilder von dir, bis in alle Ewigkeit, ein banaler Schlager fiel ihm ein und dessen verlogener Text.

Ivanka wollte noch einkaufen, Georg besorgte sich eine deutsche Tageszeitung und setzte sich auf die Terrasse eines der Kafenions an der Hafenkante. Er trank einen Elliniko und überflog lustlos die Schlagzeilen. Das Rennen um die US-Präsidentschaft war noch offen, es gab aber erste Befürchtungen, dass der tumbe Milliardär mit der blonden Tolle größere Chancen hatte, als die Kommentatoren glaubten. Es würde wohl sehr eng werden. Seine blonde, langmähnige Tochter wich während aller Auftritte ihres Vaters nicht von seiner Seite, die Objektive richteten sich zunehmend auf sie, als ahnten die Fotografen, wer schon in Kürze die Strippen der amerikanischen Politik ziehen würde. Vielleicht müsste Ivanka, wie Christos gescherzt hatte, tatsächlich noch ihren Vornamen ändern.

Ein aufgeregt mit den Armen und Händen fuchtelnder Mann näherte sich und legte zunächst ein laminiertes Stück Papier auf Georgs Tisch- „Ich bin von Geburt an taub und stumm" - bezeichnender Weise stand das da auf Deutsch, vielleicht, weil er Ivankas Abschiedsgruß gehört hatte, Tschüss, bis gleich, ich brauch nicht lange, vielleicht, dass er nur noch von Deutschen etwas Mitleid, vielleicht sogar ein bisschen Scham über die Rigidität der Kanzlerin und ihres Finanzministers angesichts der griechischen Kreditwünsche erwartete und die englisch-, russisch- oder hebräischsprachigen Karten gleich in der Tasche ließ. Dann stellte er irgendwelchen Schnickschnack aus Plastik neben Georgs Kaffeetasse ab, eine leicht bekleidete Tänzerin, einen kleinen Leuchtturm, der eine entfernte Ähnlichkeit mit dem von Chania hatte, eine Windmühle, dazu Feuerzeuge und Armreifen. Mit flinken Fingern zeigte der Mann Georg, dass alle Gegenstände erleuchtet werden konnten und dann nervös zu blinken begannen – alles nur 3 Euro – dann ging er zum Nebentisch und breitete dort den gleichen Kitsch aus vor letzten Touristen, die weder ihn noch den Krimskrams vor ihnen beachteten. Der Wirt war aus dem Innenraum des Kafenions gekommen und für einen Moment sah es so aus, als wolle er den Straßenverkäufer mit einer Handbewegung verscheuchen, die sich dann doch als müder Gruß entpuppte. Der Mann hob seine Hand leicht an und grüßte kaum sichtbar zurück, und als er begann, die Tische wieder von seinen sinnlosen Souvenirs zu befreien, weiterhin nahm niemand Notiz von ihm, war es Georg, als läge all das, was mit diesem Land in den letzten Jahren geschehen war, den kleinen Leuten und denen im sogenannten Mittelstand, die jetzt auch ganz kleine Leute waren, in den Bewegungen des Mannes, die er, der nicht taub war und nicht stumm, beim Abräumen der Tische zeigte. Voller Resignation schob er das Plastikzeugs wieder in seinen schmutzigen Beutel zurück und kam als letztes an Georgs Tisch mit einem Blick, der sagte, jetzt gib auch du mir den Scheiß zurück, alter Sack, sauf deinen Mokka, geh mit der blonden Nutte, mit der ich dich vorhin gesehen habe, in dein Hotel und vögele sie ordentlich durch und der doch seine abgrundtiefe Traurigkeit nicht verlor. Georg sah, dass trotz des großen Loches im Ärmel das Jackett des Mannes einmal ziemlich teuer gewesen war, die dazu passende, jetzt mit einer leichten Staubschicht überzogene Hose ebenfalls, ein ehemals höherer Beamter vielleicht, auf Anordnung der Troika hin entlassen, aus heiterem Himmel und mit 300 Euro Pension, einer, der ihn an den Mann auf dem Venizelos-Platz in Iraklion erinnerte, der einen angefressenen Hamburger aus dem Müll klaubte, einer auch, dem die Tränen in den Augen standen, Tränen der Wut und der absoluten Hilflosigkeit.

Georg legte einen 20- Euro-Schein auf den Tisch. Er ließ die einzelnen Gegenstände blinken und lachte. „For my wife and my children, they will have fun with this". Der Mann wusste, dass das genauso erfunden war wie seine eigene vorgebliche Behinderung. Er legte eine Hand auf sein Herz und verbeugte sich leicht. „Ich danke Ihnen sehr, mein Herr", das kam laut und deutlich und in lupenreinem Deutsch. Georg wollte etwas sagen, den Mann für einen Kaffee an seinen Tisch bitten. Der aber war schon in einer der Nebengassen verschwunden.

Georg ließ alles weiterblinken, die halbnackte Tänzerin, den Leuchtturm, und er ignorierte auch das Kopfschütteln des Wirts, als der ihm einen Ouzo mit Wasser und Eis vorsetzte. Und tatsächlich lachte auch Ivanka laut auf, als sie, bepackt mit zwei Tüten, vom Einkauf zurückkam und Georg mit seinem Plastik-Ensemble dort sitzen sah.

„Viel Originelleres habe ich auch nicht gekauft", sagte sie, nachdem sie sich gesetzt hatte und Georg ihre Einkäufe zeigte. Eine nachgemachte Ikone für die Mutter, einen kretischen Dolch für den Vater (nicht ins Handgepäck, warnte Georg), wahrscheinlich würde sie zu Weihnachten in die Ukraine fliegen. Dann breitete sie noch ein T-Shirt mit dem Nekrolog von Katzanzakis , weiß mit goldgestickten Buchstaben, auf dem Tisch aus – für mich, auch wenn sie nicht ganz meine Größe hatten, muss ich wohl ein bisschen abnehmen –du doch nicht, sagte Georg und stellte es sich vor an ihrem Oberkörper, enger als das mit der ukrainischen Babuschka, und viel enger als das Che-Shirt, das sie von ihm hatte, und er stellte sich vor, wie die Stickerei – Ich erhoffe nichts, ich fürchte nichts, ich bin frei – genau über ihren Brüsten spannen würde, diesen Brüsten, für die die Attribute fehlten und von denen er, jenseits eines kleinen Hoffnungsschimmers, der mit der heutigen Nacht zu tun hatte, ahnte, dass er sie nie mehr unverhüllt sehen würde.

Beim Zurücklegen ihrer Mitbringsel in die Plastiktüten war Georg noch ein Buch mit Gedichten aufgefallen, griechisch-englisch, und auf der Rückseite konnte er die Namen von Seferis lesen. Als er sie fragte, ob sie das für sich oder jemand anderen gekauft habe, schwieg sie.

Sie ließen die nächsten zwei Stunden vorüberziehen, genossen den Blick vom Kafenion auf die Altstadt und den Hafen. Auch am letzten Tag des Oktobers blieb die Sonne bis in den späten Nachmittag gnädig mit ihnen.

Georg hatte sich vorgenommen, jede Sekunde, die er mit ihr heute noch zusammen war, ganz tief in sich aufzunehmen, in der lächerlichen Hoffnung, das krampfhafte Festhalten an der Gegenwart in Verbindung mit den Erinnerungen an die letzten Tage könnten ihn leichter durch das tragen, was jetzt in Deutschland auf ihn wartete: Langeweile, Oberflächlichkeit, die Dunkelheit des Herbstes, einsames Altern. Denn nach Ivanka würde niemand mehr kommen, das wusste er.

Sie war den ganzen Tag über aufgeräumt gewesen, heiter und versuchte, jedes weitere Gespräch über ihren morgigen Abschied zu vermeiden. Als sie zum Einkaufen ging, hatte sie ihn geküsst, einmal auf jede Wange, Küsse, die nichts mehr mit denen von Pagalahori zu tun hatten oder denen von Elafonissi, Freundschaftsküsse nur noch, denen alles andere fehlte. Trotzdem hatte er schnell die Zeitung beiseitegelegt und erwartungsvoll auf die an der Hafenmole flanierenden Menschen geschaut, ob sie nicht unter ihnen wäre. Als sie dann endlich kam, die Plastiktüten schwenkend, die Haare wieder offen, mit ihrem wiegenden Gang und den wippenden Brüsten, war sie so schön gewesen, so verdammt schön.

Er hatte das Abendessen bezahlt, ihr letztes Abendessen. Dann waren sie hochgegangen, ihr Zimmer lag im zweiten Stock, der Balkon mit Blick auf die Hafenmole. Er lehnte sich über die Brüstung und rauchte, während Ivanka ins Bad ging, so hatten sie es in den letzten Tagen gehalten.

Etwas ist anders, denkt er, während er die Karelia ausdrückt und auf die Geräusche hört, die die Dusche verursacht. Er stellt sich noch einmal vor, wie das Wasser an ihrem Körper herunterläuft, wie sie die Shampoo-Flasche öffnet, etwas Flüssigkeit in ihre Handfläche drückt und sie in ihre Haare einmassiert, diese langen blonden Haare, die im offenen Jeep geweht haben und auf der Martinengo-Bastion am Grab des Sorbas-Dichters und in die er sein Gesicht vergraben hat, vorgestern Nacht noch, als sie sich geliebt haben in der Pension „Rodostamo", Rosenwasser, der Psiloritis, der Heilige Berg Kretas, der von jeher, so sagt man, die Liebenden geschützt hat, in Sichtweite vor ihrem Fenster. Er weiß nicht mehr, ob er ihr da schon gesagt hat, was er in seinem ganzen Leben nur ein einziges Mal einer Frau gesagt hat, Marion, und jetzt ein zweites Mal, oder erst gestern an dem verlassenen Strand, sie haben nebeneinander gelegen, aufeinander, nackt, verschwitzt, und die Zeit angehalten, einen Riegel geschoben zwischen die beiden Hälften der Sanduhr, kein Rinnen und Rieseln möglich, stillstehendes Glück.

Etwas ist anders, denkt er, weiß er, als sie im Bad die Hähne zudreht und, obwohl sie die Tür zugemacht hat, etwas Wasserdampf unter der Schwelle hervordrängt, kleine Nebelschwaden. Sie wird jetzt das große Handtuch vom Halter nehmen und sich abtrocknen, oberflächlich, es werden feuchte Stellen zurückbleiben, an den Beinen vielleicht und zwischen ihren Brüsten, dann wird sie die langen Haare in beide Hände nehmen, sie auswringen über dem Waschbecken und mit einer

Bürste zurückkämmen. Und herauskommen, nackt, und sagen, dass es noch keinen Sinn macht, dass Georg ins Bad nachfolgt, noch sei der Spiegel beschlagen und die Lache vor der Dusche noch nicht abgelaufen und sich vor ihm aufbauen, ihn an sich ziehen, nackt und mit den feuchten Stellen, die das Wasser auf ihrem Körper zurückgelassen hat.

Aber etwas ist anders, weiß er, hat er gewusst, eben schon, beim Abendessen, als sie noch einmal über ihre kleine Reise gesprochen haben, den Geruch des Meeres und der Bougainvillea vor den Häusern, das Staunen an Gräbern und Ruinen, die Begegnungen mit Menschen in Tavernen und Kafenions. Über das, was mit ihren Körpern geschehen war, mit ihrer Lust, haben sie nicht gesprochen, nicht mehr.

Ivanka kommt aus der Tür, und Georg sieht die Veränderung sofort. Die Haare hat sie in das Handtuch eingewickelt. Sie ist nicht nackt, hat eine Art Schlafanzug an, Shorts und ein T-Shirt, beide gelb-blau gestreift. Und obwohl Georg sie begehrenswert findet wie in den Nächten zuvor, genau genommen wird sein Begehren durch diese beiden Barrieren in den ukrainischen Nationalfarben noch gesteigert, versteht er. Erst recht, als sie die Tür zum Bad aufhält, eine einladende Handbewegung macht, der Spiegel noch beschlagen, die Schwaden ganz dicht und die Wasserlache vor der Dusche längst nicht abgelaufen, Du kannst jetzt rein, sagt sie.

Der Abschied kommt ohne Wucht, ohne Streit, ohne laute Worte, es gibt auch keinen Grund. Er hat sich angedeutet, eben beim Essen, gestern schon, als sie aus dem Meer gekommen sind, trotz der Sonne ein wenig frieren, als sie sich auf ihre Handtücher legen, er noch ihren Rücken eincremen will, aber sie gemeint hat, das lohne nicht mehr. Letzter Tag des Oktobers, der auch ihr letzter Tag ist.

Georg weiß nicht, ob dieser leise Abschied weniger schmerzt als der von Marion vor drei Jahren, als sie ihm, nachdem sie sechs Monate eisern geschwiegen hatte, alle Briefe und Telefonversuche ignorierte, eine Mail schrieb, die aus einem einzigen Satz bestand: „Du kannst deine Sachen am Freitag abholen, aber nicht vor 10 ." Statt einer Unterschrift, „Marion" oder „M." oder wenigstens irgendeines floskelhaften Grußes hatte sie sich noch zu einem Wort hinreißen, lassen, das Georg nicht verstand: „Namaste." Das musste er googeln. Er fand die Bedeutung „Ich grüße das Göttliche in Dir", eine Formel aus dem hinduistischen Bereich, oft in Verbindung gebracht mit einer leichten Verbeugung, die Handinnenflächen dabei in der Nähe des Herzens zusammengelegt. Soviel Pathos in einem Wort und unter diesem einzigen eiskalten Satz, aber das überraschte ihn nicht. Etwas Indisches war ihm ohnehin lieber als irgendeine Reminiszenz an ihren neuesten Heiligen, einem Scharlatan, der im Nachkriegsdeutschland über die Marktplätze zog und von Krebskranken als ihre letzte Hoffnung betrachtet wurde – eine Mischung aus Pater Leppich und Rasputin - der Hang zum Charismatischen war den Menschen auch zehn Jahre nach der Katastrophe, in die sie andere solcher „Charismatiker" getrieben hatten, noch nicht ausgerottet. Jedenfalls verabreichte dieser falsche Heilige den Verzweifelten Stanniolkugeln gegen ihre Tumore und wurde von den Behörden erst relativ spät aus dem Verkehr gezogen. Ironischerweise starb er dann kurz darauf selbst an Krebs. Aber auch jetzt gab es immer noch eine obskure Sekte, die vorgab, das spirituelle Erbe dieses 50er-Jahre-Gurus zu verwalten und weiterzutragen. Seinen Namen hatte Georg vergessen, aber er erinnerte sich daran, dass Marion, an einer kahlen Wand in ihrem ohnehin kalt und spartanisch eingerichteten Wohnzimmer, ein Porträt des Mannes aufgehängt hatte, von dem er mit einem finsteren, Georg fand, satanischen Blick auf die hinunterblickte, die auf der Couch vor ihm Platz genommen hatten, meist Marion und Nadja bei der gefühlt 100. Wiederholung der „Harry-Potter-Filme". Georg hatte einmal eine spitze Bemerkung über das Aussehen des Sektenführers gemacht, dafür strafte ihn Marion dann mit tagelanger Nichtachtung und bereitete ihren nächsten Besuch in einem nahe gelegenen Stadthotel vor, in das die okkulte Truppe einmal im Monat zu einem „Seminar" lud und dabei die verzweifelt nach irgendeinem Glücksversprechen suchende Kundschaft reichlich abkassierte. Marion hatte ihm nie gesagt, was für solcherlei Seelenmanipulation fällig wurde. Aber selbst höhere Beträge hätten sie nicht abgehalten. Sie verdiente gut und war ansonsten ziemlich bedürfnislos. Dionysische Anflüge hatte sie höchstens zwei, dreimal im Jahr, dann aber ging es richtig zur Sache. Alles lange her.

Nicht vor 10 also, das war klar, da war sie im Büro und Nadja in der Schule. Er hatte sich gefügt, war in die Nachbarstadt gefahren, erreichte das Haus, in dem sie alle drei einmal gewohnt hatten, und, wie von ihr verlangt, erst kurz nach der vorgegebenen Uhrzeit. Da er ihr seine Möbel gelassen hatte, passte der Rest seiner Hinterlassenschaft in einen blauen Müllsack, der im Hauseingang stand, vollgestopft mit seinen T-Shirts, Hemden und sonstigem Kram, obenauf seine Haarbürste voll grauer Büschel und ein Metallschild mit seinem Vornamen, das hatte am Eingang des Gartenhauses gehangen und war jetzt, jahrelang der Witterung ausgesetzt, voller Rost. Neben dem Sack lehnte sein Fahrrad am Zaun, die Kette herausgesprungen, beide Reifen platt.

Für einen Moment spürte er den starken Impuls, das Fahrrad einfach in den Wald, dessen Rand bis an die Straße reichte und von dort schnell abschüssig wurde, hinunterfallen zu lassen, so wie er es in den Jahren zuvor mit den Gartenabfällen gemacht hatte, bis ein Nachbar ihn beim Ordnungsamt denunziert hatte. Und der Müllsack hätte vielleicht in die großen blechernen Container am Ende der Straße gepasst. Georg hätte sich dann in den Wagen setzen können, bis die kleine, gebückte Frau aus dem halb verfallenen Haus, in dem sie allein wohnte, herausgekommen wäre. Sie, die den ganzen Tag hinter einer schmutzig-gelben Gardine saß und darauf wartete, dass irgendetwas vor ihrem Fenster passierte, hätte sich sicher sofort mit dem Inhalt des blauen Sacks, der noch halb aus dem Container ragte, befasst, hätte das Blechschild mit seinem Namen in die Hand genommen, den mit Farbspritzern bedeckten Pullover (ein Überrest seines Versuchs, Nadjas Zimmer pink zu streichen), die lehmverkrusteten Gartenhandschuhe, das gerahmte Schalke-Poster, dessen Glas schon zu Bruch gegangen war (Marion hatte es wohl, wütend, weil es so sperrig war, mit Gewalt in den Sack gepresst) – alles würde die Alte prüfend in den Händen wiegen, an dem einen oder anderen Teil sogar riechen, dann aber den Kopf schütteln und das, was von Georgs Leben an diesem Ort übrig geblieben war, einfach fallen lassen und sich wieder hinter ihre Gardine zurückziehen.

Er packte den Sack und das alte Fahrrad, verstaute das Ganze im Wagen und sah an der Fassade empor, das Fenster neben der Haustür hatte zu seinem Arbeitszimmer gehört, er wollte noch einmal hineinschauen, aber Marion hatte die Blendläden vor alle Fenster gelegt, am hellen Tag und mitten im Herbst. Der Schmerz, der im vergangenen halben Jahr noch ungerichtet, von aberwitzigen Hoffnungen durchsetzt war, wandelte sich in einen brutalen, niederschmetternden und wurde ab jetzt von ihm in selbstzerstörerischer Manier gepflegt.

Der Abschied von Ivanka ist ganz anders, vernünftiger vielleicht, sie hat das so entschieden und alle Argumente, die nicht mehr ausgetauscht werden müssen, auf ihrer Seite und verletzen will sie ihn ohnehin nicht und doch ist es Georg so, als wäre das Glück der vergangenen Tage, das vielleicht nur sein Glück war, mit einer Wucht zerschlagen, die er nicht für möglich gehalten hat. Er verzichtet auf die Dusche, wischt den Spiegel so weit frei, dass er sein Gesicht sehen kann, ein Gesicht, das noch vor wenigen Wochen attraktiv genug gewesen war, Nicola und Janine, seine Lieblingsschülerinnen aus dem Literaturkurs zu einem Flirt mit ihm in der großen Pause zu bewegen, und das in den letzten Stunden alt geworden ist, und er glaubt, dass es sich nicht mehr verändern wird.

Er belässt es beim Zähneputzen, dabei fällt ihm ein, dass Dr. Schulte ihm kurz vor seiner Abreise noch eine neue Jackett-Krone ans Herz gelegt hat, die lassen Sie besser nicht in Griechenland machen, aber irgendwie hatte er auf die Behandlung verzichtet und sie auf den nächsten Heimaturlaub verschoben. Jetzt kann er in der nächsten Woche schon einen Termin machen, er sieht bereits Annika, die Assistentin Schultes, vor sich und wie sie die Spritze aufzieht. Ganz zum Schluss, wenn alles richtig sitzt, wird sie eine umfangreiche Zahnreinigung durchführen und ihn wegen der durch Rotwein und Nikotin verursachten Verfärbung tadeln. Wozu aber noch strahlend weiße Zähne, wenn keine Küsse mehr zu erwarten sind? Er spült aus, wischt sich die Zahnpastareste vom Mund und öffnet die Tür. Die Unterhose behält er an, als er ins Schlafzimmer zurückgeht. Ivanka liegt schon im Bett, sie schaut kurz auf, er meint, ein Bedauern zu sehen, auch Mitleid, beides. Die

Bettdecke hat sie bis fast zu den Schultern hochgezogen, das blau-gelbe Shirt ist kaum zu sehen, Der Flieger geht erst um elf, sagt sie, wir können auspennen und die Koffer erst morgen packen. Sie sagt tatsächlich „auspennen", ein Slang-Begriff, den sie von ihm hat und sie sagt es beiläufig, unbedacht, einfach so dahin. Vor ein paar Tagen, als sie in einer Strand-Taverne etwas tranken, hatte er ihr ein paar Ruhrpott-Ausdrücke beigebracht und Ivanka musste jeden einzelnen wiederholen und versuchen, Georgs Akzent nachzuahmen und sie hatten albern gelacht dabei, bis er sie mitten in dieses Lachen hinein küsste und das Lachen in eine Stille überging, die nur das Geräusch der an ihrer Stange im Wind klirrenden griechischen Nationalfahne störte. Aber dass sie „Auspennen" sagt – das berührt ihn jetzt.

Er liegt neben ihr, halb auf der Seite und sieht zu, wie sie in der Zeitung liest, für die sie in der nächsten Woche arbeiten wird, ein Praktikum in deren Außenstelle in Sofia, Bulgarien. Er weiß, dass es keinen Sinn macht, aber er legt eine Hand auf ihre Bettdecke, ungefähr dort, wo ihre Brüste sein müssen, sie liest weiter, lässt aber seine Hand, die sich nicht zutraut, Druck auszuüben, zu tasten, weiterzuwandern, auf der Decke liegen. Er nimmt ihr die Zeitung fort und lässt sie auf den Boden fallen, Ivanka will danach greifen, du, ich muss mich auf den Job vorbereiten, aber durch die hastige Bewegung rutscht die Decke und gibt weitere blau-gelbe Streifen frei. Sie sieht, wie er sich aufrichten will, zu ihr kommen und zögert einen Moment zu lang, ihn abzuwehren und kann nur noch die Lippen schließen, als er sie küssen will und warten, dass er ausweicht auf Wange und Nase und Stirn, aber er weiß, dass er sich im nächsten Moment zurückfallen lässt auf seine Seite des Bettes. Georg murmelt irgendetwas, und sie hilft ihm, indem sie kurz seinen Arm streichelt und Gute Nacht sagt.

Nach dem Frühstück fuhren sie los. Erster November, Saisonende und gleichzeitig das Ende für sie beide. Über Nacht war es zwar merklich kühl geworden, der Herbst hatte die Insel definitiv erreicht, aber jetzt, am späten Morgen, kam die Sonne heraus, als ob ihr die Jahreszeit völlig egal war, der leichte Wind vom Meer hatte die Wolken fortgeschoben, der Himmel sah so aus wie in den Tagen zuvor und machte den Abschied schwerer. Georg schaute einen Augenblick nach oben und ließ das Verdeck des Jeeps trotzdem geschlossen, dass seine Melancholie doch noch eine heitere Note annahm, wollte er verhindern. Ivanka protestierte nicht. Sie hatte das T-Shirt mit dem Konterfei der ehemaligen Ministerpräsidentin, das ihm auf der Hinfahrt wegen seiner wechselnden Konturen so viel Freude bereitet hatte, im Hotel gewaschen und wieder angezogen. Die Haare, die jetzt nicht mehr wehen mussten, waren im Nacken zusammengebunden. Während des Frühstücks erzählte sie ihm wieder von Sofia, dass sie beide den Rest der Nacht wachgelegen, die Augen geschlossen und so leise und regelmäßig geatmet hatten, dass jeder vom anderen glaubte, er schliefe, war kein Thema.

In Höhe der Ausfahrt Arkadi bat er sie, die CD aus dem Handschuhfach zu holen, die vielleicht dem holländischen Vormieter mit dem Neeskens-Shirt von 1974 gehörte, Dutch Pop oft the Seventies, Track 12 bitte, die Cats mit „Scarlet Ribbon". Ivanka schüttelte erst den Kopf, sie wollte nicht an die Hinfahrt erinnert werden, als er den Refrain lauthals mitgesungen, fast – gebrüllt hatte, während seine rechte Hand, wenn er nicht schalten musste, auf ihrem Oberschenkel lag. Aber dann drückte sie doch zwölfmal auf die Vorlauftaste und die Cats begannen, „I peaked in to say goodnight", und als der Refrain kam und sie befürchtete, dass er wieder zu singen begänne, diesmal aus Trotz und Wut und Traurigkeit, blieb er erst stumm, dann hörte sie ihn doch, kaum verständlich und ganz leise : „Through the night my heart was achin´, just before the dawn was breakin…".

Er hatte die Hände um das Lenkrad gekrampft und versuchte, nicht zu ihr hinüberzuschauen.

Zum Flughafen war es nicht mehr weit.